Das Buch

Wer war Sophie Langenberg, die in den 1930er-Jahren nach Frankreich ging und in den Kreisen der Surrealisten lebte und liebte? Sie hinterließ ein eisiges Schweigen in ihrer deutschen Familie, eine schmerzhafte Lücke im Leben ihrer Tochter Pauline und Enkelin Emilia, die sie nie kennenlernten. Das Auftauchen von Sophies Porträt, das Emilia zum Verwechseln ähnelt, wirbelt die familiäre Verdrängung auf. Antworten sucht Emilia in der Provence: in einem verbarrikadierten Atelier, in leidenschaftlichen, an Sophie gerichteten Liebesbriefen und in den rätselhaften Erinnerungen eines alten Freundes. Doch während Emilia in die Biografie ihrer Großmutter eintaucht, merkt sie nicht, wie sie auf der Suche vor ihrem eigenen Leben davonläuft …

Die Autorin

Bettina Storks, geboren bei Stuttgart, ist promovierte Literaturwissenschaftlerin und Autorin. Sie war viele Jahre als Redakteurin tätig, bevor sie ihr erstes Buch veröffentlichte. Die Leidenschaft für Familiengeheimnisse und die Faszination für die deutsch-französische Geschichte hat Bettina Storks immer wieder in ihren vielschichtigen Romanen vereint, zuletzt in »Leas Spuren«, »Klaras Schweigen« und »Die Kinder von Beauvallon«. Die Autorin lebt und arbeitet am Bodensee.

Bettina Storks

DAS GEHEIME LÄCHELN

Roman

WILHELM HEYNE VERLAG
MÜNCHEN

Penguin Random House Verlagsgruppe FSC® N001967

2. Auflage
Neuausgabe 03/2024
Copyright © 2018 by Diana Verlag, München
Copyright © 2024 dieser Ausgabe
by Wilhelm Heyne Verlag, München,
in der Penguin Random House Verlagsgruppe GmbH,
Neumarkter Straße 28, 81673 München
Dieses Werk wurde vermittelt durch
die Literarische Agentur Schlück, 30827 Garbsen
Redaktion: Heike Hauf
Umschlaggestaltung: t.mutzenbach design, München
Umschlagmotive: © H. Armstrong Roberts/
ClassicStock/Getty Images; Richard Jenkins
Satz: satz-bau Leingärtner, Nabburg
Druck und Bindung: GGP Media GmbH, Pößneck
Printed in Germany
Alle Rechte vorbehalten
ISBN 978-3-453-42832-4

www.heyne.de

Die Wölbung deiner Augen
umkreist mein Herz,
ein Rund von Tanz und Milde,
ein Lichterkranz der Zeit,
eine nächtliche sichere Wiege.
Und wenn ich nicht mehr alles weiß,
was ich erlebt habe, ist es, weil deine Augen
mich nicht immer im Blick gehabt haben.

Paul Éluard, 1926

Für Sanny

PROLOG

Paris, 8. September 1939

Paris erwacht.

Während die Stadt ihre Lungen füllt, ist er eingeschlafen. Eben hat er noch geredet. Dann ist er verstummt. Mitten im Satz. Wenn der Morgen naht, bricht der plötzliche Tiefschlaf über ihn herein wie ein immer wiederkehrendes Naturereignis.

Sie zählt seine Atemzüge. Hört sein kräftiges Herz schlagen. Aus den engen Häuserschluchten des *Quartier Latin* dringt ein Lachen zu ihr hinauf. Der Rhythmus der Schritte auf dem Kopfsteinpflaster verhallt als Echo weit über den Dächern der Stadt. Die Silhouette der Schornsteine im Morgengrauen noch schwarz wie ein Scherenschnitt.

Sie kennt den Geruch von Paris an einem wolkenlosen Winterhimmel. Den Duft von Neuschnee auf der *Place des Vosges*. Blumen im *Jardin du Luxembourg*, die nach einer kühlen Frühlingsnacht ihre Knospen öffnen. Das Jubeln der Kinder an einem Sommertag. Das Herbstlaub in betörenden Farben.

Vorsichtig schiebt sie die Bettdecke zur Seite. Mit den Fingerspitzen tastet sie die Bettkante ab und schleicht nach nebenan in die verwinkelte Küche unter dem Dachgiebel. Hier sind die schrägen Wände kaum höher als sie. Der Boden knarzt. Seit Jahren nagen die Holzwürmer an dem alten Bauwerk. Man kann sie nicht sehen. Aber sie sind da.

Sie lehnt ihre Stirn an das kühle Fensterglas und sieht hinunter auf die Straße. Der Regen hat nachgelassen. Die Laternen werfen ihr mattes Licht auf den glänzenden Asphalt.

Wie im Glücksrausch scheint die Zeit vergangen, seit sie einander begegnet sind. Ein Jahr. Eine Woche. Eine Stunde. Eine Nacht. Ein vorbeiziehender Vogelschwarm.

Manchmal hat sie jedes Zeitgefühl verloren. Nur der Klang vertrauter Geräusche, der Duft bekannter Farbessenzen geben ihr Sicherheit. Das klare Licht des Nordens. Und sein Blick.

Die Wölbung deiner Augen umkreist mein Herz.

Wenn man das Unausweichliche akzeptiert, wird es leichter. Unten an der Ecke zur *Rue de Seine* läuft ein Pärchen Schlangenlinien. Eng umschlungen verschwindet es in der Nische – genau dort, wo ein Löwenkopf über dem Eingang wacht.

Nebenan wartet das kleine Concierge-Häuschen auf Madame Tourage. Tagein, tagaus führt sie hinter einer winzigen aufziehbaren Glaswand ein strenges Regiment und verwehrt Eindringlingen den Zutritt.

Hand in Hand schlüpft das Paar wieder hinaus auf die Straße und geht weiter, bis es die Dämmerung verschluckt. Die menschenleere Stadt beherbergt eine gespenstische Stille.

Ein Lichterkranz der Zeit.

Sie drückt ihre glühende Wange gegen die kühle Fensterscheibe. Vom ersten Augenblick an liebte sie diesen magischen Pariser Morgen zwischen vier und fünf Uhr. Lange bevor sie wusste, dass er existierte.

Es gibt Tage, an denen sie sich darüber wundert, dass die Sonne jeden Morgen von Neuem aufgeht. Hinter der Kathedrale Notre-Dame.

Es gibt Tage, da traut sie ihren Augen nicht. Könnte sie doch die Wirklichkeit messen, einen Beweis für ihren Platz in der Welt finden. Eine Landkarte mit verlässlichen Routen zu ihrem Ich.

Leise geht sie zurück zum Bett und schiebt ihre kalten Füße unter die Decke. Er flüstert ihren Namen. Sie liebt es, von ihm beim Namen genannt zu werden. Sie wird ihm alles sagen. Heute Abend. Morgen vielleicht. Später. Nicht jetzt.

Gleich wird es vorbei sein.

Er wird aufstehen und sich umsehen, auf einem Bein hüpfend in seine Hosen steigen, fluchend die alten Zeitungen zerknüllen, danach Kohlen in den Schlund des Ofens schieben und sich die Hände reiben, während die düsteren Nachrichten von gestern Feuer fangen. Schwarzer Rauch wird über den Dächern der Stadt aufziehen, bis ihn der Wind am Horizont verwischt.

Kurz bevor er in den kalten Morgen hinausgeht, wird er, mit hochgezogenem Kragen, einen letzten Blick auf das Bett werfen. Wie ein Sünder, der seine Schuld flüchtig streift.

Verlangen vergeht, wenn man nicht zurücksieht.

Sie wird es ihm leicht machen und die Augen geschlossen halten. Tun, als schliefe sie. Hinter ihm wird die Tür ins Schloss fallen. Aus den Häuserschluchten wird das Klacken sich entfernender Schritte zu hören sein.

Sie wartet bis auch der letzte Ton in ihrem Herzen verklingt.

Nur ein Traum?

Auf den Schornsteinen gegenüber versammeln sich die Vögel wie Vorboten einer dunklen Zeit. Sie gleiten durch die Lüfte, landen auf den nahegelegenen Giebeln in der *Rue de Seine*, legen ihre Flügel an, recken ihre Hälse und warten. Der erste hebt ab. Die anderen folgen. Weithin sind ihre Rufe zu hören. Gemeinsam bilden sie eine Formation am Himmel wie eine gesprenkelte Amöbe.

Dann ist es so still, als hätte selbst der letzte Vogel die Stadt verlassen.

EMILIA

1

Die Hitze flirrte über dem Asphalt. Schwüle Wärme steckte in den Gassen fest wie Zement.

Wo Emilia lebte, war es normalerweise anders. Luftiger. Leichter. Ein Hauch von Wind.

Gleich hinter dem Garten schlängelte sich der Oosbach, über den eine kleine Brücke führte, die in einen steilen Waldweg mündete. Von Emilias Fensterplatz aus am Schreibtisch sah sie genau dorthin. Der Ooswinkel im Westen Baden-Badens war ein geborgener Ort.

Sie stellte ihre Kaffeetasse ab, schaltete den Laptop an und band ihr volles Haar am Hinterkopf zusammen, während sie einen Blick auf ihre Pinnwand warf.

Verdrängtes ist nicht verschwunden. Es schläft in einem toten Winkel unseres Bewusstseins. Erwacht es, ist es gefräßig wie ein ausgehungertes Tier. Es nährt sich von unserem innigsten Wunsch zu vergessen.

Der Artikel, den sie vor einigen Tagen über das Vergessen gelesen hatte, hing dort. Die Sätze, die sie beeindruckt hatten, waren gelb markiert.

Sie nahm die Fotos für ihre Arbeit aus einer bereitliegenden Mappe. Für einen Auktionskatalog mussten Layout und Bildunterschriften angefertigt werden sowie deren Übersetzung ins Französische erfolgen. Ein schöner Auftrag, der sich auch lohnte.

An Tagen wie diesen genoss sie es besonders zu Hause zu arbeiten, nachdem sie etliche Jahre in klimatisierten Redaktionsräumen verbracht hatte. Sie bereute ihre Kündigung nicht. Es gab regelmäßige Magazin-Aufträge, und Emilia machte es nichts aus, weitaus weniger Geld als zu Zeiten ihrer Festanstellung zur Verfügung zu haben.

Lästige Konferenzen, die oft bis in die Abendstunden gedauert hatten, entfielen. Die hektische Schlussredaktion. Die letzten, eiligen Änderungen. Der Lärm in der Druckerei. Emilias Gewinn waren geöffnete Fenster und manche Arbeitsstunde im Garten unter der Linde. Sie bestimmte ihren Tagesablauf selbst, und Effizienz war eine Disziplin, in der sie schon immer gut gewesen war.

Emilia hatte sich für diese Freiheit entschieden. Sie lehnte sich zurück, nahm einen Schluck aus ihrer Kaffeetasse und betrachtete die Fotos genauer: ein Sekretär aus dem 16. Jahrhundert, ein Frisiertisch, ein Vertiko, ein mit Rosenmotiven bemaltes Porzellanservice. Die Gegenstände des Auktionshauses in Colmar waren bereits in Kategorien eingeteilt: Mobiliar. Gemälde. Porzellan. Sonstiges.

Bei ihr zu Hause gab es nur wenige alte Möbelstücke. Nicht besonders wertvoll und nicht älter als hundert Jahre, aber Emilias Ehemann Vladi hing an ihnen wie an seinen beiden mittlerweile erwachsenen Söhnen. Fast wehmütig erinnerte sich Emilia daran, wie das Esszimmer vor über vierundzwanzig Jahren von einer Spedition geliefert worden war. Sie wusste das noch so genau, weil sie damals mit ihrem ersten Sohn Mischa hochschwanger gewesen war. Pünktlich wie Mischa, der exakt zum errechneten Geburtstermin an einem Wintertag nach kurzen, aber heftigen Wehen auf die Welt gekommen war, hatte das angekündigte Mobiliar von Vladis entfernter Verwandtschaft aus Russland vor der Tür gestanden. Gerade so, als brauche ein Neugeborenes mit russischen Wurzeln nichts dringender als einen Tisch aus glänzendem Kirschholz mit acht passenden Stühlen.

Inzwischen hatten sich die Möbel in das vorwiegend schlichte weiße Interieur mit den Sprossenfenstern eingefügt und verströmten das Flair eines Landhauses. Mehr als Vladi hatte Emilia schon immer allem Einfachen den Vorzug gegeben, und allein an der Echtheit maß sie den Wert eines Gegenstands. Das galt für vieles in Emilias Leben und ließ sich auch auf die Menschen, mit denen sie sich umgab, übertragen. Pompösen Glanz, der bei genauerem Hinsehen verblasste, ließ sie links liegen, zog ein frisches Bauernbrot mit gesalzener Butter einer Portion Kaviar vor und schätzte Menschen, die sich nicht verstellten oder vorgaben, ein anderer zu sein.

Sie schloss die Augen, massierte ihren Nacken und lenkte ihre Gedanken auf die Arbeit. Am besten würde sie mit der Beschreibung der Gemälde anfangen. Auf wie viele Zeilen würde sie sich beschränken müssen? Um einen Vergleich zu erhalten, schlug sie den aktuellen Katalog des Auktionshauses auf, zählte den Textumfang eines Landschaftsbildes und blätterte anschließend wahllos durch die Hochglanzseiten. Sie registrierte, dass morgen im benachbarten Elsass eine Versteigerung stattfinden würde.

Diese Art redaktioneller Arbeit war relativ neu für Emilia, trocken und spröde gegenüber ihrer früheren Tätigkeit als Redakteurin bei einem Frauenmagazin. Aufträge aus verschiedensten Bereichen hatten sie jedoch gelehrt, dass es keine Rolle spielte, worüber man berichtete. Ein gesellschaftliches Event. Die neueste todsichere Diät. Wie Alleinerziehende ihren Alltag managen. Das Sich-neu-Erfinden nach der Scheidung oder ein zur Versteigerung stehender Gegenstand. Am Ende war Journalismus eine Frage des Handwerks.

Ein halbes Arbeitsleben hatte Emilia in einer Redaktion verbracht, ohne je das Gefühl zu haben, am richtigen Ort zu sein. Rückblickend waren aus zwölf Monaten Volontariat im Handumdrehen zwanzig Jahre geworden. Zwei Jahrzehnte des schleichenden Prozesses der persönlichen Stagnation. Ein Preis, der ihr mit Ende vierzig zu hoch gewesen war.

Emilia fuhr zusammen, als ihr Handy klingelte. Ihr Sohn Mischa. Schon vor einigen Tagen hatte er sich für diesen Abend zum Essen angemeldet.

»Hallo, Mama.« Seine Stimme klang unbeschwert, fröhlich. »Ich wollte nur sagen, dass du mich nicht abholen musst. Papa sammelt mich direkt am Bahnhof ein. Wir sind dann kurz vor sieben zu Hause.«

»Prima«, erwiderte Emilia. »Dann muss ich hier nicht unterbrechen. Ich habe noch viel Arbeit.«

Mechanisch schlug Emilia eine Katalogseite um und überflog die Bilder.

»Bis heute Abend. Ich freue mich«, sagte Mischa.

»Ich mich auch.«

Emilia legte das Handy weg und blätterte weiter. Landschaftsgemälde. Stillleben. Porträts. Keines der Bilder gefiel ihr besonders, weshalb, vermochte sie nicht einmal zu sagen. Ein Junge im Matrosenanzug. Ein stattlicher Mann mittleren Alters mit einem verschmitzten Lächeln. Ein blondes Mädchen mit einer roten Schleife im Haar.

Mit einem Bleistift zählte Emilia die Zeilen der Bildtexte und notierte sich die Zahl. Als sie den Katalog schon zur Seite legen wollte, fiel ihr Blick auf ein Porträt. Die Abbildung war klein, der darunter stehende Text winzig. Um ein Haar hätte sie das Motiv übersehen.

Sie sah genauer hin und stutzte. Es handelte sich um eine junge dunkelhaarige Frau. Emilia tastete nach dem Vergrößerungsglas in der Schublade, ohne die Augen von der Abbildung zu lassen, nahm es heraus und blickte hindurch.

»*Femme dans l'ombre* – Frau im Schatten, *vermutlich späte 1930er-Jahre*«, hieß es im Untertitel.

Instinktiv hielt sie die Luft an. Sie ließ die Sehhilfe auf den Tisch sinken. Ihr Puls war beschleunigt. Es dauerte eine Weile, bis sie erfasste, was da vor ihr lag, als hätte ihr Herz schneller begriffen als ihr Verstand. Ihr war, als sehe sie in ihr eigenes Spiegelbild – genau so hatte sie als junge Frau mit zwanzig ausgesehen!

»Ist das möglich?«, flüsterte Emilia verwirrt. »1930er-Jahre? Sophie Langenberg?«

Eingehend betrachtete Emilia das Porträt. Über der rechten Gesichtshälfte lag ein Schatten, als habe sich beim Malen eine Wolke vor die Sonne geschoben. Eine Kette mit einem daumengroßen, tropfenförmigen Aquamarin in einer fragil gearbeiteten Fassung reichte bis zum Dekolleté. Die Porträtierte trug eine weiße Bluse, die am Schlüsselbein Falten warf. Der schlanke Hals, der blasse Teint ließen die geschminkten Lippen, die ein Lächeln andeuteten, hervortreten. Große, blaue Augen, die die leuchtenden Farben des Steins widerspiegelten, blickten mit einer Mischung aus Neugier, Verletzlichkeit und Stolz durch den Betrachter hindurch, als suchten sie nach etwas hinter der Fassade. Spielte da ein Hauch von Ironie um die Mundwinkel?

Die frappierende Ähnlichkeit zu ihr als junger Frau verblüffte Emilia. Der mandelförmige Schnitt der Augen, die hohen Wangenknochen, selbst die Grübchen um die Mundwinkel waren nahezu identisch mit ihren Gesichtszügen.

Bei der Abgebildeten musste es sich um ihre verstorbene Großmutter Sophie handeln – eine Frau, die Emilia nie kennengelernt hatte und um deren Leben und Sterben sich in der Familie Gerüchte rankten.

Gerüchte, die mit den Eltern, Großeltern, Tanten und Onkeln ausgestorben waren. Es hieß, Sophie habe sich nie an Konventionen gehalten und keinerlei familiäre Bindungen gekannt. Von einem einsamen, verpfuschten Leben war die Rede gewesen. Vom hohen Preis der Selbstbestimmung. Ein Leben, das in Frankreich geendet hatte. Geblieben war Emilias Mutter ein kleines Häuschen im

Lubéron – ein letzter stummer Zeuge von Sophies Existenz. Emilia spürte, wie eine alte Neugier in ihr wiedererwachte, Fragen zurückkehrten, die in ihrer Kindheit von den Erwachsenen erstickt oder, was viel nachhaltiger gewirkt hatte, mit eisigem Schweigen beantwortet worden waren.

Mit zitternden Händen legte Emilia den Katalog zurück auf den Tisch. Sie stand auf, trat ans geöffnete Fenster, neigte ihren Kopf mehrmals zu beiden Seiten und massierte sich anschließend den Nacken.

Draußen ging eine leichte Brise. Die Blätter der Linde bewegten sich. Der Duft von Lavendel strömte vom Kräuterbeet vor der Häuserwand hinauf in die erste Etage. Gefolgt von Rosmarin und Zitronenthymian. Eine Idylle, die auf einmal einen stechenden Schmerz hervorrief.

Langsam ging sie zum Schreibtisch zurück, nahm den Katalog wieder auf und studierte die Fakten: *Objekt Nr. 23, Frau im Schatten, signiert von Paul-Raymond Fugin, nicht datiert, vermutlich 1930er-Jahre, Paris. 1200 Euro.*

Der Name der Porträtierten fehlte.

Paris! Von dem wenigen, was Emilia über ihre Großmutter wusste, hatte sich Paris als bedeutsame Lebensstation in ihrem Gedächtnis fest verankert. Irgendwann nach dem Krieg hatte sich Sophie für immer von ihrer Familie abgewendet. Sophies Stiefbruder Arno und dessen Frau Hanne hatten Emilias Mutter großgezogen.

Ein kurzer Lebenslauf, der Emilias Kindheit begleitet hatte. An ihm haftete der Verrat wie klebriger Harz.

»Das muss Sophie sein«, sagte sie zu sich selbst.

Einen kurzen Augenblick spielte sie mit dem Gedanken, ihre Entdeckung mit Vladi zu teilen. Sollte sie ihn während seiner Feriensprechstunde an der Universität anrufen? Sie verwarf die Idee so schnell, wie sie gekommen war. Seit einem Fehltritt Vladis vor einigen Monaten war ihre Beziehung trotz einer langen Aussprache fragil. Während er sich bemühte, Emilias Vertrauen zurückzugewinnen, empfand sie ihm gegenüber Reserviertheit, Zurückhaltung. Je mehr sie vergessen wollte, desto intensiver war ihre Vorstellung von seinem Betrug. Sie malte sich alle Einzelheiten aus.

Verdrängtes ist nicht verschwunden. Es nährt sich von unserem innigsten Wunsch zu vergessen – der Auszug aus dem Artikel über das Vergessen kam ihr erneut in den Sinn.

Ihre Mutter Pauline einzuweihen war keine Option. Bei ihr musste sie bei Themen, die Paulines schwierige Biografie betrafen, besonders behutsam vorgehen. Pauline schien das von ihrem Elternhaus dominante Gen des Verdrängens geerbt oder zumindest derart verinnerlicht zu haben, dass ein Telefonat mehr aufwirbeln als klären würde. Hinzu kam ein labiler Seelenzustand, der sich in jüngster Zeit verschlimmert und all die Jahre in immer wiederkehrenden depressiven Schüben zeigte. Die letzten Zeugen, Arno und Hanne, waren längst tot.

Den ganzen Nachmittag verbrachte Emilia am Schreibtisch. Sie zwang sich, ihre Arbeit zu erledigen. Entwarf Texte für das Mobiliar, die Landschaftsbilder und ein vorläufiges Layout.

Immer wieder wanderten ihre Gedanken zu dem Porträt. Je länger sie darüber nachdachte, desto weniger glaubte sie an Zufälle – das Bild Sophies und die poetischen Sätze über das Vergessen verschwammen ineinander und ergaben einen Sinn. Nur welchen?

Emilia warf einen Blick auf die Uhr. In einer halben Stunde würden Mischa und Vladi hier sein. Für Mischas Lieblingsessen hatte sie alle Zutaten im Haus – ein Kindergericht, das sich schnell zubereiten ließ: Frische Tomatensoße mit Kräutern. Nudeln. Parmesan.

Gedankenverloren tippte sie bei Google Paul Raymond Fugin ein.

Paul-Raymond Fugin, geboren 1910 (Paris), gestorben 1984 (Soultz-sous-Forêts, Elsass). Fugin zählt zum Kreis der Surrealisten, obwohl ihm zeitlebens die Anerkennung seiner Kollegen verwehrt blieb. Nach dem Krieg verdiente er seinen Lebensunterhalt mit Zeichen- und Malunterricht und kopierte eher Stilrichtungen, als seinen eigenen Malstil zu entwickeln. Einige seiner Werke muten wie Kopien großer Zeitgenossen wie Salvador Dalí, Pablo Picasso und Max Ernst an. Bis zu seinem Tod am 23. März 1984 lebte Paul-Raymond Fugin in einem Herrenhaus im elsässischen Soultz-sous-Forêts namens La Maison du Bonséjour.

Emilia klickte die wenigen Fotos an, die es im Netz von Fugin gab. Er wirkte kühl – ein attraktiver Mann mit einem kantigen Gesicht und hellem, streng zurückgekämmtem Haar. Sie druckte die Wikipedia-Seite aus. *La Maison du Bonséjour – Haus des guten Aufenthalts* übersetzte sie in Gedanken.

Paris. *La Lumière. Soultz-sous-Forêts.*

Mit dem Katalog ging sie hinunter ins Erdgeschoss zur

Küche, öffnete beide Flügel der Terrassentür und das Fenster gegenüber der Kochinsel. Sie legte den aufgeschlagenen Katalog auf den Esstisch und fing mit ihren Vorbereitungen an, würfelte Tomaten, Knoblauch, Zwiebeln und setzte Nudelwasser auf.

Sie trat hinaus in den Garten und schnitt aus dem Kräuterbeet einige Zweige Rosmarin, Thymian und Oregano ab.

Zurück in der Küche rieb sie mechanisch Parmesan, hackte anschließend die Kräuter, gab sie zum Sugo, holte Wein aus dem Kühlschrank und stellte ihn zusammen mit Gläsern, Tellern, Besteck und Servietten auf ein Tablett. Dann brachte sie das Arrangement in den Garten zum Essplatz unter der Linde, deren Blätter wie ein großzügiger Sonnenschirm Schatten spendeten.

Sie setzte sich auf einen Gartenstuhl, atmete durch, schenkte sich vom elsässischen Edelzwicker ein und nahm einen Schluck. Er schmeckte fruchtig, trocken. Emilia lehnte sich zurück, warf den Kopf in den Nacken, sah gen Horizont und blinzelte. Das Sonnenlicht flackerte durch die Äste. Die Blätter bewegten sich, als tanzten sie.

Kein Regen in Sicht.

Paris. *Lubéron. Elsass.*

Immer wieder landeten Emilias Gedanken bei dem Bildnis ihrer Großmutter. Die Vorstellung, dass es schon bald in einem fremden Ort an einer beliebigen Wand hängen und es bereits morgen an irgendeinen Meistbietenden gehen würde, befremdete Emilia. Als würde es jäh aus einem Zusammenhang herausgerissen, als werde Sophie postum entwurzelt.

Aber das war nur ein Gefühl, denn Emilia wusste nicht,

ob ihre Großmutter jemals mit irgendeinem Ort der Welt verwachsen gewesen war. Oder mit einem Menschen. Aber wer war das schon?

EMILIA

2

Von der Straße, die hinter dem Haus und der angrenzenden Gartenmauer lag, hörte Emilia, wie sich ein Auto näherte und das Garagentor geöffnet wurde. Schnell stand sie auf und ging mit ihrem Weinglas zurück in die Küche, wo das Nudelwasser bereits kochte. Mit Schwung warf sie grobes Meersalz hinein.

»Schmeckt der Wein?«, fragte Vladi schmunzelnd und betrat die Küche. Emilia ließ die Pasta in den Topf gleiten. Vladi ging auf sie zu, legte den Arm um sie und küsste sie auf die Stirn.

»Edelzwicker aus dem Elsass«, entgegnete sie und zeigte auf ihr Glas. »Vorzüglich.«

Vom Flur aus vernahm sie die Stimme ihres Sohnes, der telefonierte. Vladi hob den Deckel vom Soßentopf. »Das duftet ja ganz wunderbar.«

»Hallo, Mama.«

Mischa küsste seine Mutter auf die Wange und beugte sich anschließend neben seinem Vater über den köchelnden Sugo. »Nudeln mit Tomatensugo. Toll!«

»Ich hoffe, ihr seid hungrig«, erwiderte Emilia und spürte,

wie ihr das Herz aufging. Schon immer vermochte es Mischa mit einem Lächeln, einer kleinen Geste ihre trüben Gedanken zu verscheuchen. Sie schwenkte den Wein in ihrem Glas und deutete mit dem Kopf in Richtung Garten. »Ich habe draußen gedeckt. Wein steht auf dem Tisch.«

Mischa setzte sich an den Esstisch in der Küche, nahm den Katalog, der immer noch aufgeschlagen dalag, griff gleichzeitig nach einer Traube aus dem Obstkorb, warf sie in die Luft und fing sie mit geöffnetem Mund auf. »Das bist ja du, Mama.«

Seine Stimme klang überrascht, seine Haltung drückte Zweifel aus.

»Es sieht fast so aus«, erwiderte Emilia, während sie mit dem Kochlöffel die Soße rührte. »Nur war ich, als es gemalt wurde, noch nicht auf der Welt.«

Vladi, der das Gespräch verfolgt hatte, warf einen Blick auf den Katalog, stutzte und verschwand nach draußen. »Ich hole mir erst mal ein Glas Wein.«

»Hat Oma Pauline so ausgesehen?« Fragend runzelte Mischa die Stirn.

»Hast du den Untertitel nicht gelesen? Das Porträt stammt aus den Dreißigerjahren. Oma Pauline ist 1940 geboren. Bleibt noch Sophie. Deine Urgroßmutter.«

»Das ist ja ein Ding!«

»Ja, bis vor wenigen Stunden wusste ich nicht, dass eine derart frappierende Ähnlichkeit zwischen Sophie und mir bestand.«

Sophie – immer wieder war dieser Name über die Jahre gefallen, ohne wirklichen Bezug. Es existierten keine Bilder in Fotoalben, außer wenigen Kinderfotos vor einer großbürgerlichen Idylle, die gestellt und unnatürlich wirkten, fast bewegungslos: auf dem Landsitz und in der Stadtvilla. Vor dem ersten Automobil. Ein ganzes Erwachsenenleben von Sophie fehlte wie ein dunkles Loch in der Ahnengeschichte der Langenbergs. Sophie war eine geheimnisvolle Frau, die mit knapp zwanzig unehelich ihre Tochter Pauline geboren und sie danach in die Obhut ihrer Familie gegeben hatte – was immer sie getan oder unterlassen hatte, sie blieb eine Exotin, der das Attribut Rabenmutter anhaftete. Eine Frau, an die man sich aus Nebensätzen erinnerte, und selbst diese waren fragmentarisch geblieben. Sophies Leben, das weit außerhalb des legendären Langenberg-Wohlstands, jenseits des gesellschaftlichen Parketts stattgefunden hatte, war schemenhaft und geheimnisvoll geblieben.

Mittlerweile waren die meisten, die Sophie gekannt hatten, tot. Im Raum Baden-Baden sagte der Name Langenberg, der einst für eine Edelmetall- und Diamantendynastie stand, niemandem mehr etwas. Pauline war noch nie eine zuverlässige Zeugin gewesen. Jahrzehntelang immer wiederkehrende depressive Phasen hatten Spuren in Paulines Gedächtnis hinterlassen oder die wenigen Erinnerungen an die Vergangenheit getrübt.

Mit einem Glas in der Hand kam Vladi aus dem Garten zurück, nahm seinem Sohn den aufgeschlagenen Katalog ab und betrachtete die Seite eingehend. »Seht ihr, was ich sehe? Sophie – Paulines Mutter? Deine Großmutter?«

Emilia nickte.

»Klar, Papa. Sie ist Mama wie aus dem Gesicht geschnitten. Wahnsinn!«

»Stimmt«, erwiderte Vladi, während er erneut das Porträt begutachtete. Verwirrt sah er nach einer Weile auf. »Das ist ja völlig verrückt. Wie kommst du an diesen Katalog?«

»Arbeit«, erwiderte Emilia achselzuckend, füllte den Sugo in eine Schüssel und stellte diese auf den Esstisch vor Mischa. »Für dieses Auktionshaus im Elsass. Es wurde offensichtlich in Paris gemalt zu einer Zeit, als Sophie dort lebte.«

Sophies Aufenthalt in Paris Ende der Dreißigerjahre war eine kleine, mit Gerüchten behaftete Sequenz in Sophies Biografie.

»Ich fand die Vorstellung schon immer sehr cool, dass meine Urgroßmutter als Heranwachsende von zu Hause abgehauen ist. Eine junge Frau mitten in Paris! Und dann ein uneheliches Kind.«

Emilia warf Mischa einen strengen Blick zu. »Ein uneheliches Kind war 1940 alles andere als cool, Mischa. Damals sprach man von Schande.«

»Nicht bei den Nazis, die haben versucht, Mütter von unehelichen Kindern aufzuwerten und so den kirchlichen Begriff der Schande zu entkräften«, korrigierte Mischa und verzog dann verächtlich die Nase. »Kinder für den Führer.«

»Wir wissen nicht, was sie mitgemacht hat«, sagte Emilia unbeeindruckt. »Die Gesellschaft war besonders im katholischen Frankreich gnadenlos. Sophie wird ihr Kind nicht grundlos der Familie überlassen haben.«

»Weil der Erzeuger sich aus dem Staub gemacht hatte«, kam es vorwurfsvoll aus Mischas Mund. »Wie alt war Sophie, als sie abgehauen ist, Mama?«

»Knapp achtzehn«, erklärte Emilia, fischte mit der Gabel eine Spaghetti aus dem kochenden Wasser und testete deren Konsistenz. »Damals war man erst mit einundzwanzig volljährig. Ihr Alter würde mit der Einschätzung der Entstehung des Porträts korrespondieren. In der Beschreibung heißt es: *vermutlich späte 1930er-Jahre*.«

»Ist Sophie namentlich erwähnt?«, fragte Mischa, während er zum Register des Katalogs blätterte.

»Nein, sie ist eine Frau im Schatten«, erwiderte Emilia kopfschüttelnd und goss den Inhalt des Nudeltopfs über der Spüle in ein Sieb. Sofort stieg Dampf auf. Emilia trat einen Schritt zurück. »Die Schattenfrau. Das ist leider alles, was sie charakterisiert.«

Emilia nahm die Schüssel mit der Pasta, ging um die Kochinsel herum und gab Mischa mit den Augen ein Zeichen, die Soße hinauszutragen.

»Und *nach* Paris hat sie mit der Familie gebrochen?« Mischa stand auf und folgte seinen Eltern mit dem Sugo durch die Terrassentür. »War es so?«

Seine Eigenart, den Dingen mit Fragen auf den Grund zu gehen, war sicherlich seinem Berufsziel als Psychologe dienlich, für diejenigen, die ihm nahestanden, war seine ständige Fragerei zuweilen schlichtweg lästig. Im Garten angekommen, verdrehte Vladi die Augen. Emilia atmete einmal tief durch.

»Das haben Paulines Zieheltern jedenfalls behauptet«, erklärte sie, nahm auf dem Stuhl gegenüber der Bank Platz und schlug die Beine übereinander. »Es ist nicht das erste Mal, dass wir das durchleuchten, Mischa.«

»Arno und Hanne«, erklärte Vladi, als müsse er die komplizierte Familienkonstellation in seinem Gedächtnis abrufen.

Vladi und Mischa setzten sich nebeneinander auf die Holzbank. Emilia registrierte, wie synchron die Bewegungen von Vater und Sohn abliefen und musste lächeln. Beide verteilten Teller, Besteck und Servietten, als hätten sie den Ablauf einstudiert. Anschließend reichte Vladi die Schüssel mit den Nudeln herum.

»Also für mich eröffnet dein Fund neue Fragen«, sagte Mischa lebhaft und nahm sich eine Portion Pasta. »Na ja, eigentlich sind es alte Fragen, aber ein neuer Blickwinkel, findet ihr nicht auch? Ihr wisst schon: Sophie, das schwarze Schaf. Sophie, die Sünderin, die Lustbetonte, die Egomanin, dieser ganze Quatsch, der dir erzählt worden war, Mama. Wir haben immer darüber spekuliert, was genau sie in Paris gemacht hat. Jetzt taucht sie auf einmal im Elsass auf.«

»*Ein Bild* von ihr«, korrigierte Emilia, rückte ihren Stuhl näher an den Tisch und nahm ihr Besteck.

»… das offensichtlich in Paris entstand, Mama. Hast du dich je gefragt, was eine Deutsche in den Dreißigerjahren überhaupt nach Paris verschlug? Und das unmittelbar vor dem Zweiten Weltkrieg? Sie hätte sonst wohin abhauen können.«

Mischa streute Parmesan auf seinen Teller und fing an zu essen.

»Sie war Halbfranzösin«, sagte Emilia. »Sicherlich gab es Verwandtschaft. Eine erste Anlaufstelle. Und ich habe mir diese Frage mehr als einmal gestellt, Mischa. Hundertmal. Außerdem habe *ich* nie von Sünde gesprochen.«

»Du nicht, aber die anderen«, erwiderte Mischa mit vollem Mund. »Arno und Hanne, dein Urgroßvater. Nur Oma Pauline hat sich nie geäußert.«

Emilia nickte betroffen. »Sie wollte nie darüber sprechen, das stimmt. Auch nicht, als es ihr noch besser ging.«

Gedankenverloren kaute Emilia und ließ den Blick hinüber in Richtung Oos schweifen. Mischas Worte trafen auf einen Widerspruch in ihr, einen Zwiespalt, den Emilia all die Jahre mit sich herumgetragen hatte. Sie hatte im Laufe der Zeit nur gelernt, ihn auszuhalten.

Verdrängtes ist nicht verschwunden. Es schläft nur.

»Ich habe diese Geschichte schon immer komisch gefunden«, sagte Emilia mit klarer Stimme und schob ihren Teller zur Seite.

»Welche?«, fragten Vladi und Mischa wie aus einem Mund.

»Die Folge der Ereignisse. Eine junge Frau bricht aus ihren Verhältnissen aus, sucht ihr Glück in Paris, wird schwanger und überlässt ihr Kind jener Familie, vor der sie einst geflohen war. Danach folgt der endgültige Bruch. Irgendetwas fehlt. Ein Zwischenschritt. Die Familienchronik ist voll von Lücken, ab Sophies Schwangerschaft bis zu ihrem Tod im *Lubéron*.«

»Du hast recht«, erwiderte Vladi mit ernster Miene. »Eigentlich wissen wir gar nichts, nur dass sie ihre letzten Jahre in Südfrankreich verbrachte. Und selbst diese Information verdanken wir einem Zufall.«

Anlässlich Paulines Umzugs hatten Emilia und Vladi nach Rentenunterlagen gesucht und dabei zufällig inmitten von Krankenkassenbelegen die Urkunde eines Häuschens im *Lubéron* gefunden – Sophies letztem Wohnsitz. Laut Dokumentenlage war der Besitz von einem Notariat in Avignon im April 2016 rechtskräftig bestätigt und auf Pauline übertragen worden.

Auf vorsichtiges Nachfragen hatte Emilias Mutter aber nur den Kopf geschüttelt und gesagt, von einem derartigen Besitz wisse sie nichts. Sie selbst sei niemals dort gewesen. Eine Frau namens Sophie sei ihr nicht bekannt und sie sei sicher, irgendjemand habe ihr das Häuschen untergejubelt. »Macht damit, was ihr wollt«, hatte sie abschließend trotzig gesagt.

Vladis Stimme durchbrach Emilias Gedanken. »Jetzt gibt es niemanden mehr, den du fragen könntest.«

»Früher hat sich Pauline nicht erinnern wollen, heute kann sie es nicht mehr«, sagte Emilia traurig.

»Zu Beginn meines Studiums mussten wir ein Genogramm erstellen, einen Stammbaum unserer Familie«, sagte Mischa. »Auf Emilias Seite war ein dickes Fragezeichen. Ihr Großvater ist ein großer Unbekannter. Genau wie ihr Vater.«

»Ich kenne meinen Vater«, korrigierte Emilia streng. »Und du auch, Mischa. Er hat sich nur vor vielen Jahren für ein anderes Leben entschieden.«

»Er ist abgehauen«, schimpfte Mischa. »Und hat seine Familie im Stich gelassen.«

Emilia überlegte, welche Wunden diese Lücken in ihrem Leben gerissen hatten. Die Scheidung ihrer Eltern. Paulines Schweigen. Sophies Biografie. Auf Vladis Seite hingegen hatte es bis zum Tod seiner Eltern Kontinuität und Verlässlichkeit gegeben.

War es möglich, dass durch dieses Porträt die familiäre Verdrängung brachlag?

Vladi warf Mischa einen strengen Blick zu und wandte sich dann an Emilia. »Was wissen wir über den Maler?«

»Irgendein Franzose. Paul-Raymond Fugin. Nie von ihm gehört.«

»Hast du ihn schon gegoogelt?«

»Ja. Er war nicht besonders bekannt. Gehörte zum Kreis der Surrealisten, ohne wirklich einer von ihnen zu sein, und hat wohl nie einen eigenen Stil entwickelt. In Paris geboren, gestorben im Jahr 1984 im *Elsass*.«

»Ohne einer von ihnen zu sein?« Vladi zeigte mit der Gabel auf die Weinflasche und sah Emilia fragend an, bis sie ihr leeres Glas in seine Richtung schob. Mit ruhiger Hand schenkte er nach.

»Wahrscheinlich war es in den Zwanzigerjahren schwer neben Picasso, Dalí, Max Ernst.«

»Verstehe«, sagte Vladi und hob sein Glas.

Ihre Gläser trafen sich über der Mitte des Tischs und klangen hell beim Anstoßen, als habe es in der jüngsten Vergangenheit keine dissonanten Töne zwischen ihnen gegeben.

»Stimmt. Paris war damals voll von Leuten, die schon zu Lebzeiten berühmt waren«, fuhr Vladi fort. »Ein Eldorado für Künstler. Schriftsteller, Maler, Philosophen. Vielleicht hat Sophie als Modell einfach Geld verdient. Womöglich als Aktmodell.«

Emilia nickte. »Was ihr mein Urgroßvater nie verziehen hat.«

»Wo es von Malern wimmelt, gab es sicherlich auch

viele Modelle. Ich habe zwar keine Ahnung von Malerei, aber ich finde das Porträt sehr gelungen«, sagte Emilia.

»Man müsste das Original sehen, um die Qualität zu beurteilen«, meinte Vladi. »Der Schatten ist sehr markant.«

»Frau im Schatten. Schattenfrau.« Emilia erschrak darüber, wie nahe dieser Titel der Familiengeschichte kam. »Bei den Surrealisten spielte das Unbewusste eine wichtige Rolle. Ein Schatten könnte eine Art Alter Ego veranschaulichen.«

»Schade, dass mein Bruder nicht da ist«, erwiderte Mischa unbekümmert und nahm einen kräftigen Schluck Wasser. »Der Kleine würde uns jetzt einen ausführlichen Vortrag über surrealistische Malerei zum Besten geben und uns erklären, ob das Bild Kunst oder Kitsch ist.«

Mischas jüngerer Bruder Leo, den er immer den *Kleinen* nannte, obwohl er einen halben Kopf größer als Mischa war, studierte Medizin in Frankfurt. Schon sehr früh hatte Leo Museen geliebt und bereits vor dem Kindergarten mit Talent gemalt und gezeichnet. Weder Emilia noch Vladi verfügten über sein räumliches Vorstellungsvermögen, seine Gabe, dreidimensionale Figuren, Schatten und Licht zu Papier zu bringen. Nur Emilias Vater, der früher als Restaurator gearbeitet hatte, war mit Ansätzen dieser Begabung ausgestattet.

»Hast du von Leo gehört?«, fragte Emilia interessiert. »Ich habe das letzte Mal vor zwei Wochen mit ihm gesprochen.«

»Er büffelt für sein Physikum«, erklärte Vladi. »Wir werden am Sonntag ausführlich einige knifflige Fragen aus Probeklausuren erörtern.«

»Eine deiner leichtesten Übungen«, sagte Emilia. Bald

würde das Semester wieder losgehen. Für vier Monate war Vladi dann durch seine Dozentenstelle an der Universität sehr eingespannt und meist zwei Nächte pro Woche in Heidelberg, manchmal auch drei.

»Wenn es einer packt, dann mein kleiner Bruder. Was immer er in Angriff nimmt, macht er gründlich und mit ganzem Herzen«, sagte Mischa, wickelte die restlichen Spaghetti um seine Gabel und strahlte Emilia glücklich an. »Hast du keinen Appetit, Mama? Ich liebe dein Essen!«

»Später«, erwiderte sie lächelnd. »Vielleicht später.«

Beherzt schenkte sich Mischa ein zweites Glas Wein ein und sah auf seine Uhr. »Ich nehme den Zug um halb zehn. Morgen muss ich früh raus.«

Wie aus der Ferne hörte Emilia Mischa von seiner bevorstehenden Statistikprüfung reden, und heimlich fragte sie sich, ob Mischas Studienwahl näher an der seines Vaters, dem lehrenden Mediziner, oder bei ihr, der Literaturwissenschaftlerin, lag. Dass ausgerechnet Leo in die Fußstapfen seines Vaters treten wollte, befremdete sie bis heute, und sie nahm sich vor, ihren Jüngsten so bald wie möglich anzurufen. Auf geheimnisvolle Weise war ihr Mischa immer näher gewesen. Schon als kleines Kind war der Umgang mit ihm leichter als mit Leo gewesen. Es war einfacher ihn zu lieben, während Leos Sensibilität sie oft an ihre Grenzen gebracht hatte. Leo wiederum reagierte im Umgang mit seinem Vater viel großzügiger, weniger empfindlich.

Lange lag Emilia wach. Der Wind spielte mit den Blättern, das plätschernde Geräusch des Flusses drang durchs geöffnete Fenster und hörte sich wie Dauerregen an. Was sie sonst beruhigte, ließ sie in dieser Nacht nicht schlafen. Gegen zwei Uhr morgens stand sie auf, ging nach nebenan in ihr Arbeitszimmer an ihren Schreibtisch, knipste die Lampe an, ließ den Laptop hochfahren und gab den Suchbegriff Surrealismus ein. Virtuell blätterte sie in einem Bildband mit dem Titel »Gegen jede Vernunft« – ohne einen Zugang zu den Werken zu finden. Dann suchte sie nach *Soultz-sous-Forêts*. Laut Routenplaner lag der Ort, der Sophies Bild beherbergte, nur eine knappe Autostunde von ihr entfernt.

Noch einmal prüfte sie das Datum: Beginn der Versteigerung: 30. August 2016, elf Uhr. Sie sah auf den Kalender. Also heute. Fast unheimlich klang das Surren des Druckers in der Dunkelheit. Emilia spürte eine wachsende Anspannung, stärker als jede rationale Erwägung – sie fühlte sich wie ein Tier, das etwas witterte und seine Nase in alle Richtungen hielt, um zu prüfen, woher der Wind kam. Er kam von allen Seiten. Plötzlich befürchtete sie, Vladi könne von dem Geräusch wach werden, in der Tür ihres Arbeitszimmers stehen und Fragen stellen, obwohl sie es war, die Fragen an ihn hatte.

Warum hast du unsere Liebe aufs Spiel gesetzt? Warum hast du es getan, wenn es nicht wichtig war? Was geschieht jetzt mit uns, da unsere Kinder aus dem Haus sind?

Eilig schlich sie auf Zehenspitzen zur Tür, schloss sie leise, wartete bis der Drucker die Route ins Elsass ausspuckte, und legte das Blatt zur Seite des Auktionskatalogs, wo Sophie, die Schattenfrau, den Betrachter anlächelte.

Irgendwann klappte Emilia den Katalog zu und ging zurück in Mischas Bett. Das Letzte, was sie wahrnahm, bevor sie in einen traumlosen Schlaf fiel, war das Geräusch eines Donnerschlags aus der Ferne. Ein Sommergewitter.

Als sie am Morgen erwachte, war es bereits halb neun. Von unten hörte sie das Klappern von Geschirr, und der Duft von frisch gemahlenem Kaffee erfüllte das ganze Haus. Sie verschwand im Bad und nach einer raschen Morgentoilette schlüpfte sie in Jeans und eine hellblaue Seidenbluse, die ihre Augen betonte. In der Küche angekommen, schenkte sie sich Kaffee ein, setzte sich an den Tisch und vernahm ein raschelndes Papiergeräusch, das aus Vladis Arbeitszimmer kam.

»Fährst du nach Heidelberg?«, rief sie in seine Richtung, bemüht, ihrer Stimme einen neutralen Ton zu geben.

Sie hörte, wie eine Tür ins Schloss fiel – offene und geschlossene Türen waren ein Streitpunkt, der ihre Ehe schon immer begleitet hatte: Vladi schloss Türen und Fenster, weil das seinem Sinn für Ordnung entsprach, während Emilia diese am liebsten sperrangelweit geöffnet ließ.

Nach einer Weile betrat Vladi die Küche, legte seine Aktentasche auf einen Stuhl und ließ den Henkel seiner leeren Kaffeetasse am Zeigefinger schaukeln. »Nein. Ich habe einen Termin mit einem Doktoranden. Wir treffen uns hier in der Stadt.«

»Doktorand oder Doktorandin?«, fragte sie zurück und konnte sehen, wie sich sein Gesichtsausdruck veränderte. Langsam schüttelte er den Kopf, ging zur Spülmaschine, räumte die Tasse ein und schloss die Klappe. Er stemmte die Hände dagegen, ließ den Kopf sinken, hielt inne und atmete lautstark durch.

»Bitte nicht, Emilia«, bat er mit einem flehenden Unterton, sah sie an und trat zum Büfett ihr gegenüber, lehnte sich dort an und steckte die Hände in die Hosentaschen. »Es ist vorbei. Du weißt, dass ich kein notorischer Fremdgeher bin. Und es war keine Doktorandin. Wir haben doch darüber gesprochen.«

Emilia schluckte, biss sich anschließend auf die Lippe und dachte wehmütig: *Du* hast darüber gesprochen. Unsere Aussprache war ein Monolog mit abschließender Absolution.

»Wie lange sind wir zusammen, Emilia? Siebenundzwanzig Jahre? Es war ein *einziges* Mal.«

Siebenundzwanzig gemeinsame Jahre. Jahre, in denen keiner von beiden jemals die Treue und Zuverlässigkeit des anderen infrage hatte stellen müssen. Von einem Tag auf den anderen war das Selbstverständliche zwischen ihnen zu etwas Exklusivem geworden.

»Irgendwann wirst du mir verzeihen müssen, Emilia. Sonst kommen wir nicht weiter.«

Dass sie diejenige sein sollte, die für das Vorankommen ihrer Beziehung verantwortlich war, schien ihr grotesk, aber sie verabscheute Schuldzuweisungen. Ihr Verstand sagte ihr, dass eine Affäre jedem passieren konnte. Absolute Treue war eine Illusion. Nur hinkten ihre Gefühle allen rationalen Überlegungen hinterher.

»Was hast *du* heute vor?«, fragte Vladi beherrscht, trat an den Tisch und nahm seine Aktentasche vom Stuhl. Der dezente Duft seines Rasierwassers stieg ihr in die Nase.

»Pauline besuchen. Und ich fahre ins Elsass.«

Ihre Stimme klang entschieden, und auf einmal spürte

sie Erleichterung, obwohl die Reihenfolge nicht stimmte. Sie würde zuerst ins Elsass fahren. Auf dem Rückweg einen Abstecher in der *Ortenau* bei ihrer Mutter machen.

Emilia streifte ihre Ballerinas ab, legte die Beine auf den Stuhl, den Vladi soeben frei gemacht hatte, und warf einen Blick auf die nackte Wand draußen im Flur. Sie bewegte die Zehen und versuchte sich vorzustellen, wie das Porträt ihrer Großmutter dort hängen würde, von einer tief stehenden Morgensonne für kurze Zeit beschienen, bis das Licht von den Bäumen und Sträuchern im Garten geschluckt wurde. Ihr war, als hätte ihre Familie seit zwei Jahrzehnten für genau dieses Gemälde Platz gelassen. Für einen Augenblick schien ihr dieses Haus samt seinen Insassen unverwundbar, als hätten seine Wände weder den Streit nach Vladis Affäre vernommen, noch Emilias darauffolgenden Auszug aus dem gemeinsamen Schlafzimmer in Mischas Jugendzimmer registriert.

Sie schob die Kränkung, die wie ein Phantomschmerz aufblitzte, zur Seite. Neues Vertrauen brauchte Zeit, aber auch das alte war nicht gänzlich verbraucht. Was jetzt zählte, war eine Wissenslücke mit älteren Rechten, die mit dem Bildnis wiederaufgetaucht war. Vielleicht würde Emilia etwas wiedergutmachen können, postum für ihre Großmutter und noch zu Lebzeiten für ihre gekränkte Mutter. Es musste einen Grund haben, dass sie mit geschlossenen Augen auf einen schwarzen Fleck ihrer brüchigen Geschichte gestoßen war. Etwas, das sie ein Leben lang begleitet hatte und das jetzt aus einem toten Winkel neben ihr aufgetaucht war.

Das Gemälde mochte das harmlose Bildnis einer schönen jungen Frau darstellen. Eine Frau, auf deren rechter Gesichtshälfte ein Schatten lag. Eine Frau, die undefinierbar lächelte und einen kostbaren Stein um den Hals trug. Für Emilia bargen Sophies Augen, die wie durch einen Schleier blickten, eine stille Bitte. Verdrängte Fragen aus Emilias Kindheit, gefolgt von Verboten und demonstrativem Schweigen der Erwachsenen kehrten wie selbstverständlich in ihr Bewusstsein zurück, und sie spürte wie ein altes Aufbegehren in ihr lebendig wurde. Gefolgt von Unbehagen. Die Dämonen ihrer Kindheit. Sie hatten nur geschlafen. Als Kind hatte sie sich gegen die Reglementierungen und die damit verbundene Doppelmoral der Erwachsenen nicht wehren können. Jetzt aber hatte sie die Wahl.

Was war wirklich mit Sophie geschehen? Wie hatte sie all die Jahre bis zu ihrem Tod in *La Lumière* gelebt? Wie lange? Mit wem? Warum war Sophies Besitz erst Jahrzehnte nach ihrem Tod in die Hände ihrer Tochter gefallen?

Nur ein einziges Mal regte sich ein leiser Zweifel in Emilia: Würden die Antworten wirklich die Dämonen ihrer Kindheit verscheuchen? War es besser, sie ruhen zu lassen?

»Dann musst du das wohl tun«, unterbrach Vladi ihre Gedanken. »Du wirst das Bild kaufen, es herbringen, und wir hängen es hier auf. Aber dabei sollten wir es dann auch belassen.«

In fünfundzwanzig Jahren Ehe ging das, was zwischen den Zeilen stand, manchmal eigenwillige Wege. Vieles artikulierte sich wortlos. Es gab ein eisiges Schweigen, ein schuldbewusstes, ein verletzendes, ein heilsames – oder man sprach über etwas Banales und bezog sich dabei vieldeutig auf Grundsätzliches – die Ehe war ein weites Feld der Metaebene. Natürlich hatte Vladi den Aufruhr, der in ihrem Inneren zu wüten begonnen hatte, erfasst, und er musste begriffen haben, dass es für Emilia an der Zeit war, ihre Großmutter heimzuholen. Aber seine Warnung war nicht zu überhören. Gleich würde er sagen: *Pass auf dich auf, Emilia. Geh nicht zu weit.*

»Ich habe das Gefühl, dass mehr dahintersteckt«, sagte Emilia, zuckte die Achseln und sah in seine braunen Augen, die zu lächeln schienen.

»Hinter dem Porträt deiner Großmutter?«

»Ja«, sagte sie und spürte plötzlich, wie Tränen von ihrer Kehle hochstiegen. Beherrscht schluckte sie diese hinunter. »Als ob es mehr als eine Lebensstation wäre. Als habe man sie entwurzelt. Es ist nur so ein Gefühl.«

Für einen winzigen Moment wusste sie nicht, ob sie von Sophie, Pauline oder sich selbst sprach.

»Du hattest schon immer eine gute Intuition«, erwiderte Vladi leise, nahm die Hände aus den Hosentaschen, trat zu ihr, beugte sich herab, küsste sie auf die Schläfe, drehte sich um und ging zur Tür. »Pass bitte auf dich auf.«

Die Ehe war ein weites Feld der Metaebene.

JEAN-PIERRE

30. August 2016

Nur ein einziges Bild

Im Morgengrauen waren sie im *Chemin du Cheval blanc* in *La Lumière* losgefahren. Längere Autofahrten unternahm Jean-Pierre nur dann, wenn es sich nicht vermeiden ließ. Und mit Fahrer. Immer wenn er nach einer Reise aus dem Wagen stieg, hatte er das Gefühl, als müsse er seine alten Knochen in die richtige Position bringen. Ähnlich ungern ging er auswärts essen. Er bevorzugte Restaurants, deren Küche er kannte und in denen es keine Überraschungen gab. In *La Lumière* existierten gleich zwei davon. Eine Handvoll in der *Haute Provence*. Und nur eines in Avignon.

Das magische Licht des *Lubéron* und seine würzigen Gerüche lagen bereits drei Autostunden hinter ihnen. Jean-Pierre hatte bei Lyon auf dem Rücksitz seines Wagens gespeist, während sein ehemaliger Chauffeur Henri den Wagen lenkte. Es galt, das Elsass pünktlich zu erreichen. Nur deswegen hatte Jean-Pierre auf diese Notlösung aus seiner aktiven Zeit als Besitzer einer Seifenmanufaktur zurückgegriffen. Normalerweise bevorzugte er ein Picknick in freier Natur.

Jean-Pierre schmunzelte, während er auf Henris schütteres Haar am Hinterkopf blickte. Der gute Henri hatte Jean-Pierre stets die Treue gehalten. Im Vergleich zu ihm war der Siebzigjährige ein Jungspund. Sie waren ein eingespieltes Team, das sich wortlos verstand. Jean-Pierre schätzte Henris Diskretion. Mit ihm konnte er Stunden auf engstem Raum verbringen, ohne ein einziges Wort zu wechseln.

Schweigen war ein Geschenk.

Auf Jean-Pierres Schoß ruhte das Tablett. Die weiße Stoffserviette hatte er am Kragen seines Hemdes befestigt. Vorsichtig setzte er die Lippen an die Kaffeetasse.

Hinter Besançon packte Jean-Pierre die Reste des Proviants zurück in den Korb. Heimischer Lavendelhonig, Butter, Baguette, etwas Käse. Fast achtzig Lebensjahre in Frankreich hatten es nicht vermocht, ihm das deutsche Frühstück abzugewöhnen. Zusammen mit dem letzten Schluck Kaffee genoss er noch einmal die Zeilen eines Briefes, der ihn vor vierzehn Tagen erreicht hatte.

Verehrter Monsieur Roche,
wir kennen einander nicht persönlich, aber Sie wollten über
Monsieur Fugins Sekretariat darüber informiert werden,
sobald Bewegung in die Angelegenheit kommt. Nun ist es
so weit. Die letzten juristischen Zweifel sind ausgeräumt.
Hier im Haus sind alle mit der Katalogisierung des Inven-
tars beschäftigt. Ich, als einer den Fugins nahestehender
Pariser Kunstsachverständiger, habe mich der Angelegenheit

angenommen. Die Versteigerung findet am 30. August,
11 Uhr, statt. Die genaue Adresse finden Sie bitte unten
stehend. Mit Freude nehme ich Ihr Vorgebot für das von
Ihnen anvisierte Objekt auf und sichere Ihnen die
gewünschte Anonymität selbstredend gerne zu. Ich darf
Sie zu Ihrer Wahl beglückwünschen. Es handelt sich um
eines der meistunterschätzten Gemälde aus Fugins Besitz.

Hochachtungsvoll,
Ihr Thierry Bonnet

Mit einem Anflug von Nervosität und einem Hauch Vor-
freude ließ Jean-Pierre den Brief wieder in seiner Jacken-
tasche verschwinden und sah zum Fenster hinaus. Am
Himmel hingen nur wenige Wolken. Das milde Licht des
Spätsommers wurde von den getönten Scheiben seines
Autos absorbiert. Dank der Klimaanlage spürte er nichts
von der Hitze. Nach dem langen Sitzen war sein linkes
Bein taub. Der Schmerz von seiner rechten arthritischen
Hüfte strahlte bis in die Wadenmuskulatur. Ein von Ge-
burt an verkürztes Bein hatte erst im Alter angefangen,
Probleme zu bereiten.

Sie ließen die *Franche-Comté* hinter sich. Jene harmlose
Landschaft mit ihren Wäldern und Weiden, die keinerlei
Erinnerungen bei Jean-Pierre provozierte. Keine, die an sein
Herz andockten. Nur als sie vor zwei Stunden der *Drôme*
näher gekommen waren, hatte er eine Unruhe empfunden.
Wie ein Tier vor einem Gewitter. Gefolgt von einem alten,
vertrauten Gefühl, das noch heute, nach all den Jahren,
sehr präsent war. Als sei alles erst gestern gewesen.

In seiner Seele gab es Landschaften, die eine unendliche Folge von Bildern in ihm hervorriefen. Sie auszuhalten war die höchste Form der Disziplin.

Er hatte lange und gründlich daran arbeiten müssen, bedrückende Bilder aus seiner Kindheit wegzuschieben. Bis er es beherrschte wie ein Requisiteur, der hinter den Kulissen eine neue Bühne bestückt.

Aneinandergebaute Häuser in engen Gassen.

Eine Küche in Paris.

Eine aus einem Fenster hängende rote Fahne.

Laternen, die wie Perlen Straßen säumten.

Die Kälte in einem Schlachthaus.

Unterdrücktes Husten.

Im Frühjahr das Zwitschern der Vögel.

Im Winter der Geruch von Schnee.

Ein Bahnhof in Deutschland.

Wie lange war das her?

Fünfundsiebzig? Dreißig Jahre? Gestern?

Es gab bedrohliche Wortfelder, riskante Bilder. Und unberechenbare Erinnerungen, die ohne Vorwarnung in ihm aufstiegen. Nicht Kränkungen, Schmerz, Furcht waren das Schlimmste. Schöne Erinnerungen konnten zu Dämonen werden, Sehnsucht zu einer lebensgefährlichen Falle.

Das Heimweh war die Königsdisziplin. Aber Kinder sind einfallsreich. Jean-Pierre hatte dann immer so getan, als vereinnahme es nicht ihn, sondern einen anderen Jungen. Kleine Übungen halfen verräterische Gesten abzustreifen, Nuancen in seiner Haltung zu verändern.

Kurz vor seinem zwölften Geburtstag hatte Jean-Pierre

sein Können perfektioniert. Bei einer unfreiwilligen General-probe gelang es ihm, aus sich herauszutreten und in eine andere Rolle zu schlüpfen. Sie half gegen jede Art von Schmerz: Ausgrenzung. Einsamkeit. Liebeskummer. Heim-weh.

Die Sehnsucht nach Geborgenheit gehörte zu den Oli-venbäumen der *Drôme*. Die Liebe zu einer Frau in das sanfte Licht, in das der *Lubéron* seine Blütenfelder taucht. Eine zweite Kindheit in die staubigen Innenhöfe von Paris mit Kindergeschrei und selbst gebastelten Fußbällen. Eine weiter zurückliegende nach Deutschland, in das dunkle Land der Wälder.

Jean-Pierre konnte sein Leben an Landschafen und Or-ten festmachen. Sein Improvisationstalent hatte sein Ge-dächtnis geschult.

»Wir sind gleich da, Monsieur.«

Wie aus der Ferne hörte er Henris Stimme. »Monsieur. Sind sie wach?«

Jean-Pierre schreckte auf, korrigierte seine Sitzposition und blinzelte. Mit aufmerksamen Augen beobachtete Henri seinen ehemaligen Vorgesetzten. Im Rückspiegel trafen sich ihre Blicke. Jean-Pierre sah auf seine Armbanduhr. Kurz nach zehn. »Tatsächlich, Henri. Ich habe über eine Stunde gedöst.«

»Seit Mulhouse, Monsieur. Wir haben gerade Straßburg passiert.«

»Werden wir pünktlich ankommen?«

Jean-Pierre hasste Verspätungen.

»Absolut. Zehn vor elf werden wir in *Soultz-sous-Forêts* eintreffen.«

Mulhouse. Straßburg. Soultz-sous-Forêts. Keiner der Orte weckte irgendwelche Erinnerungen oder gar Emotionen. Sie befanden sich auf neutralem Gebiet. »Und Sie nehmen die Route, die ich Ihnen gesagt habe?«

Henri nickte. »Die linke Rheinseite, Monsieur. Wir werden keinen deutschen Boden betreten. Genauso, wie Sie es wünschten.«

Mit einem zufriedenen Ausdruck nahm Jean-Pierre seinen Kamm aus der Jacke, die am Bügel neben dem Fenster hing, und strich sich durch das gepflegte graue Haar, das ihm bis knapp auf die Schultern reichte.

Wie immer hielt Henri Wort und lenkte den Wagen zehn Minuten vor elf durch einen Torbogen auf das Gelände eines Herrenhauses.

»Voilà, Monsieur. Sie haben noch etwas Zeit. Sind Sie bereit?« Henri schaltete den Motor ab. Seine Stimme klang, als vergewissere er sich vor einer wichtigen Operation, ob sie beide gründlich vorbereitet waren.

Jean-Pierre tastete die Innentasche seines Jacketts ab. »Bereit, Henri. Und bestens präpariert. Danke.«

Henri stieg aus, ging um den Wagen herum und öffnete Jean-Pierre die Tür.

»Dann wollen wir mal, Henri.« Er setzte zuerst sein gesundes Bein auf das fremde Terrain und zog das andere nach. Schwüle Luft schlug ihm wie eine unsichtbare Wand entgegen. Er reckte sich, warf sein Jackett über die Schulter und betrachtete das Gebäude. »Ein schönes Plätzchen hat sich unser Freund Fugin hier ausgesucht. Er war schon immer ein Mann mit exzellentem Geschmack.«

Henri tat, als habe er die Bemerkung weder gehört geschweige denn verstanden. Lächelnd reichte er seinem ehemaligen Chef den Gehstock.

Langsam und bedächtig, als erwäge Jean-Pierre jeden seiner Schritte, ging er auf dem Kiesweg in Richtung Eingang. Seine Gehbehinderung überspielte er mit einem erhöhten, orthopädischen Schuh und dem aufrechten Gang seiner schlanken, großen Statur. Mit rhythmischer Eleganz benutzte er seinen Stock, als gebe ihm ein drittes Bein den Takt vor, mit dem er sich durch die Welt bewegte. Aber jede einzelne Stufe hinauf zu der kleinen Empore des Herrenhauses bildete eine Hürde für Jean-Pierres schmerzende Hüfte. Henri folgte ihm in gebührendem Abstand.

»Wenn Monsieur es wünscht, könnte ich Monsieur nach der Veranstaltung unterhalb der Empore abholen. Wenn Sie mich einfach auf dem Mobiltelefon …«

»So machen wir es, Henri«, unterbrach ihn Jean-Pierre, nahm sein Handy aus der Jackentasche und schaltete es ab. »Ich werde etwas Schweres zu tragen haben und Ihre Hilfe benötigen. Am besten, Sie verbringen die Wartezeit im Schatten. Das Ganze hier wird eine gute Stunde dauern.«

An der Rezeption schlüpfte er in sein Jackett und nannte seinen Namen.

»Bonjour, Monsieur, bienvenue!«

Im Entrée saß ein Mann mit einer Nickelbrille hinter einem Schreibtisch. Mit ernster Miene überflog er Jean-Pierres Ausweis, warf ihm einen verwirrten Blick zu und lächelte dann. »Ich hoffe, Sie hatten eine angenehme Reise. Sie sind bereits angemeldet, Monsieur Roche. Wir haben Ihre Daten registriert.«

Jean-Pierre deutete ein Kopfnicken an und nahm seine Bieternummer und den Ablaufplan entgegen.

Im Haus roch es modrig.

La Maison du Bonséjour – ein Haus, in dem ein angenehmer Aufenthalt offensichtlich Programm war.

Mit zwei Fingern strich Jean-Pierre über seine Lippen, auf die sich beim Gedanken an die Assoziation ein Hauch von Sarkasmus gelegt hatte.

Draußen schien die Sonne. Es war ein schöner Tag. Er lächelte. Gleich würde die Versteigerung beginnen.

Es ging ihm um ein einziges Bild.

Die Stufen hinauf zum Auktionssaal bewältigte er genau wie jene draußen, mit Stock und einer Hand am Geländer. Von der Anstrengung zitterten seine Hände, als er oben ankam. Sein Herz schlug gegen den Brustkorb. Er lehnte vor dem Auktionssaal mit dem Rücken an der Wand und wartete, bis sich seine Atmung beruhigt hatte.

In die warme Luft mischte sich der Geruch von Parfüm. Er schloss die Augen. Ein Duft, den er aus Paris kannte, streifte seine Nase. Grün. Frisch. Fruchtig. Er stellte sich vor, wie er sich am Hals einer schönen Frau entfaltete. Eilig schob er die verlockende Erinnerung zur Seite und bemühte sich stattdessen die Essenzen zu bestimmen: Gräser. Zitrone. Verveine. Grapefruit. Etwas Salbei. Rosmarin und ein Hauch von grünem Apfel.

Ein Anflug von Freude spiegelte sich in seinen Augen. Es gibt tatsächlich noch etwas, das dich in Unruhe versetzt, sprach er im Stillen zu seinem unverwundbaren Ich.

Er betrat den Raum, der bereits mit Menschen gefüllt

war. Hinten links nahm er Platz, legte seine Hände auf den Stock und wartete.

Geduld war eine seiner stärksten Disziplinen.

Geraschel von Papier. Flüstern. Knarrende Stühle.

Im Saal schwebte Anspannung.

Aus seinem seitlichen Blinkwinkel nahm er wahr, wie der Auktionator durch einen freien Korridor nach vorn zu seinem Pult schritt. Jemand schloss die Fenster.

Jean-Pierre nahm seine Brille aus der Jackentasche und setzte sie auf.

EMILIA

3

Das Herrenhaus auf einer Anhöhe inmitten von Weinbergen konnte Emilia schon von Weitem sehen. *Soultz-sous-Forêts* war ein für das *Elsass* typischer kleiner Ort mit Fachwerkhäusern und herausgeputzten Vorgärten. Er lag in einem Tal, umgeben von Wäldern, wie sein französischer Name vermuten ließ. Der Parkplatz für die Besucher des *Maison du Bonséjour* war ausgeschildert, und Emilia fand sofort eine Lücke unter einer Birke. Als sie ausstieg, schlug ihr heiße Luft entgegen. Die Klimaanlage ihres Wagens hatte sie fast vergessen lassen, dass der Spätsommer in der Rheinebene noch einmal alles geben konnte.

Sie sah sich um, nahm ihre Tasche, holte ihre Kamera heraus und knipste einige Fotos des Herrenhauses. Motivbilder von Landschaften und Gegenständen waren eine Art Hobby von Emilia. Vladi mochte ihre Bilder. Besonders die Schwarz-Weiß-Varianten.

»Du hast ein Auge für das Wesentliche«, pflegte er zu sagen und animierte sie ständig, mehr Menschen zu fotografieren.

»Motive beschweren sich nicht«, gab Emilia regelmäßig

zurück, auch wenn ihr bei Porträts einzigartige Bilder voller Ausdruck gelangen.

Emilia steckte die Kamera in die Tasche und ließ ihren Blick über den Parkplatz schweifen. Die meisten Besucher schienen aus Frankreich zu kommen, es gab nur wenige Autos mit deutschen Kennzeichen.

Der Weg führte auf Kies, der unter den Füßen knirschte, durch einen großen Torbogen über eine Art kleine Empore zu einer großen hölzernen Eingangstür mit Eisenbeschlägen. Das Innere des Gebäudes zeugte von jahrzehntelanger Vernachlässigung. Im Entrée hatte sich das Fischgratparkett angefangen zu wölben, an den Wänden ließen nur noch Schmutzabdrücke mit gelb ausgefransten Rändern erahnen, dass hier einmal Bilder gehangen haben mussten. Modrige Feuchtigkeit lag in der Luft. In einer Ecke bemerkte Emilia eine große Trockenmaschine, die nicht im Einsatz war.

Unterhalb der Treppe, die zum ersten Stock hinaufführte, saß ein Mann hinter einem Schreibtisch. Emilia schätzte ihn auf Ende siebzig, wenn nicht älter. Aber er wirkte äußerst vital. An der Wand hing ein Schild mit einem Pfeil, der nach oben zeigte, wo die Versteigerung stattfinden musste. Der Mann, der in seinem dunkelgrauen Anzug formvollendet wirkte, bat Emilia freundlich um ihre Personalien.

»Herzlich willkommen«, verkündete er und reichte ihr über den Tisch die Hand. »Mein Name ist Thierry Bonnet.« Er zeigte auf ein Namensschild, das an seinem Revers steckte. »Ich bin der Sekretär dieses Hauses. Wenn Sie Fragen haben, wenden Sie sich gerne an mich.«

Hinter seiner Nickelbrille funkelten dunkle, runde Augen, die eine Mischung aus Intelligenz und Witz offenbarten. Emilia bedankte sich mit einem Lächeln, während sie sich insgeheim fragte, mit welchen Aufgaben ein betagter Sekretär in diesem maroden Herrenhaus betraut war. Von oben hörte Emilia das Rücken von Stühlen. Dumpfe Stimmen überlagerten sich, während Monsieur Bonnet konzentriert Emilias Namen und Adresse notierte und ihr anschließend mit ernster Miene ein Schild mit der Bieternummer 93 überreichte.

»Sind Sie mit der Vorgehensweise vertraut, Madame?«

Verwirrt sah Emilia auf ihre Bieternummer und schüttelte den Kopf. »Ich war noch nie auf einer Versteigerung, wenn Sie das meinen, Monsieur«, antwortete sie in korrektem Französisch.

In seinem Gesicht zeigte sich ein väterlich wohlwollendes Grinsen. »Wenn Sie bieten wollen, halten Sie einfach dieses Schild in die Höhe. Der Betrag wird vorher genannt. Sie haben noch etwas Zeit. In etwa fünfzehn Minuten geht es los. Sollten Sie kaufen, sehen wir uns wieder. Bezahlt wird nämlich bei mir.«

Er klopfte auf seinen Schreibtisch und deutete auf ein aufgeklapptes kleines Notebook. »Kommt ein Gegenstand unter den Hammer, sehe ich das online. Alles geht seinen ordentlichen Gang. Einen guten Aufenthalt im *Maison du Bonséjour*.«

Er lächelte zufrieden, als genieße er sein Wortspiel.

»Danke schön, Monsieur. Eigentlich interessiere ich mich nur für die Gemälde. Wissen Sie, wann die Bilder an die Reihe kommen?«

Umgehend warf Bonnet einen Blick auf einen neben ihm liegenden Papierstapel, nuschelte etwas Unverständliches und reichte Emilia dann einen Ablaufplan. »Die Gemälde stehen oben auf der Liste. Hier können Sie sehen, in welcher Reihenfolge verfahren wird. Ich habe alles genau dokumentiert. Computer hin oder her.«

Ein Anflug von Stolz huschte über sein Gesicht.

Dankbar lächelte Emilia Monsieur Bonnet zu und ging die Treppen hinauf, während sie die Liste überflog. Offensichtlich sollten nach einigen Landschaftsbildern und Stillleben die Porträts folgen. *Frau im Schatten* stand an sechster Position. Erst jetzt fiel ihr auf, dass nur zwei Bilder aus Fugins Urheberschaft stammten.

Als Emilia oben ankam, war die Tür vom Auktionssaal weit geöffnet. Das Publikum hatte sich bereits versammelt, ein Teil der Besucher saß auf seinen Stühlen und wartete, andere standen in kleinen Gruppen etwas abseits neben den großen Fenstern und unterhielten sich angeregt. Neugierig betrat Emilia den Raum, dessen Ausmaße einem Tanzsaal glichen, in dem sich die schätzungsweise achtzig Interessenten fast verloren. Sie warf einen Blick auf ihre Uhr: noch zehn Minuten. Genug Zeit, um sich noch etwas die Füße zu vertreten. Sie drehte um und ging wieder hinaus auf den Flur.

Sie schlenderte an der Bildergalerie vorbei, blieb vor einem monumentalen Ölgemälde stehen und trat einen Schritt zurück. Es zeigte eine Jagdszene mit mehreren Reitern, Hunden und einem erlegten Reh, dem gerade von einem Jäger die Eingeweide entnommen worden waren und als Trophäe zum Himmel gereckt wurden. Seit bald zwanzig Jahren stand Fleisch nicht mehr auf Emilias Speiseplan. Ein Schauer lief ihr über den Rücken.

»Unverkäuflich«, hörte sie plötzlich eine männliche Stimme.

Ein älterer Herr hatte sich neben sie gesellt und betrachtete das Gemälde. Er trug einen nachtblauen, maßgeschneiderten Anzug, ein zart roséfarbenes Hemd, eine gestreifte Krawatte. Glatze. Sein Rasierwasser roch eine Spur zu intensiv und vermischte sich mit dem modrigen Eigengeruch des Herrenhauses.

»Oh, ich staune nur über die Motivwahl. Das ist alles.«

»Die Natur ist grausam«, sagte er.

Lächelnd drehte sie sich weg, um in Richtung Auktionssaal zu gehen.

»Madame, bitte entschuldigen Sie …«

Sie hörte seine Stimme dicht hinter sich und spürte eine leichte Berührung an der Schulter. Er holte sie ein und hinderte sie am Weitergehen.

»Ja, bitte?«, fragte sie reserviert.

»Ich wollte nicht unhöflich sein. Darf ich mich vorstellen? Richard Sage. Ich wickle den Verkauf des Areals hier ab.« Er deutete eine winzige Verbeugung an.

»Emilia Lukin.« Sie reichten einander die Hände. »Sie sind der Besitzer dieses Anwesens?« Emilia bemühte sich, ihr charmantestes Lächeln zu zeigen. Monsieur Sage schüttelte den Kopf.

»Aber nein«, winkte er ab, lachte dabei eine Spur zu laut und zeigte blitzweiße Zähne. »Ich bin ein enger Vertrauter des früheren Besitzers. Die Erben wollen anonym bleiben.

Sie wissen ja, wie das ist: Man weckt Begehrlichkeiten. Deshalb hat man eine neutrale Person eingesetzt. Betrachten Sie mich als Neutrum, Madame.« Mit gespielter Bescheidenheit deutete er auf seine Brust.

Emilia grübelte über den Zusammenhang von Anonymität, Neutralität und Begehrlichkeiten, kam aber auf keinen gemeinsamen Nenner. »Ich dachte, Paul-Raymond Fugin sei der Besitzer gewesen«, erklärte sie selbstbewusst und versuchte sich an den Wikipedia-Eintrag zu erinnern. Stand dort nicht, Fugin habe bis zu seinem Tod in *seinem* Herrenhaus gelebt? »Das haben meine Recherchen jedenfalls ergeben.«

»Sind Sie von der Erbermittlung? Oder wollen Sie das *Maison du Bonséjour* kaufen? Ich könnte mich für Sie verwenden, Madame.«

Lachend schüttelte Emilia den Kopf. Diesmal war es an ihr, Bescheidenheit zu demonstrieren. »Nicht doch, Monsieur. Weder noch. Ich möchte ein Bild kaufen. Jetzt gleich bei der Auktion. Ist es nicht üblich, sich vorher einen Überblick zu verschaffen?«

»Nur *ein* Bild?«

»Ja.«

»Darf ich fragen, welches es Ihnen angetan hat? Hier gibt es viele wunderschöne Kunstwerke. Und die wenigsten stammen aus Fugins Hand.«

Emilia zögerte. Irgendwie fand sie den Mann anmaßend, seine Bemerkung über Fugins Werk despektierlich. Sie mochte Richard Sage nicht. Dann aber kam ihr die Idee, einen Köder auszuwerfen. Vielleicht würde sie ja etwas über die Hintergründe des Porträts erfahren.

»Sagt Ihnen der Name Sophie Langenberg etwas, Monsieur Sage?«

Die Gesichtszüge des Neutrums wirkten plötzlich wie eingefroren, dessen Miene versteinert. »Sollte er?«

»Sie war eines von Fugins Modellen«, erklärte Emilia. »Kannten Sie den Künstler denn persönlich, Monsieur?«

»Wer sind Sie, Madame?«, entgegnete Monsieur Sage, ohne Emilias Frage zu beantworten. In seinem Ton schwang ein Hauch von Drohung, fast unhörbar, aber Emilia hatte die unterschwellige Botschaft verstanden. Es war unerwünscht, im *Maison du Bonséjour* Fragen nach Sophie zu stellen.

»Was wollen Sie?«, setzte das Neutrum nach.

»Einen schönen Aufenthalt genießen«, sagte Emilia. »Bitte entschuldigen Sie mich. Ich möchte keinesfalls das Eröffnungsgebot verpassen.«

Mit einem kühlen Lächeln trat sie zur Seite und ging mit klopfendem Herzen in Richtung Auktionssaal.

»Wer ist diese Madame Langenberg?«, rief ihr Monsieur Sage hinterher.

»Eine Frau im Schatten«, antwortete Emilia, ohne sich umzudrehen.

Auch noch nach Betreten des Auktionssaals glaubte sie, Richard Sages Blick in ihrem Rücken zu spüren. Sie nahm in der mittleren Reihe ganz außen rechts Platz, wo sie freie Sicht auf das Stehpult und die Staffelei hatte. Wie der Rest des Gebäudes schien auch dieser Raum seine besten Zeiten hinter sich zu haben. Von den Wänden bröckelte Putz, die Fensterscheiben waren matt und trübe, an den Rahmen die Farbe abgeplatzt. Die Luft roch nach einem Gemisch aus Moder, Desinfektion und *Javel,* einem aggressiven Reinigungsmittel, das es in Frankreich zu kaufen gab. Unauffällig hielt Emilia nach dem Neutrum Ausschau, aber es war im ganzen Saal nicht zu finden. Der Mann im Maßanzug schien nicht an der Versteigerung teilzunehmen.

Als sich im vorderen Teil des Raums zwei schwarz gekleidete Männer an einen mit Laptop und Telefon ausgestatteten Schreibtisch setzten, nahmen die Besucher langsam ihre Sitzplätze ein. Nach und nach wurden die Gespräche eingestellt, bis nur noch das Geraschel von Papier und das Knarren der Klappstühle zu hören waren. Hin und wieder flüsterte jemand oder räusperte sich.

Kurz nach elf betrat der Auktionator den Raum, ein großer Mann im schwarzen Anzug und weißem Hemd. Lächelnd schritt er mit erhobenem Haupt am Publikum vorbei nach vorn, stellte sich hinter das den Besuchern zugewandte Stehpult, wo er seine Unterlagen ausbreitete, und wartete, bis das erste Bild von zwei jungen Männern auf die Staffelei gestellt wurde. Jemand schloss die Fenster.

»Ich erkläre die Versteigerung des Inventars des *Maison du Bonséjour* für eröffnet«, verkündete er schließlich mit klarer Stimme und gab seinen beiden Kollegen am Schreibtisch ein Zeichen.

Fasziniert verfolgte Emilia das Prozedere. Schilder wurden in die Höhe gehalten, Beträge ausgesprochen. Einige der Anwesenden machten sich Notizen, andere saßen mit verschränkten Armen da und rührten sich nicht. Mit der Ausstrahlung eines routinierten Croupiers, der in der Lage war, die einzelnen Gebote in Windeseile abzuspeichern, überwachte der Auktionator das Geschehen und behielt stets den Überblick. Es war, als registriere er jede noch so kleine Veränderung im Saal. Direkt nach einem Gebot nahm er Blickkontakt mit seinen beiden Kollegen am Schreibtisch auf, die rechts von ihm die Ferngebote entgegennahmen. Einer von ihnen sah gebannt auf den Bildschirm seines Laptops, der andere hielt einen Telefonhörer am Ohr. Die Männer verständigten sich über kleine, präzise Zeichen. Zuweilen genügte eine winzige Handbewegung, ein Anheben der Brauen, ein Innehalten. Insgeheim fragte sich Emilia, warum sie erst in ihren Fünfzigern die aufregende Atmosphäre eines solchen Events erfuhr. Lag es daran, dass es in der einstigen Villa ihrer Urgroßeltern einem Museum gleich von Antiquitäten und Kunstgegenständen nur so gewimmelt hatte? Ein kinderfreundlicher Ort war das Familienanwesen der Langenbergs zumindest nie gewesen. Heute bewohnte es eine russische Familie.

»Wir haben ein Gebot eines Telefonbieters«, durchbrach der Auktionator Emilias Gedanken. »Es liegt bei tausendachthundert Euro. Bietet jemand mehr? Im Saal? Im Internet?«

Emilia blickte auf ihre Liste. Es ging um eines von zwei Fugin-Bildern mit dem Titel *Haus am Fluss*. Der Gedanke, dass Fugin im Laufe seiner Karriere mit Sicherheit mehr als zwei Bilder geschaffen hatte, kam ihr. Womöglich hatte Fugin schon zu Lebzeiten gut verkauft und sich von zwei seiner Werke nicht trennen wollen.

Am Ende ging das *Haus am Fluss* für zwölftausend Euro an einen Telefonbieter. Dann waren die Porträts an der Reihe, deren Preise allesamt nicht sehr in die Höhe gingen.

Es wurden Zahlen genannt, und nach wenigen Geboten wechselten die Kunstwerke ihre Besitzer. Sobald das letzte Gebot mit einem Hammerschlag, der eher einer angedeuteten Berührung auf dem Pult gleichkam, ausgesprochen wurde, eilten zwei junge Männer zur Staffelei. Sie verstauten die Gemälde in Kisten und trugen sie durch den Raum an Emilia vorbei.

»Zum Dritten! Verkauft für achtzehntausend Euro an einen anonymen Telefonbieter.«

Das Bild *Kind und Mutter* war verkauft. Dann war es endlich so weit.

»*Frau im Schatten*«, hörte Emilia den Auktionator sagen und richtete sich auf. Sie sah, wie es auf die Staffelei gestellt wurde. Es war viel größer, als Emilia es sich vorgestellt hatte. Aus der Ferne wirkten die Farben blasser als im Katalog. Emilias Herz klopfte aufgeregt.

»Das Porträt ist signiert von Paul-Raymond Fugin, Öl, nicht datiert, vermutlich aus den späten 1930er-Jahren«, sagte der Auktionator mit deutlicher Stimme und blickte von seinen Unterlagen direkt ins Publikum. »Hierzu gibt es ein Vorgebot in Höhe von dreitausend Euro. Bietet irgendjemand mehr?«

Vorgebot? Davon hatte Emilia noch nie gehört, und verwirrt hob sie ihre Tafel in die Höhe.

»Sie bieten mehr, Madame?« Der Auktionator sprach Emilia direkt an. Sie nickte. »Dreitausendfünfhundert Euro von der Nummer 93 im Saal. Damit ist das Vorgebot hinfällig. Wer bietet mehr?«

In großen Schritten stieg der Preis. Die Schilder der Mitbietenden wurden gehoben, und jedes Mal ging Emilia wie selbstverständlich mit. Soweit sie das überschauen konnte, boten drei Leute im Saal und einmal gab der Mann am Telefon ein Zeichen. Der Betrag von sechstausend Euro war schnell erreicht. Verstohlen begutachtete Emilia eine Frau, die rechts außen am Rand saß und ein lilafarbenes Kostüm trug. Beim Betrag von sechstausendfünfhundert Euro lehnte sich die Dame in ihrem Stuhl zurück, ließ ihr Bieterschild sinken, schüttelte den Kopf und faltete die Hände.

Der Mann am Telefon tat es der Frau gleich, verneinte mit einer knappen Geste, ebenso jener hinter dem Laptop. Plötzlich sah der Auktionator interessiert nach hinten, schräg an Emilia vorbei.

»Sie bieten mehr, Monsieur? Siebentausend Euro werden im Saal geboten von der Bieternummer 23. Wer bietet mehr? Achttausend Euro, Madame?«

Abwartend richtete der Auktionator seinen Blick zu Emilia, die eifrig nickte, während sie sich unauffällig umdrehte, aber in der letzten Reihe der ihr gegenüberliegenden Seite konnte sie nur noch ein Schild mit der Nummer 23 erkennen. Ihre Konkurrenz selbst verschwand hinter anderen Besuchern. Als Emilia erneut ihr Schild hob, zitterte ihre Hand, ihr Herzschlag beschleunigte sich.

Sie wusste nicht, wie oft sie ihr Schild gezeigt hatte, immer und immer wieder. Zahlen flogen durch den Raum, über das Publikum hinweg, vom West- zum Ostflügel des Herrenhauses zwischen den Bieternummern 93 und 23, denn alle anderen waren ausgestiegen. Als die Zahl Sechzehntausend mit deutlicher Stimme von hinten links genannt wurde, schrak Emilia zusammen – ihr letztes Gebot war verdoppelt worden. Ein Raunen ging durchs Publikum. Ruhig wiederholte der Auktionator das Gebot.

»Die Nummer 23 im Saal bietet sechzehntausend Euro. Irgendjemand, der mehr bietet?«

Ruckartig sah Emilia nach hinten in Richtung des Fremden, und für einen Moment war es, als öffne sich ein magischer Korridor zwischen ihnen, eine Linie, an deren Enden sich für Sekunden ihre Blicke trafen. Emilia glaubte, ein Erstarren in seinen Zügen wahrzunehmen, in seiner Mimik Entsetzen zu lesen. Er sah nicht gebrechlich aus, obwohl seine Hände vor seinem Körper auf einem stehenden Stock ruhten. Seine Augen konnte sie auf die Entfernung nicht sehen, aber seine Körperhaltung strahlte etwas Erhabenes aus. Ein gepflegter Grauschopf, der mit seiner dunkel gerahmten Brille wie ein Philosoph wirkte.

Genauso schnell wie jenes freie Feld entstanden war und die vielen anderen Menschen im Saal ausblendete, schloss es sich wieder. Köpfe und Silhouetten aus dem Publikum drängten sich in ihr Blickfeld. Flüsternde Stimmen wurden lauter, einige Leute standen von ihren Stühlen auf und verließen den Saal. Mechanisch hob Emilia ihre Tafel in die Höhe, drehte langsam den Kopf nach vorn und sagte mit deutlicher Stimme: »Zwanzigtausend Euro.«

»Zwanzigtausend«, wiederholte der Auktionator. »Die Nr. 93 im Saal bietet zwanzigtausend Euro. Wer bietet mehr?«

Plötzlich wurde es still. Emilia wurde leicht schwindelig, umklammerte den Stiel ihres Schilds und fing in Gedanken damit an, langsam von zehn herunterzuzählen. Im Saal überlagerten sich die Geräusche.

Rascheln von Kleidung. Papier. Hektisches Flüstern. Knarrende Stühle und nervöses Räuspern. Dann noch einmal die klare Stimme des Auktionators, dessen autoritärer Ausdruck auch die Letzten im Raum verstummen ließ. Seine Frage war an den Mann mit dem Stock gerichtet.

»Bieten Sie mehr, Monsieur?«

Ein paar Leute steckten die Köpfe zusammen und tuschelten. Eine direkt vor Emilia sitzende Frau musterte sie distanzlos. Einige Besucher drehten ihre Köpfe in Emilias Richtung. Ein Mann warf ihr einen verständnislosen Blick zu.

»Monsieur, möchten Sie überbieten?«, vergewisserte sich der Auktionator und machte eine Pause.

»Non.« Das Nein kam deutlich und klar aus der hinteren Reihe.

»Zum Ersten, zum Zweiten, zum Dritten.« Der Hammer berührte das Pult. »Verkauft an die Nummer 93 im Saal für zwanzigtausend Euro.«

Erst jetzt bemerkte Emilia, dass sie die Luft angehalten hatte. Erleichtert massierte sie sich den Nacken. Wie weit wäre sie gegangen? Sie wusste es nicht. Alles, was sie wusste, war, dass sie bereit war, sehr viel für Sophies Porträt zu bezahlen.

Mit einer sparsamen Geste gab der Auktionator Anweisung, das Objekt wegzuräumen und widmete sich dann dem nächsten Bild, einem Jungen im Matrosenanzug.

Frau im Schatten – das Porträt gehörte Emilia. Ihre Anspannung löste sich, trotzdem wollte sich keine Erleichterung einstellen, weil das schale Gefühl in ihr zurückblieb, um etwas, das zu ihr gehörte, gefeilscht zu haben. Aber besaß sie nicht sozusagen die moralischen Rechte an dem Bild? In Kürze würde sie bei Thierry Bonnet zwanzigtausend Euro, plus dem sogenannten Aufgeld, bezahlen und dann mit dem Bildnis ihrer Großmutter nach Hause fahren.

Als sich Emilia erhob, hatte sie das dringende Bedürfnis nach frischer Luft, weil ihr von dem modrigen Geruch plötzlich übel wurde. Sie beobachtete, wie ihr neu erworbener Besitz mit wenigen Handgriffen in eine Holzkiste verpackt wurde. Zwei Männer trugen ihn an ihr vorbei, und sie folgte ihnen. Der Fremde mit der Bieternummer 23 war verschwunden. Langsam ging Emilia die Treppen hinunter, wo Monsieur Bonnet hinter dem Schreibtisch von seinem Laptop aufsah und sie freundlich zu sich winkte.

»Kommen Sie näher, Madame. Bitte geben Sie mir Ihr Schild.«

Sie überreichte es ihm, während Bonnet sich daranmachte, ein Formular auszufüllen. Mit einem Lächeln nahm er anschließend Emilias Kreditkarte entgegen. Dann machte er sich daran, gewissenhaft eine Quittung auszustellen.

»Sie müssten bitte noch hier unterzeichnen«, sagte er freundlich. »Wenn Sie diesem jungen Mann Ihre Autoschlüssel aushändigen würden, Madame«, er zeigte auf einen Burschen mit gelocktem Haar, der plötzlich neben Emilia auftauchte, »dann lädt er Ihnen das gute Stück gleich in den Wagen.«

»Das wäre sehr nett. Er steht draußen auf dem Parkplatz unter der Birke. Ein roter Renault«, stammelte sie geistesabwesend, gab dem jungen Mann ihre Autoschlüssel und nahm das Blatt Papier aus der Hand des Sekretärs entgegen. Es war eine Art Urkunde, die lediglich den Titel des Gemäldes und den Urheber auflistete. Darunter stand lapidar: *Paris. Vermutlich späte Dreißigerjahre.*

»Das ist keine Expertise«, sagte Emilia nachdenklich und wandte sich fragend an Bonnet. »Paris ist ganz sicher der Herkunftsort?«

»So ist es«, erwiderte er unbekümmert, ohne von seinem Formular aufzusehen.

»Wo wurde das Bild gemalt, Monsieur Bonnet? Wissen Sie das?«

»In Paris. Steht doch da.« Er zeigte auf die gesperrt geschriebenen Buchstaben der französischen Hauptstadt.

»Ja, aber wo genau in Paris? Ist die Porträtierte Sophie Langenberg irgendwo genannt?«, setzte sie einer plötzlichen Intuition folgend hinzu.

Bonnet erstarrte.

»Tut mir leid«, sagte er nach einer kurzen Pause, legte seinen Kugelschreiber weg und zeigte Emilia abwehrend beide Handflächen, während er die Achseln zuckte. »Darüber bin ich nicht befugt, Auskunft zu erteilen.«

Emilia registrierte ein nervöses Zucken um seine Mundwinkel. Bonnet ließ seine Hände auf die ausgebreiteten Papiere fallen. Der Stift setzte sich in Bewegung, rollte über die Tischplatte und fiel zu Boden. Emilia ging in die Hocke, hob den Schreiber auf und sah sich im Aufstehen unauffällig um, als gerade ein Mann im Maßanzug im gegenüberliegenden Raum verschwand. Emilia hatte ihn nur von hinten gesehen. Aber es war Richard Sage.

»Ich verstehe«, flüsterte sie an Bonnet gewandt und reichte ihm den Kugelschreiber. »Ich verstehe.«

Kurz darauf kam der Lockenkopf mit Emilias Autoschlüsseln zurück und blieb zögernd vor ihr stehen. Sie griff in ihre Tasche, entnahm der Geldbörse einen Fünfeuroschein und gab ihn dem jungen Mann. »Vielen Dank für Ihre Hilfe, Monsieur.«

Sie ließ die Urkunde in ihrer Tasche verschwinden, verabschiedete sich von Bonnet mit einem Lächeln und machte sich auf in Richtung Ausgang.

»Viel Freude mit dem schönen Stück«, rief Bonnet hinter ihr her.

Draußen vor der Tür war Emilia, als passiere sie einen unsichtbaren Vorhang, hinter dem die Atmosphäre plötzlich dünn und sauerstoffarm war. Die schwüle Luft schlug unmittelbar auf ihren Kreislauf, der sogleich auf Sparflamme schaltete. Stechende Kopfschmerzen stellten sich ein, gefolgt von leichtem Schwindel. Es kam ihr vor, als bewegten sich selbst die Birkenblätter verzögert im lauen Wind, wie in Zeitlupe. Emilia taumelte durch den Torbogen zum Parkplatz und spürte die spitzen Steine des Kieswegs unter den dünnen Sohlen ihrer Ballerinas.

An ihrem Wagen angekommen, nahm sie eine Wasserflasche aus dem Kofferraum, wo Sophies Porträt in der Holzkiste zur Seite gekippt lagerte. Hastig trank Emilia, die Augen zum Horizont gerichtet. Über ihr ein blassblauer Himmel. Sie schraubte die Flasche zu, legte sie zurück und ließ ihren Blick hinunter zum Ort schweifen, wo Weinberge, ein Kirchturm und ein Dorfplatz wie für eine Touristenbroschüre posierten.

Im Schritttempo fuhr ein weißer Citroën mit französischem Kennzeichen an ihr vorbei. Auf der Heckscheibe des Wagens stach ihr ein königsblaues Gehbehinderten-Symbol ins Auge. Gedankenverloren sah sie dem Wagen nach, der sich langsam die Serpentinen hinunterschlängelte und schließlich von einem weiten Tal verschluckt wurde.

Emilia stieg in ihren Wagen, setzte sich hinters Steuer, betätigte die Zündung und stellte die Klimaanlage auf höchste Stufe. Aus dem Handschuhfach fischte sie den Wikipedia-Eintrag über Paul-Raymond Fugin und überflog die Eckdaten der Biografie. Sein Wirken in Paris war schwammig formuliert, der Text endete ohne Hinweis, wer einst der Besitzer vom *Maison du Bonséjour* gewesen war, als hätte es nie einen gegeben. Emilia hatte sich getäuscht. Mit fahrigen Fingern legte sie das Blatt auf den Beifahrersitz und parkte vorsichtig aus.

Als sie den ersten Gang einlegte, registrierte sie im Rückspiegel, wie sich von der Eingangsempore des Herrenhauses jemand ihrem Wagen näherte. Eine Gestalt eilte die Treppen hinunter, wedelte mit erhobenem Arm und einem Blatt in der Hand und lief mit großen Schritten durch den Torbogen in ihre Richtung. Sie stutzte. Es war Thierry Bonnet. Sofort trat Emilia auf die Bremse, stellte die Klimaanlage zurück, öffnete das elektrische Beifahrerfenster und wartete, bis Bonnet ihren Wagen erreichte.

»Sie haben Ihre Quittung vergessen, Madame. Bitte sehr«, sagte Bonnet außer Atem.

Durch das geöffnete Fenster reichte er ihr ein Papier, schnappte nach Luft und warf einen kurzen Blick auf den Wikipedia-Eintrag.

Sie nahm die Quittung und legte sie dazu. »Ich bin Ihnen sehr verbunden, Monsieur, vielen Dank. Ich weiß Ihre Bemühungen außerordentlich zu schätzen.«

Im gleichen Moment überlegte sie, wie schwülstig diese Floskeln wirkten. Die französische Sprache war voll von höflichen Redewendungen, die Emilia fließend beherrschte, die aber so unverbindlich waren wie ein flüchtiger Gruß und manchmal sogar die eigentliche Absicht verhüllten.

»Nochmals herzlichen Dank«, wiederholte Emilia hastig.

Bonnet machte keine Anstalten, vom Wagen zurückzutreten, stützte stattdessen seine Unterarme auf die Fensteröffnung, steckte seinen Kopf durch die Luke und sah Emilia an. Seine Augen flatterten.

»*Rue Jacob*, Madame, es ist die *Rue Jacob* in Paris«, stieß er hervor, zog blitzschnell seinen Kopf wieder heraus, richtete sich auf, strich über das Revers seines Jacketts und blickte sich nervös um, als versichere er sich, dass ihm niemand gefolgt war.

Emilia runzelte die Stirn, legte ihren Arm auf die Rückenlehne des Beifahrersitzes und fixierte Bonnet, der immer noch an seinem Platz verharrte.

»Ich verstehe nicht ...«, stammelte sie. »Sprechen Sie vom Atelier? Der Künstleradresse?«

»Das Personal ist zu uneingeschränkter Diskretion verpflichtet«, sagte Bonnet hastig und verschluckte dabei die letzte Silbe von *Diskretion*. Er legte seine Hände auf die Fensteröffnung, ohne Emilia anzusehen, und tippte rhythmisch mit den Fingerkuppen gegen die Innenverkleidung der Seitentür, als übe er auf dem Klavier immer und immer wieder dieselbe Tonfolge. »In der *Rue Jacob* gibt es einen Kunsthändler. Herausragende Kontakte. Für den Fall, dass es Sie einmal nach Paris verschlägt. Es heißt, über den Dächern der Stadt sei das Licht magisch. *Rue Jacob*. Sie quert die *Rue de Seine*. Oberste Etage. Von mir wissen Sie es nicht.«

Plötzlich zog er seine Hände weg, als hätten sie eine zu heiße Herdplatte berührt. Er trat einen Schritt zur Seite, presste die Lippen zusammen, holte schwungvoll mit dem Arm aus, klopfte mit der flachen Hand dreimal auf das Wagendach und lächelte Emilia dabei unbeholfen zu. *»Bon courage* – viel Glück!«

Mit einem Ruck drehte er seinen Körper um hundertachtzig Grad, drückte die Schultern nach unten, hob das Kinn und schritt in Richtung *Maison du Bonséjour*.

»Meine Lippen sind versiegelt«, rief ihm Emilia verblüfft hinterher.

Als sie die Quittung in ihrer Handtasche verschwinden lassen wollte, entdeckte sie auf der Rückseite einen handschriftlichen Vermerk mit einer Pariser Telefonnummer.

»Rufen Sie mich an, wenn Sie nach Paris fahren. Ich werde ab Anfang September wieder zu Hause sein. T.B.«

Verdrängtes ist nicht verschwunden. Es schläft nur.

SOPHIE

Paris, 24. Januar 1937

Die Pferdekutschen in der Rue des Quatre-Vents

Sophie verlässt die Métrostation *Saint-Michel-Notre-Dame* und geht die Treppen hinauf zur *Place Saint-Michel*. Ein kühler Wind schlägt ihr entgegen. Sie spürt ihn kaum. Sie möchte die Arme ausbreiten, sich im Kreis drehen. Voller Freude wirft sie den Kopf in den Nacken und blickt hinüber zur *Île de la Cité*. Paris ist noch viel schöner als in ihrer Vorstellung. Über Jahre hat ein von ihrer Mutter vererbter Stadtplan Sophies Sehnsucht nach der Metropole geschürt, ihre Ortskenntnis perfektioniert.

Paris – die Stadt ihrer toten Mutter. Trotz des Gedankens an eine niemals sich schließende Wunde erfasst Sophie angesichts der Umtriebigkeit ein unerhörtes Glücksgefühl. Sie hat dem dunklen Deutschland den Rücken gekehrt, denn hier ist das Leben. Hier fühlt sie sich mit ihrer toten Mutter Anne-Sophie verbunden.

Sophie schlägt den Kragen ihrer Jacke nach oben und betrachtet die *Église Notre-Dame*. Es dämmert. Laternen säumen die Straße wie Lichterketten aus Hunderten Perlen. Neben ihr taucht eine dunkle Gestalt in einem weiten Mantel auf. Mit einer langen Stange entfacht der Gasanzünder eine Laterne auf der *Place Saint-Michel*, während er ein Lied summt. Er ist einer der letzten Lampenanzünder von Paris.

Lieber Vater,
macht euch keine Sorgen um mich. Wenn Ihr das lest,
bin ich bereits in Paris. Ich habe etwas Geld gespart, und
es scheint mir richtig, es auf diese Art zu verwenden.
Ich werde euch nicht zur Last fallen. Versucht nicht,
mich umzustimmen oder gar zurückzuholen. Lasst mich
mein Glück hier suchen, wo meine Mutter gelebt hat.
Grüße an Arno und Hanne.

Sophie

Ihr Abschiedsbrief verzichtet auf Erklärungen. Akribisch und von langer Hand hat sie ihre Flucht aus Deutschland vorbereitet. Seit dem Tod der Mutter vor nunmehr acht Jahren ist für Sophie ihr Elternhaus nur noch eine Hülle. Sie hat das Diktat der Familie nicht mehr ertragen, die Oberflächlichkeit der Etikette. Mit der übereilten Heirat des Vaters nach Anne-Sophies Tod ist Sophies Fernweh unaufhörlich gewachsen.

Seit 1933 herrscht in Deutschland ein hetzerischer Ton. Ein Ton, dem der Vater nicht widerspricht. Nach und nach sind in der letzten Zeit Freundinnen von Sophie, Schulkameraden und Nachbarn ausgewandert. Nach Amerika. Frankreich. England. Sophie hat gesehen, was vor sich geht, die wachsende Bedrohung gespürt. Tag für Tag.

Voller Abscheu erinnert sich Sophie an Einladungen in der Villa. Männer mit Uniformen. An der rechten Hand tragen sie Furcht einflößende Totenkopfringe. Sophie ist nie dabei gewesen, durfte sich nach der offiziellen Begrüßung zurückziehen. Es sind Abende, an denen Irmgard, die zweite Frau des Vaters, aufblüht. Im Schatten des vermögenden und wortgewandten Mannes fällt selbst auf ihre graue Gestalt ein schmaler Streifen Licht. Ihren Mangel an Intelligenz kompensiert Irmgard mit Geschwätzigkeit. Neue Sitten und Gebräuche herrschen in der Villa. An die Stelle der einstigen Streitkultur tritt die familiäre Einheitsmeinung. Fortan teilt man im Hause Langenberg dieselben Vorlieben: penible Sauberkeit und Ordnung. Fleisch. Keinen Fisch. Salzarmes Gemüse. Der Mangel an Liebe wird mit Kontrolle zugedeckt, im Kleid der Fürsorge. Anne-Sophies Bücher verstauben in den Regalen. Niemals wird Sophie verstehen, warum der Vater Irmgard gewählt, weshalb er seinen sonst so eisernen Willen gegen Anpassung und Schweigen eingetauscht hat. Ein Verrat an sich selbst, an seinen Werten.

Die schöne, kluge Anne-Sophie war von jeher kränklich und dünnhäutig. Irmgard bringt ein dickes Fell und einen Stammhalter mit in die zweite Ehe. Arno, den bald volljährigen Sohn der Kriegswitwe, empfängt Sophies Vater mit offenen Armen, als habe er sich sein Leben lang nach einem Jungen gesehnt.

Sophie fröstelt und versteckt ihre Hände in der Jackentasche. Selbst um diese Jahreszeit sitzen Männer und

Frauen vor den Cafés, die Stühle in einer Reihe aufgestellt. Warm eingepackt trinken sie Wein, Absinth, Kaffee. Viele von ihnen rauchen gelbe Zigaretten. Automobile fahren durch die Straßen, Busse, Lastwagen und Fahrräder.

Mitten auf der *Place Saint-Michel* küsst sich ein Liebespaar. Auch das muss die Freiheit von Paris sein. Man zeigt Zuneigung, Lebensfreude, Lust. Zum ersten Mal seit Jahren hat Sophie das Gefühl, frei denken zu können. Ihr Ideenreichtum, in Deutschland wie ein zartes Vögelchen in einem engen Käfig eingesperrt, ist unaufhörlich gewachsen. Jetzt schlägt es mit den Flügeln und wartet nur darauf davonzufliegen.

In einer kleinen Pension in der *Rue des Quatre-Vents* im *Quartier de l'Odéon* mietet sie sich ein. Die enge *Straße der vier Winde* gefällt Sophie auf Anhieb. Das Zimmer ist winzig, das Bett weich und durchgelegen. Nur zum Schlafen zieht Sophie die Halskette ihrer Mutter, einen blauen Topas in einer filigranen Fassung, aus. Sie begnügt sich mit einer Waschschüssel. Die Toilette draußen auf dem Flur für insgesamt drei Wohnungen ist ständig besetzt. Dennoch wird sie sich die Miete nicht länger als vier Wochen leisten können. Gerne verzichtet Sophie auf den Komfort, den sie aus der Villa, in der sie aufgewachsen ist, gewohnt ist. Ihre Körperhygiene verlegt sie ins Hallenbad *Piscine Pontoise*, dem neuen Backsteinbau im Herzen der Stadt. Sophie ist eine leidenschaftliche Schwimmerin.

Stets wird sie in ihrem Leben unnötigen Luxus mit Abstumpfung gleichsetzen, das Einfache und Echte dem Pompösen vorziehen, schillerndem Glanz zutiefst misstrauen.

In ihrer ersten Nacht reißt sie um zwei Uhr ein ächzendes Knarren aus dem Schlaf. Auf nackten Füßen geht sie zum Fenster und drückt ihre Stirn gegen die kühle Scheibe, sieht nach unten. Durch die engste Stelle an der *Rue des Quatre-Vents* fahren drei Pferdekutschen mit lautem Getöse. Ihre Achsen quietschen, die Hufe der Tiere hämmern. In mehreren Häusern der Wohnungen gegenüber gehen nacheinander Lichter an.

Wie schlaftrunken bleiben die Pferde auf Kommando stehen und schwenken ihre langen Hälse hin und her. In der Hauptstadt jenes Landes, von dem es heißt, Frauen trügen die exklusivsten Parfüms, steigt ein bestialischer Gestank nach Ammoniak die Hauswände hoch. Fenster werden geschlossen.

Unten rufen sich die Abortleerer Befehle zu, fügen Teile eines dicken Schlauchs ineinander und schieben das Ende durch einen Schacht in den Keller des Hauses gegenüber. Eine Pumpe spuckt lärmend Dampf nach oben, der wie Nebel aufsteigt und sich über den Dächern verflüchtigt. Eine gespenstische Stille folgt, bis die Pumpe erneut einsetzt. Über den Schlauch wird der Unrat aus den Gruben direkt in riesige Kübelwagen gesaugt. Nach einer Weile verschwinden die Kutschen in Richtung Seine. Sie kommen wieder, bis jedes Haus in der *Rue des Quatre-Vents* erleichtert ist. Noch sind die armen Stadtviertel nicht an die Kanalisation angeschlossen.

Der neue Tag bricht an. Ein mattes Licht legt sich auf die Straßen. Sophie hat klare Vorstellungen von ihrer Zukunft. Sie wird Paris, dessen Gassen und Plätze sie mit dem alten Stadtplan der Mutter auswendig gelernt hat, durch die Linse entdecken. Das strenge Elternhaus hat ihren mentalen Widerstand geschult, ihre Fähigkeit, den Niederlagen Chancen abzutrotzen, perfektioniert. Nicht einmal der nächtliche Gestank der Abortwagen wird sie von hier vertreiben.

Sie träumt davon, ihre Fotos zu verkaufen. Wird es in einer Weltstadt wie Paris leichter, in eine Männerdomäne vorzudringen? Heimlich hat sie in Baden-Baden nach der Schule bei dem bekanntesten Fotografen der Stadt *Bachmeier & Söhne* gearbeitet, das verdiente Geld gespart. Der alte, schweigsame Fotograf hat ihr Talent entdeckt und gefördert. In jeder freien Minute hat Sophie ihm in den letzten Monaten bis zu ihrem Abitur über die Schulter gesehen. Minutiös Notizen über Belichtungszeiten und Einstellungen gemacht, Augen und Hände geschult. Wie einen Schatz das Gelernte in einem kleinen Notizbuch gehütet.

Niemals hat er Bilder von ihrem schönen Gesicht gemacht – er hätte das als indiskret empfunden. Beim Abschied hat er ihr traurig ein Empfehlungsschreiben und eine Zugfahrkarte nach Paris in die Hand gedrückt. Er ist der einzige Mensch, dem sie ihre Pläne anvertraut hat.

»Sie besitzen den nötigen Mut, um Ihren Weg zu gehen, Sophie. Berlin ist keine gute Adresse. Ihr Elternhaus bietet Ihnen weder Schutz noch die nötige Förderung Ihres Talents. Wenden Sie sich in Paris an Monsieur Jacinczki, *Rue de Rivoli*. Er ist ein Meister seines Fachs und ein guter Freund von mir.«

Nein, die berühmte Fotoschule in Berlin, eine der wenigen Lehrstätten, die Fotografen ausbilden, kommt nicht infrage. Zu gefährlich das Zentrum der Macht, Sophies Sehnsucht nach Paris unermesslich.

Am *Boulevard Saint-Germain* kauft sie ihre erste eigene Kamera und passende Filmrollen. Eine kleine Kodak Retina, Typ 117. Die einzige Sorge, die sie umtreibt, ist: Wo eine bezahlbare Dunkelkammer auftreiben?

Als sie wenige Tage nach ihrer Ankunft das Fotostudio von Monsieur Jacinczki am Rand des *Marais* aufsucht, findet sie es verwaist, das Schaufenster von innen mit braunem Packpapier zugeklebt. An der Eingangstür hängt ein Schild aus Pappe:

Das Geschäft ist wegen Auswanderung geschlossen. Ich danke meinen Kunden für die jahrelange Treue. Simon Jacinczki.

Ratlos betrachtet Sophie die Botschaft. Reicht denn Deutschlands Schatten bis ins *Marais*?

»Die Jacinczkis sind abgehauen«, murrt eine Nachbarin, die durch das geöffnete Fenster in der ersten Etage eine Tischdecke ausschüttelt.

»Wohin, Madame?«, fragt Sophie.

»Über den großen Teich, Mademoiselle. Es soll Leute geben, die das Gras wachsen hören. Selbst hier in Paris wird irgendwann die Stimmung kippen. Sie werden schon sehen.«

Die Frau zieht das Tischtuch zurück, schließt das Fenster und Sophie bleibt allein zurück. Sie wagt nicht zu fragen, was das wachsende Gras flüstert.

Auf der gegenüberliegenden Straßenseite hüpft ein kleines Mädchen durch ein schwingendes Seil, das zwei größere Mädchen an den Enden halten und damit immer schneller werdende Kreise ziehen: »Six, sept, huit, neuf, dix …«, zählen sie, bis die Springerin schließlich über die Schnur stolpert und stürzt.

»Perdue«, rufen die größeren Mädchen lachend im Chor. »Verloren.«

Das kleine Mädchen schluckt seine Tränen herunter, wischt sich mit dem Handrücken über die Augen und steht auf.

Betrübt senkt Sophie den Kopf und geht zur *Place des Vosges*. Sie setzt sich auf eine Bank und betrachtet den ausgetrockneten Springbrunnen in der Mitte. Und was nun? Ihr Empfehlungsschreiben ist nur noch ein wertloses Stück Papier.

Sie wird einen anderen Weg finden. Am gleichen Tag schickt sie ihrem Lehrer in Deutschland eine Postkarte. Sie ahnt Zusammenhänge zwischen dem Geflüster hinter vorgehaltener Hand und einem verklebten Schaufenster, aus dem einst Gesichter auf Fotopapier gelacht haben mussten. Aber sie möchte sich ihre Freude an Paris nicht verderben. Hier ist das Leben.

Lieber Herr Bachmeier,
Paris ist noch viel schöner als in meiner Fantasie.
Jeder Platz, jede Straße und jedes Haus lockt mit Motiven.
Die Menschen lächeln. Es scheint, als seien sie hier noch sie selbst. Ihrem Freund geht es gut. Er ist in Sicherheit.

Herzliche Grüße
von Ihrer Sophie Langenberg

Im winterlichen Paris, das um diese Jahreszeit sein ungeschminktes Gesicht zeigt, werden Bänke, Bäume, Parkanlagen mit kleinen Pavillons und imposante Métrostationen ihr Übungsfeld. Dann wird sie sich an streunende Katzen heranwagen. Einen Clochard auf einer Treppe an der Seine fotografieren. Die Abortleerer bei der Arbeit im morgendlichen Nebel. Einmal wird sie die Männer mit der Kamera begleiten, wenn sie nach getaner Arbeit in einem Nachtlokal am *Quai de Conti* jede Menge Rotwein trinken und sich bizarre Geschichten erzählen. Sophie wird einen der letzten Bogner, der mit Einbruch der Dämmerung durch die Straßen huscht und die Gaslaternen entzündet, einfangen. Ein Liebespaar, so in sich versunken, dass es die Fotografin nicht einmal bemerkt. Hier in Paris sind sogar Zungenküsse in der Öffentlichkeit erlaubt.

Alles ist möglich in Paris.

Um unbemerkt zu bleiben, wird Sophie stets ohne Blitz fotografieren. Dem neuen Trend des Farbfilms hartnäckig widerstehen, die Magie des Augenblicks in harten Schwarz-Weiß-Kontrasten festhalten. Sie mag Momentaufnahmen aus dem Verborgenem und glaubt an die Ästhetik der Schlichtheit.

In Paris sind fotografierende Frauen nichts Ungewöhnliches, auch wenn man in Künstlerkreisen der Fotografie zutiefst misstraut. Noch hält man sie lediglich für mangelhafte Kopien der Wirklichkeit und weit entfernt von der Kunst. Das wird sich ändern. Auch dank einer Frau an Picassos Seite. Eine Frau, die Sophie bewundert und die manchmal im *Café les Deux Magots*, neben dem *Flore*, zu sehen ist. Oder im *le Catalan*, Picassos Lieblingsrestaurant. Dora Maar, die Fotografin der Surrealisten, experimentiert unerschrocken. Kühn. Selbstbewusst.

Jeden Tag geht Sophie ins *Café de Flore* und bestellt *café noir* und *une carafe d'eau*. Sie bleibt stundenlang, liest die Tageszeitung, sortiert ihre Aufnahmen. Niemanden stört das hier, denn Pariser Cafés bieten unzähligen Zeitgenossen eine Heimat. Dichter und Denker nutzen das *Café de Flore* im Winter als Arbeitsplatz.

Seit Juni hat Frankreich seinen ersten sozialistischen Premier Léon Blum. Immer noch kämpfen die Frauen in Frankreich für das Wahlrecht, obwohl die neue Regierung drei weibliche Regierungsmitglieder aufweist. Dafür feiern die Franzosen die Errungenschaft des zweiwöchigen Jahresurlaubs.

Dank der Weltausstellung, die in diesem Jahr in Paris stattfindet, sind Stellenanzeigen wieder häufiger zu finden. Die Franzosen blicken mit verhaltener Zuversicht in die Zukunft, auch wenn man das Nachbarland Deutschland mit Sorge und wachsender Distanz beäugt. Die Menschen, die das Gras wachsen hören, sprechen nicht darüber.

Sophies Französisch ist perfekt. Von Kindesbeinen an hat ihre Mutter mit ihr Französisch gesprochen, und so findet sie schnell den richtigen Ton in der geliebten Muttersprache.

Nach kurzer Zeit träumt Sophie in Französisch, subtrahiert, addiert in der neuen Sprache, die ihr so vertraut ist wie ein nicht enden wollendes Kinderlied.

Sie wird sich häuten wie ein Reptil, die Reste ihrer deutschen Haut abstreifen.

Ein kalter Novembertag wird zu Sophies Glückstag. Die Concierge aus der *Rue des Quatre-Vents* schenkt ihr den Wollmantel ihrer verstorbenen Tochter Camille. In Sophies Lieblingsfarbe Petrol. Am selben Tag entdeckt sie im *Café de Flore* eine Anzeige.

Gesellschafterin für ältere Dame in Arzthaushalt im Quartier Latin gesucht. Leichte Hausarbeiten stundenweise. Unterkunft vorhanden. Telefon: Madame Bihel, Paris 7 34 56 77.

Das Schicksal meint es gut mit ihr.

EMILIA

4

»Sie wissen es ja selbst, Frau Lukin. Ihre Mutter hat gute und schlechte Tage«, erklärte die Sozialarbeiterin, während Emilia sich beeilte, dem schnellen Gang Karin Schröters über den Bauernhof zu folgen. Die Betreuerin hatte sie vorne am Tor empfangen. »Ihr Mann ist schließlich vom Fach.«

Von Weitem konnte Emilia die mit einem hohen Gartenzaun abgegrenzte Außenanlage des Bauernhofs sehen, auf die sie zusammen mit Karin Schröter zusteuerte. Sie kamen an Pferdekoppeln und Ziegenställen vorbei. Neben dem Hauptgebäude gab es einen Pavillon, Bänke, Tische und Stühle, wo sich die Patienten mit ihren Besuchern zurückziehen konnten. Auf einem länglichen Tisch standen Kaffee und Kuchen zur Selbstbedienung bereit. Ein paar Hühner liefen auf den sich durch das Areal schlängelnden Fußwegen herum und gackerten.

»Mein Mann ist Kinderarzt«, sagte Emilia, während ihre Augen nach Pauline Ausschau hielten. Sie entdeckte ihre Mutter auf einer Bank im Schatten.

Abrupt blieb Karin Schröter stehen und sah Emilia skeptisch an.

»Womit ich sagen will«, erklärte Emilia, »dass er sich nicht zwangsläufig mit Depressionen auskennt.«

»Ich kann Ihnen auch nur sagen, was in den Akten steht. Ihre Mutter ist ein Lamm, verglichen mit unseren Borderlinern«, fuhr Karin Schröter unbeirrt mit ihrer Anamnese fort. »Sie lebt in ihrer eigenen Welt.«

»Das trifft es sehr gut«, sagte Emilia nachdenklich. »Meine Mutter hat schon immer in ihrer eigenen Welt gelebt und sich in den letzten Monaten darin verschanzt. Da wurde es zum Problem.« Emilia verstummte: Was sie gesagt hatte, hörte sich nach einer Rechtfertigung für Paulines Aufenthalt an. Jahrelang hatte Pauline mit Wahnvorstellungen gekämpft, die glücklicherweise verschwunden waren, dann aber immer wiederkehrenden depressiven Phasen Platz gemacht hatten. Vor einigen Monaten schließlich hatten die Ärzte dazu geraten, Pauline in einem speziellen Wohnprojekt für psychisch Kranke unterzubringen. Das Alleinleben war zu gefährlich geworden: Immer häufiger hatte Pauline vergessen, den Herd auszustellen, die Wohnungstür sperrangelweit offen gelassen oder war in der Stadt herumgeirrt, weil sie nicht mehr nach Hause gefunden hatte.

»Ihre Mutter wird Dinge noch wissen, die Jahre zurückliegen, und beim nächsten Besuch kann es sein, dass sie nach Ihrem Namen fragt«, unterbrach Karin Schröter Emilias Gedanken. »Auf all das müssen Sie sich einstellen. Aber wir haben noch kein klares Bild von der Krankheit Ihrer Mutter. Nur so viel: Ihre Sprach- und Erinnerungsstörungen scheinen keine physische Ursache zu haben. Wir arbeiten nach dem Ausschlussverfahren.«

»Nämlich?«

»Hirntumor. Alzheimer. Demenz.«

Bei dem Wort Hirntumor war Emilia zusammengezuckt. Fragend runzelte sie die Stirn.

»All das scheint es nicht zu sein«, präzisierte Frau Schröter.

»Das heißt also, die Probleme meiner Mutter sind rein psychischer Natur. Ihre kranke Seele rebelliert.«

»So könnte man sagen«, bestätigte Karin Schröter. »Wie Sie das sagen ... klingt es fast poetisch.«

»Damit groß zu werden ist alles andere als poetisch.« Emilia bemerkte, wie schroff ihre Stimme klang. »Meine Mutter hat eine sehr schwierige Biografie«, setzte sie in versöhnlichem Ton hinzu.

»Wir kennen immer noch nicht den Auslöser für die aktuelle depressive Phase«, erklärte Karin Schröter. »Irgendetwas muss geschehen sein, das die Welt Ihrer Mutter erschüttert hat. Aber das ist nur meine laienhafte Interpretation. Entschuldigen Sie, ich überschreite eindeutig meine Kompetenzen.«

Auslöser – Emilia hatte seit Monaten darüber nachgedacht, was sich in Paulines Leben verändert hatte und war zu keinem Ergebnis gekommen.

»Es kann etwas in unseren Augen Banales bei Pauline passiert sein«, hatte Vladi gesagt. »Etwas, das wir gar nicht beachten.«

»Warten wir es ab«, verkündete Karin Schröter aufmunternd und riss Emilia aus ihren Gedanken. »Vielleicht wird es ja wieder. Nach der nächsten psychiatrischen Untersuchung wissen wir vielleicht mehr. Pauline ist jetzt gerade einmal sechs Wochen hier bei uns. Da lässt sich noch nichts Zuverlässiges aussagen. Wenn Sie wollen, kann ich einen Gesprächstermin mit dem behandelnden Psychiater organisieren.«

»Vielen Dank für das Angebot, Frau Schröter. Das wäre sehr freundlich von Ihnen. Bei diesen Gesprächen wird mein Mann dabei sein wollen.«

Emilia warf einen Blick zu ihrer Mutter hinüber, die jetzt nur wenige Schritte von ihr entfernt war. »Und wie geht es ihr heute?«, fragte Emilia, während sie beobachtete, wie Pauline ihr Buch zuklappte und es zur Seite legte. Pauline hatte aufgehorcht, lächelte und winkte Emilia zu. Emilia erwiderte den Gruß mit einer Kusshand. »Nimmt sie am Gemeinschaftsleben teil?«

»Hallo, Mila!«, rief Pauline.

»Hallo, Mama. Ich komme sofort.«

»Eines kann ich Ihnen mit Bestimmtheit schon jetzt sagen«, hörte Emilia Karin Schröter leise sagen. »Ihre Mutter fühlt sich sehr wohl bei uns. Pudelwohl. Je turbulenter, desto mehr genießt sie ihren Aufenthalt hier. Und heute ist sie in Hochform. Sie werden sehen.«

Frau Schröter sprach, als handele es sich bei der Einrichtung, in der Pauline lebte, um eine Kurmaßnahme, eine, die irgendwann wieder vorbeigehen würde. Aber Pauline war krank, und die Tatsache, dass ihre Seele betroffen war, machte es nicht leichter. Aber es war tröstlich, sie in der Obhut von Fachleuten zu wissen, wo Pauline ihren Alltag mit einer Gruppe von Menschen teilte, die genau wie sie meist zahlreiche Aufenthalte in der Psychiatrie hinter sich hatten. Und obwohl Emilia bezweifelte, dass Pauline jemals wieder ein selbstständiges Leben führen können würde, hatten Vladi und sie entschieden, Paulines Wohnung vorerst zu behalten. Für beide war es eine Frage des Respekts, auch wenn Emilia eine Vollmacht über Paulines überschaubares Vermögen besaß, und so überwies Emilia monatlich Paulines Miete an den zuständigen Bauverein, verbunden mit einem Funken Hoffnung, Pauline könnte vielleicht eines Tages wieder in ihre eigenen vier Wände zurückkehren.

»Wie geht es dir, Mama?« Mit einem Wangenkuss begrüßte Emilia ihre Mutter, die sich von ihrem Platz erhob und Emilias Hand nahm.

»Es geht mir gut«, erwiderte Pauline lächelnd. »Wieso hast du nicht angerufen? Ich hätte uns einen Kuchen gebacken.« Sie deutete mit einer knappen Kopfbewegung auf eine Frau, die an einem Tisch in der Nähe saß und von ihrem Kartenblatt neugierig zu ihnen hinübersah. »Das ist meine Tochter Mila.«

Mila – nur Pauline nannte Emilia von klein auf so, wahrscheinlich, weil Emilia selbst ihren Namen als Kleinkind immer auf Mila heruntergekürzt hatte. Emilia warf Paulines Mitbewohnerin ein Lächeln zu. Die Frau reagierte nicht und steckte den Kopf wieder in ihr Kartenblatt.

»Die ist so«, zischte Pauline. »Völlig unberechenbar. Mal fröhlich. Dann zu Tode betrübt. Mach dir nichts draus.« Pauline drückte Emilias Hand und zog sie mit sanftem Druck zur Selbstbedienungstheke. »Komm, lass uns einen Kaffee trinken, Mila. Nimm dir ein Stück Kuchen. Er schmeckt zwar nicht besonders, aber … Was treibst du so? Wie geht es meinen Enkeln?«

Emilia lächelte und schenkte zwei Tassen Kaffee ein. Pauline hievte ein Stück Obstkuchen auf ihren Teller, und Emilia stellte die Kaffeetafel auf ein Tablett. Sie balancierte damit zu einem freien Tisch neben der Bank und servierte. Pauline folgte ihr und setzte sich neben ihre Tochter.

»Gut, Mama. Es ist alles in Ordnung.«

»Kein Kuchen für dich? Willst du noch dünner werden?«

»Ich mag kein Obst aus der Dose.«

»Also, wie geht es meinen Enkeln?« Pauline trank hastig von ihrem Kaffee.

»Gut. Erst gestern war Mischa zum Abendessen bei uns in Baden-Baden.«

»In Baden-Baden leben nur Snobs«, erklärte Pauline kopfschüttelnd. »Meine Mila ist kein Snob.«

»Du hast eine Wohnung in Baden-Baden und bist in der Südstadt aufgewachsen, Mama. Weißt du nicht mehr?«

»Natürlich erinnere ich mich. Hier gefällt es mir aber besser«, sagte Pauline lächelnd und schob sich ein Stück Kuchen in den Mund. »Ganz schön trocken«, erklärte sie mit vollem Mund. »Und das Dosenzeug ist zuckersüß. Du hast vollkommen recht.«

»Du machst den besten gedeckten Apfelkuchen der Welt«, schmeichelte Emilia.

»Ich erinnere mich.« Der Satz wirkte wie auswendig gelernt, eine Art Automatismus, um Nachfragen des Gegenübers zu vermeiden.

Sie plauderten eine Weile über Paulines neuen Aufenthaltsort, ihren Tagesablauf, die Mitbewohner.

»Hier ist es ein bisschen wie in einem Spa-Resort mit

regelmäßiger Blutdruckmessung und Medikamentengabe«, verkündete Pauline fröhlich, und Emilia war überrascht, dass ihre Mutter sogar eine kognitive Leistung wie Humor erbringen konnte. Über Jahre war alles, was Pauline dachte, tat oder reflektierte, bitterer Ernst gewesen.

Pauline bat Emilia um einige Bücher, die Emilia eifrig notierte. Früher hatte ihre Mutter berufsbedingt als Lektorin eines großen Verlags gelesen – eine Leidenschaft, die sie auch nach der Rente niemals aufgegeben hatte. Insgeheim verband Emilia mit dieser Tatsache die Hoffnung, dass Pauline ihr Gedächtnis mit zusammenhängenden Geschichten verbessern oder zumindest nicht verschlechtern würde. Emilia berichtete von Leos und Mischas bevorstehenden Prüfungen, Vladis Semesterbeginn und von ihrer Arbeit als freie Journalistin, von den Blumen in ihrem Garten.

Im Nu war mehr als eine Stunde vergangen, eine Stunde, in der Emilia immer wieder kritische Blicke auf Pauline geworfen hatte und zu dem Ergebnis gekommen war, dass ihre Mutter tatsächlich zufrieden und guter Dinge war. Und ausgeglichen genug, um über Sophies Porträt zu reden.

»Hör mal, Mama«, setzte Emilia vorsichtig an. »Ich habe eine Frage an dich.«

Pauline sah sie aufmerksam an.

»Heute war ich im Elsass und habe etwas Interessantes gekauft. Das wollte ich dir gerne zeigen.«

Emilia nahm ihr Handy, suchte das Foto von Sophies Porträt, das sie vom Katalog gemacht hatte, und schob es vorsichtig zu ihrer Mutter.

»Schau mal, Pauline, dieses Gemälde habe ich durch meine Arbeit gefunden. Weißt du, wer das ist?«

Lange ruhte Paulines Blick auf dem Bild, dann sah sie auf. In ihren Augen war eine gewisse Unruhe erkennbar. »Durch deine Arbeit? Bei den Modeleuten?«

»Ich bin schon lange selbstständig, Mama, und musste für ein Auktionshaus einen Katalogtext schreiben«, erwiderte Emilia ungeduldig. »Kennst du die Frau?«

Sie tippte mit dem Finger auf das Display.

»Müsste ich?«

Emilia nickte. »Es sieht doch aus, als sei sie deiner Mutter wie aus dem Gesicht geschnitten. Sophie. Erinnerst du dich?«

»Du verwechselst da etwas, Mila. Das bist doch du, mein Kind.«

»Nein.« Emilia schüttelte den Kopf. »Es wurde in den Dreißigerjahren gemalt. Wahrscheinlich in Paris. Es hieß, Sophie sei als junges Mädchen nach Paris abgehauen. Weißt du das nicht mehr? Sophie – deine Mutter.«

Pauline presste die Lippen aufeinander und schüttelte den Kopf. Dann zog sie trotzig die Mundwinkel nach unten. »Ich war doch noch nie in Paris. Und meine Mutter ist tot.«

»Vielleicht hat Arno einmal darüber gesprochen? Oder Hanne? Du erinnerst dich doch an deine Zieheltern, Mama?«

»Was denkst denn du?«, fragte Pauline aufgebracht und schüttelte dann den Kopf. »Vater hat nie über Paris gesprochen.«

Seufzend lehnte sich Emilia zurück und nippte an ihrem

Kaffee, der inzwischen kalt war. Die Frau am Nebentisch räumte die Karten zusammen, klopfte den Stapel auf dem Tisch zusammen, stand auf und ging ins Haus.

»Zeig mir das Bild noch mal, Mila«, bat Pauline.

Erneut tippte Emilia das Foto auf dem Handy an und reichte es ihrer Mutter.

»Die Kette gehört mir«, sagte Pauline bestimmt, zeigte auf den Aquamarin und sah ihre Tochter herausfordernd an. »Wo hat diese Frau meine Kette her?«

»Ich kümmere mich darum«, sagte Emilia mit einem Anflug von Resignation, warf einen Blick auf die Zeitanzeige im Display und ließ ihr Handy in die Handtasche gleiten. »Wollen wir noch ein paar Schritte gehen, Pauline? Begleitest du mich zum Ausgang?«

»Aber schnell, Mila. Ich bin gleich zum Rommé verabredet.«

Emilia erhob sich, nahm ihre Handtasche und legte im Gehen den Arm um Pauline. Sie fand, sie war noch zarter geworden in letzter Zeit, und ihr sonst dunkelrot gefärbtes Haar, das sie immer mit Stolz getragen hatte, war fast völlig ergraut.

»Soll ich einen Friseurtermin für dich ausmachen, Mama?«

»Nicht nötig, Kind. Es kommt immer eine Friseurin ins Haus.«

Emilia nahm sich vor, Frau Schröter eine Mail zu schicken und darum zu bitten, dass ihrer Mutter die Haare gefärbt werden könnten, wenn diese das wünschte.

»Gehst du jetzt nach Paris zurück?«, wollte Pauline wissen und legte ihren Kopf an ihre Schulter.

Instinktiv wich Emilia zurück. Die körperliche Nähe zwischen ihnen fühlte sich fremd und nicht stimmig an. »Ich lebe in Baden-Baden, wo du auch herkommst«, sagte sie. »Mit Vladi, Mischa und Leo.«

Langsam gingen sie durch den Garten in Richtung Tor. Emilia sinnierte über die beiden entgegengesetzten Facetten ihrer Mutter, und wie immer, in solchen Situationen, fühlte sich Emilia mitverantwortlich, die Verwirrung von Pauline ausgelöst zu haben.

»Wie geht es Mischa?«, fragte Pauline, ohne auf die Namen der anderen einzugehen.

»Gut. Er studiert in Stuttgart Psychologie. Leo in Frankfurt Medizin, und Vladi tut, was er immer macht. Er unterrichtet angehende Ärzte.«

»Kommen die Buben mich denn bald besuchen?«

»Ganz sicher, Mama.«

Vor dem Tor blieb Emilia stehen. »Sagt dir eigentlich der Ort *La Lumière* etwas, Mama?«

»*La Lumière*«, wiederholte Pauline kopfschüttelnd. »Nie davon gehört. Wo ist das?«

»In Frankreich.«

»Na, bitte. Also doch Frankreich.«

»Ich lebe in Baden-Baden«, sagte Emilia noch einmal lächelnd.

»Wo die Snobs zu Hause sind«, sagte Pauline und ließ sich von Emilia links und rechts auf die Wange küssen.

»Du bist die Besitzerin eines kleinen Hauses in *La Lumière*. Im *Lubéron*. Deine Mutter Sophie war Französin«, startete Emilia einen letzten Versuch, Paulines Erinnerung auf die richtige Spur zu bringen.

»Ein Haus in Frankreich. Du hast also ein Haus gekauft. Das ist ja nett. Nett.«

Pauline war wieder in ihrer eigenen Welt angekommen. Es war nicht das erste Mal, dass sich Emilia fragte, ob diese eigene Welt vielleicht ein sicherer Ort für ihre Mutter darstellte.

Dabei war sie einmal eine Frau voller Esprit und Kampfbereitschaft gewesen. Emilia erinnerte sich an einen Streit, der viele Jahre zurücklag, ein Streit, bei dem Pauline gegenüber ihrem Großvater für ihre leibliche Mutter eingestanden war. Damals waren Emilias Eltern noch ein Paar gewesen.

»Sophie war immer eine Lebefrau«, hatte Emilias Urgroßvater beim Mittagstee gesagt, und seine Schwiegertochter Hanne, die gerade in ihrer Tasse gerührt hatte, war augenblicklich erstarrt und hatte mit eisiger Stimme verlangt, diese Diskussion umgehend zu beenden.

»Welche Diskussion? Nur wegen ein paar Aktbildern?«, hatte Pauline damals empört mit vor Zorn funkelnden Augen gefragt. »Das ist doch lächerlich! Weil sie sich bürgerlichen Vorstellungen und gesellschaftlichen Zwängen entzogen hat? Sich nicht unterordnete? Es ging doch am Ende nur um euren guten Ruf!«

»Den sie ruiniert hat«, hatte Arno gezischt und sich dann an seine Frau Hanne gewandt, als erwarte er von ihr, umgehend ein Machtwort in dieser Angelegenheit zu sprechen. Aber Hanne hatte geschwiegen und traurig die Augen gesenkt.

»Du verteidigst die Frau, die dich im Stich ließ«, hatte Paulines Großvater geraunt.

Irgendwann hatte schließlich Hanne hervorgepresst: »Schluss damit. Sofort. Schluss damit.«

Damals war Emilia sieben Jahre alt gewesen, und intuitiv hatte sie mehr verstanden, als den Erwachsenen recht war. Seit jenem Tag wusste Emilia, dass Kinder Zusammenhänge begriffen, von denen Erwachsene keine Ahnung hatten. Das Erlebnis hatte ihre sensiblen Antennen geschult, jene, die Vladi immer Emilias *begnadete Intuition* nannte. Ein Warnsystem, das zuverlässig Signale aussendete. Sie musste nur in sich hineinhören und anschließend die richtige Auswertung vornehmen.

Emilias Vater hatte sich damals eilig erhoben und seine kleine Familie direkt in Richtung Ausgang dirigiert. Fluchtartig hatten sie die Villa der Großeltern am Stadtrand verlassen, und Emilia hatte schon damals gewusst, dass sie das herrschaftliche Gebäude, dem sie keine Träne nachweinte, nie wieder von innen sehen würde. Kurz darauf war Paulines Großvater an einem Herzinfarkt gestorben. Nach seinem Tod war die Villa veräußert worden, und Paulines Zieheltern hatten sich nach dem Verlust des Vermögens in Hannes Heimat in der Nähe von Heilbronn aufs Land zurückgezogen. Durch die räumliche Trennung wurden die Besuche von Pauline bei ihren Zieheltern seltener.

Für Emilia markierte jener Mittagstee einen Riss, denn ihre Eltern, die im Kern einer Meinung gewesen waren, hatten die ganze Rückfahrt über gestritten.

Jener Streit hatte den Anfang vom Ende der Ehe ihrer Eltern markiert. So sehr sie in der Frage von Sophies Schattenleben und den damit verbundenen Vorurteilen übereinstimmten, so uneins waren sie sich bei der Bewertung der seelischen Folgen für Pauline.

Pauline war die wirklich Leidtragende – verlassen zu werden, barg etwas diffus Vertrautes in ihrem noch jungen Leben. Es kam, wie es kommen musste – erst war ihre leibliche Mutter von ihr gegangen, dann ihr Ehemann.

JEAN-PIERRE

La Lumière, 31. August 2016

Der verwundbare Turm

Als Jean-Pierre und Henri den *Chemin du Cheval blanc* in *La Lumière* erreichten, war es fast windstill. Nach der Auktion hatten sie in einer kleinen Pension im Elsass übernachtet und waren am späten Vormittag losgefahren.

Die tief stehende Sonne beleuchtete einen Teil von Jean-Pierres Garten wie auch die geschlossenen Fensterläden seines Hauses.

Henri schaltete den Motor ab und strich über das Lenkrad. »Da sind wir, Monsieur. Wohlbehalten wieder zu Hause angekommen.«

»Wie wäre es mit einem Gläschen Wein draußen im Garten, Henri?«

Überrascht blickte Henri in den Rückspiegel. Dann lächelte er. »Sehr gerne, Monsieur. Mich erwartet sowieso niemand zu Hause.«

»Es gibt einige Erfahrungen, die wir teilen, mein lieber Henri, nicht wahr?«

Seufzend öffnete Jean-Pierre die Tür, stieg aus dem

Wagen, reckte sich und nahm dann sein Jackett vom Klei-
derbügel.

»Nun, *ich war* verheiratet«, erwiderte Henri, eilte zur
anderen Wagenseite und reichte Jean-Pierre dessen Stock,
dann die Autoschlüssel. »Sie nie, Monsieur.«

Plötzlich errötete Henri, als sei ihm die Ungehörigkeit,
die er von sich gegeben hatte, mit einem Mal bewusst geworden. Aber Jean-Pierre lächelte nur milde und gab
Henri ein Zeichen, den Weg durch das Gartentor zu
nehmen.

»Was sagt das schon«, erwiderte er und ging in Richtung
Eingangstür. »Ein Stück Papier verrät nichts über den Wert
einer Beziehung.«

Schmunzelnd lief Henri an einer Sitzbank vor dem
Haus vorbei in den Garten. Unter einem Kirschbaum stand
ein kleiner Bistrotisch. Am Baumstamm lehnten zwei
Stühle. Mit der flachen Hand wischte Henri ein paar Blätter von der Tischplatte, klappte anschließend die Stühle
auf und stellte sie in gebührendem Abstand nebeneinander. So würden sie genug Schatten und einen Blick auf die
Hügel des *Lubéron* haben.

Wenige Minuten später öffnete Jean-Pierre von innen
mit einem quietschenden Geräusch die Läden seines
Wohnzimmers. Henri ging Jean-Pierre bis zur Schwelle
des Hauses entgegen und nahm ihm zwei kleine Gläser
und eine Rotweinkaraffe ab.

Henri beherrschte die Etikette der einst ärmsten Region
Frankreichs. Er war im *Lubéron* groß geworden. Als Gast
betrat man niemals ohne explizite Aufforderung das Haus
des Gastgebers. Nirgendwo sonst zeigte sich die Grenze

zwischen Familie und Freundschaft so offensichtlich wie in jenem heiklen Detail. Die Wohnung war dem Privaten vorbehalten und duldete nur selten fremde Blicke. Selbst eine Einladung zum Essen fand, wenn möglich, draußen im Garten statt. Über mehrere Stunden geöffnete Fensterläden galten als Affront. Beide Männer kannten noch Zeiten, in denen wichtige Gespräche ausschließlich auf dem Dorfplatz geführt wurden und ein schlichter Handschlag ein Geschäft besiegelte.

Sie setzten sich. Jean-Pierre schenkte den *Côtes de Ventoux*, einen starken Roten aus der Region, in die beiden bereitstehenden Gläser. Dazu reichte er etwas Salzgebäck.

Lange saßen die beiden Männer schweigend nebeneinander, in die gleiche Richtung blickend und Wein trinkend. Der Wind spielte mit den Blättern des Kirschbaums, dessen Früchte bereits geerntet waren. Die warme Luft duftete nach Kräutern und trockener Erde. Im Nachbarhaus nahm eine Frau Wäsche von der Leine. Als sie Jean-Pierre und seinen Besucher bemerkte, grüßte sie mit einem Kopfnicken. Jean-Pierre hob die Hand zum Gruß zurück.

»Darf ich Sie etwas fragen, Monsieur, etwas eher persönlicher Natur?« Henri nahm nach diesem Vorstoß einen kräftigen Schluck Rotwein und stellte sein Glas wieder zurück auf den Tisch.

»Fragen Sie, Henri, nur zu.« Jean-Pierre schenkte aus der Karaffe nach.

»Wenn Sie mir erlauben, Monsieur. Sie … Wir …«, stotterte Henri, nach Worten suchend. Er spielte mit seinem Weinglas. »Wir sind noch nie unverrichteter Dinge von einer Mission zurückgekehrt. Verzeihen Sie«, sagte er dann schnell.

Jean-Pierre lächelte und nickte zustimmend. »Da haben Sie wohl recht.«

Mit einer knappen Handbewegung gab er Henri das Zeichen fortzufahren.

»Nun sind wir es aber. Sie sagten, Sie hätten etwas Schweres zu tragen. Aber Sie kamen mit leeren Händen aus der Auktion heraus. Sie haben diese weite Reise doch nicht auf sich genommen, um unverrichteter Dinge zurückzukehren? Die ganze Fahrt habe ich nachgedacht. Ob ich mir erlauben darf zu fragen. Sie sind nicht der Mann, der sich überbieten lässt.«

Jean-Pierre lächelte verschmitzt.

»Und Sie waren auf der Rückfahrt besonders schweigsam, wenn ich mir diese Bemerkung erlauben darf, Monsieur Roche.«

»Schweigen ist ein Geschenk.« Ein Hauch von Wehmut legte sich auf Jean-Pierres Gesicht.

»Das sagen Sie immer wieder. Sie sprechen in Rätseln. Seit so vielen Jahren.«

»Der Grund ist, dass ich im Elsass etwas viel Besseres gefunden habe, lieber Henri. Das ist die einfache Antwort auf Ihre Frage.«

Henri runzelte die Stirn und presste die Lippen zusammen. »Ich verstehe nicht.«

Stockend begann Jean-Pierre zu sprechen, während sein Blick durch die Äste des Kirschbaums über die Terrassen hinab ins Tal schweifte. Die Abendsonne tanzte auf den Blättern. Nebenan öffnete die Nachbarin die Läden. Das

Geklimper von Geschirr. Aus der Ferne jubelnde Kinder. Plötzlich schien es ihm ganz leicht, als sei es für seinen Bericht die richtige Zeit, der rechte Ort, das passende Ohr. Jean-Pierre erzählte von Sophies Porträt, den Hintergründen, die er sich zusammengereimt hatte, seinem Wunsch, das Bild zu besitzen. Auf welche Weise er Sophie wiedergefunden hatte und von der Frau auf der Auktion.

»Sie wollte das Bild um jeden Preis haben. Nun muss ich meine Strategie den neuen Gegebenheiten anpassen.«

Henri lächelte. »Sie sind der beste Stratege, den ich kenne, Monsieur.«

»Ich habe ihr wie ein Gentleman den Vortritt gelassen. Die Tür hat sie selbst geöffnet.«

Henri verstand, was Jean-Pierre damit sagen wollte. Seit Jahrzehnten war er an die bildhaften Vergleiche seines ehemaligen Arbeitgebers gewöhnt. Eine Frage trieb Henri dennoch um. »Woher können Sie so sicher sein, dass jene Frau wirklich die Enkelin von Madame Langenberg ist?«

»Sie ist ihr wie aus dem Gesicht geschnitten. Und ich kann rechnen. Um ihre Tochter zu sein, ist sie zu jung. Stellen Sie sich Madame Langenberg mit Ende vierzig vor. Genau so sah die Frau aus.«

»Ja«, seufzte Henri, »wenn ich mir die Bemerkung erlauben darf – Madame war eine wunderschöne Frau. Wie lange ist sie jetzt tot?«

»Fast zweiunddreißig Jahre. In wenigen Wochen jährt sich ihr Todestag.«

»Und was geschieht nun, Monsieur?«

»Das wird sich zeigen, Henri. Auf jeden Fall gibt es eine kleine Planänderung.«

Tatsächlich hatte Jean-Pierre einen präzisen Plan, einen, den er nach einer Herzoperation vor einigen Monaten sorgfältig ausgetüftelt hatte. Damals hatte er einen Fehler gemacht. Er durfte sich keinen weiteren leisten. Seine Fahrt ins Elsass war nur eine winzige Station auf dem Weg zu seinem Ziel. Und wenn ihn seine Nase nicht täuschte, würde sich jene Frau, die das Porträt ersteigert hatte, schon bald selbst ins Spiel bringen. Fragen stellen. Nachbohren. Er hatte ihren Blick gesehen. Ihre Entschlossenheit. Es galt, auf der Hut zu sein, wenn sie auch nur einen Bruchteil der couragierten Gene ihrer Großmutter besaß.

Das Leben hatte Jean-Pierre gelehrt, den guten Dingen Zeit zu geben, das Schlechte möglichst früh im Keim zu ersticken. Lange hatte er geglaubt, er habe alle Zeit der Welt. Aber mit sechsundachtzig Lebensjahren stimmte das nicht mehr. Das war ihm beim Anblick jener Frau klar geworden. Die Zeit rannte ihm davon.

Er brauchte einen Mitwisser. Einen, der jünger war als er.

»Eine Planänderung, Monsieur?«

Jean-Pierre bat Henri darum, seinen Stuhl näher an den seinen heranzurücken, damit er ihn hören konnte und niemand sonst. Was Jean-Pierre zu sagen hatte, sprach er zum ersten Mal aus. Bedächtig suchte er die richtigen Worte, wählte den passenden Ton und nahm sich die Zeit, die er brauchte. Nur einmal drohte seine Stimme zu kippen. Er räusperte sich, schloss kurz die Augen und spürte die milde Abendsonne auf seinem Gesicht. Flüsternd vertraute er dem treuen Henri ein Geheimnis an. Jean-Pierre war ein Mann mit vielen Geheimnissen, aber nur eines hatte Auswirkungen auf das Leben anderer. Deshalb musste er umso achtsamer sein.

Der Wind, der durch die Blätter des Kirschbaums strich, schnappte ein paar Silben auf und trug sie hinaus in die betörende Landschaft des *Lubéron*, über die Steinbrüche der Ockerfelsen bis zum *Mont Ventoux*, von dem es hieß, er sei ein heiliger Berg. Henri lauschte Jean-Pierres Worten mit reglosem Gesichtsausdruck und vermied es, ihn anzusehen. Nur einmal, als Jean-Pierre zum Ende kam, zog Henri seinen Kopf zurück und suchte Jean-Pierres Blick. »Ist das wirklich wahr?«

Jean-Pierre nickte. »Ich habe sogar einen Beweis dafür.« Er tippte mit dem Zeigefinger gegen seine Stirn.

»Das ist ja eine unerhörte Geschichte.«

»Unerhört«, bestätigte Jean-Pierre. »Bis jetzt. Spielen Sie Schach, Henri?«

Henri verneinte.

»Der Turm besitzt große Bewegungsfreiheit, aber er ist auch sehr verwundbar. Sein majestätischer Auftritt kommt erst, nachdem sich das Spielfeld geleert hat. So lange muss man ihn zurückhalten. Und schützen. Wenn es so weit ist, entwickelt er seine ganze Kraft.«

»Sie glauben, diese Enkelin von Madame Sophie kommt hierher, Monsieur Roche, nicht wahr? Stellvertretend für ihre Mutter, die Tochter von Madame Sophie.«

Jean-Pierres Blick fiel hinab ins Tal zu Sophies dunklem Haus. »Sie wird kommen. Das wird sie. Ganz gewiss.«

Nebenan im Nachbarhaus schloss jemand die Läden.

EMILIA

5

Nachdenklich betrachtete Emilia das Porträt ihrer Großmutter. Vladi hatte es am Morgen nach der Auktion noch
vor dem Frühstück im Flur an die Stelle gehängt, wo es
jetzt vom Essplatz aus zu sehen war.

»Mir gefällt es«, sagte Vladi, stellte sich neben Emilia und
verschränkte die Arme. Aus der Küche strömte der Duft
von frisch gemahlenem Kaffee. »Ausgesprochen gut sogar.
Es passt genau an diese Stelle, als hätte es so sein müssen.«

»Das finde ich auch«, bestätigte Emilia, ging zum Stuhl
und setzte sich an den gedeckten Frühstückstisch. Vladi
folgte ihr, schenkte Kaffee für beide ein und bot Emilia ein
Croissant aus dem Brotkorb an. Sie schüttelte lächelnd
den Kopf und überlegte, wie sie es ihrem Mann am besten
beibringen sollte. Nach der Auktion gestern, den seltsamen Begegnungen im Herrenhaus und dem anschließenden Besuch bei Pauline hatte sie einen Plan gefasst, der ihr,
je länger sie darüber nachdachte, nur folgerichtig schien.
Emilia würde nach *La Lumière* fahren, Sophies Haus inspizieren, es in Ordnung bringen und dort eine Weile für
sich sein.

»Wie geht es Pauline?«, unterbrach Vladi ihre Gedanken. »Hast du ihr das Porträt gezeigt?«

Emilia nickte und seufzte. »Sie behauptet, die Kette, die Sophie trägt, gehöre ihr. Die Frau hat sie angeblich noch nie in ihrem Leben gesehen.«

»Genau, was zu erwarten war. Was sagen die Therapeuten über ihren Zustand?«

»Sie hätten sich noch kein klares Bild gemacht. Aber sie scheint sich dort wohlzufühlen. Du weißt ja, sie ist nicht gerne allein. Die Tiere auf dem Hof, der Kontakt zu den Mitbewohnern. Sie liebt es, wenn immer jemand um sie herum ist.«

»Das kommt ihrem symbiotischen Grundbedürfnis sehr entgegen.«

Emilia sah Vladi fragend an. »Symbiotisches Grundbedürfnis?«

»Der Wunsch nach Verschmelzung. Die größte Angst des Depressiven ist die Autonomie. Die Einsamkeit.«

»Ich verstehe.«

»Dennoch ist immer noch unklar, woher ihre Gedächtnis- und Sprachprobleme kommen«, fuhr Vladi fort. »Das unkontrollierte Zittern. Die Gleichgewichtsstörungen. Die Aphasien.«

»Was sind Aphasien?«

»Fehler in der Wortwahl oder der Lautstruktur. Einmal wollte sie sagen: *Ich suche das Wort*. Gesagt hat sie aber: *Ich suche das Quadrat*. Die *Rattan-Möbel* wurden aus ihrem Mund zu *Raclette-Möbeln*, eine *Spinne* zur *Spille*. So ähnlich jedenfalls.«

»Ja, du hast recht. Jetzt erinnere ich mich.«

»Sprach sie gestern deutlich? Hat sie gezittert?«

»Sie sprach klar und deutlich. Keinerlei Zittern.«

»Wortfindungsstörungen?«

Emilia schüttelte den Kopf. »Nicht gestern. Nur, dass sie ihre eigene Mutter nicht erkennt und glaubt, ich lebe in Paris.« Zögernd strich Emilia mit der flachen Hand über die Tischplatte.

»Oder nicht erkennen *möchte*«, sagte Vladi.

»Ich glaube, wir haben keine Vorstellung davon, welchen Identitätsbruch sie erlebt hat als Heranwachsende. Als sie erfuhr, dass sie adoptiert ist.«

»Verdrängung kann ein probates Mittel sein, um zu überleben«, sagte Vladi ernst.

»Meine Mutter verdrängt seit Jahrzehnten die Details ihrer Biografie, die ihr seelische Qualen verursachen könnten. Ja, dieser Schutzmechanismus ist auch ein Segen.« Emilia sah Vladi direkt an. »Vladi …«

»Ja, bitte?«

»Ich muss dir etwas sagen. Es geht um eine Entscheidung, die ich getroffen habe, Vladi. Ich werde eine Weile verschwinden.«

Vladi hatte gerade seine Tasse an die Lippen gezogen. Augenblicklich stellte er sie auf dem Tisch ab. »Nach Frankreich?«

Emilia nickte. »*La Lumière*. Ich muss dieser Sache nachgehen.«

»Wir haben vor wenigen Wochen zum ersten Mal von einem Ort dieses Namens gehört«, sagte Vladi mit ernster Stimme. »Bis dahin wussten wir nicht einmal, dass es ihn geschweige denn ein Haus, das deiner Mutter gehört, gibt.«

Er nahm ein Croissant aus dem Korb und legte es auf seinem Teller ab.

»Mein Entschluss steht fest. Jetzt, da wir Sophie wiedergefunden haben. Schließlich handelt es sich um den Besitz meiner Mutter. Paulines Vollmacht über ihr Eigentum zu haben bedeutet auch Verantwortung.«

»Das weißt du nicht erst seit gestern. Wir haben eine Tote wiedergefunden, Emilia. Du kannst die Zeit nicht zurückdrehen.«

»Das Porträt sieht sehr lebendig aus.« Sie deutete mit einer Kopfbewegung in Richtung Flur. »Ich habe fast ein schlechtes Gewissen, mich nicht gleich darum gekümmert zu haben. Jetzt will ich mehr wissen. Wie hat sie gelebt? Geliebt? Hatte sie trotz der Familienmisere ein glückliches Leben? Warum hat sie ihr Kind im Stich gelassen?«

Nachdenklich kaute Vladi, schluckte und nahm sich den Rest Kaffee aus der Kanne, nachdem er diese Emilia angeboten und sie stumm den Kopf geschüttelt hatte. »Ich verstehe dich sehr gut, Emilia. Mir geht es nicht um die Tatsache, *dass* du fährst. Mich befremdet dein Alleingang, denn eigentlich hatten wir geplant, gemeinsam in den *Lubéron* zu fahren. Im Herbst.«

Schweigend goss Vladi Milch in seine Tasse. Emilia sinnierte über den Begriff *Alleingang*, während sie an einer *Brioche* knabberte. *Ihr* Alleingang befremdete *ihn*? Bedeutete Vladis Fehltritt nicht die äußerste Form des Alleingangs?

»Das war aber bevor du ...« Emilia verstummte. Sie mochte sich selbst nicht mit diesem Vorwurf in der

Stimme, den heruntergezogenen Mundwinkeln, den zusammengepressten Lippen. Vladi hatte recht. Gemeinsam hatten sie noch vor Wochen Pläne geschmiedet, Allerheiligen in Südfrankreich zu verbringen, aber das war, bevor seine Affäre aufgeflogen war. Seitdem war nichts mehr wie vorher. Plötzlich waren Dinge infrage gestellt worden, auch jene Gemeinsamkeiten, die einst selbstverständlich gewesen waren. Vladis Lüge hatte Emilias Hang zum Rückzug verstärkt, ihre Sprachlosigkeit zementiert. Sie wünschte, sie könnte einfach vergessen – aber das war nicht möglich. Stattdessen quälten sie seitdem unaufhörlich Selbstzweifel und Fragen. Wie hatte es so weit kommen können? Was fehlte ihr? Warum hatte sie sämtliche Hinweise im Vorfeld missachtet? Gab es in einer Ehe eine Art seismografischer Nadel, die ausschlug, bevor die Beziehung erschüttert wurde?

»Wenn ich jetzt alleine fahre, bedeutet das nicht, dass wir eines Tages nicht gemeinsam dort hingehen«, erwiderte Emilia leise und spielte mit dem Henkel ihrer Kaffeetasse.

Vladi seufzte, stellte seinen Teller auf Emilias, stand auf und brachte das leere Geschirr zur Spülmaschine. »Mir scheint, dir kommt diese Sache mit Sophie ziemlich gelegen.«

»Was soll denn das heißen?«, fragte Emilia empört.

»Du weichst mir aus. Und jetzt hast du einen Grund gefunden, dich noch mehr von mir zu entfernen.«

»Vladi! Wer hat sich hier von wem entfernt? Ich bin es leid, mich zu rechtfertigen, dass ich das alles noch nicht verdaut habe. Wie lange ist es her?« Angestrengt dachte sie nach. »Keine sechs Wochen! Du verlangst, dass ich es einfach vergesse. Ausradiere. Als sei es nie geschehen.«

»Das Problem ist, dass ich es nicht ungeschehen machen kann. Du musst es nicht ausradieren, Emilia. Du musst mir nur verzeihen.«

»Aber jetzt drehst du den Spieß einfach um. Das ist nicht fair.«

Langsam ging Vladi an Emilia vorbei zur Terrassentür, sah zum Garten hinaus und steckte die Hände in die Hosentaschen. »Das stimmt, Emilia. Du musst dich nicht rechtfertigen. Verzeih mir.«

Emilia stand auf und holte eine Flasche Wasser aus dem Sprudelkasten, nahm zwei Gläser aus dem Schrank, schenkte eines davon ein und trank davon.

»Und, wie war die Versteigerung?«, fragte Vladi beherrscht, während er sich Emilia zuwandte. »Aufregend?«

»Absolut«, erwiderte Emilia und bemühte sich ihrerseits, ihre Stimme belanglos klingen zu lassen. »Irgendwie ist das eine andere Welt. Völlig verrückt. Am Ende gab es einen Mitbietenden. Und der hat mein Gebot verdoppelt. Dann gab er aber auf. Glücklicherweise.«

Vor ihrem geistigen Auge sah sie den Saal, die Menschen, den Auktionator hinter seinem Stehpult, den alten Mann mit der Bieternummer 23, Thierry Bonnet und den seltsamen Schlossverwalter, der Vertraute des anonymen Erben.

»Vielleicht ein Kunstverständiger, der Ahnung hat.«

»Vielleicht«, sagte Emilia nachdenklich.

»Wie viel hast du bezahlt?«

»Zwanzigtausend Euro.«

Kurz zuckte Vladi zusammen.

»Dieser Mann, der den Verkauf abgewickelt hat – ein gewisser Monsieur Sage –, hat komisch reagiert, als ich den Namen Sophie Langenberg nannte.«

Vladi horchte auf, ging zum Tisch und goss Wasser in das zweite Glas. »Komisch?«

Er nahm einen großen Schluck.

»Als ob er den Namen kennen würde. Als wisse er mehr, als er mir gegenüber sagen wollte. Und Fugins ehemaliger Sekretär hat mir eine Pariser Adresse genannt und seine private Telefonnummer in Paris gegeben. Ich glaube, er weiß etwas.«

»Pariser Adresse? Was soll dort sein? Du glaubst doch nicht etwa …«

»Was?«

»Dass dich die Adresse des Künstlers zu Sophie führt. Oder dass dieser, wie heißt er noch, irgendwelche Geheimnisse lüftet? Für einen Zeitzeugen müsste er ein stattliches Alter haben.«

»Thierry Bonnet«, erwiderte Emilia und zuckte die Achseln. »Das Alter dürfte er durchaus haben. Ich schätze ihn um die achtzig. Tatsache ist, dass Fugin Sophie gemalt hat. Sicherlich war sie in seinen Atelierräumen. Man könnte diesem Hinweis doch zumindest nachgehen.«

»Emilia, beschränke dich lieber auf die Fakten in *La Lumière*: drei Zimmer, Küche, Bad. Zum Grundstück gehören eine Scheune und ein Garten. Der biologische Vater deiner Mutter lebt ganz sicher nicht mehr. Du musst jetzt keine biografische Recherche anstellen.«

Jetzt war es Emilia, die zusammenzuckte. *Vater unbe-*

kannt – dieser Makel stand schwarz auf weiß in Paulines Geburtsurkunde. Was heute kein gesellschaftliches Problem mehr darstellte, war in den Vierzigerjahren des vergangenen Jahrhunderts eine Katastrophe gewesen.

»Vielleicht will ich das aber«, erwiderte Emilia trotzig. »Es ist nichts Verwerfliches daran, nach seinen Wurzeln zu fahnden.«

Fahnden. Warum hatte sie »fahnden« gesagt?

»Wenn du in den *Lubéron* fährst, solltest du bedenken, dass im Haus sicherlich Wasser und Strom abgestellt worden sind«, fuhr Vladi pragmatisch fort, ohne auf Emilias Einwand einzugehen. »Wir werden etwas Geld in die Hand nehmen müssen, um Paulines Haus in Ordnung zu bringen.«

Wir. Vladi hatte *wir* gesagt, obwohl es sich um ihre Familie und somit um Emilias Verpflichtungen handelte.

»Was erwartest du, wie es dort aussieht?«, hakte Vladi nach.

Emilia überschlug, wie viel Geld sie brauchen würde, und kam auf einen horrenden Betrag. Das Haus zu veräußern kam überhaupt nicht infrage. Sie würde es für Pauline erhalten.

»Du solltest vorher bei der Gemeinde anrufen. Vielleicht können sie dir Auskunft geben. Im schlimmsten Fall hat über Jahrzehnte kein Mensch mehr seinen Fuß in die *Rue de la Lune* gesetzt.«

»Habe ich bereits getan«, erklärte sie, stand auf, nahm den Brotkorb, Milch und Honig vom Tisch und brachte die Lebensmittel an ihren Platz. Vladi sah sie erstaunt an.

»Die Schlüssel fürs Haus sind bei einer Nachbarin, einer

gewissen Madame Dubois, hinterlegt. Die Sekretärin des Bürgermeisters gab mir ihre Telefonnummer. Wenn ich abends anreise, ist das Rathaus geschlossen. Und an das zuständige Elektrizitätswerk habe ich heute Morgen bereits Geld überwiesen.«

»Du hast offensichtlich an alles gedacht«, sagte Vladi, und sein Blick zeigte, wie sehr es ihn kränkte, ausgeschlossen zu werden. »Wollen wir heute Abend zum Italiener gehen? Zum Abschluss?«

»Abschluss scheint mir nicht das passende Wort. Ich werde nicht aus der Welt sein, sondern in Südfrankreich. Essen gehen? Warum nicht? Sehr gerne.«

»Ich hätte dich gerne begleitet, Emilia, aber ich respektiere dein Bedürfnis nach Distanz. Wir werden sehen, wie es weitergeht. Ich reserviere einen Tisch. Neunzehn Uhr?«

Wie machte Vladi das nur? Am Ende regte sich in Emilia ein schlechtes Gewissen, und er ging aus einem Gespräch als moralischer Sieger hervor.

»In Ordnung.« Sie bemühte sich um ein Lächeln. »Der wahre Grund, weshalb ich nach *La Lumière* will, ist …«, setzte sie stockend an. Vladi fixierte sie. »Ich tue es für Pauline.«

Langsam schüttelte Vladi den Kopf, während er Emilia eindringlich ansah. »Ich fürchte, du kennst deine wahren Absichten nicht. Und das macht mir Angst.«

Emilia schluckte. »Du täuschst dich. Ich wünschte, ich könnte eines Tages mit Pauline nach *La Lumière* gehen, um ihr die Welt ihrer Mutter zu zeigen.«

»Ich wünschte, du zeigtest *mir* irgendwann wieder *deine*

Welt«, sagte Vladi, küsste Emilia auf die Stirn und verschwand in seinem Arbeitszimmer.

Am nächsten Tag war Vladi frühmorgens nach Heidelberg zu seiner Sprechstunde aufgebrochen und hatte auf dem Esstisch eine Nachricht für Emilia hinterlassen.

Liebe Emilia,
ich fand es sehr schön mit dir beim Italiener. Fahr vorsichtig. Melde dich, sobald du angekommen bist. Lass uns telefonieren, ja?

Vladi

Nachdem Emilia gepackt und ihr Auto beladen hatte, wählte sie die Telefonnummer von Madame Dubois in *La Lumière*, um sich für den Abend anzumelden. Sie war nicht da, und so teilte Emilia ihre bevorstehende Ankunft per Anrufbeantworter mit. Dann telefonierte sie mit Mischa und berichtete von ihrem Vorhaben. Mischa fand Emilias Tatendrang *cool*. Mit dem Versprechen, sich sofort zu melden, wenn sie Hilfe brauchen würde, verabschiedeten sie sich.

Leo erreichte sie auf seinem Handy, als er gerade auf dem Weg zur Uni war. Entgegen seiner gewohnten Zurückhaltung fragte er interessiert nach, als Emilia vom Kauf des Porträts von einem Maler namens Fugin und den Umständen des Erwerbs berichtete.

»Mischa hat mir davon erzählt. Fugin? Nie gehört. Aber Surrealismus ist großartig! Sehr interessant. Das klingt nach Max Ernst, Frida Kahlo, Salvador Dalí. Ich muss das Bild unbedingt sehen«, sagte er lebhaft. »Sobald das Physikum vorbei ist, besuche ich Papa.«

Leo besuchte seinen Vater – Mischa hingegen seine Mutter oder die Eltern. So war das schon immer gewesen, aber jedes Mal, wenn Leo mit Gesten oder Worten Emilia ausgrenzte, versetzte es ihr einen Stich. Sie wusste, ihr Jüngster wollte sie nicht kränken, aber er tat es.

»Wie laufen die letzten Vorbereitungen aufs Physikum, Leo?«

»Ätzend. Es ist ätzend. Physik. Chemie. Ein angehender Mediziner muss offensichtlich durch die naturwissenschaftliche Hölle, bevor er auf die Menschheit losgelassen wird.«

»Du schaffst das, Leo«, sagte Emilia lachend und nahm ihr Handy vom Küchentisch. »Zur Aufmunterung schicke ich dir gerade eine Fotografie von dem Gemälde.« Den Telefonhörer zwischen Ohr und Schulter geklemmt, drückte sie auf *Senden*, ging in den Flur und ließ ihr Mobiltelefon in ihre Handtasche gleiten.

»Angekommen«, bestätigte Leo wenige Sekunden später. Dann Schweigen.

»Bist du noch da?«, rief Emilia.

»Wo habt ihr es aufgehängt?«

»Im Flur, gegenüber der Küche.«

»Hat es genug Licht dort?«

»Morgensonne«, entgegnete Emilia mit gespieltem Vorwurf. »Das weißt du doch.«

»Von einer Ausstellung kenne ich ähnliche Bilder. Dieser Schatten ist nicht ungewöhnlich für die Porträtmalerei des Surrealismus. Manche Maler haben ins Innere einer Gehirnhälfte ein zweites Gesicht platziert. Womöglich ein Hinweis auf das Unbewusste. Sigmund Freud lässt grüßen«, sagte Leo nachdenklich.

»Daran habe ich auch schon gedacht. In einem Bildband ist mir im Zusammenhang mit dem Surrealismus der Titel *Gegen jede Vernunft* begegnet. Ich konnte mit den Werken nicht viel anfangen. Sie wirken irgendwie märchenhaft, fast infantil.«

»Gegen jede Vernunft«, wiederholte Leo. »Interessanter Titel. Das dürfte das Lebensgefühl dieser Generation auf den Punkt bringen. Meinst du, das gilt auch für deine Großmutter?«

Mischa war der Psychologe von ihren beiden Söhnen, aber es war Leo, der mit seinen Fragen ins Schwarze traf. Plötzlich schien es, als entstünde durch die jüngsten Ereignisse eine Brücke zwischen Leo und Emilia, eine, die Mutter und Sohn von entgegengesetzten Richtungen vorsichtig betraten.

»Darüber habe ich noch nie nachgedacht«, erwiderte Emilia leise. »Aber ja, ich glaube, ja. Ihr Lebenslauf dürfte nicht sehr kopfgesteuert gewesen sein.«

»Ich bin sehr auf das Original gespannt«, entgegnete Leo unbekümmert. »Mach's gut, Emilia. Viel Spaß in Frankreich!«

Wenn Mischa seine Mutter beim Vornamen nannte, hatte das etwas Freundschaftliches, tat es Leo, schwang für Emilia sofort Distanz mit. Oder projizierte sie? Emilia selbst nannte ihre Mutter häufig beim Vornamen.

Leo hatte die Brücke wieder verlassen. Aber es gab sie,

wenn auch nur für einen winzigen Augenblick. Emilia wünschte ihrem Jüngsten einen klaren Kopf beim Physikum, legte den Hörer auf, drehte Vladis Nachricht auf dem Esstisch um und schrieb auf die Rückseite.

Hallo Vladi!
Ich habe unser Abendessen auch sehr genossen. Fahre jetzt los und müsste am frühen Abend ankommen. Ich melde mich direkt aus La Lumière.

Emilia

EMILIA

6

Kurz nach acht erreichte Emilia *La Lumière*. In der Ferne erstreckte sich die hügelige Landschaft des *Lubéron*. Der Lavendel in den Tälern war bereits geerntet. In der Luft lag ein Hauch von Salbei, Rosmarin und Thymian.

Der Ort lag auf einer Anhöhe inmitten einer Gebirgskette von Kalksteinfelsen und erstreckte sich über einzelne begrünte Terrassen mit altem Baumbestand. Emilia begriff, woher der Ort seinen wohlklingenden Namen hatte: Immer noch wurden die ockerfarbenen Gebäude von der Abendsonne in ein betörendes Licht getaucht, während die gegenüberliegende Seite völlig im Schatten lag. Auf halber Höhe befand sich eine Mauerruine, die wie ein abgebrochener Zahn aussah. Die Häuser wirkten, als seien sie aus dem Berg herausgewachsen. In das Fünfhundertseelendorf führte eine holprige Landstraße. Ganz oben auf der Spitze thronte eine romanische Kirche, etwas abseits sah man eine Friedhofsmauer. Emilia konnte nicht widerstehen. Sie hielt dort an, stieg aus und machte einige Aufnahmen von den Gebäuden und einem Olivenbaum, der einsam und verlassen neben den Weinreben stand.

Als sie den Marktplatz im Zentrum erreichte, schien es ihr, als sei die Zeit hier stehen geblieben: Unter den mächtigen Korkeichen standen Parkbänke, auf denen die Alten saßen. Drei Männer spielten Boule. Über dem Eingang eines Cafés flimmerte der bunte Schriftzug *Café du Siècle*. Die Tische und Stühle auf dem Gehweg waren zusammengeräumt. Hinter einer großen Schaufensterscheibe registrierte Emilia einige Gäste am Tresen. Einheimische, vermutete sie. Der versteckte Ort schien ihr nicht sehr touristisch zu sein. Sie schaltete in den zweiten Gang und fuhr im Schritttempo durch den Dorfkern. Nach etwa dreihundert Metern folgten einige bewohnte Häuser und ein imposantes Steingebäude, das vermutlich ehemals einen Bauernhof beherbergte. Besonders markant war die um das Gebäude gezogene Mauer aus ockerfarbenem Stein, die an einigen Stellen aufgebrochen war.

Emilia passierte bereits den Ortsausgang, als die monotone Computerstimme sie die Landstraße auf der gegenüberliegenden Seite wieder hinab ins Tal führte. Unten angekommen entdeckte sie das Straßenschild *Rue de la Lune* und zwei etwa fünfhundert Meter auseinanderliegende Häuser, umgeben von Mauern und inmitten von Reben. Sie parkte ihren Wagen in einer Einbuchtung am Straßenrand, drehte den Zündschlüssel herum, stieg aus, verstaute ihr Handy in der Hosentasche und rieb sich den Nacken.

Die Luft roch nach Meer, obwohl das Mittelmeer über hundert Kilometer entfernt lag. An einem glühend roten Horizont verschwand die Sonne hinter den Hügeln im Westen. Die Straßenlaternen warfen ihr mattes Licht auf den Asphalt. Hier, in der *Rue de la Lune*, war es menschenleer, dagegen schien es auf dem Marktplatz regelrecht umtriebig zu sein.

Das nächste Haus lag mindestens fünfhundert Meter von Sophies Haus entfernt. Mit eiligen Schritten näherte sich Emilia dem Anwesen. An der Klingel stand der Name Dubois. Auf dem Zeitungskasten lag ein Briefumschlag mit Emilias Namen. Sie öffnete ihn und fand einen Schlüssel mit ein paar Zeilen.

Madame Lukin!
Bienvenue, chère Madame. Wir sind unterwegs. Wenn Sie etwas brauchen, wenden Sie sich bitte jederzeit an uns. Ich bin immer dienstags und samstags auf dem Markt anzutreffen. Am Gemüsestand neben dem Café du Siècle. Vielleicht treffen wir uns einmal dort?

Ihre Jacqueline Dubois

Emilia lief hinauf zu ihrem Wagen, während sie eine Taschenlampe aus ihrer Handtasche zog. Sie spürte ein leichtes Kribbeln in den Fingern, als sie mit einem quietschenden Geräusch das große Tor öffnete, an dem die Nummer zwei deutlich zu lesen war.

Langsam schritt sie auf einem Kieselweg über die Hofeinfahrt in Richtung Haus. Der Lichtkegel ihrer Taschenlampe hüpfte über das Anwesen, aber noch spendete die Dämmerung genug Licht. Das Haus selbst wirkte klein, das Areal, auf dem es stand, erschien ihr jedoch riesengroß. Die französischen Behörden hatten den Unterlagen Fotos beigelegt, auf denen alles viel kleiner ausgesehen hatte als in Wirklichkeit. Schräg gegenüber von dem Haus war eine mit Brettern vernagelte Scheune, die wie ein ausgedienter Geräteschuppen kurz vor dem Zusammenbruch wirkte. Über der Haustür befand sich ein kleines, gewelltes Blechdach.

Beherzt schloss Emilia auf und trat ein. Drinnen war es stockfinster, und so suchte sie mit der Taschenlampe die Wände nach einem Lichtschalter ab, fand ihn und betätigte ihn. Er funktionierte nicht. Mit klopfendem Herzen leuchtete sie den Raum aus – eine großzügig geschnittene Küche, die komplett eingerichtet war. In der Mitte stand ein Tisch, um ihn herum Holzstühle, von denen keiner dem anderen glich. Unter dem Fenster gab es einen Herd mit einem Wasserkessel darauf, als habe jemand noch vor wenigen Stunden hier Tee gekocht. Neben einer Specksteinspüle entdeckte sie einen Kühlschrank, vermutlich ein Modell aus den Siebzigerjahren. Kabel und Stecker lagen zusammengerollt auf der gewölbten Oberfläche, die Kühlschranktür war angelehnt. Sie riskierte einen Blick ins Innere. Er war leer. In der Ecke befand sich ein Küchenbüfett, in dem Tassen und Teller zu sehen waren, eine Teekanne, ein Kaffeefilter aus Porzellan, eine dicke heruntergebrannte Kerze. An einem Haken hing ein Geschirrtuch. Emilia stutzte. Zweifel regten sich in ihr, gefolgt von einem mulmigen Gefühl: Dies Haus sollte jahrzehntelang nicht bewohnt gewesen sein? So wie es hier aussah, vermochte sie sich das nicht vorzustellen.

Sie nahm ihre Tasche, legte sie auf den Tisch und ging weiter. Plötzlich bemerkte sie ein Knirschen unter ihren Füßen, als sei sie auf Sand getreten. Erschrocken wich sie zurück und leuchtete den Boden aus. Außer einigen kleinen pinkfarbenen und schwarzen Kügelchen war nichts zu sehen. Auf einmal kam ihr der Gedanke an Rattengift und Mäusekot, und für einen winzigen Moment erwog sie, unverrichteter Dinge wieder zu verschwinden. Ihre Vernunft sagte ihr, dass sie der Inspektion wegen hierhergekommen und es Unsinn war, die Flucht zu ergreifen. Sie lauschte kurz, schob ihr Unbehagen beiseite und setzte vorsichtig einen Fuß vor den anderen. Offensichtlich gab es keine Lebensmittel, folglich hatten auch Nagetiere nichts zu fressen. Hoffte sie. Sicher war sie nicht.

Mit fahrigen Händen zerrte sie ihr Handy aus der hinteren Hosentasche und tippte auf Vladis Nummer. Er meldete sich nach dem dritten Klingeln.

»Ich bin angekommen«, sagte sie eine Spur zu laut, wie ein Kind, das böse Geister verscheuchen und gleichzeitig die eigenen Ängste bezwingen wollte.

»Die Verbindung ist gut«, erwiderte Vladi lachend. »Du musst nicht so schreien.«

»Ich bin gerade auf Rattengift getreten.«

»Wo?«

»In der Küche. In Sophies Küche.«

»Du bist schon im Haus?«

»Seit ein paar Minuten.«

»Bist du sicher?«

»Natürlich bin ich sicher. Ich weiß doch, wo ich bin«, erwiderte sie gereizt.

»Mit dem Rattengift. Ich meine, das Gift.«

»Nein.«

»Wenn du dich fürchtest, verlass das Haus.«

»Ich bin ja jetzt in Begleitung«, presste sie hervor und bemühte sich um einen möglichst neutralen Ton. »Da ich schon mal hier bin – ich gehe nicht unverrichteter Dinge wieder weg.«

»Also dann«, erwiderte Vladi aufmunternd. »Auf zur Hausbegehung. Ich bin dabei. Wie sieht es aus? Was erkennt die investigative Journalistin? Gibt es Licht?«

Emilia vernahm das Echo von Vladis Stimme, ein Klang, der ihr vertraut war und vom Schall der heimischen Küche herrührte. Sie konnte Vladi förmlich vor sich sehen, wie er mit dem Hörer in der Hand auf und ab ging, am Fenster stehen blieb und seinen Blick über den Garten schweifen ließ, eine Hand in die Hosentasche gesteckt. Sein Beistand gab ihr das Gefühl von Sicherheit, ein Hauch von Geborgenheit – eine Qualität, die ihre Ehe bis auf die jüngste Zeit stets begleitet hatte.

»Nein. Leider noch nicht. Ich habe eine Taschenlampe in der Hand.«

»Hör zu, Emilia. Nimm dir ein Hotelzimmer, und sieh dich bei Tag noch einmal in Ruhe um. Betrete das Haus gemeinsam mit einer anderen Person. Meinetwegen mit einem Kammerjäger oder einem Reinigungstrupp. Im Ernst. Schlafe nicht in einem Haus, das dreißig Jahre unbewohnt war. Ich fühle mich nicht wohl bei dem Gedanken, dass du allein bist.«

»Ich mich auch nicht. Womöglich hat hier doch jemand gelebt«, sagte sie zögernd, während sie Wände und Kücheneinrichtung ausleuchtete. »Irgendetwas stimmt nicht. Die Küche ist komplett eingerichtet. Als wäre jemand zum Einkaufen gegangen. Jemand, der gleich zurückkehrt.«

»Und der Rest des Hauses?«

»Den habe ich noch nicht inspiziert.«

»Morgen ist auch noch ein Tag.«

»Vladi! Wer von uns beiden ist der Angsthase?«

»Dann tu, was du nicht lassen kannst, aber lass mich bei dir bleiben. Sag mir, was du siehst.«

Emilia atmete einmal durch und ging, mit dem Handy am Ohr, weiter.

»Außer dem Hauseingang gibt es zwei Türen in der Küche. Ich gehe jetzt durch eine von ihnen und lande in einem kleinen Flur.« Unter ihren Füßen knarrte der Holzboden. Sie entdeckte eine winzige Tür, öffnete sie und warf einen Blick in ein winziges Bad. »Sanitäranlagen«, sagte sie, als protokolliere sie für eine Bestandsaufnahme. »Sitzbadewanne, Waschbecken und Toilette. Ein Fenster. Sieht alt, aber ordentlich aus. Sauber. Kacheln mit Motiven der Provence. Grundton ockergelb. Haben sie in der Provence nicht Ocker abgebaut?«

»Keine Ahnung. Du meinst, diese Schnörkel?«

»Ja genau, Schnörkel, die fast arabisch anmuten. Morgen fotografiere ich sie und schicke dir die Bilder. Du wirst sehen.« Sie drehte am Wasserhahn, aus dem stoßweise Wasser herausspritzte, bis es sich allmählich zu einem Strahl sammelte. »Der Wasseranschluss funktioniert.« Sie drehte ihn wieder zu. Ihr Blick fiel auf eine kleine Waschmaschine in der Ecke, ein sogenannter Toplader, vermutlich ein Relikt vergangener Jahrzehnte mit einem Abwasserschlauch, der über dem Rand der Sitzwanne hing.

»Emilia«, hörte sie Vladis eindringliche Stimme. »Sprich mit mir.«

»Hast du meine Nachricht gelesen?«

»Ja, danke. Es war sehr schön gestern Abend.«

»Das fand ich auch, Vladi. Weiter geht's.«

»Bist du sicher, dass du bei Dunkelheit in die Höhle des Löwen willst?«

»Ich bin jetzt wieder in der Küche. In der Ecke ist ein Schrank«, entgegnete sie, ging dort hin und öffnete ihn. »Putzzeug, Besen, Schaufel, Hammer. Staubsauger.«

»Kleinkram«, sagte Vladi. »Das kannst du alles morgen bei Tageslicht viel besser untersuchen.«

»Hier ist so ein komischer Stiel, an dessen Ende ein Haken hineingeschraubt ist«, fuhr Emilia unbeirrt mit ihrer Inspektion fort, betrachtete den Haken, schloss die Schranktür und wandte sich der dritten Tür zu. »Ich öffne jetzt die letzte Tür der Küche.«

»Simsalabim. Was siehst du?«

»Das Herz des Hauses«, sagte sie mit andächtiger Stimme und leuchtete die Wände aus. »Ein ehemaliges Wohnzimmer, das mit dem Schlafzimmer verbunden ist. Etwa dreißig Quadratmeter.«

»Das dürfte hinkommen«, erwiderte Vladi. »Wenn ich die Pläne richtig im Kopf habe. Es gibt also eine Verbindungstür?«

»Ja«, bestätigte sie. »Eine Flügeltür. Hier riecht es übrigens penetrant nach Mottenkugeln und Lavendel. An den Wänden hängen getrocknete Kräuterbündel. Es wirkt wie in einer Kultstätte, richtig unheimlich.« Ein Schauer lief ihr über den Rücken, und instinktiv schüttelte sie sich.

»Warum sagst du: *ehemaliges* Wohnzimmer?«

Emilias Blick wanderte über ein leer geräumtes Einbauregal hinüber zur Fensterfront, während der Lichtkegel der Taschenlampe eine Bahn durch den Raum zog. »Fast keine Möbel, aber wunderschöne Spitzengardinen. Sehr französisch. Nur die Vorhänge sind durchlöchert.« Hinter den Fenstern entdeckte sie geschlossene Läden mit waagrechten Lamellen. »Klappläden, Vladi«, rief sie. »Hier gibt es Klappläden genau wie bei uns zu Hause.« Sie schaltete den Lautsprecher des Handys an, legte das Mobiltelefon auf den Sims, trat zum Fenster und öffnete eine Terrassentür. »Ich versuche gerade, die Verriegelung des Ladens zu lösen.« Mit dem Daumen drückte sie von unten gegen den Dorn.

»Tu das.«

»Eingerostet.« Sie klopfte mit der Rückseite ihrer Taschenlampe mehrfach gegen den Dorn, bis er aus der Öse sprang. Mit einem quietschenden Geräusch ließ sich der Laden öffnen. Kühle, würzige Luft strömte herein. Ein plötzlicher Windstoß rüttelte am Türladen. Das matte Licht der wackelnden Straßenlaterne hüpfte im Raum hin und her.

»Alles in Ordnung?«, fragte Vladi.

Draußen erkannte Emilia die Umrisse eines verwilderten Gartens mit Oliven- und Feigenbäumen. Eine Steinmauer säumte das Gelände. Rechts und links davon nichts als Reben auf einer Fläche von rund fünfhundert Quadratmetern. Wunderschön.

»Ja«, flüsterte Emilia, lauschte und sah zur Straße. »Es ist, als läge etwas in der Luft. Gerade gab es einen heftigen Windstoß. Einen einzigen. Jetzt ist es ganz still. Seltsam.«

»Mistral«, entgegnete Vladi gelassen. »Das ist der Mistral, der Herrscher der Winde. Er kommt ohne Ankündigung.«

»Herrscher der Winde?«

»Habe ich mal gelesen. So heißt der unberechenbare Wind des Südens. Er soll ganz schön Fahrt aufnehmen können und selbst im Hochsommer eisig kalt sein. Warum waren wir eigentlich noch nie in der *Provence*?«

»Weil es sich nie ergeben hat.«

Emilia lauschte noch einmal. Stille. Als habe es sich der Mistral anders überlegt und sei weitergezogen.

»Vladi, du glaubst nicht, wie groß der Garten ist.« Sie schloss die Läden und verriegelte die Fenster. »Ein riesiges Areal, von einer Steinmauer begrenzt. Sophies Haus liegt unten am Rand des Ortes. Das Haus von Madame Dubois befindet sich mindestens einen halben Kilometer unterhalb von mir entfernt. Dort brennt Licht. Wahrscheinlich sind die Dubois jetzt zu Hause. Das einzige Lebenszeichen hier in der *Rue de la Lune*. Ich glaube fast, die ganze Straße besteht nur aus zwei Häusern. Im Ortskern habe ich bei meiner Ankunft ein Café und Menschen auf einem Marktplatz gesehen. Ansonsten ist dies eine ziemlich einsame und verlassene Gegend. Irgendwie ist hier die Zeit stehen geblieben.«

»Soweit ich mich erinnere, liegt das Haus ziemlich abseits. Seltsamer Bebauungsplan. Auf den Grundstücksplänen konnte man den großen Garten schon sehen. Ich schätze fünf Hektar.«

»Ja, das dürfte hinkommen«, bestätigte Emilia. »Du hast recht. Der Ort selbst liegt pittoresk oben in den Felsen. Südhang. Das Licht ist außergewöhnlich. Deshalb heißt er auch *La Lumière*.« Sie betrachtete die durchlöcherten Vorhänge und wandte sich dem Wohnraum zu, den sie mit ihrer Taschenlampe ausleuchtete. »Ein Kamin«, rief sie mit einem Anflug von unbeschwerter Freude. »Hier gibt es einen offenen Kamin. Wie im Burgund, in dem Ferienhäuschen, erinnerst du dich?«

Erinnerungsfetzen an gemeinsame Sommerurlaube mit den Kindern, als diese noch klein waren, blitzten auf, und sie spürte, wie ihre Stimme einen weicheren Klang annahm, als verflüchtigten sich Schweigen, Kränkungen und Empfindlichkeiten der jüngsten Zeit. Vladi war stets ein liebevoller, zuverlässiger Vater und Ehemann gewesen. Umso unbegreiflicher war ihr, was mit ihnen geschehen war und wie es so weit hatte kommen können.

»Im Kamin liegt angekohltes Holz. Als hätte noch gestern jemand Feuer gemacht. Es ist wirklich merkwürdig. Auf dem Sims steht eine heruntergebrannte Kerze. Und ein altes Schmuckkästchen.«

Emilia öffnete es und entdeckte einen kleinen Stapel zusammengefalteter Papiere. Vorsichtig entblätterte sie eines und leuchtete mit der Taschenlampe auf einen von Hand geschriebenen Brief. Schwungvolle Buchstaben mit ausladenden Schleifen.

Ma chère Sophie, ma chérie, mon amour – meine liebe Sophie, mein Liebling, meine Liebe.

Offensichtlich ein an Sophie gerichteter Liebesbrief. Kein Datum. Emilia wagte es nicht, den Inhalt zu lesen, blätterte um und suchte nach der Unterschrift. Auf der vierten Seite stand lapidar: *Le tien* – der Deine.

»Alles in Ordnung?«, fragte Vladi.

»Hier ist ein Brief an Sophie«, gab sie tonlos zurück.

»Und? Steht etwas Interessantes drin?«

Emilia fragte sich, ob sie das Recht hatte, einen an ihre Großmutter adressierten Liebesbrief zu lesen. Auch wenn Sophie tot war, der Absender konnte noch leben. Die Vorstellung, in das Privatleben von zwei Menschen einzudringen, fand Emilia anmaßend. Beklemmt faltete sie die Blätter wieder zusammen und legte sie zu den anderen zurück. Sie schloss den Deckel der Schatulle.

»Keine Ahnung. Es ist zu dunkel.«

Auf einmal war Emilia, als atmete dieses Haus, als erwache es aus einem Winterschlaf. Einer, der unmöglich über Jahrzehnte gedauert haben konnte. Emilia ging in die Hocke, griff sich einen verkohlten Holzscheit aus dem Kamin und roch daran. Beim Zurücklegen fiel er auseinander.

Mit einem Ruck stand sie auf und leuchtete den der Feuerstelle gegenüberliegenden Raum aus, in dem ein Bett und ein Kleiderschrank standen. Das Schlafzimmer. Vom Bett aus musste Sophie bei geöffneten Flügeln einen Blick auf den Kamin gehabt haben. Oder derjenige, der hier gelebt hatte. Wer war dieser Fremde? Bei der Vorstellung, künftig die Nächte hier zu verbringen, überkam Emilia ein Schauer, gefolgt von dem panischen Wunsch, sofort zu verschwinden.

Ma chérie, mon amour …

Plötzlich war von draußen ein Pfeifen zu hören. Der Wind fegte an der Hauswand entlang und rüttelte an den geschlossenen Fensterläden. Er zischte, als wolle er sich Zutritt ins Haus verschaffen. Instinktiv hielt Emilia den Atem an. Ihr Herz klopfte. »Es geht wieder los«, flüsterte sie. »Hörst du es?«

Sie hielt das Handy in den Raum.

»Verlass sofort dieses Haus! Schluss mit dieser Mut-probe. Komm morgen wieder. Bei Tageslicht. Und nimm jemanden mit. Einen Handwerker oder so. Verriegle Fens-ter und Türen, steig in den Wagen.«

Für einen kurzen Moment erwog Emilia genau das Gegenteil zu tun und drinnen zu warten, bis es vorbei war. Eiligen Schritts ging sie in die Küche, nahm ihre Handta-sche und wartete mit dem Handy am Ohr. Als der Wind eine Atempause machte, öffnete sie schnell die Tür und ging hinaus.

»Bin unterwegs.«

»Versprich mir, dass du in einem Hotel übernachtest! Melde dich, wenn du dort bist. Egal, wann. Fahr vor-sichtig.«

»Versprochen.«

Sie beendete das Gespräch, schloss eilig die Haustür hinter sich und lief auf dem Pflasterweg zum Tor. Aus der Ferne hörte sie Hundegebell, die Blätter der Bäume rauschten.

Auf der gegenüberliegenden Weide graste ein Pferd, dessen Mähne im Wind flatterte. Wie hypnotisiert beob-achtete Emilia das Tier, während das Heulen des Mistrals bedrohlich näher kam und ihr die Haare aus dem Gesicht blies. Das Tier trabte auf sie zu, blieb am Zaun unter der Laterne stehen und sah sie mit traurigen Augen an. Es war weiß und hatte einen runden Bauch. Während Emilia das Pferd betrachtete, spürte sie die ihr bevorstehende Ein-samkeit wie eine sich über Halsschmerzen ankündigende Erkältung. Auf einmal verstand sie, was Vladi mit dem seltsamen Bebauungsplan gemeint hatte: Außer Weiden,

Bäumen, Sträuchern, Pferden und Madame Dubois besaß Sophies Haus keine unmittelbare Nachbarschaft.

Plötzlich sah das Tier erschrocken auf und galoppierte in die andere Richtung davon. Wenige Augenblicke später peitschten mehrere Windstöße nacheinander über das Feld. Emilia rannte zu ihrem Wagen, riss die Tür auf, stieg ein und knallte sie zu.

Besorgt sah sie zum Himmel. Vom Westen waren dunkle Wolken herangezogen. Der Mond hing nur als Sichel am Himmel, als könne er vom Mistral weggetragen und woanders am Horizont aufgehängt werden.

Warum, um alles in der Welt, hatte es Sophie an diesen verlassenen Ort verschlagen? Sie, eine lebenshungrige junge Frau, die einst nach Paris aufgebrochen war, hatte sich mit einer Fünfhundertseelengemeinde zufriedengegeben? Die nächstgrößere Stadt Avignon lag eine gute Autostunde entfernt. Für eine Paarbeziehung und das Freiheitsbedürfnis, das Emilia mit ihrer Großmutter assoziierte, fand sie das Haus zu beengt, seine Lage für jemanden, der alleine dort lebte, zu einsam. Dennoch schien es ihr das Plausibelste, wenn Sophie der Liebe wegen hierhergekommen war und diese Liebe sie um viele Jahre überlebt hatte. War Sophies Liebe in jüngster Zeit gestorben? Das würde erklären, warum Pauline so spät von dem Haus erfahren und ihr Erbe sie erst viele Jahre nach Sophies Tod erreicht hatte.

Ma chère Sophie, ma chérie, mon amour.

Wer verbarg sich hinter dem geheimnisvollen Briefschreiber? Lebte er noch?

Vom Inneren ihres Wagens beobachtete Emilia das Naturspektakel, das sich draußen abspielte. Der Mistral fegte über die Landschaft, zerrte an Bäumen und Sträuchern und jaulte dabei wie ein ausgehungerter Wolf.

Eine halbe Stunde später war der Spuk vorbei. Sie startete den Motor und fuhr direkt in die zwanzig Autominuten entfernte Kleinstadt *Apt*, kaufte an der ersten Tankstelle ein Käsebaguette und fragte den Tankstellenwart nach einem Hotel. Er empfahl ihr das nur einen Katzensprung entfernte *Hotel de la Paix*. Emilia fuhr die empfohlene Route, während sie ihr Baguette aß, und parkte ihr Auto schließlich direkt vor dem Hotel.

Sie buchte für zwei Nächte, nahm vom Nachtportier eine Chipkarte entgegen und ging mit ihrem Handgepäck die Treppen hinauf in den ersten Stock. Mit jeder Stufe, die sie nahm, versuchte sie sich vorzustellen, wie sie ihr Quartier in der *Rue de la Lune* aufschlagen würde mit dem Herrscher der Winde als unberechenbaren Begleiter. Ihr Verstand sagte ihr, dass es unvernünftig war, Geld für ein Hotel auszugeben, während der Familienbesitz Wohnraum bot.

Als die Tür hinter Emilia ins Schloss fiel, überkam sie ein plötzliches Bedürfnis nach Schlaf. Sie steckte die Plastikkarte in den am Lichtschalter rot aufblinkenden Schlitz und lehnte den Kopf gegen den Einbauschrank der Garderobe. Grelles Licht erhellte einen klar strukturierten Raum: ein Boxspringbett, ein Schreibtisch, ein Designerstuhl. Blütenweiße, bodenlange Vorhänge. Auf dem Kopfkissen lag ein *caramel au beurre salé*.

Mit einem Seufzer ließ Emilia ihre Reisetasche auf den Boden gleiten. Nur wenige Schritte trennten sie von einem sauberen Schlafplatz mit frischem Laken und einer weichen Matratze. Ihre Sehnsucht nach Ruhe und Geborgenheit schien ihr unendlich. Sie taumelte mit dem Mobiltelefon in der Hand zum Bett und streifte im Gehen ihre Schuhe ab. Ihre Füße waren plötzlich schwer wie Blei, als hätten sie einen Tagesmarsch von mehreren Kilometern hinter sich. Ihre Augen brannten wie nach einem Zehn-Stunden-Arbeitstag am Computer. Kraftlos ließ sie sich aufs Bett fallen, knipste die Nachttischlampe an und löschte die Deckenlampe.

Lieber Vladi. Bin im Hotel angekommen. Der Mistral hat es in sich. Danke für deine Begleitung. Gute Nacht. Emilia

Sie sendete die Nachricht ab.

Ma chérie, mon amour, war einer ihrer letzten Gedanken nach jenem sonderbaren Auftakt in der Fremde. In der magischen Zwischenwelt vom Schlummer zum Schlaf manifestierte sich in ihr die Gewissheit, einen Denkfehler gemacht oder etwas Wesentliches übersehen zu haben. Als lauere ein winziges Detail in einem toten Winkel von Sophies Geschichte. Es kam immer näher.

Ma chère Sophie …

EMILIA

7

Am nächsten Morgen war Emilia gleich zu Sophies Haus gefahren, hatte sich Notizen für Besorgungen gemacht und die kaputten Vorhänge im Wohnraum ausgemessen.

Mit Handbesen und Schaufel kehrte sie die Kügelchen auf dem Boden zusammen und warf sie in den Müll.

Dann fuhr sie zum nächsten Supermarché, kaufte dort Müllsäcke, Allzweckreiniger, Waschpulver und Grundnahrungsmittel wie Kaffee, Milch, Zucker, Eier und Käse und stilles Wasser. Selbst an Kaminanzünder und Streichhölzer dachte sie und freute sich schon jetzt auf kühlere Abende, die sie mit einem Buch und einem Glas Rotwein vor dem Kamin verbringen würde.

Im Schaufenster eines kleinen Ladens neben dem Supermarkt entdeckte sie Vorhänge. Die Provencemotive in Ocker und Lavendelblau gefielen ihr auf Anhieb und erinnerten sie an eine Tischdecke, die Pauline jahrelang im Sommer über ihren Balkontisch gebreitet hatte, bis der Stoff immer dünner geworden war.

Die Vorhänge bildeten eine perfekte Kopie der Farben dieser Landschaft, und sie harmonierten mit den Kacheln im Bad. Emilia ließ sich zusätzlich einige neutrale Kissenbezüge sowie Geschirrtücher verpacken, bezahlte, fotografierte die Neuanschaffungen und schickte die Bilder als WhatsApp an ihre Mutter. Auch wenn Pauline mit dem Haus nichts zu tun haben wollte – *sie* war die Erbin und sollte Bescheid wissen.

Wie gefällt dir das Motiv, Pauline? Der Stoff erinnert mich an diese Tischdecke, die du so mochtest. Du warst damals traurig, als du sie wegwerfen musstest, nachdem sie völlig verschlissen war. Weißt du noch? Ich schicke dir bald neue Fotos aus La Lumière.
Herzliche Grüße von Mila

Als Emilia in der *Rue de la Lune* auf ihre Hofeinfahrt einbog, fiel ihr Blick direkt auf das Gebäude, das Vladi eine Scheune genannt hatte. Was gestern Abend im matten Licht der Laterne nur schemenhaft wie eine Hütte gewirkt hatte, entpuppte sich bei Tageslicht als rechteckiges Steinhaus mit verbarrikadierten Türen und Fenstern. Die Maßnahme wirkte willkürlich, als habe jemand einst in aller Eile versucht, das Gebäude gegen fremden Zugriff zu sichern.

Emilia hievte die Einkäufe aus dem Kofferraum und brachte die Tüten in die Küche. Vorsichtig nahm sie das Schmuckkästchen vom Kaminsims und stellte es auf den Küchentisch.

Sie sah sich um: Bei Tageslicht wirkte die karge Einrichtung des Wohn- und Schlafraums noch trauriger als im Schutz der Dunkelheit, aber ein freier Blick durchs Fenster hinaus in den riesigen Garten entschädigte. Der Wind, der gestern Abend gewütet hatte, hatte lediglich zwei Stühle umgeworfen. Bäume und Pflanzen schienen unversehrt und von wilder, ursprünglicher Schönheit.

Bei einem Rundgang öffnete sie sämtliche Fenster und Läden. Die Lamellen waren türkis gestrichen, die Farbe an einigen Stellen abgeblättert. Es sah so schön aus, dass Emilia nicht widerstehen konnte und gleich einige Aufnahmen von einem Laden mit Blick in den Garten machte. Surrend schaltete sich der Kühlschrank ein, als sie den Stecker in die Dose steckte. Inzwischen gab es tatsächlich Strom. Erleichtert atmete sie durch. Sie räumte Milch, Eier und Käse ein, während sie in Gedanken mit einem Tagesplan befasst war. Es gab viel zu tun. Sie würde noch vormittags auf den Markt gehen, danach die gröbsten Putzarbeiten vornehmen und mittags nach Avignon fahren, um einige Möbel zu kaufen.

Mit ihrem Handy machte sie Aufnahmen vom Wohn- und Schlafzimmer, der Küche, dem Bad.

Sie schrieb in einer WhatsApp an Vladi:

So sieht es jetzt noch aus. Kühlschrank läuft. Waschmaschine scheint zu funktionieren. Später wird geputzt. Wunderschöne Vorhänge gekauft. Drei Tage und hier entsteht ein kleines Paradies. Pauline wird Augen machen. Liebe Grüße, Emilia

Sie tippte auf *Senden* und danach auf Mischas Mobiltelefonnummer.

»Hallo, Mama. Schön, deine Stimme zu hören. Wie sieht das Haus aus? Wie geht es dir? Alles in Ordnung?«

»Zu viele Fragen auf einmal«, lachte Emilia und berichtete von ihren ersten Stunden in *La Lumière*. »Ich habe im

Hotel geschlafen. Verglichen mit dem Haus deiner Urgroßmutter gleicht das Hotelzimmer einem Hochsicher-
heitstrakt. Ich möchte so bald wie möglich umziehen.«

Mit dem Handy am Ohr lief sie durchs Haus. Der Boden unter ihren Füßen knarrte.

»Kannst du denn dort schlafen?«

»Wie meinst du das?«

»Ich meine: Gibt es ein Bett?«

»Eines, in das ich mich garantiert nicht hineinlegen werde.
Ich fahre später nach Avignon. Bettwäsche habe ich von
zu Hause mitgebracht. Ein neues Bett und Matratze müssen schon sein. Außerdem brauchen wir ein Schlafsofa.
Aber ich habe bereits hübsche Vorhänge gekauft.«

»Das passt gar nicht zu dir.«

»Was? Schöne Vorhänge?«

»Nein!« Mischa lachte. »Das Unwichtigste zuerst.«

»Wohn- und Schlafzimmer haben Fenster zur Südseite.
Ich brauche frische Luft, wie du weißt, und ich möchte
auch an heißen Tagen und nachts die Läden öffnen können«, sagte Emilia. »Die alten Vorhänge sind völlig durchlöchert.«

Sie sah auf die verschlissenen Stücke und anschließend
auf das Schmuckkästchen auf dem Küchentisch. Vorsichtig legte sie ihre Hand darauf, öffnete es, schloss es wieder.
Immer wieder.

»Und das neue Bett? Liefern die denn so schnell?«

»Daran habe ich bereits in Deutschland gedacht und
vorgesorgt. 24-Stunden-Lieferservice. Auch in Frankreich
gibt es die berühmte schwedische Möbelhauskette. Avignon
liegt nur eine Stunde von hier entfernt.«

»Wie immer – top organisiert. Ich finde dich unglaublich cool, Mama.«

»Mischa?«, fragte sie zögernd, klappte den Deckel der Schatulle erneut auf und fuhr mit den Fingerspitzen über das darin liegende Papier. Sie nahm es in die Hand.

»Ja?«

»Ich habe einen Brief an Sophie gefunden. Unverschlossen. Einen Liebesbrief.«

»Und? Was steht drin?«

»Ich habe ihn nicht gelesen.«

»Wie kannst du dann wissen, dass es einer ist?«

»Die Anrede, Mischa. Ich habe die Anrede und die Unterschrift angesehen. Da steht nicht *sehr geehrte Madame Soundso*.«

»Was dann?«

»Meine Geliebte. Meine Liebe. Und so weiter.«

»Und der Absender? Wer hat denn unterschreiben?«

»Kein Name. *Der Deine*.«

»Du *musst* ihn lesen, Mama. Warum bist du schließlich in *La Lumière*?«

»Findest du, dass ich das darf?«

»Emilia«, erwiderte Mischa ernst. »Denk doch logisch. Es ist absolut in Ordnung, wenn du nicht verschlossene Post liest. Überleg doch mal – angenommen, *du* hinterlässt einen Brief und möchtest auf keinen Fall, dass ihn jemand nach deinem Tod liest. Würdest du ihn dann aufbewahren?«

»Ich würde ihn verbrennen.«

»Siehst du. Lies ihn. Gleich! Lies vor!«

»Langsam, langsam«, sagte Emilia. »Ich muss mich erst

langsam vortasten. Gib mir etwas Zeit. Es kostet mich einige Überwindung.«

»Wenn du Mädchen gehabt hättest, Mama, dann hättest du nie deren Tagebücher gelesen, nicht wahr?«

»Niemals«, bestätigte Emilia.

»Und wenn du unbedingt etwas hättest wissen müssen? Bei Gefahr in Verzug?«

»Sei nicht so dramatisch, Mischa.«

»Was?«

»Dann vielleicht schon.«

Sie legte das Papier zurück und schloss den Deckel der Schatulle.

»Du musst dich allmählich mit dem Gedanken vertraut machen, auf einige Dinge sehr persönlicher Natur zu stoßen, Mama. Ihr habt ein Haus geerbt. Mit Inhalt.«

»*Pauline* hat ein Haus geerbt. Mit Inhalt. Das ist gerade das Problem. Alles, was ich hier tue, muss ich über ihren Kopf hinweg machen.«

»Sie hat dich ausdrücklich dazu autorisiert.«

Emilia seufzte.

»Sie hat gesagt: *Mach mit dem Haus, was du willst. Ich will nichts damit zu tun haben.*«

»Sag ich doch. Sieh es doch folgendermaßen, Mama: Du musst die Informationen für Pauline abfedern.«

»Abfedern«, wiederholte Emilia und fand die Bezeichnung ziemlich treffend.

»Wie lange bleibst du eigentlich in *La Lumière*?«

»Na ja. Ich weiß noch nicht genau.«

»Du fehlst mir jetzt schon. Hast du einen Internetanschluss? Wir könnten skypen.«

»Gut, dass du mich daran erinnerst. Ich brauche Internet. Kommt sofort auf die Liste, Mischa. Aber kein Videochat. Du weißt, dass ich Kameras nicht mag.«

»Du könntest mir Sophies Liebesbrief auf Skype vorlesen. Mega authentisch.«

Sie verabschiedeten sich mit dem Versprechen, bald wieder zu telefonieren. *Surfstick* fügte Emilia ihrer Einkaufsliste hinzu und beschloss, vor ihrem Marktgang erst einmal eine Tasse Kaffee zuzubereiten, um im Haus so lange wie möglich zu lüften, bevor das direkte Sonnenlicht die Südseite erreichte. Beschwingt gab sie Wasser in den Kessel, betätigte die Gasflamme und setzte den altmodischen Wasserkessel auf.

In den Schränken stapelten sich Teller und Kaffeeschalen. Es gab Besteck, Abtropfsiebe, eine Knoblauchpresse, Küchenmesser und sogar Eierlöffel aus Perlmutt. Mechanisch zog sie die Schublade des Küchentischs auf, während das Wasser brodelte. Sie entblätterte einen Taschenstadtplan von Paris. Er schien sehr alt. Als ihr Blick auf einen kleinen Fotoapparat fiel, machte ihr Herz einen Sprung. Eine Kodak in einer handlichen Größe. Vorsichtig wickelte sie die Kamera in ein Geschirrtuch und legte sie in ihre Tasche, um sie von einem Experten auf ihre Funktionsfähigkeit hin prüfen zu lassen.

In der Lade befanden sich außerdem Bleistifte, Blätter und jede Menge Kleinkram. Eine Zange. Darunter auch eine kleine Pfeife, deren dunkler Ruß am Kopf von einer regelmäßigen Nutzung zeugte. Beim Öffnen einer Blechdose fiel Emilia eine vergilbte Karte in die Hände. *Carte de charbon* stand in gesperrten Buchstaben darüber – eine

Kohlenkarte mit Marken zum Abreißen. Dezember 1946. Ein Relikt aus der Nachkriegszeit. Emilia hatte darüber gelesen: Gegen Vorlage dieser Kohlenkarten und Abgabe einer der Marken war eine bestimmte Menge des begehrten Heizstoffs vergeben worden. *Paris, Vingtième arrondissement*, entzifferte sie. Erstaunlich, was Sophie alles in ihrem Haus gehortet hatte.

»Zwanzigster Stadtbezirk«, plapperte Emilia vor sich hin, nahm ihr Handy und gab bei Google *Rue Jacob* ein. Die von Bonnet genannte Straße befand sich aber im sechsten Arrondissement. »Wäre auch zu schön gewesen«, flüsterte sie und legte das Handy zurück.

Stirnrunzelnd beschäftigte sie sich mit dem weiteren Inhalt der Blechdose, einem in Alufolie eingewickelten viereckigen Gegenstand von der Form eines Dominosteins und einem seltsamen, olivengroßen Stein in elfenbeinfarbenem Grundton. Ein Pfeifenstopfer. Streichhölzer. Emilia stutzte.

Als sie den Stein in die Hand nahm und ihn nach allen Seiten drehte, hinterließ er an ihren Fingern klebriges Harz. Instinktiv roch sie an ihren Fingerspitzen.

Sie kannte diesen Geruch, entzündete ein Streichholz und hielt die Flamme gegen den Stein, der an einigen Stellen qualmte und seine Essenz freigab. Emilias Erinnerung an Kirchgänge als Kind, Kommunionunterricht und heilige Messe kam sofort, gefolgt von einer leichten Übelkeit. Bei besonders festlichen Messen war die Substanz auf dem Altar entzündet, ihr Rauch in einem Gefäß an einer langen Kette vom Pfarrer durch die Kirche getragen und dabei hin- und hergeschwenkt worden. Anlässlich der

Fronleichnam-Prozession im Freien, begleitet vom Glockengeläut der Ministranten.

Weihrauch. Sophie hatte in ihrer Küche Weihrauch aufbewahrt. Aber warum?

Ein ohrenbetäubendes Pfeifen ließ Emilia hochfahren. Der Stein kullerte aus ihrer Hand auf den Tisch. Sie eilte zum Gasherd hinüber, nahm den Kessel vom Herd, goss das kochende Wasser in eine Schale mit Kaffeepulver, ging damit zurück zum Tisch und schrieb *Filtertüten* auf ihren Einkaufszettel.

Emilias Blick schweifte über die auf dem Tisch ausgebreiteten Gegenstände. Weihrauch. Kohlekarten aus dem Nachkriegs-Paris. Krimskrams. Ein ominöser Liebesbrief in einer Schmuckschatulle. An den Wänden Kräuterbündel. Und bislang gab es keinen einzigen Zeugen für Sophies Existenz weder in Paris noch hier im *Lubéron*.

Paris. Sophies Paris. Wie war es für eine junge Frau gewesen, Ende der Dreißigerjahre in der Metropole zu leben? Sophie musste sich unendlich frei gefühlt haben.

Bis der Krieg kam.

SOPHIE

Das Phantom in der Rue de Lille

Die Sonne treibt die Menschen hinaus auf die Straßen.
Liebespaare flanieren in den Parks. In den Springbrunnen
plätschert Wasser. Auf der Seine schaukelt ein schwim-
mendes Restaurant. Die Weltausstellung hat bereits im
Frühjahr eröffnet. Im spanischen Pavillon kann man das
überdimensional großer Gemälde eines berühmten Künstlers bewundern. *Guernica* nennt Picasso sein Antikriegs-
bild. Ein Aufschrei gegen Tod und Zerstörung. Entstanden
nach dem Bombenangriff auf die baskische Stadt. Die Nazis sind dem faschistischen Franco zu Hilfe gekommen.

»Picasso«, schreibt ein Kunstkritiker vorausschauend,
»Picasso schickt uns unseren Trauerbrief. Alles, was wir
lieben, wird sterben.«

Deutschland, auf dem Ausstellungsgelände in unmittelbarer Nachbarschaft zur Sowjetunion, protzt monu-
mental mit einem von Albert Speer konstruierten mosaik-
verzierten Turm. Wuchtig, fensterlos, verschlossen. Auf
seiner Spitze thront der Reichsadler mit Hakenkreuz und

Eichenkranz. Man braucht keine hellseherischen Fähigkeiten, um das drohende Unheil aus Deutschland kommen zu sehen.

Wegen der hohen Benzinpreise leeren sich die Straßen von Paris spürbar. Immer mehr Automobile verschwinden. Die Menschen steigen auf das Zweirad um. Paris wird eine Fahrradstadt.

Seit mehreren Monaten lebt Sophie im *Quartier Latin* in der *Rue de Lille* in einem zehn Quadratmeter großen Zimmer im Erdgeschoss. Neben Sophie bewohnt Monsieur Bihels gehbehinderte Mutter eine großzügige Wohnung. Jeder nennt die auf einen Rollstuhl angewiesene alte Dame zärtlich Mémé Bihel. Sie hat nur bescheidene Wünsche an Sophie: Frischen Kaffee am Morgen, den sie zusammen mit etwas Baguette, Butter und Aprikosenmarmelade ans Bett serviert bekommen möchte. Nach der Morgentoilette steht Vorlesen auf dem Programm, denn Madames Augenlicht wird zunehmend schlechter. Sophie mag ihre Arbeit und schätzt Mémé Bihels vornehme Zurückhaltung. Schon nach wenigen Wochen sind sie bei Marcel Prousts *Auf der Suche nach der verlorenen Zeit* angekommen. Mémé Bihel folgt Sophies Vortrag mit glänzenden Augen. Durch die Augen von Mémé Bihel lernt Sophie die französische Literatur lieben.

Freitags schiebt Sophie die strenggläubige Katholikin in ihrem Rollstuhl durch die engen Gassen des *Quartier Latin* in die *Église Saint-Severin* zum Rosenkranzgebet.

Ein paar Häuser weiter bekommt Sophie wöchentlich von Mémé Bihels Schwiegertochter ihren Lohn ausbezahlt. Manchmal schenkt ihr Madame Bihel Steckrüben, etwas Bohnenkaffee und in Zeitungspapier eingewickelten Speck.

Von ihrem ersten selbst verdienten Geld hat sich Sophie Parfüm gekauft, Chanel N°5. Sie geht sparsam damit um, tupft es wie eine echte Pariserin auf die Halsschlagader und an den Saum ihres Rocks.

Dem *Café de Flore* hält sie die Treue und sitzt, wenn möglich, immer am selben Tisch, hinten links in der Ecke. Sie genießt die düstere Atmosphäre, den Rauch, die sich überschneidenden Stimmen, das Geklimper von Geschirr. Hier fühlt sie sich lebendig, fast als habe sie ihren Platz in der Welt gefunden. Hin und wieder raucht sie eine *Gitane Maïs*.

An einem kühlen Abend im Mai ist Sophies Stammplatz belegt. Sie setzt sich einen Tisch weiter, packt ihre frisch entwickelten Fotos aus und betrachtet sie kritisch. Für ihre jüngsten Kreationen war sie bis in die Morgenstunden unterwegs, hat Straßen und Häuser fotografiert, auch solche, die den roten Laternen vorbehalten sind.

Sie legt ihre Kamera auf den Tisch, sortiert die Aufnahmen und reiht einige Bilder nebeneinander: Ein ausgefranster Schatten auf einem mit Packpapier verklebten Schaufenster. Ein Fahrradfahrer mit einem Hündchen im Arm in den Straßen von Paris. Ein Liebespaar. Freudenmädchen, die ernst in die Kamera blicken.

Zunächst bemerkt Sophie den Mann zwei Tische weiter gar nicht, aber nach einer Weile fühlt sie sich beobachtet und sieht vorsichtig hinüber.

Er trinkt Rotwein und raucht eine Zigarette nach der anderen. Sie spürt, wie er ihr immer wieder Blicke zuwirft. Das helle zurückgekämmte Haar betont sein markantes Gesicht. Er muss schon um die dreißig sein, wirkt aber trotz grauem Anzug und schmaler Krawatte leger.

Sie hat ihn schon einmal gesehen. Aber sie erinnert sich nicht, wo. Sein stechender Blick ist dunkel, als bergen seine Augen düstere Geheimnisse. Der fordernde unerbittliche Ausdruck eines Grenzgängers spiegelt sich darin. Seine Hände sind von Farbresten verschmutzt.

Mit schlanken Fingern reißt er eine Seite aus der Zeitung, beugt sich darüber und beginnt zu schreiben. Macht dabei kreisende Bewegungen. Striche. Nein, er schreibt nicht, er zeichnet mit zur Seite geneigtem Kopf. Wenn er aufschaut, wandern seine Augen unerschrocken über ihr Gesicht. Er führt eine filterlose Zigarette an die Lippen, zieht daran mit zusammengekniffenen Augen, als inhaliere er Lebensenergie.

Nach einer Stunde, Sophie weiß nicht, wie lange sie schon hier sitzt und er dort drüben, steht er auf und wirft Kleingeld auf den Teller neben seiner leeren Kaffeetasse.

Im Vorbeigehen zieht er seinen Hut auf. An der Tür hält er inne, dreht sich mit einem Ruck um und geht zurück. Sophie stockt der Atem.

Er bleibt so dicht vor ihr stehen, dass sie die getrocknete Farbe auf seinen Händen riechen kann. Langsam holt er ein zusammengelegtes Stück Zeitungspapier aus seiner Anzugtasche und schiebt es in Richtung ihrer Hände.

»Pardon, Mademoiselle. Bitte verzeihen Sie, dass ich Sie angestarrt habe. Wir kennen uns. Mein Name ist Paul-Raymond Fugin. Sie sind die Gesellschafterin von Madame Bihel, nicht wahr?«

»Ja, Monsieur«, flüstert sie und nippt an ihrem Wasserglas. Sie starrt auf seine Hand, die das zusammengelegte Zeitungspapier bedeckt. Seine Stimme klingt rauchig, der Ton einschmeichelnd, galant. Er lächelt sie an, während sie erneut ihr Gedächtnis nach einer früheren Begegnung absucht. Er hat blaugraue Augen. Sie funkeln wie Eiskristalle hinter einem dunklen Wimpernkranz.

»Ich bin ein Freund der Familie Bihel. Sie haben mich noch nie gesehen? Ich Sie schon. Mehrmals.«

Auf einmal erinnert sie sich an ihn, wie ein Bildausschnitt, der sich erst in passender Umgebung erschließt. An Augenblicke, da sie seine Gestalt im Vorbeigehen registriert hat. Kurze Sequenzen beiläufiger Begegnungen. Sein elegantes Auftreten in den Straßen des *Quartier Latin*, während sie mit dem Fotoapparat ein neues Motiv ansteuert. Seine Lässigkeit mit hochgeschlagenem Mantelkragen. Sein aufrechter, beschwingter Gang. Ein Phantom in der *Rue de Lille* an einem klirrend kalten Wintertag. In weiblicher Begleitung am frühen Morgen vor der *Boulangerie* in der *Rue Jacob*. Einmal hat er im Vorbeigehen Sophies Arm berührt, als sie Mémé Bihels Rollstuhl zur *Église Saint-Séverin* geschoben hat. In diesem Moment ist es, als trete er aus einem Schatten heraus ins Licht.

»Sophie Langenberg. Wir kennen uns keineswegs, Monsieur«, sagt sie lächelnd, »aber ich erinnere mich dennoch an Sie.« Sie reicht ihm die Hand, die er andeutungsweise an seine Lippen zieht.

»Darf ich?«, fragt er, lässt ihre Hand los und nimmt einige der Fotos vom Tisch, betrachtet eines nach dem anderen.

Er lässt sich Zeit, legt ein Foto zur Seite, nimmt ein anderes, blickt gedankenverloren ins Leere und entscheidet sich schließlich für eine Aufnahme mit einem sich küssenden Paar in einer schwingenden Schiffsschaukel auf einem Jahrmarkt. Über dem wehenden Haar der Frau ein grauer Horizont. Nachdenklich streicht er mit der Fingerspitze die Konturen der Köpfe nach. Dann nimmt er das Foto mit den Freudenmädchen, die mit verlorenem Blick an einer Mauer lehnen.

»Sie fotografieren mit viel Einfühlungsvermögen, Mademoiselle«, sagt Paul-Raymond Fugin anerkennend und legt die Fotos zurück auf den Tisch. »Und trotzdem wahren Sie die Distanz. Eine große Kunst ist das. Ja, Sie besitzen ein Talent fürs Detail, und Sie trauen sich etwas. Dieses scheinbar zufällige Zusammentreffen von Bewegung und Ruhe verleiht Ihren Motiven etwas Surreales«, murmelt er und deutet auf das Paar in der Schiffsschaukel. »Ja, surreal. Ich bin wirklich beeindruckt. Noch ein bisschen mehr Tiefenschärfe würde nicht schaden. Paris mit seinen hässlichen Abgründen und seiner ungeschminkten Schönheit ist wie gemacht für Ihre Linse. Machen Sie weiter. Aber das muss Ihnen niemand sagen. Sie scheinen außerordentlich viel Courage zu besitzen.«

Er nimmt die Kodak vom Tisch und betrachtet sie von allen Seiten, als könne er ihr Innenleben sehen, ergründen auf welche Weise Sophie dem Apparat derartige Geheimnisse entlockt. Dann nimmt er Sophies Hand, dreht sie und legt den Fotoapparat mit ernster Miene in die Mulde ihrer geöffneten Hand. Bei der Berührung seiner Fingerspitzen zuckt Sophie zurück.

»Die Entwicklung dieser Fotos dürfte auf die Dauer ein Vermögen kosten. Experimentieren ist eine Frage der Quantität. Haben Sie die Möglichkeit, eine Dunkelkammer zu nutzen, Mademoiselle? Einen Lehrer?«

Sophie schüttelt den Kopf. »Nein, ich besitze keine Dunkelkammer. Auch keinen Lehrer. Ich möchte selbst experimentieren. Und die Entwicklung ist sehr teuer, Monsieur. Ich lerne noch …«

»Womöglich könnte ich Ihnen helfen. Ich habe Kontakt zu einem bekannten Fotografen in Paris. Wären Sie interessiert?«

Er fährt mit der Hand über das Revers seines Anzugs. Ohne ihre Antwort abzuwarten, deutet er eine Verbeugung an und verlässt das Café.

Fragend sieht Sophie seiner Gestalt hinterher, die unter dem Bogen der Métrostation *Saint-Germain des Prés* die Treppe hinab entschwindet. Mit beiden Händen greift sie an ihren Nacken und massiert ihn, während sie den Kopf abwechselnd zu jeder Seite neigt.

»J'ai deux amours. Mon pays et Paris. – Ich habe zwei Lieben. Mein Land und Paris«, singt Josephine Bakers Stimme aus dem Grammophontrichter.

Benommen entfaltet Sophie das Papier, das er zurückgelassen hat und streicht es glatt. Auf den gedruckten Buchstaben erkennt sie die Bleistiftzeichnung eines Porträts, ihr eigenes Profil mit einem angedeuteten Lächeln. So sieht sie aus? Die Zeichnung macht sie mindestens dreißig Jahre älter. Sophie ist gerade einmal zwanzig. Aber je länger sie die Skizze betrachtet, desto mehr versteht sie: Es handelt sich um eine Vorhersehung. Paul-Raymond Fugin hat exakt

das Markante ihres Gesichts erfasst: die hohen Wangenknochen, den Haaransatz, die geschwungenen Wimpern,
den mandelförmigen Schnitt ihrer Augen. Ihr Lächeln in
knapp dreißig Jahren. Was möchte er ihr mit seinem Blick
in die Zukunft sagen? Wie sie aussehen wird? Wie er sie
sieht?

Wenige Tage später erreicht Sophie eine von Hand geschriebene Nachricht.

*Mademoiselle Langenberg! Bitte melden Sie sich in den
nächsten Tagen im Studio Lenoir bei Monsieur Robert
Lenoir, Rue de L'Université, 59. Ich habe mir erlaubt,
Sie ins Gespräch zu bringen, und was soll ich Ihnen sagen?
Er möchte sich selbst von Ihrem außergewöhnlichen Talent
überzeugen. Am besten Sie berichten mir dann bald im Flore,
zu welchem Ergebnis Sie gekommen sind. Bringen Sie Ihre
besten Fotos mit (auch jenes vom Liebespaar auf dem Jahrmarkt). Rufen Sie mich jederzeit an. Der Weg ist gebahnt –
nun müssen Sie ihn nur noch gehen. Lenoir hat ein gutes
Auge. Er wird sofort sehen, mit welchem Talent er es zu tun
hat. Umseitig finden Sie meine Telefonnummer im Atelier
in der Rue Jacob.*

Herzlich, Ihr Paul-Raymond Fugin

Sophies Herz macht einen Luftsprung.

EMILIA

8

»Emilia? Bist du da?«

Wie aus der Ferne hörte Emilia eine verzerrte Stimme. Mit ihrem Mobiltelefon am Ohr ging sie zum Küchenfenster.

»Wer spricht bitte?«

»Emilia?« Jetzt erkannte sie die Stimme. Am Apparat war Sebastian – der Chefredakteur eines Wochenmagazins, der Emilia seit ihrer Selbstständigkeit regelmäßig Aufträge zuschanzte.

»Entschuldige, Bastian. Die Verbindung war zu schlecht. Verstehst du mich jetzt gut? Was kann ich für dich tun?«

»Ich höre dich gut. Hey, Emilia. Ich wollte nur checken, ob das mit der Pressekonferenz klargeht.«

Im Hintergrund hörte Emilia Geraschel von Papier, das Surren eines Druckers.

»Übernimmst du die Pressekonferenz im Burda-Museum am Dienstag?«

Emilia stockte der Atem. Sie hatte einen von ihr zugesagten Pressetermin völlig vergessen. Einfach ausgeblendet. Hektisch suchte sie in ihrer Handtasche nach ihrem

Kalender, fand ihn und blätterte die aktuelle Woche auf. Da stand es schwarz auf weiß: Dienstag, *PK. Burda-Museum. 10:30 Uhr.*

»Mein Gott, Bastian. Es tut mir leid. Bei uns ging es in den letzten Tagen drunter und drüber. Ich bin gar nicht zu Hause. Eine wichtige Familienangelegenheit. Könntest du jemand anderen schicken?«

Sie klappte den Kalender zu und lief mit dem Handy zum Wohnzimmerfenster. In der klaren Luft lag ein würziger Geruch von Kräutern. Rosmarin. Salbei.

Bastian räusperte sich. Dann wieder Geraschel. Schweigen.

»Hey, Emilia! Du hast es zugesagt. Wie steh ich denn jetzt da.«

Sie biss sich auf die Lippe. »Ich weiß. Bitte entschuldige.«

»Alles okay, Emilia? Es wird doch niemand gestorben sein?«

»Nein. Alles bestens.«

»Wo bist du denn?«

»Im Ausland«, sagte Emilia, ging zurück zum Küchentisch und setzte sich.

»Machst du Urlaub?«

»Es handelt sich um eine wichtige Familienangelegenheit«, erwiderte sie, um einen sachlichen Ton bemüht.

»Bist du erreichbar?«

»Du erreichst mich doch gerade eben. Bitte, Bastian, tu mir den Gefallen. Schick einen deiner Mitarbeiter hin. Du hast dann auch was gut bei mir.«

»Wann bist du wieder zu Hause?«

»Ich weiß es ehrlich gesagt noch nicht. Am besten, du schreibst mir die nächsten Aufträge per Mail, Bastian. Mein Internetanschluss müsste spätestens übermorgen funktionieren. Bis dahin bekomme ich meine Mails aufs Handy.«

»Verrätst du mir, wo du bist?«

»In Frankreich.«

»La France«, wiederholte Bastian. »Also in nächster Zeit keine Pressetermine in deiner Heimat.«

»Das wäre sehr nett von dir. Gib mir bitte Aufträge, die ich am Computer recherchieren kann.«

»Wo genau bist du denn?«

»In der *Provence*. Im *Lubéron*. In der Nähe von Avignon.« Plötzlich kam ihr ein Gedanke. »Interessiert an einer netten Provence-Reise-Reportage? Wie du weißt, schieße ich gute Fotos.«

»Du sprichst doch Französisch, nicht wahr?«, fragte Bastian zurück, ohne auf ihre Anspielung einzugehen.

»Ja.«

»Fließend?«

»Sobald ich auf Betriebstemperatur bin, ja. Worum geht es denn?«

»Und? Bist du schon auf Betriebstemperatur?«

»Ich hatte noch keine Gelegenheit …«

»Die wirst du kriegen. Ich melde mich. Und – Emilia?«

»Bitte?«

»Vergiss nicht: Ich hab was bei dir gut. *Deine* Worte.«

»Ehrenwort.«

Emilia drückte das Gespräch weg und ging wieder zum Tisch, wo die Gegenstände aus der Blechdose ausgebreitet lagen. Sie nahm den in Alufolie verpackten daumengroßen Quader, wickelte ihn aus und schnupperte an der schwarzen Substanz. Sogleich stieg ihr ein aus ihrer Studienzeit vertrauter Duft in die Nase. Emilia grinste. Aus den Zimmern ihrer Jungs war der unverkennbare Geruch während deren Pubertät hin und wieder geströmt. Noch heute kam es zuweilen vor, dass Leo und Mischa sich gemeinsam in eines ihrer Jugendzimmer zurückzogen und sich kurz darauf ein verdächtiger Geruch durch die obere Etage zog. Süßlich nach Orient. Etwas holzig. Würzig. Marihuana. Emilia hielt das Rauschmittel in der gepressten Form von Haschisch in der Hand. Sie brach ein kleines Stück ab, das sofort zerbröselte und führte es an ihre Nasenspitze. Kein Zweifel: Sophie hatte das Damenpfeifchen einst für den Konsum von Haschisch benutzt.

Emilia gab Milch zum Kaffee, nahm einen Schluck, lehnte sich zurück und grübelte über ihren Fund. Durch die geöffnete Tür fiel ihr Blick hinüber zu den getrockneten Kräutern an den Wänden. Anlässlich einer Recherche hatte sie einmal in einem esoterischen Forum gelesen, Weihrauch verscheuche verstorbene Seelen aus Räumen und besäße eine reinigende Funktion. Irgendein schamanischer Brauch. Hatten diese seltsamen Kräuterbündel an den Wänden damit zu tun? Sophie – eine Esoterikerin? Ratlos schüttelte Emilia den Kopf. Die Wahrheit war: Sie wusste es nicht, weil sie nichts über Sophie wusste.

Mit einem Seufzer legte Emilia das Haschisch und den gehärteten Weihrauch zusammen mit der Kohlenkarte zurück in die Dose und verschloss die Schublade.

Die Kirchturmuhr schlug elf Uhr. Höchste Zeit für den Markt. Sie nahm sich einen Korb, der neben dem Kamin stand, verriegelte die Fenster und zog die Tür hinter sich zu.

Wenige Minuten später erreichte sie den Gemüsestand von Madame Dubois. Er lag vis-à-vis vom *Café du Siècle* und war einer von insgesamt fünf Marktständen mit der landestypischen reichlichen Auswahl frischer Lebensmittel. Es gab Berge von Gemüse, Tomaten in allen Farbschattierungen, verschiedene Kartoffelsorten und Oliven, Lavendelhonig und Seife, jede Menge Obstsorten. Äpfel. Pflaumen. Aprikosen und Zitrusfrüchte. Ein verführerischer Duft von Gebratenem, der von einem kleinen Grillstand kam, lag in der Luft. Emilia orderte bei ihrer Nachbarin Ochsenherzen, grünen Salat, Zwiebeln und Knoblauch. Täuschte sie sich oder beäugte sie Madame Dubois besonders kritisch?

»Habe ich Sie hier schon einmal gesehen?«, fragte diese vorsichtig, wickelte den Salat in Zeitungspapier und reichte ihn über den Marktstand Emilia.

»Wohl kaum«, erwiderte Emilia lächelnd. »Ich bin Emilia Lukin und wohne in dem Haus neben Ihnen. Sie waren so freundlich und haben den Schlüssel für mich hinterlegt.«

»Ach, *Sie* sind das.« Madame Dubois, wischte die Hände an ihrer Schürze ab und reichte Emilia die rechte. »Sie kommen aus Deutschland, nicht wahr?«

Emilia bejahte. »Woher wissen Sie …?«

»Ach«, erklärte Madame Dubois mit einem verächtlichen Lächeln. »Die Leute tratschen. Dies und das. Von irgendwoher habe ich gehört, dass das Haus Deutschen gehört. Wir hatten auch schon Australier hier im Ort, aber die sind weggezogen. Richtung Meer. Ich kenne Ihr Haus,

Madame. Habe hin und wieder nach dem Rechten gesehen oder geputzt. Ist denn alles zu Ihrer Zufriedenheit?«

Das war also die Erklärung, weshalb Sophies Haus relativ bewohnt aussah. Madame Dubois strahlte über das ganze Gesicht. Ihre Wangen glänzten rosig.

»Bestens«, winkte Emilia erleichtert ab. »Alles bestens. Ich fand, es sieht irgendwie bewohnt aus. Jetzt ist mir klar, weshalb.«

Madame Dubois lächelte geschmeichelt.

»Hatten Sie denn schon früher Schlüssel zum Haus?« Emilia zeigte auf die Pflaumen. »Ein Kilo, bitte, von diesen.«

Plötzlich verfinsterte sich der Blick der älteren Dame, und Emilia wurde schlagartig klar, dass ihre Frage falsch verstanden werden könnte.

»War denn irgendwas nicht in Ordnung?«, fragte Madame Dubois misstrauisch und packte, ohne ihre Augen von Emilia zu lassen, die Pflaumen in eine Papiertüte.

»Nein«, beeilte sich Emilia zu sagen. »Bitte missverstehen Sie mich nicht. Ich habe nur nicht die geringste Vorstellung, wer all die Jahre nach dem Tod meiner Großmutter dort gelebt hat. Deshalb stelle ich neugierige Fragen. Bitte entschuldigen Sie.«

»Ihre Großmutter? Wer ist Ihre Großmutter?«

Madame Dubois schien keine Ahnung zu haben.

»War«, korrigierte Emilia. »Sophie Langenberg. Sie lebt schon lange nicht mehr.«

»Nie gehört. Ich bin erst seit zehn Jahren in *La Lumière*.«

Emilia musste schmunzeln. Für ihre Söhne bedeuteten zehn Jahre ein halbes Leben. »Aber es muss doch jemanden gegeben haben, der Sie beauftragte? Etwa die Gemeinde?«

Madame Dubois schüttelte energisch den Kopf. »Die Schlüssel bekomme ich immer von Monsieur Roche. Er ruft mich an. Ich sehe nach dem Rechten, putze, lüfte und werde bezahlt. So einfach ist das.«

»Monsieur Roche?«

»Jean-Pierre Roche.«

»Ich verstehe«, sagte Emilia nachdenklich, obwohl sie gar nichts verstand. War dieser Jean-Pierre Roche der ehemalige Lebensgefährte von Sophie und damit das Rätsel um Sophies Haus gelöst? Handelte es sich bei Jean-Pierre Roche um *le tien*, den geheimnisvollen Briefeschreiber?

»Wo, bitte, finde ich Jean-Pierre Roche, Madame? Kommt er von hier?«, hakte Emilia nach.

»Oh ja«, erwiderte Madame Dubois. »Er ist unser prominentester Bewohner. Soll schon ewig in *La Lumière* leben. Er wohnt nicht weit von hier entfernt. Gleich hier um die Ecke, im *Chemin du Cheval blanc*. Aber jeden Abend um sieben sitzt er dort.« Sie zeigte auf das *Café du Siècle* hinter ihrem Stand. »Und trinkt seinen Aperitif. Komme, was da wolle. Dort treffen Sie ihn am sichersten an. War das alles?«

Madame Dubois zeigte auf die gefüllte Tüte.

»Danke, ja. Was bin ich Ihnen schuldig?«

In Windeseile schrieb Madame Dubois ein paar Zahlen auf eine Tüte und flüsterte die Rechenschritte.

»Sie sagen, seit Ewigkeiten. Dann ist er also schon älter. Kannte Monsieur Roche meine Großmutter, Madame, wissen Sie das?«

»Elf Euro«, entgegnete die Befragte.

Emilia zückte ihre Geldbörse und reichte den Betrag

über den Stand. »Was denken Sie? Kannte er sie vielleicht?«

»Monsieur Roche lebt sehr zurückgezogen. Er hat keine Familie mehr. Wie hieß Ihre Mémé noch einmal?«

»Meine Großmutter hieß Sophie Langenberg.«

Madame Dubois zuckte die Achseln. »Ich weiß es nicht, Madame. Monsieur Roche ist einer, der die ganze Welt kennt, aber nicht darüber spricht. Seien Sie sicher, was immer in den letzten Jahrzehnten hier in *La Lumière* geschehen ist, Jean-Pierre Roche weiß es. Jedes Detail. Der Mann ist ein wandelndes Lexikon. Und ein Künstler.« Ein Anflug von Stolz zeigte sich in Madame Dubois' rundem Gesicht. Bei dem Wort *Künstler* horchte Emilia auf. »Wenn Ihre Großmutter ihm jemals begegnet sein sollte, dann ist es dort oben«, fuhr Madame Dubois unbeirrt fort und tippte mit dem Zeigefinger auf ihre Stirn. »Dann ist es im Kopf von Monsieur Roche gespeichert. Verlassen Sie sich darauf.«

Mit einem Ruck reichte sie Emilia eine prall gefüllte Tüte über den Gemüsestand hinweg.

»Das ist beruhigend. Noch eine letzte Frage, Madame«, stammelte Emilia, während sie zum Eingang des *Café du Siècle* schielte. »Wie frage ich es am besten?«

»Heraus damit«, sagte Madame Dubois aufmunternd. »Ihr Französisch ist großartig.«

»Gab es in dem Haus einmal Ungeziefer?«

»Ungeziefer?«, wiederholte Madame Dubois, als habe sie sich verhört.

»Mäuse, Ratten«, schoss es aus Emilia heraus. »Ich habe in der Küche Gift gefunden.«

»Ach das.« Madame Dubois lachte lauthals und winkte dann beschwichtigend ab. »Das war nur zur Vorbeugung. Oben hat es einmal Mäuse gegeben. Haselmäuse.«

»Hasel – Mäuse«, stotterte Emilia. »Oben?«

»Haselmäuse sind hervorragende Kletterer. Sie waren oben im Dachgeschoss.«

Emilia schüttelte sich. Madame Dubois zeigte sich unbeeindruckt.

»Waren Sie denn noch nicht oben? In der Küche gibt es eine Dachbodentreppe, die in der Decke versteckt ist. Wenn man nicht weiß, wo sie ist, findet man sie nicht so leicht. Haben Sie denn die Öse nicht gesehen? Sie müssen nach der Öse in der Decke suchen.«

»Ich habe einen Ausziehstab mit Haken gefunden, mit dem ich nichts anzufangen wusste«, sagte Emilia, als ihr der nächtliche Fund im Putzschrank einfiel. »Meinen Sie, es gibt noch Mäuse dort oben?«

»Ich glaube nicht, Madame. Das ist so lange her.«

»Merci, Madame. Haben Sie vielen Dank für alles.«

Mit einem Abschiedsgruß drehte sich Emilia weg und winkte ihrer Nachbarin zu. Zu Hause angekommen, brachte sie die Lebensmittel ins Haus, räumte Gemüse und Salat in den Kühlschrank und trank aus einer Wasserflasche.

Als sie auf ihr Handy sah, entdeckte sie eine WhatsApp von Mischa.

Hallo Mama, hast du den ominösen Brief an Sophie gelesen? Was steht drin? Etwa Anzügliches? Nur Mut! Es ist nichts Falsches daran, die Post deiner verstorbenen Großmutter

zu lesen. Wir wissen so wenig über sie. Betrachte es wie eine
Recherche. Es ist dein Job.
Liebe Grüße, Mischa

Wir wissen so wenig über sie.

Seufzend warf Emilia den Kopf in den Nacken. Dabei
fiel ihr Blick zur Decke. Neben der Küchenlampe gab es
tatsächlich eine Öse. Emilia lauschte und überlegte: Klet-
ternde Haselmäuse – vielleicht direkt über ihr?

Auf dem Kaminsims stand die Schatulle mit dem Brief.
Beherzt ging sie hinüber, öffnete den Deckel und entfaltete das Papier. Ihr Sohn hatte recht: Warum sonst war sie
hierhergekommen? Eingehend betrachtete sie das Schrift-
bild. Ausladende Großbuchstaben strotzten vor Selbstbe-
wusstsein. Zaghafte Punkt- und Kommasetzung hingegen
zeugten von Unsicherheit, Vorsicht.

Ma chère Sophie. Ma chérie. Mon amour,
was für eine Freude, als Dein Brief ankam, mein Liebling.
Unsere treue Concierge hat ihn mir vor einigen Tagen mit
einem vielsagenden Blick überreicht.

Wie habe ich Dich gesucht, meine Schöne! Überall. Und
das seit Monaten. Ich bin durch die Straßen von Paris geirrt.
Täglich pilgere ich ins Flore. Du bist gegangen, ohne ein
Wort des Abschieds. Warst plötzlich wie vom Erdboden
verschluckt. Dass Du nach Deutschland zurückgekehrt bist,
hielt ich für ausgeschlossen. (Ein winziges Dorf im Schwarz-
wald? Ich soll meine Briefe postlagernd nach Freiburg
schicken? Wo genau bist Du denn, ma chérie?) Dann habe
ich sämtliche Freunde befragt. Chloé angefleht, mir zu sagen,

wo Du bist. Sie schweigt, wie alle anderen schweigen.
Die ganze Stadt schweigt.

Und jetzt endlich ein Lebenszeichen! Ergeht es Dir gut?
Was, um alles in der Welt, lässt Dich in Deutschland
verweilen? Der Krieg ist vorbei, wir haben nichts zu
fürchten. Du gehörst doch nach Paris! Es gibt hier wieder
fast alles. Schluss mit den Lebensmittelkarten, den Steck-
rüben, die keiner mehr riechen kann. Vorbei die Zeiten,
da man seine Fleischration in eine Métrokarte einwickeln
konnte. Man spürt den Aufbruch, die Leute schauen wieder
nach vorn. Das Land feiert die Résistance. Es ist, als wären
wir noch gestern in Lebensgefahr gewesen, und heute sind
wir Helden. Wir sind eine stolze Nation.

Die alte Mutter unserer Concierge, Madame Tourage,
ist vor einigen Wochen über Nacht sanft entschlafen. Ihre
Tochter hat sich die Augen ausgeweint. Nun hat die gute
Frau den Krieg überstanden, das ganze Gemetzel, das die
Deutschen angerichtet haben (verzeih die Beleidigung Deiner
Landsleute – für mich bist Du Französin. Ein Grund
mehr, dass Du es in Deutschland nicht aushalten wirst.
Das Blut Deiner Mutter fließt in Deinen Adern), und nun
stirbt Madame kurz vor ihrem einundneunzigsten Geburts-
tag. Alle waren auf ihrer Beerdigung. Auch die gute Mémé
Bihel, von der ich Dich herzlich grüßen soll.

Die dunklen Zeiten liegen hinter uns. Lass uns nach vorn
sehen, ma chérie, und keine Zeit mehr verlieren. Jeder Tag
ohne Dich ist ein verlorener Tag. Das Leben ist kurz. Wenn
ich ins Atelier gehe, stelle ich mir vor, Du wärest hier, meine
Geliebte. Du kannst Dir den Schmerz, den ich empfinde,
gar nicht vorstellen. Gehe vom Schlimmsten aus, dann hast

*Du eine Ahnung davon, wie sehr ich leide. Ich bin aus mir
herausgefallen, wenn Du nicht da bist, lebe wie betäubt, wie
im Opiumrausch. Nur fliege ich nicht. Mein Empfinden ist
gedämpft, unter einem dicken Panzer begraben. Nur Du
kannst ihn aufbrechen.*

*Was nutzt mir der Frieden, wenn Du ihn nicht mit mir
teilst?*

*Erinnerst Du Dich an unsere nächtlichen Ausflüge in den
Jardin du Luxembourg? Die Freiheit, die wir gefühlt haben?
Dieses betörende Glück der Freiheit?*

*Und jetzt? Wie unfrei bin ich ohne Dich. Nicht einmal
malen kann ich. Hier im Haus ist ein winziges Zimmer im
zweiten Stock frei geworden – es wäre eine ideale Dunkelkammer für Deine Arbeit! Sophie – Du darfst nicht Nein
sagen! In meinem Atelier starrt mich ein leeres Bett an.
Sophie – ich brauche Dich! Ohne Dich bin ich ein Nichts!
Ich kann nicht arbeiten, nicht schlafen.*

*Seit Du fort bist, übernachte ich nur noch im Atelier, stelle
mir vor, Du wärest hier. Chloé glaubt, ich male mir die Seele
aus dem Leib. Ich esse wenig, trinke viel zu viel Wein. Wenn
die Treppen vor meiner Tür knarzen, hoffe ich jedes Mal,
Du klopfst gleich an, stürmst hinein, während Du die Haare
zurückwirfst, Deinen Mantel ausziehst und dann vor der
Staffelei innehältst. Du betrachtest meine Fortschritte, wie
Du es immer getan hast. Ich rieche Dein duftendes Haar.
Du bist meine Inspiration, mein Leben, meine ganze Leidenschaft. Du darfst nicht fortbleiben, komm zurück. Hörst Du?*

*Was tust Du an diesem gottverlassenen Ort in Deutsch-
land, wo wir hier in Paris das Leben feiern? Wenn es einen
anderen gibt, sag es mir, auch wenn es mich vernichtet.*

Ach, was bleibt mir fürs Erste anderes übrig, als Deine Entscheidung hinzunehmen. Vorerst. Denn mehr ist es nicht. Niemals werde ich sie billigen. Du musst mir wieder schreiben – Du musst! Schreib am besten in die Rue de Seine zu Händen Madame Tourage. Sie ist verschwiegen, wie Du weißt. Wir haben nichts zu befürchten. Wir haben nichts verbrochen. Uns zu lieben ist keine Sünde, nicht wahr? Rede ich Unsinn? Vielleicht wirst Du ja einsichtig, wenn Du merkst, dass ich den Verstand verliere. Möchtest Du wirklich einen Verrückten auf dem Gewissen haben? Du bist schon viel zu lange weg.

Genug für heute. Genug gejammert. Ich bin ja froh, dass es Dich noch gibt, Du an mich denkst, mir schreibst und mir Küsse schickst. Hör nicht auf, mich zu lieben.

»Die Wölbung Deiner Augen umkreist mein Herz. Ein Rund von Tanz und Milde. Ein Lichterkranz der Zeit. Eine nächtliche sichere Wiege. Und wenn ich nicht mehr alles weiß, was ich erlebt habe, ist es, weil Deine Augen mich nicht immer im Blick gehabt haben.« (Denk immer an unseren Éluard. Ich bin das Gewissen der Gesellschaft, das sagt er, nicht wahr?)

Du, Geliebte, bist mein Gewissen. Du machst mich zu einem besseren Menschen.

Bedenke, meine Geliebte – egal wo Du bist, sei gewiss, ich finde Dich! Ich werde Dich finden. So groß kann die Welt unmöglich sein. Ich würde Dich an Deinem unwiderstehlichen Duft erkennen. Ich gehe einfach der Nase nach.

Je t'embrasse, ma chère. Ewig – der Deine.

Post Skriptum: Ein Bild geht mir nicht aus dem Kopf. Weißt Du noch, wie wir oben an der Balustrade von Notre-

Dame standen? In einer warmen Sommernacht? Oder war
es schon Morgen? Es scheint mir Jahre zurückzuliegen. Hilf
meinem Gedächtnis auf die Sprünge! Der Wind pfiff uns um
die Ohren. Ach, dieses Glück, dieses unglaubliche Glück,
das man fast nicht aushalten konnte. Es war der Moment,
in dem ich wusste, dass ich Dich für immer lieben würde.
Für immer.

Emilia ließ die alten Blätter fallen, als habe sie sich die Finger verbrannt. Die Leidenschaft, mit der dieser Brief geschrieben worden war, berührte sie, obwohl ihr der Stil
fremd war. Diese Befehlsform *Höre nicht auf, mich zu lieben!* Das Betonen der eigenen Befindlichkeit. Blieb da
Raum für die eigenen Empfindungen? Emilia war, als
schnüre es ihr an Sophies Stelle die Luft ab. Aber entsprach es nicht der Natur der Leidenschaft, von sich selbst
zu sprechen? Der Briefschreiber war Franzose. Ein Künstler. Handelte es sich bei ihm und dem Schöpfer von
Sophies Porträt um dieselbe Person? Fugin? Darauf gab es
keinen einzigen Hinweis. Auch Madame Dubois hatte im
Zusammenhang mit diesem wandelnden Lexikon Jean-
Pierre Roche das Wort *Künstler* in den Mund genommen.

Sophie – nach dem Krieg im Schwarzwald? Der Briefschreiber hatte vom tiefsten Schwarzwald gesprochen,
nicht von Baden-Baden, das eher als das Tor zum Schwarzwald angesehen wurde. Dunkel erinnerte sich Emilia an
Verwandtschaft ihres Urgroßvaters, die auf einem Gehöft
in der Nähe von Freiburg gelebt hatte. Und wer war
Chloé? Noch einmal sah Emilia auf die Anrede, den Anfang – es gab kein konkretes Datum, nur Hinweise auf die

Nachkriegszeit. Die Liebesbeschwörungen hingegen schienen zeitlos.

Bei Google Maps gab Emilia *Rue de Seine*, Paris, ein. Sie lag im *Quartier Latin*, direkt neben der *Rue Jacob*, der von Monsieur Bonnet genannten Straße. Dann tippte sie *Kunstgalerie, Rue Jacob*, in ihr Handy. In der näheren Umgebung gab es gleich ein Dutzend davon. Das Haus mit der Nummer zwei allerdings war genau dort, wo laut Street-View die *Rue Jacob* die *Rue de Seine* querte. In jenem Haus befand sich eine Kunstgalerie mit dem niedlichen Namen »*Les deux petites colombe*s« – die Galerie »Zwei Täubchen«.

Einen kurzen Moment erwog Emilia, den Brief zu verbrennen. Mochten seine Zeilen selbstbezogen klingen, sie gingen niemanden etwas an. Doch dann faltete sie die beiden Blätter zusammen, steckte sie zu den anderen zurück in die Schatulle und ließ sie im Büfett verschwinden.

Die Wölbung deiner Augen umkreist mein Herz.

Die Herbstsonne wanderte in *La Lumière* über die Ockerfelsen. Die Tage wurden spürbar kürzer, die Luft – nachdem die Sonne untergegangen war – schnell kühler. Seit
Emilias Ankunft war Sophies Haus um ein großes Bett,
ein ausziehbares Schlafsofa, einige Schlafdecken und Kis-
sen reicher und ihr Konto um knappe dreitausend Euro
ärmer.

Der Brieffund lag nunmehr fast zwei Wochen zurück.
Eine Zeit, in der sich Emilia der Verschönerung des Hau-
ses verschrieben und konsequent von den persönlichen
Dingen Sophies die Finger gelassen hatte. Noch hatte sie
nicht gewagt, den Dachboden zu inspizieren. Mit bloßen
Händen hatte sie einmal versucht, die Bretter an dem
außenstehenden Gebäude zu entfernen. Vergeblich. Die
Bretter waren mit langen Nägeln befestigt.

Also hatte Emilia angefangen, Fenster, Türen und Böden
im Haus zu putzen, die neuen Vorhänge aufzuhängen. Die
warmen Farben wirkten freundlich, hell.

Mit Vladi tauschte sich Emilia per WhatsApp aus. Fast
täglich schrieben sie einander, und Emilia schickte ihm

Fotos von der Veränderung des Hauses. Bei Pauline rief sie regelmäßig an.

An den Wochenenden widmete sie sich der Recherche einer Sommerserie von Reisetipps im *Lubéron* für Bastian, bereiste die Gegend und suchte nach schönen Bildmotiven. Jedes Mal, wenn sie auf dem Rückweg am *Café du Siècle* vorbeikam, fiel ihr der Name des großen Unbekannten ein, jener Mann, der Sophie persönlich gekannt haben sollte. Jean-Pierre Roche. Emilia vertraute darauf, dass sich der richtige Zeitpunkt für eine Begegnung mit ihm ergeben würde. Aber was Emilia auch tat – der Inhalt des ungewöhnlichen Liebesbriefs verfolgte sie wie ein Phantom. Sein dringlicher Inhalt ging ihr nicht aus dem Kopf.

»Was für ein außergewöhnlich gut erhaltenes Exemplar, Madame. Wunderschön. Eine Kodak Retina Typ 117. Baujahr 1936. Aus Deutschland.«

Der Verkäufer des Fotoladens in *Apt*, den Emilia aufgesucht hatte, lugte hinter seinem Vergrößerungsglas hervor und beugte sich dann wieder über den Tisch, um Sophies Fotoapparat von allen Seiten zu betrachten. »Allerdings keine Rarität. Dafür sind zu viele davon gebaut worden. Aber in gutem Zustand. Wollen Sie verkaufen?« Er legte sein Vergrößerungsglas zur Seite und sah Emilia freundlich an.

Emilia schüttelte den Kopf. »Funktioniert sie denn noch?«

»Es gibt nichts, was dagegen spricht«, antwortete der Befragte und strich mit einem Pinsel über das Gehäuse. »Zuweilen setzt sich Staub bis in die feinsten Ritzen ab. Die

Kodak Retina kann schon etwas aushalten. Wie es aussieht, gibt es keinerlei äußerliche Beschädigungen.« Vorsichtig fuhr er mit dem Zeigefinger über das Objektiv. »Sie sollten das wertvolle Stück wie Ihren Augapfel hüten.«

»Wertvoll?«

»Im ideellen Sinn, Madame. In den Dreißigerjahren haben sogar Profis mit diesem Modell fotografiert. Es gibt Fotos in der *Vogue*, die mit einer Kodak Retina gemacht worden sind. Ich verstehe gut, dass Sie die Kamera nicht hergeben wollen.«

Emilia erinnerte sich an die erwähnte Dunkelkammer aus dem Brief des Unbekannten.

»Könnten Sie eine gründliche Inspektion vornehmen, Monsieur? Wie lange würde das dauern?«

»Das wird nicht nötig sein, Madame. Dieses Gerät ist voll funktionsfähig. Machen Sie ein Paar Aufnahmen damit. Sie werden sehen.«

Er nahm Filme aus einer Schublade und legte sie auf den Tresen. »Das sind meine letzten. Zwei Farb- und zwei Schwarz-Weiß-Filme. Sollten Sie weitere benötigen, rate ich Ihnen, sich direkt an Kodak zu wenden. Das macht sechzehn Euro, Madame.«

»Was schulde ich Ihnen für die Ansicht?«, fragte Emilia überrascht.

Abwehrend hielt er die Hände in die Luft. »Nichts, Madame. Aber sollten Sie verkaufen, müssen Sie mir versprechen, an mich zu denken.«

Lächelnd bedankte sich Emilia und legte zwanzig Euro auf den Tisch. »Trinkgeld für Ihre Kaffeekasse«, sagte sie schmunzelnd.

»Ein schönes Stück«, murmelte der Ladenbesitzer noch einmal und ließ ein paar Münzen in einem Sparschwein verschwinden.

Beschwingt verließ Emilia das Fotogeschäft und machte sich auf den Heimweg.

Zu Hause beim Kaffeetrinken überlegte Emilia, wohin mit dem alten Bett, dessen Einzelteile an der Wand vor dem Bücherregal lehnten. Es wirkte wie ein Schandfleck inmitten der Idylle. Der Dachboden kam nicht infrage, da Emilia den Transport allein nicht schaffen würde. Es auf den Sperrmüll zu werfen schien ihr verschwenderisch, zumal es mit einer neuen Matratze und einem Lattenrost ideal als Gästebett taugte.

Nachdenklich sah Emilia zum Küchenfenster hinaus. Als ihr Blick auf das rechteckige Gebäude fiel, kam ihr eine Idee. Entschlossen ging sie zum Besenschrank und nahm eine Blechschaufel und einen Hammer heraus. Sie öffnete die Küchenschublade, wo die Zange lag. Mit dem Werkzeug trat sie ins Freie.

»Der Stall«, sprach sie zu sich selbst. »Das wäre ja gelacht!«

Mit einigem Kraftaufwand gelang es Emilia, die verrosteten Nägel zu entfernen. Danach ließen sich die Bretter fast mühelos entfernen. An hartnäckigen Stellen benutzte Emilia die Hammerspitze als Hebel, bis die morschen Bretter brachen. Als endlich die Tür freilag, drückte Emilia die Klinke nach unten, doch sie war verschlossen. Sie bückte sich und spickte durchs Schlüsselloch, konnte aber im Inneren nur Umrisse erkennen. Sie richtete sich auf, ging zum ersten Fenster, rüttelte so lange an den Brettern, bis sie nachgaben und sich entfernen ließen. Darunter kamen verschmutzte, trübe Glasscheiben zum Vorschein, eine von ihnen war in der Mitte gebrochen. Mit der flachen Hand wischte Emilia ein Sichtfeld auf der unversehrten Fläche frei und erkannte im Inneren des Gebäudes mehrere Gegenstände, die mit Tüchern verhängt waren. In der Ecke stand ein gusseiserner Ofen.

Nachdem sich Emilia vergewissert hatte, wirklich allein zu sein, trat sie einen Schritt zur Seite und schlug beherzt mit dem Hammer gegen die defekte Scheibe. Die Einfachverglasung brach sofort, und die Scherben fielen klirrend zu Boden. Vorsichtig schob Emilia ihre Hand durch die Bruchstelle, betätigte von innen den Griff und öffnete das Fenster. Von draußen einströmendes Licht erhellte den Raum, der wie ein weiteres Wohnzimmer unter einem Netz von Spinnweben wirkte, mit einem Unterschied – hier gab es das Wohnmobiliar, das im Haus nebenan fehlte, und bei den mit Leintüchern verdeckten Gegenständen schien es sich um Staffeleien zu handeln.

Emilia eilte zurück ins Haus, holte einen Handbesen und kehrte den mit Glassplittern übersäten Rahmen und Sims frei. Aus dem Kofferraum ihres Wagens nahm sie eine Wolldecke, legte sie auf den Sims und kletterte vorsichtig durch die Öffnung in das Gebäude.

Innen hatte Emilia das Gefühl, als erschließe sich ihr die Welt ihrer Großmutter, als habe sie einen Schlüssel zu deren Wesen gefunden. Warum, vermochte sie gar nicht zu sagen. Die Einrichtung strahlte etwas Leidenschaftliches aus, obwohl sie puristisch anmutete. Ein gusseiserner Ofen in der Ecke war genutzt worden, denn die Wand hinter dem Rohr war voll von Ruß. Hinter einem Paravent gab es ein Waschbecken aus Speckstein. Emilia betätigte den Hahn, und nach ein paar Sekunden spuckte dieser rostiges Wasser aus, das nach einer Weile klar wurde. In der gegenüberliegenden Ecke stand hinter einem Bücherregal ein Bett, bestehend aus einem einfachen Holzrahmen und einer Matratze. An der Wand hing ein mit Handschrift gerahmter Satz: *Bilde deine Augen, indem du sie schließt.*

Emilia trat zum Regal, in dem einsam ein paar verstaubte Bücher standen. Fast ausschließlich französische Literatur: Victor Hugo, Simone de Beauvoir, Jean-Paul Sartre, Gustave Flaubert und Paul Éluard. Neben Thomas Mann *Die Buddenbrooks* stand ein Schwarz-Weiß-Bild, das Emilia aus ihrem Studium kannte – ein schmächtiger Mann blickte regungslos in die Kamera, eingehüllt in einen übergroßen Clochard-Mantel. Der Abgebildete war Éluard – der französische Dichter, der in dem Liebesbrief zitiert worden war.

Die Wölbung deiner Augen umkreist mein Herz. Die zitierten Zeilen aus dem Liebesbrief stammten von ihm.

Emilia nahm eine gerahmte Farbzeichnung aus dem Regal. Eine Sonne, Mond, Bäume, ein Haus und ein undefinierbares Gebilde. Vielleicht ein Tisch? Darüber stand in kindlicher Schreibschrift: *Die Sonne versteckt sich hinter dem Mond.*

Gedankenverloren stellte Emilia die Zeichnung zurück und ließ ihren Blick über die Wände des Gebäudes schweifen: Beide Längsseiten waren mit jeweils zwei Fenstern versehen, die zur Hausseite nach Norden und gegenüberliegend gen Süden ausgerichtet waren. Aus keinem er-

sichtlichen Grund waren die Nordfenster bedeutend größer, als die der Südseite.

Langsam schritt Emilia durch den Raum, während sie
sich fragte: Hatte Sophie vorrangig hier gelebt? Emilia
nahm von einer der beiden Staffeleien den Stoffüberwurf
herunter. Ein Gemälde kam zum Vorschein, abstrakt mit
geometrischen Formen, durchbrochen von gekritzelten
Linien, die wie Tintenflecken anmuteten. Emilia studierte
das Motiv und wünschte, sie verstünde die Botschaft, aber
außer Kreisen, Quadern und Dreiecken sah sie nichts. Der
Tintenfleck wirkte willkürlich. Sie warf einen Blick in die
Mitte des Raums, zu einem alten Holztisch, auf dem unter
einer dicken Staubschicht Bleistiftskizzen unterschied-
lichster Genres lagen. Daneben ein Gefäß mit Malutensi-
lien, Pinsel und Kohle – überzogen von Spinnweben. Vorsichtig wischte sie den Staub von den Blättern. Sie zeigten
Landschaften, einen weiblichen Akt, einen Obstkorb. Viele
von ihnen waren nur angedeutet, als habe derjenige, der
sie einst zeichnete, nach Inspiration gesucht und noch nicht
das Richtige gefunden. Einige Seiten waren verknüllt, dann
wieder glatt gestrichen worden.

In einer Zigarrenkiste lagerten alte Schwarz-Weiß-Bil-
der in quadratischem Format. Die stimmungsvollen Motive, vermutlich aus Paris, gefielen Emilia auf Anhieb und
offenbarten ein geschultes Auge: Eine Bank in einem Park.
Ein Pferdewagen im Nebel. Ein Clochard auf einer Treppe
am Ufer der Seine aus einem entfernten Blickwinkel von
einer Brücke aufgenommen. Ganz sicher war der respekt-
volle Abstand gewollt. Die Fotos waren voller Diskretion,
behutsame Annäherungen und von außergewöhnlich tech-

nischer Qualität. Der Verkäufer in *Apt* hatte sich nicht getäuscht. Mit einer Kodak Retina vermochte man schon vor achtzig Jahren professionelle Ergebnisse zu erzielen. Hatte ihre Großmutter professionell fotografiert?

Mit einem Ruck entfernte Emilia die Abdeckung der zweiten Staffelei. Das Ölgemälde, das zum Vorschein kam, erschreckte und faszinierte sie gleichermaßen. Auf einer Felsenklippe war der Umriss einer schwarz gekleideten Frauenfigur zu sehen, die Arme zum Himmel gehoben, unter ihr tosendes Meer. Eine raue Küstenlandschaft, die Emilia aus der Bretagne kannte. Ein dunkler, bedrohlicher Horizont, ein aufgewühltes Meer. Es war, als verschmölzen beide Elemente ineinander. Das Wasser schien wie ein Sog, der die Landschaft zu verschlingen drohte. Im Vordergrund ein Baum, der an einen alten Mann erinnerte. Irgendwie schien er dem Sturm standzuhalten. Blätter und Zweige wirbelten durch die Luft. Aus den offenen Wunden seiner abgerissenen Äste tropfte Blut.

Staunend trat Emilia einen Schritt zurück, dann einen zweiten, einen dritten. Je weiter sie sich entfernte, desto deutlicher wurde das Ausmaß des Gemäldes. Bis zum Anblick jenes Werks hatte Emilia nicht gewusst, wie viele Schattierungen Schwarz besaß, von dunkel bedrohlich bis zum sanften Schimmer, der ins Licht drängte. Das Motiv löste ein Gefühl der Einsamkeit und Isolation in ihr aus. Eine tiefe Traurigkeit, als docke ihre Seele direkt an dieser düsteren Landschaft an.

Wer war der Maler? Etwa ihre Großmutter? Gab es so etwas wie ein männliches oder weibliches Malen? Würde ein geschultes Auge den Unterschied erkennen? Plötzlich fragte sich Emilia, warum sie bis heute mit bildender Kunst so gar nichts zu tun gehabt hatte. Inständig wünschte sie sich, Leo wäre hier und könnte mit seinem Wissen über bildende Kunst Licht ins Dunkel bringen.

Lange stand sie da, das Gemälde betrachtend. Ihr war, als käme sie Sophie schrittweise näher. Sie brauchte keine Schriftbekenntnisse aus den Briefen Fremder. Sophies Bilder, die Einrichtung, ihre Fotos, sprachen Bände.

Der Glockenschlag, der von der Dorfkirche kam, riss sie aus ihren Gedanken. Emilia nahm den am Türgriff mit einer Schnur befestigten Schlüssel, steckte ihn ins Schlüsselloch, drehte zweimal im Uhrzeigersinn und drückte die Klinke nach unten. Mühelos ließ sich die Tür öffnen. Licht und Wärme strömten von draußen herein. Sie lief zu den Südfenstern, öffnete sie und schlug von innen mit dem Hammer gegen die letzten Bretter, die sich lösten und zu Boden fielen.

Nachdem sie beide Fenster von der Barrikade befreit hatte, zog sie unter dem Holztisch einen Stuhl hervor, wischte den Staub von der Sitzfläche, setzte sich und ließ ihren Blick über die steinernen Wände und die Einrichtung schweifen. Über dem Tisch hing eine Lampe. Mit den Augen folgte Emilia dem Lauf des Stromkabels, das neben dem Bett endete, wo es zwei Steckdosen gab. Dieser rechteckige Raum, der wie ein früherer Ziegenstall anmutete, war keine Scheune, sondern ein heimeliger Ort, der einst als Atelier gedient hatte. Und doch war er mehr. Hier hatte jemand geschlafen, gearbeitet und gelebt.

Emilia machte eine Aufnahme von dem Gemälde mit dem blutenden Baum und schickte sie an ihren kunstbe-

flissenen Sohn. Hatte Leo sein Zeichen- und Maltalent
etwa von Sophie geerbt?

Lieber Leo, womöglich stammt dieses Gemälde von deiner
Urgroßmutter. Jedenfalls gehört es zum Inventar. Kannst du
mir bitte eine Einschätzung geben? Weißt du etwas über
die Motivwahl? Die Epoche? Es wirkt düster, traurig, fast
depressiv. Vielleicht telefonieren wir morgen Früh mal.
Liebe Grüße, Mama

Mit zwei Schwarz-Weiß-Fotos aus der Zigarrenkiste verließ Emilia das Atelier. Die Inspektion hatte ihr Mut gemacht, ihre Abenteuerlust entfacht. Heute Abend würde
sie ins *Café du Siècle* gehen.

Im Bad wusch sie sich mit nach Marseiller Seife. Dann
nahm sie einen Lippenstift aus ihrer Handtasche, zog vor
dem fast blinden Spiegel die Konturen ihrer Lippen nach
und kämmte ihr dunkles, welliges Haar. Seit ihrem letzten
Friseurbesuch war es bis auf die Schultern gewachsen. Mit
einem Gummi band sie es am Hinterkopf zu einem Pferde-
schwanz zusammen.

»Dein klassisches Gesicht verträgt jede Frisur«, hatte
Vladi einmal zu ihr gesagt.

»Was ist ein klassisches Gesicht?«, hatte sie damals Vladi
verdutzt gefragt und ein schlichtes »Deines« als Antwort
erhalten.

Schon immer hatte Emilia Komplimente über ihr Äußeres mit einer Mischung aus Überraschung, Scham und
Verlegenheit entgegengenommen. Und bis heute wusste
sie nicht, was man unter klassischen Gesichtern verstand

oder, was viel wichtiger war, welche Bedeutung das für Vladi hatte.

Als sie das Haus verließ, war es kurz vor sieben. Auf der Weide gegenüber trabte die Stute, die sie am Tag ihrer Ankunft gesehen hatte, auf sie zu. Wie lange war das her? Emilia rechnete zurück und stellte mit Befremden fest, dass sie bereits über zwei Wochen hier war. Als sei die Zeit wie Sand durch ihre Finger gerieselt. Neben dem Pferd taumelte mit unsicherem Gang ein braunes Fohlen. Lautlos fiel es ins Gras, strampelte mit den Läufen, bemühte sich aufzustehen und grätschte dabei auf allen vieren. Die Stute stupste ihr Neugeborenes mit der Nase, bis es aufstand und schließlich torkelnd seiner Mutter folgte.

Aufgewühlt erreichte Emilia kurz nach sieben den Ortskern und lief über den Marktplatz. Im Gehen registrierte sie einen weißen Citroën mit getönten Scheiben, auf dessen Rückscheibe ein königsblaues Gehbehindertenzeichen klebte. Pauline, dachte sie, ich habe mich heute nicht bei Pauline gemeldet. Um diese Zeit war ihre Mutter meist auf dem Zimmer erreichbar.

Emilia hielt an, setzte sich auf eine Parkbank und atmete durch. Keine zweihundert Meter entfernt blinkte der Schriftzug *Café du Siècle*. Sie fischte ihr Handy aus der Tasche und entdeckte eine WhatsApp von Leo.

Schwer, etwas über das Gemälde zu sagen, Emilia. So aus der Ferne. Ich müsste das Original sehen. Aber es wirkt sehr depri. Grüße, Leo

Sie tippte auf die Nummer ihrer Mutter. Das Freizeichen setzte ein. Nach dreimaligem Klingeln meldete sich Pauline.

»Hallo, Mama«, sagte Emilia und bemühte sich, einen belanglosen Ton in ihre Stimme zu legen.

»Schön, von dir zu hören, Mila«, erwiderte Pauline gut gelaunt. »Stimmt irgendwas nicht? Du klingst komisch.«

Ein Krachen in der Leitung.

»Bist du noch da, Mila?«

»Alles in Ordnung. Wie geht es dir, Mama? Ich bin immer noch in Frankreich, weil ich ein paar Dinge erledigen muss. Ich habe es dir ja geschrieben.«

»Siehst du, Mila. Frankreich. Du bist in Frankreich. Hab ich's doch gewusst«, triumphierte Pauline. Insgeheim war Emilia froh, dass sich ihre Mutter überhaupt noch an ihre Unterhaltung und die vielen Nachrichten der letzten Tage erinnerte.

»Aber ich lebe nicht hier. Ich mache *Urlaub* in der *Provence*«, sagte Emilia, überlegte kurz, ob sie *in deinem Haus* hinzufügen und erklären sollte, dass ihr Aufenthalt viel mehr als ein Urlaub bedeutete. Sie verwarf den Gedanken, so schnell wie er gekommen war. Konnte die Wahrheit so kompliziert sein?

»Um genau zu sein: Ich befinde mich im *Lubéron*. In *La Lumière*«, sagte sie stattdessen. »Ich habe dir Bilder von den neuen Vorhängen und den Räumen geschickt.«

»Was hast du gesagt? Wo genau bist du in der *Provence*?«

»In *La Lumière*«, wiederholte Emilia.

Auf einer Reise in die Vergangenheit deiner Mutter. Es geht auch um deine Vergangenheit. Deine Geschichte, Mama. Deine Wunden und Kränkungen. Vielleicht war deine Mutter eine Malerin. Fotografin. Geliebte. Eine Suchende. Eine Künstlerin. Vielleicht hatte sie ihre Gründe, dich zu verlassen. Womöglich treffe ich jetzt auf einen Mann, der sie gekannt hat. Ich werde herausfinden, wer sie wirklich war.

All das hätte Emilia gern gesagt.

»In der *Provence* muss es sehr schön sein«, unterbrach Pauline ihre Gedanken. »Dort gibt es Lavendel, nicht wahr? Kommst du mich trotzdem besuchen? Frankreich ist nicht so weit, Kind.«

»Der Lavendel ist schon geerntet. Eines Tages werde ich dich hierherholen, Mama«, flüsterte Emilia, kaum hörbar.

»Was ... du ... gesagt?«

Paulines Worte erreichten Emilia zerstückelt wie bei einem Wackelkontakt.

»Der Lavendel ist bereits geerntet oder verblüht. Ich vermisse dich, Mama«, fügte Emilia tonlos an.

»Was hast du gesagt?«

»Dass der Lavendel bereits verblüht ist«, erwiderte Emilia deutlich und laut.

»Die Verbindung ist katastrophal, Mila. Ich verstehe dich nicht. Nur abgehackt. Ruf später wieder an.«

»Ich wollte nur ...«, setzte Emilia noch einmal an, aber Pauline hatte aufgelegt. Emilia ließ ihr Handy in die Handtasche gleiten, stand auf und ging die wenigen Schritte zum *Café du Siècle*. Die Abendsonne, die durch ein Wolkenband schimmerte, beleuchtete die bodentiefe Fensterscheibe, die Schlieren und Schmutzflecken entblößte. Am Tresen standen ein paar Männer und tranken Wein.

Je näher Emilia dem Eingang kam, desto deutlicher sah

sie den alten Mann, der hinter der Fensterscheibe an einem Bistrotisch saß. Er hatte längeres graues Haar und trug eine Brille mit dunklem Rahmen. Sein Stock lehnte am Fenster. Auf dem Tisch vor ihm lag eine aufgeschlagene Tageszeitung. Mit kreisenden Bewegungen schwenkte er, ohne von seiner Lektüre aufzusehen, seinen Aperitif, der Farbe nach einen Pernod.

Emilia erkannte ihn sofort. Es war der Bietende aus dem Elsass. Jener Mann mit der Nummer 23, der mit ihr zusammen um Sophies Porträt gefeilscht hatte.

Lange stand sie einfach nur da und starrte auf seine Bewegungen, wie er mit seinen schmalen Fingern das Glas an seine Lippen führte, trank und es wieder auf den Tisch stellte. Sorgfältig nahm er die *Libération* vom Tisch, faltete sie zusammen und sah dabei wie durch Emilia hindurch nach draußen in die Weite.

Geliebte. Suchende. Künstlerin. Wie hast du gelebt, Mémé? Wer hat dich so manisch geliebt?

Am liebsten wäre Emilia vor Scham umgedreht. Zu präsent war die Vorstellung, Jean-Pierre Roche könnte der Briefschreiber sein und sie wüsste etwas von ihm, das sie nichts anging. Sie hatte eine Grenze überschritten.

Dann trafen sich ihre Blicke. Das starre Entsetzen, das Emilia im *Maison du Bonséjour* an ihm wahrgenommen hatte, war aus seinen Augen verschwunden. Nicht einmal ein winziges Zucken war darin zu sehen.

Es gab kein Zurück. Mit klopfendem Herzen betrat Emilia das Café und steuerte Jean-Pierre Roches Tisch an. Er nahm ihre ausgestreckte Hand entgegen, drückte sie kurz und ließ sie wieder los.

»Guten Abend, Monsieur Roche. Ich bin Emilia Lukin, die Enkelin von Sophie Langenberg.«

Lächelnd senkte er die Augen und legte die *Libération* mit einer Attitüde zur Seite, als hätten ausgerechnet die kleinsten Nebensächlichkeiten seine volle Aufmerksamkeit verdient. Mit einer sparsamen Geste, die einen Hauch von Spott und Überheblichkeit barg, deutete er auf den freien Stuhl ihm gegenüber.

»Setzen Sie sich. Ich warte schon länger auf Sie.«

Die Arroganz, die in seiner Stimme mitschwang, erinnerte Emilia sofort an den Ton des Briefs.

Egal wo Du bist, sei gewiss, ich finde Dich! Ich werde dich finden. So groß kann die Welt unmöglich sein. Ich würde Dich an Deinem unwiderstehlichen Duft erkennen. Ich gehe einfach der Nase nach.

SOPHIE

Paris, 16. August 1937

Die Wächterin von Notre-Dame

Für alles gibt es ein erstes Mal. Der erste Blick. Der erste Kuss. Die erste gemeinsame Nacht. Der erste Kaffeeduft am Morgen danach. Die erste Zigarette. Das erste Glas Wein. Die erste Verlegenheit.

Die erste große Liebe.

Sophies erste Grenzen überschreitende Erfahrungen fallen auf fruchtbaren Boden, den ihr junges Ich bereitgehalten hat. Den Boden ungestillter Sehnsucht. Sie ist jung. Alles, was sie tut oder unterlässt, zählt noch nicht richtig in der Bilanz des Lebens. Sie ist zum ersten Mal verliebt. Das ist es, was zählt. Ihre Welt hat sich ausgedehnt, ist zu einem Ballon angeschwollen, dessen Grenzen elastisch nachgeben.

Alles hat seine Zeit. Die bedingungslose Liebe. Das Teilen. Die Hingabe. Das Hinnehmen. Das Hinterfragen.

Sophies Vorstellung bei Lenoir, dem Freund Fugins, war erfolgreich, wenngleich ihre Erwartungen nicht erfüllt wurden.

»Ich kann Ihnen nichts mehr beibringen«, erklärte Lenoir nach kritischer Prüfung ihrer Fotografien. »Sie sind gut, Mademoiselle, wirklich gut. Was Ihnen fehlt, sind Experimente. Unser Berufsstand lebt vom Ausprobieren. Genügen Ihnen zwei Nächte am Wochenende?«

Sophie war errötet und hatte verlegen zur Seite gesehen.

»Zwei Nächte, in denen Sie in meiner Dunkelkammer walten können, wie Ihnen beliebt, Mademoiselle«, sagte Lenoir. Dabei lachte er so sehr, dass sein dicker Bauch auf und ab hüpfte. »Ich komme nie vor elf Uhr in mein Atelier. Von Samstag bis Montagmorgen gehört mein Labor Ihnen, wenn Sie möchten. Fotopapier und Chemikalien rechnen wir monatlich ab. Das besprechen Sie alles mit meiner Assistentin.«

»Danke, Monsieur Lenoir.«

»Bilden Sie Ihre Augen, indem Sie sie schließen«, sagte er zum Abschied – ein Satz, der sich ihr einprägte wie ein Leitmotiv für ihr weiteres Leben.

Sophie kann nicht fassen, wie leicht es ihr Paris macht. Mit einem Notizbuch folgt sie der Einweisung von Lenoirs Assistentin durch das Labor, notiert Chemikalien, Belichtungszeiten, Papierqualitäten.

Das Erste, was die Praxis sie lehrt, ist die Magie der Unzulänglichkeiten einer noch jungen Technik. Solarisation nennt man ein technisches Versehen, das die Surrealisten bereits schätzen gelernt haben. Eine Art Doppelbeleuchtung, die zu erstaunlichen Ergebnissen führt. Zuweilen versinkt ein Teil des Fotos in tiefstem Schwarz und schafft ein Unikat. Ein Kunstwerk.

Wie eine Besessene arbeitet Sophie in der *Rue de l'Université* an jedem Wochenende zwei Nächte. Die anderen verbringt sie bei Fugin in dessen Atelier. Sie gibt ihr Zimmer in der *Rue de Lille* auf. Fugin hat angefangen, sie zu malen. Stundenlang wird sie ihm in Zukunft Modell stehen, liegen, sitzen. In der Kälte der Wintermonate, in der glühenden Hitze des Sommers.

Sei heute kurz vor Mitternacht im Jardin du Luxembourg
bei unserer Parkbank. Meine Schöne, meine stille Genießerin.
Du bist meine Inspiration.

Fugin

Fugins Nachricht erreicht sie durch einen Botenjungen am späten Nachmittag, als Mémé Bihel ihren gewohnheitsmäßigen Mittagsschlaf auf der Chaiselongue genießt. Sophies Herz macht einen Luftsprung, und sie lässt die Nachricht in ihrer Schürze verschwinden.

Das Glück ist eine Parkbank im *Jardin du Luxembourg.* Es duftet nach Blättern, Blüten und dem Wasser der Springbrunnen.

Stunden später fahren sie Arm in Arm mit der Métro zu einem Tanzlokal auf der *Place d'Italie.* Im schummrigen Licht des Lokals riecht die Luft nach Rauch, Bier, Wein, Schnaps. Die Menschen feiern ausgelassen, exzessiv einen Tanz am Abgrund. Es könnte Krieg geben, munkeln die Pessimisten. Dazu wird es nicht kommen, hoffen die anderen.

Hier trifft Sophie zum ersten Mal Chloé, die ihr Fugin als alte Freundin vorstellt.

»Mémé Bihel ist meine Großmutter. Ich habe dich aus der Ferne schon oft gesehen«, erklärt Chloé, umarmt Sophie herzlich, küsst sie rechts und links auf die Wange. »Ich freue mich, dich endlich persönlich kennenzulernen. Fugin hat mir viel von dir erzählt.«

Chloé betrachtet Sophie freundlich. Sophie streift eine Erinnerung. Frühmorgendliche flüchtige Begegnungen aus der Distanz. Chloé mit Fugin vor der *Boulangerie*, während Sophie Mémé Bihels Rollstuhl durch die Straßen lenkt. Chloés überraschender Besuch, wenn Sophie bei Madame Bihel ihren Wochenlohn in Empfang nimmt. Wie Chloé durch die Räume rauscht und ihren unwiderstehlichen Duft, ihr Lachen, ihre unbeschwerte Leichtigkeit hinterlässt.

Fasziniert schaut Sophie auf die kleine Bühne, wo ein Orchester spielt. Einige Paare sitzen an den Tischen, küssen sich ungeniert. Andere stehen an der Theke, wo die Getränke um die Hälfte billiger sind. Obwohl sich die Zeiten geändert und Frauen das Steuer der Automobile erobert haben, fordert ausschließlich der Mann zum Tanzen auf. Die Pariserin trägt Kurzhaarfrisur, körperbetonte eng anliegende Kleider. An die Wahlurne darf sie immer noch nicht.

Alleinstehende Frauen werden zum Freiwild. Aus der Distanz zischen die Männer mit starrem Blick den Damen ihrer Wahl zu: »Pssst. Pssst. Pssst.« Die Aufforderung zum Tanz.

»Tanze, Sophie, so viel du möchtest! Aber niemals darfst du die Einladung zu einem Glas Wein annehmen. Niemals.« Chloés Stimme erklingt warnend an ihrem Ohr.

»Hörst du? Sonst gibst du dein Einverständnis, mit dem Mann zu schlafen. Sei vorsichtig, *ma chère*. Bezahle deine Getränke stets aus eigener Tasche.«

Auch Chloé hat klare moralische Vorstellungen. Ihr Lachen ist ansteckend. Sie strotzt vor Lebensenergie, ihr Wesen ist von dominanter Sinnlichkeit. Ihr wacher Geist beherbergt einen unbeugsamen Willen. Betritt sie einen Raum, ist es, als besitze sie ihn, als nehme sie ihn vollkommen ein. Jeder ist infiziert, verfällt augenblicklich ihrem Zauber. Ihr langer Hals, auf dem ihr Kopf erhaben thront. Ihr graziler Gang. Die tiefschwarzen Haare zu einem modernen Pagenschnitt akkurat frisiert. Ihr knallrot geschminkter Kirschmund. Chloé raucht und trinkt wie ein Mann und besitzt die Schönheit einer Pariserin. Selbst in ihrem Smoking mit weißem Hemd und Schlips verkörpert sie eine perfekte *grande dame*. Chloé – die Grenzgängerin. Die Abenteurerin.

Sophie ist anders. Sie nimmt die Dinge schwer, aber sie wünscht sich von Herzen, ein Stück Flüchtigkeit von Chloé zu verinnerlichen.

Kann man Leichtigkeit lernen?

»Wart ihr einst ein Paar?«, fragt Sophie ein einziges Mal Fugin, als Chloé am Tresen mit einem Freund den dritten Absinth trinkt. »Hast du sie geliebt?«

Aber als die Frage über ihre Lippen geht, weiß sie die Antwort bereits. Ihre feinen Antennen haben es ihr gesagt.

»Wer könnte sie nicht lieben?«, erwidert Fugin, streicht Sophie über den Rücken und führt sie auf die Tanzfläche, wo sie sich seinem Arm, seinem Takt und dem warmen

Atem an ihrem Hals hingibt. »Ich liebe das Leben«, haucht er in ihr Ohr. »Chloé. Die Kunst. Dieses Lokal. Ich liebe vor allem dich, Sophie.«

Er küsst sie vor allen Leuten auf den Mund.

»Seid ihr bereit?«, ruft Chloé, als das Tanzpaar nach Ausklang der Kapelle außer Atem an den Tresen tritt. »Ich habe eine Überraschung für euch.«

Gemeinsam nehmen sie die Métro in Richtung *Île de la Cité* und steigen an der Station *Notre-Dame* aus.

Chloé läuft voraus. Vor der hell beleuchteten Kathedrale Notre-Dame macht sie halt. »Die Concierge ist im ersten Stock. Kommt!«

Sophie, benommen von der Sommernacht und dem Alkohol, an den sie sich hier in Paris allmählich gewöhnt hat, folgt den beiden die steilen Stufen hinauf. Fugin hält mit festem Griff ihre Hand. Die stickige Luft raubt ihr fast den Atem.

In der Dunkelheit steigen sie zweihundert Stufen zum ersten Stock hinauf, wo die Concierge haust. Dort oben übergibt Chloé der Wächterin von *Notre-Dame* einen größeren Geldschein und winkt die Freunde zu sich.

»Aber Sie dürfen nicht fotografieren«, ruft die Concierge den drei nächtlichen Besuchern hinterher. »Kein Licht, meine Herrschaften. Nicht einmal ein Streichholz dürfen Sie entzünden. Versprechen Sie mir das.«

»Versprochen, Madame«, erwidert Chloé lachend. »Wie könnten wir Ihre Befehle ignorieren?«

Nach zwanzig Minuten erreichen sie in totaler Finsternis über eine Wendeltreppe die Plattform.

Wie drei Verbündete stehen sie schwer atmend oben an

der Balustrade, lachen, werfen den Kopf in den Nacken und schnappen nach Luft. Paris, eine Puppenstadt weit unter ihnen, erscheint unwirklich, fantastisch in einem Nebel aus Illusion. Ein surreales Gebilde, als habe ein Architekt ein Pappmodell erstellt. Die Seine liegt, von Brücken bewacht, in einem Samtbett. Man ahnt das *Quartier Latin*, das Rotlichtviertel, die *Sorbonne*, das *Hôtel de Ville* und das Viertel *Saint-Germain-des-Prés*. Schützend wirft die Dunkelheit ihre Schatten über die Gebäude und Plätze der Stadt, über ihre Straßen, ihren Fluss und ihre Bahngleise. Vergangenheit und Gegenwart verschmelzen ineinander, als sei etwas Magisches am Werk. Die Stadt der Lichter mit ihren Laternen hat sich für einen Augenblick schlafen gelegt.

Fugin greift in seine Hosentasche. Grinsend zündet er eine Zigarette an, bläst das brennende Streichholz aus und nimmt einen tiefen Zug. Er reicht die gelbe *Gitane* Chloé, die es ihm gleichtut und sie weiter an Sophie gibt. Sophie umschließt mit ihren Lippen das filterlose Endstück und zieht daran. Die rote Glut erhellt ihre Gesichter für einen kurzen Augenblick. Sie inhaliert den Rauch, der in den Lungen brennt. Der Schwindel in ihrem Kopf hält nur Sekunden an.

Wie verbündete Kinder, die der Erwachsenenwelt trotzen, stehen die drei Freunde andächtig im Kreis. Der Wind pfeift ihnen um die Ohren und weht ihnen die Haare aus dem Gesicht.

»Freiheit«, ruft Chloé, wirft den Kopf in den Nacken und die Arme nach oben. »Das ist pure Freiheit. Wo ist der Champagner?«

Zu Sophies Überraschung zaubert Chloé eine Flasche aus ihrer Tasche. Der Korken schießt aus dem Flaschenhals. Eine Fontäne ergießt sich über die Plattform. Nacheinander trinken sie. Das Glück ist ein berauschender Blick über die Dächer von Paris.

Sophies Sommerkleid schmiegt sich an ihre Haut und streichelt ihre Beine. Chloés weit geschnittene Hose flattert im Wind. Ihr helles, maskenhaftes Gesicht, vom dunklen Pagenschnitt umrahmt, wirkt wie der Kopf eines kleinen Vögelchens, das nervös nach dem nächsten Abenteuer Ausschau hält. Ihr herber, wunderbarer Duft nach Chanel N°5. Nie mehr, beschließt Sophie in jener Nacht, wird sie selbst dieses Parfüm tragen. Es muss für Chloé komponiert worden sein.

»Was für eine Stadt«, sagt Fugin überschwänglich, lässt die Kippe auf den Steinboden fallen, tritt sie mit dem Fuß aus und setzt die Champagnerflasche an Sophies Lippen, die artig trinkt.

»Was für eine Stadt«, ertönt das Echo von Chloé.

Sophie bringt keinen Ton heraus. Könnte es sein, dass hier auch ihre Wurzeln sind? In der Stadt ihrer Mutter? Kann eine neue Heimat die Dämonen aus Deutschland verscheuchen? Sie wischt sich eine Träne aus dem Augenwinkel und blickt zum dunklen Himmel. Sie ist jung, und heute Nacht schlafen ihre Dämonen in einem Käfig. Sie schiebt den Riegel vor, schließt ab, verstaut den Schlüssel tief in ihrem Innersten.

Fugin setzt die Flasche an Chloés Lippen. Lachend trinkt sie und umschließt dabei seine Hände mit den ihren. Sophie weiß: Jener Mann, der, beseelt von seinem eigenen Fühlen und seinem Blick auf die Welt, ihnen zu trinken gibt, wird ihr niemals ganz gehören.

Die leere Flasche kullert in eine Ecke. Feierlich reicht Fugin beiden Frauen die Hände, als stünde er mit ihnen vor dem Altar. Als seien zwei wunderbare Geschöpfe, wie sie unterschiedlicher nicht sein könnten, auserkoren, seine Musen zu sein. Sie bilden eine nicht enden wollende Projektionsfläche für seine Kunst, seine Spannungen und Dissonanzen. Solange er sie hat, besitzt sein Ich eine geheimnisvolle Balance. Dank Sophie und Chloé wirft es das Äußerste aus sich heraus auf eine unsterbliche Leinwand.

Berauscht von Wein, Champagner, Nikotin und der Liebe, streift Sophie eine schmerzhafte Erkenntnis ab.

Es gibt sie, diese winzigen Momente, in denen durch eine Schattenwand ein Lichtstrahl fällt und einem ein kurzer, ehrlicher Blick von außen auf sein Selbst gestattet ist.

Niemals wird sie diesen Mann für sich haben. Sie wird ihn teilen müssen mit seinem unermesslichen Ego, seiner Kunst und einer Frau, die über seine Stärken und Schwächen wacht, wie die Wächterin von *Notre-Dame* über die heilige Stätte.

Instinktiv begreift Sophie, dass sie es ist, die sein Ego beflügelt. Chloé aber hält ihn im Lot.

Sophie wird wachsen. Sie wird, wie die Blätter einer Pflanze, die sich nach dem Licht ausrichten, Fugin entgegenwachsen. Sie könnte seine Seelenwächterin werden.

Wie aus der Ferne erreichen sie seine Worte, die er ihr am frühen Morgen ins Ohr flüstert, während er die Träger ihres Sommerkleids abstreift und die Kette mit dem Topas um ihren Hals öffnet. Chloé ist nach Hause gegangen, hat ihr den Vortritt gelassen. Für diesen kleinen Rest der Nacht wird Sophie die Illusion zur zweiten Haut.

»Niemals«, raunt er, »niemals werde ich Besitz von dir ergreifen. Wir bleiben freie Menschen. Du. Ich. Chloé. Das verspreche ich dir.«

Fortan wird sie in jenen ehrlichen Augenblicken, da ein Lichtstrahl durch den Schatten rückt, seine Freiheit wie eine Zwangsjacke auf ihrer Seele fühlen.

Unter dreien ist immer einer der Dritte.

Die anderen beiden sind zu zweit.

EMILIA

10

Das *Café du Siècle* beherbergte im Inneren sechs kleine Bistrotische, von denen drei besetzt waren. In den Nischen des alten Gemäuers hingen Drucke diverser Künstler aus der Region. Ein Schwarz-Weiß-Foto zeigte das sinnlich-herbe Gesicht Dora Maars – der dunkelhaarigen Schönheit und früheren Geliebten Picassos.

Einige Männer diskutierten am Tresen bei Wein und Bier. Ihre gebräunte Haut und die rauen Hände zeugten von der anstrengenden Arbeit unter freiem Himmel.

Verstohlen beobachtete Emilia Jean-Pierre Roche, der ihr gegenübersaß. Er hatte feine Gesichtszüge, markante Lippenkonturen, volles graues Haar, eine aristokratische Nase. Trotz seiner offenkundigen Gehbehinderung wirkte er vital, beinahe durchtrainiert. Wie alt er wohl war? Sophie wäre heute sechsundneunzig. Jean-Pierre Roche musste folglich einige Jahre jünger als Sophie sein. Emilia schätzte ihn auf maximal Mitte achtzig.

»Ich schlage einen Rosé aus der Region vor«, sagte er an Emilia gerichtet, als der Kellner an ihren Tisch trat.

Mit einem Kopfnicken stimmte Emilia zu.

Das Gespräch kam nur stockend in Gang. Es war, als begegneten sie einander mit halb geöffnetem Visier. Als prüfe jeder von ihnen die Vertrauenswürdigkeit und Integrität des anderen. Harmlose Themen wie das Wetter, die französische Küche und die Landschaften des *Lubéron* dienten dem vorsichtigen Abtasten.

»Es ist etwas ganz Besonderes für mich, Monsieur Roche, jemanden zu treffen, der meine Großmutter persönlich kannte«, bemühte sich Emilia das Thema zu eröffnen.

Jean-Pierre rückte mit seinem Stuhl ein wenig vom Tisch ab. Nur Millimeter, doch es schien Emilia, als unterstreiche er damit den Abstand zwischen ihnen.

»Sie sprechen akzentfreies Französisch, und Sie sehen Ihrer Großmutter sehr ähnlich.« Sein Ton verriet, dass er Letzteres nicht als Kompliment verstanden wissen wollte. Ein Hauch von Wehmut hatte sich wie ein Schleier auf sein gebräuntes Gesicht gelegt.

Insgeheim fragte sich Emilia, was diesen Mann so unnahbar erscheinen ließ. Seine gepflegte Erscheinung? Oder sein Hochfranzösisch, das elegant und akademisch klang, als habe er eine von Frankreichs Eliteuniversitäten besucht? Keine Spur vom Dialekt des Südens.

»Bis ich auf das Porträt meiner Großmutter gestoßen war, wusste ich nichts von dieser Ähnlichkeit. Was meine Sprachkenntnisse angeht: Ich habe französische Literatur studiert. Wussten Sie, dass meine Urgroßmutter Französin war?«

Emilia ertappte sich immer wieder dabei, in Jean-Pierres Gesten, seinem Gesicht oder seinen feingliedrigen Händen nach Ähnlichkeiten zwischen Pauline und ihr selbst zu suchen.

Jean-Pierre lächelte höflich. »Ja, das ist mir bekannt.«

Der Kellner trat an ihren Tisch und servierte den Wein. »*Voilà*, Madame. Monsieur Roche, Ihr *Côtes du Ventoux*.«

»Hat die Küche noch ein Tagesmenü für uns, Michel?«, fragte Jean-Pierre und sah dabei wie durch Emilia hindurch. »Sie haben doch noch nicht gegessen, oder? Darf ich Sie einladen, Madame Lukin?«

Plötzlich merkte Emilia, dass sie Appetit hatte. Mehr, sie war sogar hungrig. Sie hatte den ganzen Tag nur Obst, Käse und Baguette gegessen. Vielleicht würde ein gemeinsames Mahl die Stimmung ein wenig auflockern.

»Sehr gerne«, erwiderte sie erleichtert.

Jean-Pierre rieb sich die Hände. »Nun, Michel, was haben wir heute?«

»Vom *Menu du jour* könnte ich Ihnen Lammkarree, Ratatouille und Kartoffelgratin anbieten. Als *Entrée* einen Salat mit getrockneten Tomaten, Wachtelei und geräuchertem Lachs.«

Jean-Pierre nahm seine Brille ab und hob mit Blick auf Emilia aufmunternd die Augenbrauen. »Das hört sich wunderbar an, finden Sie nicht? Das Essen ist exzellent hier. Sie haben maximal drei Gerichte auf der Tageskarte. Ein sicheres Indiz für gute Küche. Ich nehme das Menü gerne, Michel. Wie sieht es mit Ihnen aus, Madame?«

»Ja, das klingt verlockend«, sagte Emilia und wandte sich dann an den Kellner. »Für mich auch, Monsieur. Allerdings den Hauptgang ohne Lamm, bitte.«

Michel nickte lächelnd und wandte sich dann an Jean-Pierre. »Also genau wie für Sie, Monsieur Roche?«

Jean-Pierre bejahte und wartete, bis Michel vom Tisch

wegtrat. »Ich ernähre mich auch fleischlos. Und Sie? Ethische Gründe?«, fragte er Emilia interessiert und schenkte den Rosé in die bereitstehenden Gläser.

»Seit über zwanzig Jahren«, erklärte Emilia bereitwillig. »Ehrlich gesagt, weiß ich die Beweggründe gar nicht mehr. Es war keine bewusste Entscheidung. Allerdings schlemme ich gerne und häufig Fisch.«

»Genau wie ich«, sagte Jean-Pierre erfreut. »Ich *liebe* Fisch.«

»Und Sie? Für einen Franzosen Ihrer Generation, bitte verzeihen Sie, Monsieur, ist der Verzicht auf Fleisch ungewöhnlich.«

Er zuckte die Achseln. »Ich habe als junger Mensch einfach aufgehört, Fleisch zu essen. Was im Krieg keine wirkliche Kunst war. Fleisch wurde streng rationiert. In Paris hieß es in den Vierzigern immer, die Rationen seien so klein, dass man sie in eine Métrokarte wickeln könne. Das war ein geflügeltes Wort.«

Grinsend wischte er mit der Handfläche über den Tisch, als wäre das Thema damit für ihn beendet.

Emilia stockte der Atem. Das von Jean-Pierre Roche erwähnte geflügelte Wort hatte sie genau so in dem Liebesbrief an Sophie gelesen. Sie bemühte sich, ihre Aufregung zu verbergen, und griff sich in den Nacken. Saß sie tatsächlich dem Briefschreiber gegenüber? War das jener Mann, der Sophie so manisch geliebt hatte?

»Sie haben Kinder?«, unterbrach er Emilias Gedanken.

»Zwei Söhne. Dreiundzwanzig und vierundzwanzig«, sagte sie beherrscht. Sie war sicher, dass Jean-Pierre Roche jede noch so kleine Gefühlsregung bei ihr ganz genau registrierte und abspeicherte. Umso mehr bemühte sie sich darum, ihre wahren Gefühle zu verbergen.

»Sie haben in Paris gelebt, Monsieur Roche?«, fragte sie beiläufig, während Michel zwei Gedecke brachte.

»Ein paar Jahre.« Geduldig wartete Jean-Pierre Roche, bis Michel wieder vom Tisch wegtrat. Dann nahm er sein Glas, hob es und lächelte Emilia an. Es war das erste Mal, dass er ihr direkt in die Augen blickte. Hinter einer dunkel gerahmten Brille strahlten seine Augen in einem intensiven Blau. »Lassen Sie uns endlich anstoßen. *Santé*. Auf eine schöne Zeit in *La Lumière*. Ich hoffe, Sie bleiben eine Weile.«

Beim Anstoßen warf ihm Emilia ein charmantes Lächeln zu. »*Santé*, Monsieur Roche.«

Mit dem ersten Schluck spürte sie die entspannende Wirkung des Alkohols. Der kühle Rosé schmeckte trocken und trotzdem fruchtig.

Sie legte den Kopf nach rechts und links, um ihre Nackenmuskulatur zu entspannen. Dabei fiel ihr Blick auf die Schwarz-Weiß-Fotografie an der Wand. Jean-Pierre Roche folgte jede ihrer Bewegungen.

»Gibt es einen besonderen Grund, dass Dora Maars Porträt hier hängt?«

»Sie hat hier im *Lubéron* gelebt. In *Ménerbes*. Wussten Sie das nicht?«, fragte er erstaunt.

»Ich weiß nur, dass sie eine von Picassos Geliebten war und als die *Weinende Frau* in die Kunstgeschichte eingegangen ist.«

»Darauf reduziert zu werden wird ihr nicht annähernd gerecht.«

Emilia schluckte. Keinesfalls würde sie sich von seiner Arroganz und Überheblichkeit provozieren lassen.

»Was wird ihr denn gerecht, Monsieur?«, fragte sie beherrscht.

Sie hatte das Gefühl, ihr Lächeln würde auf den Lippen festfrieren.

»Dora Maar galt im Paris der Dreißiger als *die* Fotografin des Surrealismus. Hier im *Lubéron* lebte sie sehr zurückgezogen. Aus der einstigen Pariser Lebefrau war eine bigotte Kirchgängerin geworden. Picasso hat ihr in den Vierzigerjahren ein Haus in *Ménerbes* gekauft. Das steht heute noch. Ein gelb gestrichenes Bürgerhaus mit grünen Läden ganz oben am Hang von *Ménerbes*.« Er räusperte sich. »Bitte entschuldigen Sie, wenn mein Ton zuweilen barsch oder überheblich klingt. Ich bin an Unterhaltungen mit Fremden nicht gewöhnt.«

»Nicht doch. Aber ich nehme Ihre Entschuldigung an«, sagte Emilia versöhnlich. »Hat Picasso Dora Maar aus Paris hierher abgeschoben?«

Jean-Pierre Roche lachte. »Ja, das trifft es ziemlich gut. Böse Zungen behaupten, das Haus sei sein Abschiedsgeschenk an sie gewesen. Aber am liebsten hätte er all seine Geliebten um sich versammelt. Da haben die Frauen aber nicht mitgespielt.«

Jean-Pierre Roche berichtete von den Künstlern, die während des Kriegs hierhergekommen waren, der Geschichte der Region und ihrer gespaltenen Identität. Er sprach bedächtig, als erwäge er jedes Wort. »Seit den Siebzigern wurde der Süden in einem schleichenden Prozess zunehmend attraktiv für Ausländer, aber auch für reiche

Franzosen. Unzählige Weingüter wechselten die Besitzer. Aus Schuppen und Ziegenställen wurden Häuser. Es ist heute noch ›in‹, ein nettes Anwesen in der Provence zu bewohnen. Während der Ferien, versteht sich. Wir haben ein sehr ambivalentes Verhältnis zu unseren *Teilzeit-Einwohnern«*, fügte er ernst hinzu.

Nachdenklich hatte Emilia zugehört. Zählte sie jetzt auch zu den Touristen, die hier in Teilzeit lebten? Sie sah Jean-Pierre Roche an, der eloquent seine Meinung kundtat, ohne dabei etwas von sich selbst preiszugeben. Emilia hatte zahlreiche Interviews in ihrem Leben geführt und beherrschte die berühmten Eisbrecher-Fragen, wusste, wie man Menschen aus der Reserve lockte. Jean-Pierre Roche stellte ihre Professionalität auf den Kopf.

Wie gerne hätte sie gefragt: *Haben Sie meine Großmutter geliebt? Mit ihr gelebt in dem winzigen Häuschen? Was hat Sophie hier gemacht? Wie hoch war der Preis dafür, dass sie ihrer Familie den Rücken gekehrt hat? Oder war auch sie eine Verstoßene wie Dora Maar? Warum sprechen Sie so unpersönlich, Monsieur Roche?*

»Monsieur Roche, erlauben Sie mir eine persönliche Frage: Kannten Sie meine Großmutter bereits aus Paris?«

»Ja und nein. Das ist eine komplizierte Geschichte, Madame. Eine sehr komplizierte Geschichte.«

»Ich bin nicht wegen unkomplizierter Geschichten hier«, entgegnete Emilia schlagfertig. »Oder um eine schöne Zeit zu haben.«

Sie spürte wie ihre Wut angesichts seiner rätselhaften Ausdrucksweise anschwoll. Lag ihm daran, das Geheimnis um Sophie zu wahren, oder würde er irgendwann bereit sein, Emilias Fragen zu beantworten? Selbst eine harmlose Konversation über Dora Maar barg das Risiko von Meinungsverschiedenheiten. Bald würde Emilias Repertoire an unverfänglichen Fragen erschöpft sein.

»Wie soll ich das verstehen?«, fragte er reserviert.

»Ich möchte die Zeit hier nutzen, den Spuren meiner Großmutter zu folgen. Schließlich geht es um *meine* Wurzeln. Ist das so schwer zu verstehen?«

Seine Anspielung auf die Fleischrationen im Nachkriegs-Paris ging ihr nicht aus dem Kopf.

»Es ist kompliziert. Mehr gibt es dazu vorläufig nicht zu sagen«, unterbrach Jean-Pierre Roche ihre Gedanken und widmete sich der Vorspeise, die gerade serviert wurde. Er nahm sein Besteck auf und wartete, bis Emilia dasselbe tat.

»Wir haben Zeit. Ich finde, wir sollten uns erst einmal beschnuppern. Sie werden nach und nach alles erfahren, was Sie wissen müssen. Nur nicht sofort. Auch ich brauche Zeit, um mich auf die neue Situation einzustellen. *Bon appétit.*«

Die neue Situation. Beschnuppern.

Ich würde dich an deinem unwiderstehlichen Duft erkennen. Ich gehe einfach der Nase nach.

Emilia schob den Gedanken an den intimen Brief beiseite und begann zu essen. Schweigend genossen sie den Salat mit Wachteleiern, marinierten Tomaten und Lachs.

»Ich bin Emilia Lukin. Es freut mich, Ihre Bekanntschaft zu machen«, sagte sie und stippte mit Baguette die restliche Vinaigrette vom Teller. »Wir sind uns schon einmal begegnet, Monsieur Roche.«

Emilia schob sich das Brot in den Mund und tupfte mit der Serviette ihre Lippen ab.

»Fangen wir also noch einmal von vorn an. Mein Name ist Jean-Pierre Roche«, entgegnete er lachend, nahm sein Glas und stieß mit ihr an. Dann trank er einen kräftigen Schluck. »Die Freude ist ganz auf meiner Seite. Ich fürchte, es ist für uns beide nicht leicht.«

»Ist es so schwer, offen miteinander umzugehen?«

»Offenheit braucht Vertrauen. Vertrauen braucht Zeit.«

Emilia seufzte. Wenn er so mit ihr sprach, hatte sie fast das Gefühl, ihn verstehen zu können.

»Tatsächlich erinnere ich mich auch an Sie«, fuhr Jean-Pierre Roche in ernstem Ton fort. »Wir haben uns im Elsass bei dieser Auktion gesehen.«

»Wir haben um ein Porträt gefeilscht. Im Hause von Paul-Raymond Fugin.«

Kritisch prüfte sie seine Mimik, während sie den Namen *Fugin* aussprach, aber Jean-Pierre Roche hatte nicht einmal gezuckt.

»Nun, Sie waren sehr hartnäckig. Wie lange waren Sie hinter dem Bild her? Wie haben Sie es schließlich gefunden?«

»Es ist anders herum, Monsieur. Das Bild hat *mich* gefunden. So etwas gibt es wirklich«, fügte sie hinzu, als sie seinen ungläubigen Blick registrierte. »Bis vor Kurzem wusste ich nicht einmal von der Existenz eines solchen Werks. Ich habe Katalogtexte für ein Auktionshaus in Colmar geschrieben. Als ich das Porträt meiner Großmutter sah, dachte ich, ich traue meinen Augen nicht. Offen gesagt, sind Sie und ich Konkurrenten. Ist *das* das Problem zwischen uns?«

»Sie haben mich überboten«, gab er lächelnd zurück.

»Wie ich Sie einschätze, Monsieur Roche, haben Sie mich Sie überbieten *lassen*. Das ist ein Unterschied.«

»Sie haben nicht nur das Gesicht Ihrer Großmutter geerbt, sondern auch ihre Courage und deren scharfe Zunge. Das Problem zwischen uns, Madame, ist, dass wir einander nicht kennen. Das muss nicht so bleiben. Wir sind über eine Tote verbunden.«

Endlich lief das Gespräch in eine für Emilia zufriedenstellende Richtung. Ein Hauch von Empathie lag in der Luft.

»Sie sagen es, Monsieur, deswegen bin ich hier. Um etwas über meine Großmutter zu erfahren. Eine Frau, die ich nie kennengelernt habe. Bedauerlicherweise. Sie sind mir einiges voraus.«

Beherzt schob sie ihren leeren Teller zur Seite.

»Sie lassen nicht locker«, entgegnete er kopfschüttelnd. »Ich gebe Ihnen recht. Ich weiß mehr über Sophies Leben als Ihre Familie.«

»Und über ihr Sterben«, sagte Emilia.

»Erlauben Sie mir, Madame, Ihnen eine Frage zu stellen. Eine, die *mir* unter den Nägeln brennt? Dann sind Sie wieder dran.«

Emilia nickte. »Einverstanden.«

»Wie geht es Ihrer Mutter Pauline?«

Emilias Puls beschleunigte sich. »Danke, Monsieur Roche. Meiner Mutter geht es gut.«

»Warum ist sie dann nicht hier?«

»Das alles ist viel zu belastend für sie. Deshalb bin ich zunächst alleine angereist. Ich muss zugeben, auch an mir haften ein paar komplizierte Geschichten.«

Plötzlich begriff sie, wie sehr auch ihre Ressentiments einem aufrichtigen Gespräch im Weg standen. Sie spürte ihre Befangenheit. Selbst die Antwort auf eine harmlose Frage wie: *Wie geht es Ihrer Mutter?*, barg Indiskretionen, heikle Verwicklungen, Komplikationen. Um über Paulines tatsächliche Befindlichkeiten zu sprechen, brauchte es Vertrauen, und irgendwie hatte Emilia das Gefühl, sie würde ihre Mutter verraten, spräche sie über deren schwierige Situation. Vielleicht ging es Jean-Pierre Roche ähnlich?

»Sie wird nach *La Lumière* kommen?«

»Irgendwann bestimmt«, erwiderte Emilia ausweichend. Erkundigte er sich etwa nach seiner Tochter? Emilia lag die Frage auf der Zunge. *Sind Sie Paulines Vater?*

»Hoffentlich, solange ich noch lebe«, durchbrach er ihre Gedanken.

Erneut entstand eine Stille zwischen ihnen, als berge jedes gesprochene Wort das Risiko von neuen Missverständnissen und Verletzungen.

Der Hauptgang wurde serviert.

»*Bon appétit*«, sagte der Kellner und verschwand mit den leeren Vorspeisetellern.

Der Duft von gebackenem Käse, Knoblauch und Herbes de Provence schwebte über dem Tisch. Schweigend aßen sie. Emilia mit Appetit, Jean-Pierre hingegen verhalten. Im Hintergrund lief Musik. Man hörte die Stimmen der anderen Gäste. Das Geklimper von Geschirr.

»Schmeckt es?«

»Vorzüglich.«

»Ich hoffe, Sie konnten sich in der *Rue de la Lune* schon ein wenig einleben und haben alles gefunden«, sagte Jean-

Pierre, teilte mit der Gabel etwas Gratin ab und schob sie sich in den Mund.

»Das ganze Haus ist ein Sammelsurium offener Fragen.«

»Sammelsurium von Fragen?«, sagte Jean-Pierre nach einer gefühlten Ewigkeit und schob seinen Teller zur Seite.

»Es gibt eine Frage«, erwiderte Emilia zögernd, nahm einen kräftigen Schluck Wasser und stellte das Glas zurück auf den Tisch. »Eine Frage bewegt mich am meisten, seit ich zum ersten Mal das Haus meiner Großmutter betreten habe.«

Jean-Pierre erstarrte. Seine Hände zitterten, als er sich mit der Serviette den Mund abwischte. In seinen Augen glaubte Emilia einen Anflug von Panik zu lesen, wenn nicht sogar Angst.

»Das Haus macht auf mich einen bewohnten Eindruck. Meine Großmutter ist aber schon lange tot.«

Er räusperte sich, holte ein Taschentuch aus seinem Jackett und stammelte: »Ich konnte nicht … Wie hätte ich …?« Wie auf Kommando verstummte er und legte seine Serviette auf den Tisch. Er wandte sich ab und schnäuzte sich. Dann nahm er seine alte Position ein und widmete sich, als sei nichts gewesen, wieder dem Gespräch. Der Schrecken aus seinem Gesicht war verschwunden. Die Unruhe in seinen Augen einer stoischen Ruhe gewichen. »Was genau meinen Sie?«

Frage. Gegenfrage. Jean-Pierre Roche hatte seine Fassung ebenso schnell wiedererlangt, wie sie ihm kurz entglitten war. Mit einer knappen Geste gab er dem Kellner ein Zeichen.

»Käse? Kaffee? Beides?«, fragte er in Emilias Richtung.

Sie schüttelte ungeduldig den Kopf. »Für mich nur Kaffee.«

Jean-Pierre hob die rechte Hand und deutete mit Zeige- und Mittelfinger in Richtung Tresen, wo Michel gerade mit leeren Gläsern hantierte. »Also, wovon sprechen Sie?«

»Das Haus lebt, Monsieur Roche! Nach all den Jahren! Es sieht aus, als hätte gestern noch jemand dort Kaffee gekocht«, platzte es aus Emilia heraus. »Ich spreche von dem Marihuana. Dem Weihrauch. Den Kräuterbündeln an den Wänden.« Erschrocken biss sie sich auf die Lippe. Um ein Haar hätte sie den Brief erwähnt. »Bitte entschuldigen Sie. Ich weiß nicht, ob Sie das wussten.«

»Dass Sophie Marihuana konsumiert hat?«, fragte er kühl. Er lachte verächtlich. »Ich bitte Sie! Unsere Generation kennt noch die letzten Opiumhöhlen von Paris! Dagegen ist Haschisch geradezu lächerlich. Und mit dem Duft von Kräutern leben wir hier in der Region. Tagein. Tagaus. Daran ist nichts Besonderes. Lavendel und Salbei bergen keine Geheimnisse.«

Seine Stimme klang kalt, abweisend.

»Nach so langer Zeit dürfte der Duft verflogen sein«, warf Emilia trotzig ein.

Mit ruhiger Hand schob Jean-Pierre Roche seine Serviette unter das Besteck auf dem Teller. »In ihren letzten Lebensjahren litt Sophie unter einer Spinalkanalverengung der Halswirbelsäule«, sagte er mit klarer Stimme. »Wissen Sie, was das ist?«

Emilia schüttelte den Kopf.

»Eine Alterserscheinung, die Ihre Großmutter aber bereits in relativ jungen Jahren heimgesucht hat. Mit äußerst schmerzhaften Symptomen. Lähmungen. Taubheitsgefühl. Es fing mit Kribbeln in der rechten Hand an. Strahlte bis in die Beine. Am Ende konnte sie nur noch unter starken Medikamenten malen. Bis die Hand ihr nicht mehr gehorchte. Sie muss unerträgliche Schmerzen gehabt haben. Können Sie sich vorstellen, was diese Einschränkung für eine Künstlerin bedeutet? Heute operiert man so etwas. Aber in den Siebzigern? Sophie hatte panische Angst vor einer Querschnittslähmung. Sie hat ihr Leben lang der Schulmedizin zutiefst misstraut und suchte nach Alternativen. Und das Cannabis? Das setzt man ja schon länger als Schmerzmittel ein. Wo haben Sie es gefunden?«

»In einer Blechdose in der Küchenschublade«, flüsterte Emilia und überschlug in Gedanken die Jahreszahlen. In den Siebzigern, hatte Jean-Pierre Roche gesagt. Damals war Sophie etwa fünfzig gewesen. Das klang wirklich jung für eine typische Alterskrankheit.

»Und der Weihrauch?«

»Weihrauch soll ja bei Arthritis entzündungshemmend wirken. Sophie liebte Naturmedizin. Klärt das Ihre Fragen nach einem harmlosen Heilmittel? Am Ende hat sie um ihr Leben gemalt, bis sie vor Schmerzen den Pinsel nicht mehr halten konnte. Ihr Handicap hat ihre Kreativität gleichermaßen eingeschränkt und beflügelt.«

Beschämt senkte Emilia den Blick. »Sophie war also die Schöpferin der Bilder. Die Gemälde im Atelier stammen von ihr. Ich habe es geahnt.«

»Ihre Großmutter war eine gute Malerin und eine noch weitaus talentiertere Fotografin. Und im Gegensatz zu vielen ihrer Kollegen hatte sie eine klare Einschätzung von ihren Stärken und Schwächen.«

»Pardon. Madame – Monsieur.« Michel stellte zwei

Espressotassen und die Rechnung auf den Tisch. Er nahm die leeren Teller und ging.

Langsam beugte sich Emilia zu ihrer Handtasche hinunter und fischte die beiden Fotos heraus, die sie aus dem Atelier mitgenommen hatte. Sie legte sie auf den Tisch und schob sie zu Jean-Pierre Roche hinüber, der monoton in seiner Tasse rührte.

»Sprechen Sie von diesen Fotos?«

Lange betrachtete er die Fotografien, die eine Pferdekutsche im Nebel und einen Clochard auf einer Seine-Treppe zeigten. Jean-Pierre nahm den Löffel aus der Tasse, ließ ihn auf den Unterteller fallen und strich mit dem Finger die Konturen eines der Bilder nach. In einem Zug leerte er seine Espressotasse.

»Wo haben Sie die her?«

»Aus dem verbarrikadierten Atelier. Ein weiteres großes Fragezeichen. Wer hat das getan?«

»Ich jedenfalls habe es über Jahre nicht gewagt, die Barrikaden aufzubrechen«, gab er tonlos zurück. »Aber Sie haben womöglich mehr Abstand.«

Er schüttelte sich, als sei er aus einem Traum erwacht.

»*Ich* habe mehr Distanz?« Emilia holte tief Luft: »Hören Sie, Monsieur Roche, das Ganze bedeutet eine Gratwanderung für mich. Sophie war meine Großmutter, aber auch eine Fremde.«

Ich lese Briefe, die mich nichts angehen. Ich lebe in einem Haus, das mir gar nicht gehört.

»Sie konnte das, müssen Sie wissen«, erwiderte er ruhig, den Blick starr auf die Fotos gerichtet. Auf einmal klang seine Stimme weich, nachgiebig. Seine über den Tisch gebeugte Statur wirkte verletzlich. »Sie konnte Nahaufnahmen machen, ohne den Menschen zu nahe zu treten. Auch eine Prostituierte behielt durch Sophies Linse ihre Würde. Das war das große Geheimnis ihrer Kunst.«

»Als ich heute im Atelier war, glaubte ich zum ersten Mal, Sophie nähergekommen zu sein«, flüsterte Emilia und hörte, wie ihre Stimme zu kippen drohte. »Bitte denken Sie nicht, ich sei distanzlos. Jede Schublade, die ich öffne, verursacht mir Bauchschmerzen. Aber als ich diese Fotos fand, die Gemälde gesehen habe, da war mir, als erhielte ich einen Zugang zu Sophies Wesen. Ich bekam eine winzige Ahnung davon, wer meine Großmutter war.«

Emilia schluckte. Jean-Pierre Roche presste die Lippen zusammen.

»Monsieur Roche!«, sagte sie eindringlich. Vorsichtig schob sie ihre Hände zur Mitte des Tischs. »*Sie* haben Sophie gekannt, womöglich geliebt. Ich bitte Sie! Wir stehen auf derselben Seite. Sie ahnen nicht, wie sehr ich auf Ihr Wissen angewiesen bin. Ich habe so viele Fragen und wüsste nicht, wen ich sonst …«

Jean-Pierre fixierte mit den Augen Emilias Hände. »Tun wir das?«, fragte er mit starrem Blick. »Stehen wir auf derselben Seite? Die Frage wird sein, ob Sie die Antworten überhaupt aushalten. Sie kennen nur eine Version von ihr. Sie war viel mehr. Malerin. Fotografin. Geliebte. Eine sanfte Rebellin. Eine Kämpferin. Ein Freigeist. Sie war eine große Frau.« Er sah auf und blickte Emilia direkt in die Augen. »Emilia Lukin! Ich maße mir kein Urteil über Sie an. Ich kenne Sie doch gar nicht! Ich dachte, ich bekäme es mit Ihrer Mutter zu tun. Nun muss ich mich an Sie gewöhnen.«

Verdutzt hatte Emilia Jean-Pierres Blick standgehalten. In seinen Augen glaubte sie, Tränen zu sehen.

»Ein Freigeist«, wiederholte Emilia und zog ihre Hand zurück.

»Sie werden über den Tellerrand hinausschauen müssen, wenn Sie Ihre Großmutter verstehen wollen.«

Ruckartig nahm er die Rechnung an sich, holte sein Portemonnaie aus dem Jackett und legte Scheine und Kleingeld auf den Teller. Er räusperte sich.

»Wir sollten unsere Handynummern austauschen«, sagte er.

Aus seiner Börse zauberte er eine Visitenkarte hervor und legte sie auf die Fotos. Dann stand er auf, zog seine Jacke über die Schulter und nahm seinen Stock. Auch Emilia erhob sich und reichte ihm verwirrt ihre Karte.

»Es irritiert mich, dass Sie so zurückhaltend mit Ihren Informationen sind«, sagte sie, während sie in ihre Jacke schlüpfte. Hektisch schnappte sie die Fotos samt der Visitenkarte, ließ alles in ihre Handtasche gleiten und folgte ihm zur Tür, wo sie neben ihm stehen blieb. Er war fast einen Kopf größer als sie. »Dabei ist bislang gar nichts Tragisches ans Licht gekommen. Kennen Sie eine Mémé Bihel aus Paris?«

Einen Moment glaubte Emilia, der Mann neben ihr erstarrte. Dann aber fing er sich wieder.

»Die Tragik steckt nicht im Detail, sondern im Gesamten. Sie müssten alt genug sein, um das zu wissen.«

Er öffnete die Tür. Draußen schlug ihnen ein scharfer

Wind entgegen. Jean-Pierre machte sich auf in Richtung seines Wagens. Emilia lief ihm mit klopfendem Herzen hinterher.

»Und ich bin *zu* alt für solche Spiele. *Ich-weiß-etwas-das-du-nicht-weißt*«, fauchte sie.

Unbeirrt ging er weiter, bis er vor dem weißen Citroën stehen blieb und sich zu Emilia drehte. Er zeigte mit seinem Stock wie ein Prophet in Richtung Horizont.

»Das ist der *Mistral*. Selbst im Winter treibt er einem den Sand zwischen die Zähne.«

Er öffnete die Fahrertür, hielt sie fest und verharrte mit starrem Blick an seinem Platz. Seine Haare flatterten im Wind. Zitternd vor Kälte schloss Emilia den Reißverschluss an ihrer Jacke und sah Jean-Pierre Roche direkt in die Augen. In ihnen las sie eine Mischung aus Verletztheit und Stolz.

»Ich weiß, Monsieur Roche. Er ist der Herrscher der Winde! Aber was wollen Sie mir damit sagen? Sie sprechen in Rätseln«, sagte sie. Ihr war, als zerrissen die Böen jede einzelne Silbe.

Einen Moment schauten seine Augen anerkennend zu ihr hinunter.

»Man muss ihn aushalten können, Emilia. Er wirbelt die vertraute Ordnung auf, und am Ende steht nichts mehr an seinem Platz. Er lässt es nicht zu, dass sich Schädlinge an den Reben zu schaffen machen. Er bläst die Schmarotzer einfach weg. Die Bäume müssen ihm standhalten genau wie wir Menschen hier. Aber wenn wir Glück haben, Emilia, mit etwas Glück, wühlt er uns auf und hinterlässt nichts als klare Luft.«

Emilia sah Jean-Pierre mit großen Augen an. Wenige Sätze

vermochten es, einen winzigen Spalt zu seiner Seele zu öffnen, wo Bilder voller Schönheit und Kraft schlummerten.

La Roche – der Felsen. Jean-Pierre Roche war in der Tat ein Felsen. Und ein Poet.

»Ich …«, stammelte sie.

»Über Sophie zu sprechen bedeutet auch, Teile *meiner* Geschichte, *meiner* Biografie, aufzudecken. Das ist nicht einfach. Für mich ist das eine hoch persönliche und emotionale Angelegenheit. Sie müssen mir Zeit lassen, bis mein altes Herz so weit ist. Und bis ich Ihnen vertraue.«

Mit einem Ruck ließ er sich auf den Fahrersitz fallen, hievte sein rechtes Bein und anschließend mithilfe beider Hände sein linkes in den Fußraum. Emilia starrte auf seinen linken Fuß, an dem er einen Schuh mit einer zentimeterhohen Erhöhung trug.

»Ein verkürztes Bein«, sagte er, als er Emilias Blick bemerkte und presste die Lippen zusammen. »Von Kindheit an. Die Fehlstellung artete in eine solide Hüftarthrose aus.«

Er schloss die Tür, legte den Sicherheitsgurt an, kurbelte das Seitenfenster herunter und startete den Motor. »Steigen Sie ein. Ich bringe Sie nach Hause.«

»Danke für die Einladung! Ich gehe die paar Schritte zu Fuß«, rief Emilia, steckte die Hände in die Taschen und lief in Fahrtrichtung los. Sie hörte das Motorgeräusch des Citroëns, der langsam hinter ihr her tuckerte. Plötzlich spürte sie den *Mistral* wie eine Befreiung. Ihr war, als peitsche er durch all ihre trüben Gedanken der letzten Wochen und trüge sie weit hinaus zu den Ockerfelsen.

Sie trat einen Schritt zur Seite, um Jean-Pierre Roche passieren zu lassen.

»Es ist weit bis zur *Rue de la Lune*«, sagte er durchs geöffnete Fahrerfenster, als er neben ihr im Schritttempo auftauchte. »Kommen Sie!«

»Nicht für mich! Gute Nacht, Monsieur Jean-Pierre Roche. Sie …« Mit zusammengekniffenen Augen suchte sie nach dem passenden Wort. »Sie Spurenleger!«

Sie warf den Kopf in den Nacken und ging weiter.

»Immer schön gegen den Wind, Emilia. Da, wo wir auf Widerstand stoßen, ist meistens der richtige Weg«, rief er lachend.

»Sie vergessen, dass der Wind die Spur verweht«, schimpfte sie.

»Nur nicht beirren lassen, Emilia. Immer der Nase nach! Ihre Frage nach Mémé Bihel lässt sich beantworten. Die Bihels waren gute Menschen, bei denen Ihre Großmutter gearbeitet hat. Sie haben sie als Gesellschafterin der alten Mémé Bihel eingestellt. Inzwischen sind sie alle tot. Auf Wiedersehen.« Er setzte den Blinker, scherte vor Emilia ein und gab Gas. Kurz darauf war der Citroën in einer Seitengasse verschwunden, wo er auf eine Hofeinfahrt einfuhr. Dort also wohnte der Poet.

Als Emilia zu Hause ankam, war sie bis auf die Knochen durchgefroren. Zitternd legte sie ihre Lieblings-CD in das Laufwerk ihres Computers, entzündete zwei Teelichter, brachte sie ins Bad und ließ heißes Wasser in die kleine Badewanne. Sie gab Lavendelessenz hinein, zog sich aus, tauchte, so weit es ging, in die Wanne und lehnte anschließend entspannt den Kopf an die Kacheln.

Wie hatte Jean-Pierre Sophie genannt?

Malerin. Fotografin. Geliebte. Eine sanfte Rebellin. Eine Kämpferin. Sie war eine große Frau.

Es versetzte Emilia einen Stich, dass er Sophies Mutterrolle bei seiner Aufzählung ausgelassen hatte. Emilia würde Jean-Pierre Roche ein paar Tage Zeit geben. Vielleicht eine Woche. Dann würde sie es wieder versuchen. Auch Emilia war eine Kämpferin. Mochte dieser Mann, der über den Mistral philosophierte, als sei er der Regisseur seines Lebens, noch so undurchschaubar sein – Emilia würde hinter sein Geheimnis kommen.

Ein herrlicher Duft erfüllte das winzige Bad. Der Mistral pfiff um die Hauswände und rüttelte an den geschlossenen Läden. Das Kerzenlicht flackerte. Dann wurde es still. Nur aus der Küche drang Isabelle Boulays sinnliche Stimme zu ihr.

Tu verras, les amis ne meurent pas. Du wirst sehen: Die Freunde sterben nicht – eine Lebensweisheit, die ein Großvater am Ende seines Lebens seinem kleinen Enkel hinterlässt.

Die letzte Strophe verklang: *Tu verras, les maisons ne meurent pas. Du wirst sehen: Die Häuser sterben nicht. Eines Tages wirst du den Wegen folgen, die zur Freiheit führen.*

Emilias Körper durchströmte eine wunderbare Wärme, und das Wort *friedvoll* fiel ihr ein. Die Stimme in ihrem Kopf schwieg.

Als sie sich eine Stunde später, in einen warmen Bademantel gehüllt, Verveine-Tee in der Küche brühte, war es sternenklar draußen. Sie öffnete das Küchenfenster, und kühle, würzige Luft strömte herein. In ihrer Handtasche vibrierte ihr Handy.

Liebe Emilia,

ich brauche für die Frühjahrsausgabe im kommenden Jahr eine Reportage aus Paris. Thema: Die Zeit nach den Attentaten. Eine Stadt im Ausnahmezustand. Polizei- und Militärpräsenz. Die Ängste der Menschen. Mit O-Tönen von Restaurantbesitzern, Bistrobetreibern etc. Keinen Politiker. Nur Menschen aus dem Volk. Sieh dich im jüdischen Viertel, dem Marais, um. Du bekommst drei Seiten. Inklusive vier bis fünf Fotos – vielleicht ein Liebespaar auf einer Bank im Jardin de Sowieso? Herbststimmung mit trübem Himmel wäre super. Der TGV fährt täglich von Avignon. Keine drei Stunden und du bist in der Stadt der Liebe. Spesen rechnen wir anschließend ab. Gib nicht zu viel Geld aus. :-) Redaktionsschluss: 28. November, 11 Uhr. Hau rein! Du weißt, was ich meine: Atmosphäre. Stimmung. Emotionen. Gib alles, was du hast.

Basti

SOPHIE

Paris, 7. September 1939

Die Vögel verlassen die Stadt

»Madame Fugin«, eröffnet der Arzt feierlich, während er seine Brille abnimmt und um die Ecke lugt, wo sich Sophie hinter einem Paravent ankleidet. »Gratulation. Sie sind in guter Hoffnung.«

Mit zitternden Händen knöpft Sophie ihre Bluse zu, tritt zum Schreibtisch des Gynäkologen und sieht ihn ungläubig an. Das ist nicht ihr passiert. Nein. Nicht ihr.

»Bitte setzen Sie sich, Madame. Sie sind ja ganz blass geworden angesichts der frohen Botschaft.«

Sophie nimmt dem Arzt gegenüber Platz. Sie wagt nicht, ihm in die Augen zu sehen. Nervös dreht sie mit der rechten Hand am Ehering ihrer verstorbenen Mutter.

»Alles, was Sie in der nächsten Zeit tun müssen, ist, sich ein wenig zu schonen, gut zu essen und ausreichend zu schlafen.«

Gut essen in diesen Zeiten? Ein Kind in diesen Zeiten? In ihrem Kopf überschlagen sich die Gedanken wie Pingpongbälle.

»Hat es Ihnen die Sprache verschlagen, Madame?«

»Wann ist es so weit?«, fragt sie nach einer langen Pause und ringt sich ein Lächeln ab.

»Es dauert immer noch runde neun Monate, Madame Fugin. Daran hat sich in der Menschheitsgeschichte nichts geändert. Ihre Schwangerschaft ist noch nicht weit fortgeschritten. Etwa sieben Wochen. Passen Sie auf sich auf.« Warnend hebt er den Zeigefinger. »Die ersten drei Monate sind die kritischsten. Sie sind jung, gesund und eine Ehefrau. Das Letzte ist das wichtigste«, zwinkert er ihr zu und setzt seine Brille wieder auf. »Alles in bester Ordnung.«

Bei dem Wort *Ehefrau* zuckt sie zusammen. *Eine Ehefrau.* Das ist sie mitnichten. Sie ist nur noch eine geduldete Ausländerin in der Stadt der Lichter.

Vor der Tür nimmt Sophie den Ring ihrer Mutter ab und lässt ihn in ihrer Handtasche verschwinden. Wie betäubt überquert sie die Straße. Der Herbst hat sich als milchige Decke auf Paris gelegt. Sind die Menschen, die durch die Straßen gehen, alle schwarz gekleidet oder kommt es ihr nur so vor? Ihr flauschiger petrolfarbener Mantel wird ihr im Winter bereits zu eng sein. Sie läuft hinüber zum Friedhof. Die Bäume auf dem *Père Lachaise* schimmern in goldenen Tönen.

Die Luft duftet frisch. Am Grab von Marcel Proust hält sie inne. Es kommt ihr vor, als seien Jahrzehnte vergangen, da sie Madame Bihel die *Verlorene Zeit* vorgelesen hat. Dabei ist es keine zwei Jahre her. Wie soll sie Mémé Bihel erklären, was geschehen ist? Sie hat das Gefühl, ihr Herz hat keinen Platz mehr in ihrem Brustkorb. Nun schlagen zwei Herzen darin. Wohin soll sie mit sich?

Durch die Straßen flanieren Menschen, wie sonst auch. Achtlos passieren sie die Plätze und Straßen, die Sophie ans Herz gewachsen sind. In manchen Gesichtern ahnt man die Panik, das Misstrauen, die nackte Angst. Paris, die Stadt ihrer Mutter, ist unsicher geworden. Die Stadt, in der Sophie Wurzeln geschlagen hat. Unsichtbar ziehen sie unterirdische Bahnen unter Straßen und Gassen, den Plätzen und Parks bis hinüber in die *Rue Jacob*.

Rue Jacob!

Über ihr rauscht ein Vogelschwarm am Horizont vorbei. Das Geräusch der Freiheit dringt an ihr Ohr und verklingt.

Die Vögel verlassen die Stadt.

Es geht das Gerücht von der fünften Kolonne um. Hinter fast jedem deutschen Flüchtling könnte ein Nazi-Agent stecken. Emigranten sind ein Sicherheitsrisiko, seit Frankreich vor wenigen Tagen Deutschland den Krieg erklärt hat. Die der deutschen Diktatur nach Paris entkommenen Emigranten werden jetzt in französische Lager interniert. In der ganzen Stadt hängen Hinweise an Litfaßsäulen, Plakate mit der unterschwelligen oder ausgesprochenen Botschaft *Feindliche Ausländer müssen die Stadt verlassen.* Sophie hat sie gesehen. Vor dem Rathaus, an den Bahnhöfen, den Métrostationen. Sie sind gar nicht zu übersehen.

Sophie weiß: Ab sofort zählt sie laut Pass zu den feindlichen Ausländern. Die Stadt, das Land, das sie lieben gelernt hat, betrachtet sie als Feindin, auch wenn man den betroffenen Frauen noch eine Schonzeit einräumt. Aber wie lange wird dieser Schwebezustand für Sophies deutschen Pass andauern?

Bis in die Morgenstunden liegt Sophie neben Fugin

wach, dem Vater ihres Kindes. Mit geöffneten Augen starrt sie zur Decke. Die Holzbalken knarren heute lauter als je zuvor. Der Holzwurm ist da. Er nagt im alten Gebälk. Man sieht ihn nicht. Trotzdem ist er da.

Wie sollte sie Schlaf finden? Ein Ziehen in ihrem Unterleib. Ihre Brüste spannen. Soll sie mit ihm sprechen? Kann sie ihm die Wahrheit zumuten? Was wäre, wenn sie ihn wecken würde?

Wir erwarten ein Kind.

Hustend dreht sich Fugin zur anderen Seite. Sie sieht zu ihm hinüber, spürt die Wärme seines Körpers. Ahnt er, was in ihr vorgeht? Kann sie seine Gedanken im Traum erreichen, ihm einen sanften Hinweis auf ihr Dilemma geben? Oder befindet er sich ausschließlich in seiner Welt? Ist es möglich, ein Bett zu teilen und seine Ängste für sich zu behalten?

In der Dunkelheit vernimmt sie wieder seinen regelmäßigen Atem. Ihr Herz, das spürt sie deutlich, schlägt in einem anderen Takt. Ist es schon im Aufbruch?

Man spürt den Abschied, lange bevor man ihn vollzieht.

Wie kann Fugin schlafen, während die Welt aus den Fugen gerät? Der Schatten, der über Paris fällt, wird größer. Bald taucht er die Stadt der Lichter in Dunkelheit.

Dabei hat er sie einmal geliebt. Mit jeder Faser seines Wesens. Aber sein Ich kommt an erster Stelle. Immer wieder hat er gesagt, dass Ehe und Kind für ihn nicht infrage kommen. Er will frei sein. Frei für sie, Chloé, seine Kunst. Einen Künstler zu lieben ist, als liebe man das, was er erschafft. Am Ende bleiben die Bilder. Die Kunst ist für Fugin kein Medium, sondern bestimmt sein Selbst. Chloé hat das längst begriffen. Und gelernt, über die schiefen Töne ihres Arrangements hinwegzuhören. Fugins Bedürfnisse über die ihren zu stellen.

Chloé. Was, wenn sie von Sophies Zustand erfährt? Sind sie dann noch Freundinnen? Sophie weiß: Sie hat die Abmachung gebrochen. Ihr unausgesprochenes Arrangement basiert auf der stillen Absprache eines Dreiecks. Keinem von ihnen ist es erlaubt, ein Viereck daraus zu machen.

Sophie, noch nicht einmal volljährig, mit einem Kind allein? Paris mag modern und fortschrittlich sein. Einer unehelichen Mutter haftet auch in dieser toleranten Metropole ein Makel an. Und bald schon, bald wird auch die Generosität dieser Stadt an ihre Grenzen stoßen.

In Gedanken plant Sophie ihre Rückkehr nach Deutschland. Aber wohin? Wohin mit sich und ihrem Kind?

Leise geht sie hinüber in die Küche, lehnt ihre Stirn an das beschlagene Fenster. Unten, wenige Stockwerke von ihr entfernt, schleicht sich Geschäftigkeit in die Stadt. In den Häusern gehen die Lichter an. Ein Liebespaar läuft Schlangenlinien auf der Straße. Madame Tourage betritt ihr Concierge-Häuschen. Ein Fahrradfahrer transportiert quer über seinem Rücken ein Baguette. Wie schmerzhaft ist das Alltägliche? Welche Tarnung trägt der Krieg? Ein Gewand aus Alltag, Routine, Gleichgültigkeit?

Paris erwacht. Während die Stadt ihre Lungen füllt, schlägt Sophies Herz gegen ihren Brustkorb.

Was soll sie nur tun?

Als Fugin wenige Stunden später die *Rue Jacob* verlässt, ahnt er nicht einmal, dass sie gehen wird. Dem hochsensiblen Künstler entgehen ihre Ängste, ihre Verzweiflung, die schrecklichen Szenarien, die sich in ihrem Kopf ereignen. Unbekümmert verlässt er wie jeden Morgen das Haus.

»Leb wohl«, flüstert sie.

»Au revoir«, gibt er zurück und küsst sie auf die Stirn. »Bis heute Abend, meine Schöne.«

Als sie der *Rue Jacob* den Rücken kehrt, blickt sie ein letztes Mal zum Himmel. Kein einziger Vogel ist zu sehen. Nur die Tauben gurren in den Nischen unter den Dächern.

Die strenge Katholikin Mémé Bihel sieht Sophie mitleidig an und wackelt mit dem Kopf, wie sie es immer tut, wenn sie ratlos ist. »Die vielen Anschläge in der Stadt, Mademoiselle Sophie«, jammert sie. »Haben Sie die gesehen? Seit wenigen Tagen sprießen sie wie Pilze aus dem Boden. Wohin soll das nur führen? Und jetzt auch noch das!«

Vorwurfsvoll streift ihr Blick Sophies Bauch. Dann faltet sie die Hände wie zum Gebet. Sophie nickt schuldbewusst.

»Ich brauche meinen Rosenkranz«, befiehlt Mémé Bihel. »Umgehend.« Gehorsam steht Sophie auf und bringt ihr die Holzkette, die immer auf Madames Nachttisch bereitliegt.

Mémé Bihels von der Gicht befallene Finger tanzen über die Holzkugeln. Das Kreuz ruht in ihrem Schoß. Sie hält die Augen geschlossen und flüstert die erste Station vom Leidensweg Christi. »Jesus, der für uns Blut geschwitzt hat.« Lautlos und rhythmisch bewegen sich ihre Lippen.

Gebannt blickt Sophie auf Mémé Bihels Finger, die auf

einer der Kugeln verharren. Sophie kennt das Prozedere. Eine jede von ihnen symbolisiert ein *Ave Maria*. Die Lücken dazwischen bilden die Leidensstation Jesu auf dem Weg zur Kreuzigung. Es gibt viele Rosenkranzgebete: ein schmerzreiches, ein freudvolles oder das lichtreiche. Heute hat Mémé Bihel ein schmerzreiches gewählt. »Der für uns Blut geschwitzt hat«, murmelt sie.

Plötzlich legt sie die Gebetskette aus der Hand.

»Jetzt weiß ich, was zu tun ist«, sagt sie mit klarer Stimme, und ein Lächeln huscht über ihr Gesicht. »Setzen Sie sich rasch zu mir.« Sie zeigt auf den Sessel gegenüber ihres Rollstuhls. »Ich werde Ihre Familie in Kenntnis setzen, *ma chère*. Bringen Sie mir mein Adressbuch. Vite. Vite.« Sie wischt mit dem Handrücken durch die Luft. »Gleich heute Abend telefoniere ich nach Deutschland und spreche mit Ihrem Vater. Oder möchten Sie, dass ich ein Telegramm schicke? Einen Brief schreibe?«

»Aber …«, protestiert Sophie.

»Gibt es einen anderen Weg, mein Kind? Wenn Sie ihn kennen, sagen Sie ihn mir.«

Sophie schüttelt den Kopf.

»Also ist es ausgemacht – ein Telefonat. Es wird folgendermaßen geschehen: In Baden-Baden bringen Sie bei Ihrer Familie Ihr Kind zur Welt. Sie werden sich erholen und nach Paris zurückkehren, wenn die Zeiten ruhiger geworden sind. Bis dahin verwende ich mich für Sie. Sagen Sie, wer ist der Vater? Steht er im Wort?«

Sophie presst die Lippen zusammen. Sie wagt es nicht, den Namen jenes Mannes zu nennen, der bei den Bihels als der Versprochene Chloés gilt. Chloé, die Unerschrockene, die Kühne. Chloé, die nichts daran findet, dass sich zwei Frauen einen Mann teilen.

»Sie wissen nicht, wer der Vater ist?«

Schweigend schüttelt Sophie den Kopf.

»Mein armes Kind«, sagt Madame Bihel zerstreut und greift erneut nach dem Rosenkranz auf ihrem Schoß. »Mein armes Kind. Ich werde für Sie beten. Es gibt nur einen einzigen Weg für Sie. Sie müssen zurück nach Deutschland. Die vielen Anschläge in der Stadt. Alle Litfaßsäulen hängen voll. Hier ist es viel zu gefährlich für Sie und Ihr Kind.«

»Versprechen Sie mir, bitte, Mémé Bihel«, fleht Sophie beim Abschied mit tränenerstickter Stimme, »bitte versprechen Sie mir, Madame und Monsieur Bihel nichts von meinem Zustand zu sagen. Ich schäme mich so sehr. Bitte!«

Mémé Bihel kaut mit leerem Mund. Ihre Oberlippe zuckt. Trotzig zieht sie die Mundwinkel nach unten und schnaubt. »Wollen Sie meine Meinung hören?«

Die alte Dame guckt von ihrem Rollstuhl zu Sophie nach oben und kneift die Augen zusammen. Wie eine Prophetin hält sie den gekreuzigten Christus in die Höhe. »Dieser Fugin taugt nichts. Er ist ein Fisch. Alles perlt an ihm ab. Ein Fisch. Das ist meine Meinung.«

Sophie ringt sich ein Lächeln ab, beugt sich zu Mémé herab und küsst sie auf die Wange. »Haben Sie Dank für alles, was Sie für mich getan haben.«

»Alles wird gut, mein Kind. Wir müssen nur ein wenig mehr beten in diesen schrecklichen Zeiten.«

Es ist das Letzte, was sie von Mémé Bihel für lange Zeit hört. Die alte Dame dreht ihren Rollstuhl um hundertachtzig Grad und fährt damit in den Salon.

Mit einem Koffer in der Hand geht Sophie wenige Tage später durch die Stadt. Als sie am *Louvre* vorbeikommt, stehen überall Lastwagen der *Comédie-Française*. Die Kunstwerke müssen aus dem *Louvre* entfernt und nach einem geheimen Plan an unbekannte Plätze in Frankreich gebracht werden.

Paris stellt sich tot wie ein Tier in Lebensgefahr. Eine paralysierte Stadt, die vergessen hat, wie man atmet. Es ist nahezu gespenstisch still.

Das Rauschen schlagender Flügel durchbricht die Stille. Mit tosendem Geschrei schwärmen Vögel am Horizont auseinander, gleiten herab und versammeln sich auf einer Bank im *Jardin des Tuileries*. Die Könige der Lüfte legen ihre Flügel an und recken die Hälse, als erwarteten sie die letzten Nachzügler für ihren Aufbruch.

Wenige Stunden später betritt Sophie einen Zug, der sie nach Deutschland bringt. Sie flieht durch die neutrale Schweiz in das Land der Feinde. Über Genf, Basel, Freiburg im Breisgau, erreicht sie am späten Abend Baden-Baden. Mit zitternden Knien läutet sie an dem mondänen Eingangsportal der Villa Langenberg und legt ihre Hände schützend auf ihren Bauch.

Im oberen Stockwerk, wo sich einst Sophies Jugendzimmer befand, geht das Licht an. Man erwartet sie bereits. Von innen hört sie Schritte, die sich langsam nähern. Nicht leichtfüßig, sondern schwer und hart. Es sind die Schritte ihres Vaters.

EMILIA

11

Emilia warf einen Blick aus dem fahrenden Zug. In knapp drei Stunden würde sie Paris erreichen. Aus ihrem Abteil konnte sie sehen, wie sich die Landschaft dem Spätherbst angepasst hatte. Der Lavendel lag wie aneinandergereihte graue Igel auf den Feldern. Die Bäume verloren ihr Laub. In den letzten Tagen hatte Emilia sich angewöhnt, am Abend in der *Rue de la Lune* den Kamin zu benutzen.

Vladi und sie telefonierten inzwischen alle drei bis vier Tage miteinander. Es war, als respektierten beide das sensible Gleichgewicht der Zwischentöne, das durch eine winzige Äußerung kippen konnte. Paulines Zustand blieb unverändert. Es gab Momente, in denen sie geistesgegenwärtig reagierte, und ganze Tage, in denen sie still in sich versank.

Emilia erreichte die *Gare de Lyon* pünktlich. Als sie vom Bahnhof die große Rampe hinunter in Richtung Innenstadt lief, raste mit heulenden Sirenen ein Polizeikonvoi auf dem *Boulevard Diderot* vorbei. Erstaunt blieben Menschen stehen, und Emilia konnte den Schrecken in den Gesichtern lesen.

»Ich habe ein *Déjà-vu*. Es hört einfach nicht auf«, sagte eine Frau zu einer anderen. »Mir bleibt immer noch das Herz stehen. Ist das nicht schrecklich?«

Beide blickten dem sich entfernenden Konvoi hinterher. »Ja, mir geht es genauso. Man denkt sofort an das Schlimmste.«

Langsam setzten sich die Menschen, die stehen geblieben waren, wieder in Bewegung.

An einem Kiosk stach Emilia der Titel der aktuellen *Libération* ins Auge. Ein Foto des Terroristen Amedy Coulibaly, der im letzten Jahr in einem koscheren Supermarkt hier in Paris vier Menschen erschossen hatte. *La fabrique d'un terroriste* titelte die Pariser Tageszeitung. *Wie Terroristen gemacht werden.*

Emilia ging weiter. Auf dem Weg zur Métro begegneten ihr überall sprechende Menschen. Auf den Straßen, den Plätzen, den Bushaltestellen, vor den Cafés. In der Métro.

Den Blick in die Weite gerichtet, plapperten Jung und Alt autistisch anmutend vor sich hin. Frauen auf hochhackigen Schuhen. Männer in akkurater Business-Kleidung. Teenager. Die Pariser telefonierten, als gelte es, die Zeit während des Arbeitswegs, nach Hause oder zu einer Verabredung möglichst effizient zu nutzen.

Emilia fuhr die wenigen Stationen bis zur Haltestelle *Mabillon*, in deren Nähe sich ihr Domizil im *Quartier Saint-Germain-des-Prés* befand. In der Pension angekommen, checkte sie ein, verstaute ihr Gepäck auf dem Zimmer und machte sich anschließend mit Kamera, Notizblock und einem kleinen Aufnahmegerät auf den Weg. Sie ging zu Fuß. Sie kannte Paris aus ihrer Studienzeit und wusste: Die Atmosphäre ließ sich so am besten einfangen, und man entdeckte oft liebenswerte Details. Einen verwunschenen Innenhof. Einen unbekannten Park. Ein restauriertes Gebäude.

Plötzlich ertönte der Nachrichtenton ihres Handys. Es war eine WhatsApp von Jean-Pierre:

Chère Madame. Nun habe ich Sie länger nicht mehr gesehen. Ich hoffe, ich habe Sie mit meiner zuweilen schroffen Art nicht erschreckt! Hätten Sie Lust, mich morgen nach Ménerbes zu begleiten? Ich könnte Ihnen das Haus von Dora Maar zeigen. Anschließend könnten wir gemeinsam zu Abend essen.
Ihr Jean-Pierre Roche

Emilia lächelte über das Versöhnungsangebot zwischen den Zeilen und antwortete:

Keineswegs, cher Monsieur, haben Sie mich erschreckt. Dazu bedarf es schon mehr. :-) Herzlichen Dank für die Einladung. Ich komme gerne darauf zurück. Nur gerade bin ich in Paris für eine Reportage. Ich melde mich bei Ihnen, sobald ich zurück bin.
Ihre Emilia Lukin

Das *Marais* galt derzeit als das angesagte Viertel von Paris. Seit Jahrzehnten wechselten diesbezüglich die Vorlieben der Pariser. In den Siebzigern war es das *Quartier Latin*, in den Dreißigern das *Montmartre*, heute das *Marais*. Junge

Designer hatten sich hier niedergelassen und hippe Läden eröffnet.

Emilia befragte Menschen auf der Straße, in Restaurants und Parkanlagen. Spaziergänger. Bistrobetreiber. Kellner. Junge Mütter. Väter und Großeltern. Vor öffentlichen Einrichtungen, Schulen und Kindertagesstätten patrouillierte schwer bewaffnetes Militär und Polizei. Weder Fremde noch Pariser betraten ein Kaufhaus ohne vorherigen Sicherheitscheck durch geschultes Personal. Emilia schoss unzählige Fotos, einige davon mit ihrem Handy und schickte drei stimmungsvolle Bilder vom *Marais* an Bastian.

Unter den Parisern herrschte eine einvernehmliche Grundstimmung. Man ließ sich von dem Terror nicht in die Knie zwingen und machte weiter. Paris war nunmehr seit über zwei Jahren im Ausnahmezustand. Die Bevölkerung lebte damit. Sie akzeptierte und begrüßte sogar die damit verbundenen Einschränkungen. Sie gaben Sicherheit.

»Das ist der Preis der Freiheit«, meinten einige der Befragten.

Freiheit, in den Augen der Franzosen ein hohes Gut, das sich zu verteidigen lohnte. Man trotzte den Anschlägen, dem Terror und der Gewalt. Man solidarisierte sich mit den Opfern und weigerte sich, Angst zu haben oder gar zu zeigen. Man hielt zusammen. Wenige Tage nach den Attentaten hatte in einem bekannten deutschen Nachrichtenmagazin ein gläubiger Jude einen interessanten Vergleich gezogen, der Emilia in Erinnerung geblieben war. Er zeigte, wie bedroht sich die jüdische Bevölkerung gefühlt haben musste.

»Minenarbeiter haben sich früher an Kanarienvögeln orientiert, um Gefahr einzuschätzen. Ging es dem Vogel schlecht, wurde es riskant, unter Tage zu bleiben. Die Vögel kippten einfach von der Stange auf den Boden. Wir Juden sind die Kanarienvögel einer Gesellschaft. Wenn wir angegriffen werden, ist es das Signal, dass die ganze Gesellschaft in Gefahr ist.«

Diese beklemmende Erkenntnis, so schien es Emilia, war inzwischen einer gewissen Wachsamkeit und Vorsicht, aber auch Trotz gewichen.

Nach einigen Stunden erreichte sie mit einem beschriebenen Notizblock ihr Pensionszimmer auf der anderen Seine-Seite, ordnete die Zitate und sortierte die Fotos. Sie schrieb die Reportage in einem Rutsch. Gegen Mitternacht bemerkte sie, dass sie hungrig war, plünderte das Essbare aus der Minibar, trank einen Orangensaft und lektorierte ihren Text ein letztes Mal. Sie änderte die Überschrift und entschied sich schließlich für *Paris – eine Stadt trotzt dem Terror*.

Morgens um zwei hatte sie die Fotos bearbeitet, das Layout gemacht und schickte das Ergebnis an Bastian.

Sie träumte von Mohammed-Karikaturen und Monsieur Bonnet – dem netten Sekretär Fugins mit der Nickelbrille, den sie im Elsass bei der Versteigerung kennengelernt hatte. Gleich zu Beginn ihrer Reise nach Paris hatte sie beschlossen, ihn zu kontaktieren.

Am nächsten Morgen rief sie nach dem Frühstück bei Bonnet an. »Hier spricht Emilia Lukin. Sie haben mir im Elsass Ihre Telefonnummer gegeben, Monsieur Bonnet.«

Schweigen am anderen Ende der Leitung.

»Ich bin aus beruflichen Gründen in Paris, weil ich eine Reportage über Paris nach den Anschlägen machen musste«, erklärte Emilia eifrig. »Hätten Sie etwas Zeit für mich, Monsieur?«

»Ich erinnere mich«, sagte Bonnet. »Passt Ihnen morgen Abend um halb sieben auf der *Place des Vosges*? Dann füttere ich immer die Katzen.«

»Die Katzen?«

»Ja, ein paar herrenlose Katzen streunen dort herum. Ich füttere sie seit Jahren. Es hat keinen Sinn mehr, sie umzusiedeln. Sie sind alt, wild und scheu. Ich fühle mich für ihren Lebensabend verantwortlich.«

»Ich kenne die *Place des Vosges*. Einer der schönsten Pariser Plätze. Leben Sie etwa dort in einem Palais, Monsieur Bonnet? Ich bin beeindruckt.«

»Nein, natürlich nicht direkt an der *Place des Vosges*«, erwiderte dieser mit bescheidenem Unterton. »Ich wohne in der *Rue de Tournelles*. Gegenüber der Synagoge. Nicht weit entfernt von der *Place des Vosges*. Ich genieße das sehr. In einem *Palais* der *Place des Vosges* lebt man nur aus zwei Gründen, Madame. Entweder man ist unglaublich reich oder man hat sein Domizil geerbt. Auf mich trifft nichts von beidem zu.«

Emilia glaubte, Thierry Bonnet grinsen zu sehen. Sie war sich sicher, dass seine Augen hinter seiner Nickelbrille gerade listig funkelten.

Bevor sie schlafen ging, löschte sie alte Nachrichten aus ihrem Handyspeicher und schickte die Fotos an ihre E-Mail-Adresse.

Am nächsten Morgen machte sie sich gleich nach dem Frühstück auf den Weg zum *Quartier Latin* in Richtung *Rue Jacob* zur Galerie *Les deux petites colombes*. Sie erreichte das im Art-déco-Stil erbaute Haus mit seinen Schnörkeln und geschwungenen Eisenbeschlägen an der Eingangstür gegen zehn Uhr. Hier sollte ihre Großmutter gelebt haben?

Fasziniert betrachtete Emilia das mondäne Gebäude, das vor achtzig Jahren bestimmt genauso ausgesehen hatte, und ging hinein.

Ein altmodischer winziger Aufzug, der maximal vier Personen fasste, beförderte nach oben. Im vierten Stockwerk angekommen, blieb Emilia vor dem Schild *Galerie les deux petites colombes* stehen und hielt einen Augenblick inne. Was sollte sie überhaupt sagen? Erschrocken wich sie zurück, als eine junge Frau die Tür öffnete.

»Haben Sie einen Termin mit Monsieur Sage?«, fragte die wie aus dem Ei gepellte Frau. Kurzhaarschnitt. Valentino-Kostüm. Hochhackige Schuhe. Dezentes Parfüm.

»Monsieur Sage?«, stotterte Emilia, während sie die Information verarbeitete. Sage war ein Name, den sie sich gemerkt hatte. Seit jenem sonderbaren Nachmittag im Elsass. Wie lange war das her? War es möglich, dass Thierry Bonnet sie direkt hierher zu Sage gelenkt hatte?

Plötzlich hörte sie Schritte, die sich der Tür näherten und tatsächlich stand Richard Sage auf einmal in Lebensgröße vor ihr. Fragend blickte er zu ihr hinab. »Wir kennen uns doch, Madame. Aus dem Elsass. Die Auktion, wenn ich nicht irre.«

»Sie irren nicht, Monsieur Sage. Es freut mich, Sie hier zu sehen. Wenn auch etwas unerwartet.«

»Wie haben Sie mich gefunden?«

Skeptisch kniff er die Augen zusammen.

»Ich habe Sie keineswegs gesucht, Monsieur«, sagte Emilia selbstsicher. Dass sie den Hinweis Bonnet verdankte, verschwieg sie. »Reiner Zufall. Ich arbeite an einer Reportage über Kunstgalerien in Paris«, beeilte sie sich zu sagen. Eine Notlüge, die ihr Sage nicht abnehmen würde. Aber so gewann sie Zeit. »Die Welt ist klein. So findet man sich wieder.«

»Kunstgalerien in Paris?«, fragte er ungläubig. »Die gibt es hier wie Sand am Meer. Und Sie kommen ausgerechnet zu mir?«

Er schüttelte den Kopf, als warte er auf eine Erklärung.

»Ich bin Journalistin, sagte ich das nicht bereits im Elsass? Ich habe die Geschichte eines Porträts recherchiert.

Sages Gesichtsausdruck änderte sich schlagartig. Er bat Emilia herein, und sie trat durch einen großen Flur auf einem alten, knarrenden Holzboden in ein Zimmer, das eher einem Saal glich. Überall hingen Gemälde. Große bunte, abstrakte Ölbilder. Was sich hier präsentierte, waren geschmackvolle Werke, gut ausgesucht, passend aufeinander abgestimmt in einer vollendeten Farbkomposition.

»Bemerkenswert«, sagte sie und blieb vor einem der Leinwände stehen.

»Das ist nun mal mein Metier«, erwiderte Sage geschmeichelt. »Ich bin Kunsthändler. Das ist mein Hauptgeschäft. Die Verkaufsabwicklung im Elsass kam sozusagen als kleines lukratives Hobby hinzu.«

»Kleines lukratives Hobby«, wiederholte Emilia nachdenklich.

»Also, Madame, was kann ich für Sie tun? Wollen Sie etwas kaufen?«

Er musterte Emilia herablassend, als halte er es für ausgeschlossen, dass sie etwas von Kunst verstünde oder gar Geld dafür ausgeben wollte. Sie beschloss, in die Offensive zu gehen.

»Die Idee, über das Geschäft mit der Kunst in Paris zu schreiben, kam mir erst heute. Verzeihen Sie mir, wenn ich ein bisschen geflunkert habe. Gestern habe ich eine Reportage über Paris nach den Attentaten gemacht«, erklärte sie, um ihre Seriosität zu unterstreichen. »Mich würde interessieren, Monsieur Sage, wie Sie die Tage der Attentate hier im *Quartier Latin* erlebt haben. Wären Sie denn bereit, mir etwas darüber zu sagen?«

Wahrscheinlich hatte Bastian die Reportage bereits an die Herstellung übergeben, aber Emilia fand den Trick mit der Eisbrecherfrage geradezu perfekt. Eine vertrauensbildende Maßnahme sozusagen.

»Das *Quartier Latin* war weit genug entfernt von den tragischen Ereignissen. Ich bin Pariser, das ist alles.«

Er machte eine ausladende Bewegung mit seinem rechten Arm und bat sie in ein Büro.

»Das ist mehr als genug«, bestätigte Emilia eifrig und folgte ihm. »Ich interessiere mich für die Stimmung. Wie die Menschen hier damit leben. Was hat sich verändert? Gehen Sie aus wie früher? Überlegen Sie sich, wohin Sie ausgehen? Haben Sie ein mulmiges Gefühl, wenn Sie die *Galeries Lafayette* betreten und vorher durchsucht werden? Das alles sind Fragen, die sich meine Leser stellen.«

»Die Menschen gehen damit um, wie man mit einer Bedrohung eben umgeht. Zunächst kommt die Angst, dann die Solidarität. Irgendwann stellt sich der Alltag wieder ein. Man macht alles wieder so wie früher. Ich muss nicht in einem koscheren Lebensmittelladen einkaufen, wenn Sie das meinen. Aber Sie haben die Militär- und Polizeipräsenz ja gesehen. Bewaffnete Männer und Frauen haben sich ins Stadtbild eingefügt.«

»Ja«, erwiderte Emilia nachdenklich. »Ich habe mich selbst dabei ertappt, dass mir wohler ist, Paris derart bewacht zu sehen.«

»Madame. Wollen Sie mir nicht vielleicht doch sagen, was Sie eigentlich wollen?«

Sage setzte sich hinter seinen Schreibtisch und bat Emilia mit einer knappen Handbewegung, ihm gegenüber in einem Sessel Platz zu nehmen. Sie setzte sich. Er schlug ein Bein über das andere, wippte nervös damit und tippte mit den Fingerkuppen auf den Schreibtisch. Seine Geduld war offenkundig überstrapaziert.

»Ich beabsichtige jedenfalls nicht, hier etwas zu kaufen, Monsieur. Das würde meine finanziellen Mittel eindeutig sprengen.« War es das, was er hören wollte? Sicherlich nicht. »Lassen Sie mich noch einmal auf das Porträt vom Elsass zurückkommen. Es geht in diesem Zusammenhang um die Biografie einer Frau namens Sophie Langenberg. Vermutlich hat sie während der Dreißigerjahre hier in diesen Räumen gelebt«, erklärte sie und sah sich demonstrativ um.

Als der Name von Emilias Großmutter gefallen war, glaubte Emilia, Monsieur Sage habe kurz um die Mundwinkel gezuckt. Wie vor wenigen Wochen vor der Versteigerung im *Le Bonséjour*.

»In diesen Räumen ganz sicher nicht.« Sage schüttelte entschieden den Kopf. »Das weiß ich zufällig genau. Hier gab es immer nur diese Galerie. Vor der Renovierung diente diese Wohnung als Maleratelier.«

»Von Monsieur Fugin.«

Verdattert sah Sage sie an, fing sich aber sofort wieder. »Genau. Und woher wissen Sie das?«

»Aus einem Brief an Sophie Langenberg. Ich stehe in engem Kontakt zu den Erben der Dame.«

Nun war der Köder ausgeworfen. Emilia rang sich ein Lächeln ab.

»Sie haben recht: Fugin hat hier bis in die Vierzigerjahre gewirkt. Nach dem Krieg ging er mit seiner Familie ins Elsass. Das hat seiner Kunst einen großen Schub gegeben. Seine besten Bilder sind dort entstanden. Hier hat er, wenn Sie mir diese Bemerkung erlauben, nichts Besonderes zustande gebracht.«

»Sophie Langenberg war auch eine Malerin«, erklärte Emilia. »Und Fotografin.«

Sage horchte auf, als sei sein alter Kunstinstinkt soeben erwacht. »Wie war der Name dieser Frau, bitte?«

»Sophie Langenberg.«

»Aus Paris?«

Er öffnete eine Schublade seines Schreibtischs, nahm einen Karteikasten und fuhr mit den Fingern durch den Inhalt. »Lebt sie noch? Haben Sie Daten von ihr?«

Er sah Emilia abwartend an.

»Nein, sie ist schon lange tot. Sie war Deutsche beziehungsweise Halbfranzösin. Vor dem Krieg hat sie in Paris gelebt, später dann im *Lubéron*, wo sie verstarb. Sie war bis zum Schluss sehr produktiv.«

»Im *Lubéron*?«, fragte er und runzelte nachdenklich die Stirn.

Emilia nickte.

»Dort war ich einmal vor vielen Jahren. In einem kleinen Ort. Mit dem wohlklingenden Namen *La Lumière*.«

Emilia glaubte, sich verhört zu haben. »In *La Lumière*?«, stotterte sie.

Sage nickte. »Ich habe Bilder gekauft. Meine ersten Bilder, wenn ich ehrlich bin. Ich war noch nicht lange im Geschäft. Müsste in den späten Siebzigern oder Anfang der Achtziger gewesen sein. Von einer Künstlerin. Wie, sagten Sie, war der Name?«

»Sophie Langenberg.«

»Nein«, sagte er. »Da klingelt nichts bei mir. Aber das im *Lubéron* war eine seltsame Geschichte. Eine Auftragsarbeit. Ein sehr verwunschener Ort. Wie hat diese Frau denn ausgesehen? Haben Sie ein Foto von der Künstlerin?«

»Nein.«

Irgendetwas in Emilia sagte ihr, dass Sage die Wahrheit sprach. Über den gemeinsamen Nenner *Lubéron* schien er genauso überrascht wie sie.

»Eine Auftragsarbeit, sagten Sie?«, hakte sie nach. »War es in der *Rue de la Lune*? Erinnern Sie sich daran? Und wer war Ihr Auftraggeber?«

»*Rue de la Lune*«, wiederholte Sage nachdenklich. »Ja, das könnte sein. Den Auftraggeber kenne ich namentlich nicht. Ein kleines typisches *Provence*-Nest. Ein winziges

Haus. Das Atelier befand sich auf dem Anwesen und wirkte wie ein Ziegenstall. Ich habe drei oder vier Gemälde gekauft und einige sehr gute Fotografien. Schwarz-Weiß. Sophie Langenberg. Mag sein, dass die Frau so hieß.«

Also hatte Richard Sage Bilder von ihrer Großmutter gekauft.

»Sie wissen nicht, in wessen Namen Sie die Bilder gekauft haben?«, fragte Emilia und warf Sage ein charmantes Lächeln zu.

Er lehnte sich auf seinem Schreibtischstuhl zurück, verschränkte die Hände am Hinterkopf und wippte mit der elastischen Lehne. »Diskretion ist in meinem Geschäft eine Währung, Madame. Eine sehr stabile Währung. Ein Mann hat mich damals in Paris hier in diesen Räumlichkeiten aufgesucht. Auch ein Kunsthändler. Aber einer von den Studierten. Sehr kultiviert. Er hat in bar bezahlt und keinen Namen genannt. Das ist, wie gesagt, in dieser Branche nicht ungewöhnlich. Vor Ort musste ich feststellen, dass er für die Gemälde eindeutig zu viel bezahlt hat, was mich wiederum an seinem Sachverstand zweifeln ließ. Und er hat eine ziemlich hohe Provision springen lassen. Die Übergabe der Kunstwerke fand hier statt. Daran erinnere ich mich noch. Es war ein kalter Herbsttag. Er kam überpünktlich zu unserer Verabredung. Als habe er sich lange vorbereitet und nur auf diesen Augenblick gewartet. Er hat bar bezahlt und wollte nicht einmal eine Quittung.«

Emilia sah Sage staunend an. »Wissen Sie denn, ob er noch lebt?«

Sage schüttelte den Kopf. »Da ich nicht weiß, wer der

Herr war, habe ich auch seine Biografie nicht verfolgt. Er ist mir nie wieder begegnet, wenn Sie das meinen.«

»Kannte er die Künstlerin persönlich? In welcher Beziehung stand er zu ihr? Kommen Sie, Monsieur Sage. Einen kleinen Hinweis. Es ist sehr wichtig für mich.«

»Für Sie?«

»Für meine Arbeit«, korrigierte Emilia. »Darf ich Sie einweihen, wenn Sie mir versprechen, nichts davon weiterzugeben?«

Sage kniff skeptisch die Augen zusammen und nickte langsam.

»Es geht um *ein* Gemälde, das diese Frau zeigt. Deshalb war ich bereits im Elsass. Ich versuche die Genese jenes Porträts zu ermitteln. Dafür ist mir jeder Hinweis wichtig.«

»Können Sie es beschreiben?«

»Das Porträt einer Frau mit einem Schatten im Gesicht. Surrealismus. Paris. Dreißigerjahre. Ich habe es im Elsass erstanden. Auf jener Auktion.«

»Surrealismus«, wiederholte Sage nachdenklich. »Meinen Sie, es könnte wertvoll sein? Womöglich ein berühmter Urheber? Ein verschollenes Gemälde eines berühmten Surrealisten?« Plötzlich riss er die Augen auf, als habe er eine Eingebung. »Bonnet«, zischte er. »Bonnet. Dieser Fuchs!«

»Bonnet?«

»Mein ehemaliger Kompagnon. Er hat die Kunstwerke im Hause Fugin katalogisiert. Er gilt als einer der besten Kunstschätzer gegenwärtiger Malerei. Keine Fälschung, die unter seinem Mikroskop nicht auffliegt. Er ist gut. Wirklich gut. Steckt er dahinter?«

»Wie soll ich das wissen?«, fragte Emilia zurück. »Handelt es sich bei ihm um das zweite Täubchen der Galerie *les deux petites colombes*?«

Sage schien innerlich zu vibrieren, als sei ihm ein großer Fisch im letzten Augenblick vom Haken entwischt. »Meinen Sie, das Gemälde hat einen gewissen Wert?«

Emilia zuckte die Achseln. »Ich habe nicht die geringste Ahnung von bildender Kunst, wie Sie sicherlich bemerkt haben. Aber andererseits: Auch ein blindes Küken findet einmal ein Korn, sagt ein deutsches Sprichwort.«

Emilia senkte den Blick, sah dann auf und lächelte.

»Und das Gemälde befindet sich in Ihren Händen? Dürfte ich es womöglich einmal sehen? Dann könnte ich Ihnen eine Einschätzung geben.«

»Es ist in Deutschland. Bei mir zu Hause«, erwiderte Emilia und hörte einen Triumph in ihrer Stimme. »Was ist nun mit diesem dubiosen Auftraggeber, Monsieur Sage?«

Er zuckte die Achseln. »Keine Ahnung. Da kann ich Ihnen wirklich nicht weiterhelfen, Madame.«

»Währungen leben vom Tausch und der Nachfrage«, lockte Emilia. »Sie müssen in Umlauf bleiben.«

»Meine Antwort lautet: Nein.«

Seine Stimme klang abweisend. Mit einem Ruck stand er auf. Das Gespräch war beendet. Eilig erhob sich Emilia.

»Nur so viel: Mein damaliger Auftraggeber muss die Künstlerin gekannt haben, Madame. Er hat mir strikt verboten, auch nur unser Zusammentreffen zu erwähnen. Wenn Sie damit etwas anfangen können.«

Jetzt grinste er über das ganze Gesicht, öffnete die Tür und gab Emilia ein Zeichen hinauszugehen.

Im Flur blieb Sage vor der Eingangstür stehen und lehnte seinen Arm an den Rahmen. »Erlauben Sie mir eine Frage, Madame? Warum wollen Sie das alles wissen? Reportage? Attentate? Eine Stadt im Ausnahmezustand? Beleidigen Sie bitte nicht meine Intelligenz.«

Emilia schluckte und blickte ihrem Gegenüber direkt in die Augen. »Sophie Langenberg war meine Großmutter, Monsieur Sage. Womöglich war Paul-Raymond Fugin mein Großvater. Vielleicht haben Sie mir eben doch einen entscheidenden Hinweis gegeben, ohne es zu wollen. Ich bin Ihnen sehr verbunden.«

In diesen Momenten genoss Emilia die französische Sprache, die so voller Floskeln war, die den Anstand und die Höflichkeit wahrten. Allein ihr Ton verriet einen Hauch Sarkasmus.

Sages Gesichtszüge fielen in sich zusammen, als sei sein Kopf ein Ballon, aus dem langsam die Luft herausströmte.

»*Au revoir*, Monsieur Sage, haben Sie vielen Dank für Ihre kostbare Zeit.« Sie öffnete ihre Handtasche, zog eine Visitenkarte heraus und reichte sie ihm. »Für den Fall, dass Ihnen noch etwas einfällt. Ich würde mich gerne revanchieren. Mit einer Reportage über Ihre wunderschöne Einrichtung hier im *Quartier Latin*. Das ist mein Ernst.«

»*Au revoir*, Madame«, gab Sage tonlos zurück, fächerte mit der Visitenkarte und schaute Emilia hinterher, die in den Aufzug stieg. Ein letztes Mal trafen sich ihre Blicke. Ruckartig schloss sich die Tür.

EMILIA

12

Auf der *Place des Vosges* tummelten sich zahlreiche Touristen, die an ihren Fotoapparaten und Smartphones zu erkennen waren. Der faltbare Stadtplan hatte ausgedient. Die *Place des Vosges* war umgeben von vier aneinandergebauten Palais, bestehend aus roten Backsteinfassaden und Arkaden. Zwischen den hohen Dachschrägen ragten Schornsteine auf. Emilia setzte sich auf eine Bank, von der sie einen direkten Blick auf den Springbrunnen in der Mitte des Platzes hatte.

Es verging Minute um Minute, ohne dass Thierry Bonnet auftauchte. Aus Minuten wurde eine halbe Stunde, eine ganze. Der Platz fing an sich zu leeren. Emilia beobachtete, wie sich hinter den Bänken aus dem Gebüsch ein paar streunende Katzen hervorwagten. Nervös warf sie einen Blick auf ihre Uhr. Kurz vor acht.

Emilia nahm ihr Handy und wählte Bonnets Nummer. Nach einer Weile schaltete sich die Mailbox ein.

»Hier spricht Emilia Lukin, Monsieur Bonnet. Haben Sie unsere Verabredung vergessen? Ich bin hier auf der *Place des Vosges*. Ihre Katzen sind auch schon da«, flüsterte sie.

Mit einem mulmigen Gefühl beendete sie das Telefonat. Ihre Unruhe nahm zu. Aus irgendeinem Grund war sie sicher, dass auf Monsieur Bonnet Verlass war. Kurz vor halb neun stand sie auf und verließ den Platz über den Hauptzugang. Vor der Synagoge in der *Rue de Tourennes* machte sie halt.

Auf der gegenüberliegenden Straßenseite fand sie tatsächlich das Namensschild von Monsieur Bonnet. Sie klingelte, und zu ihrer Überraschung ertönte der Türöffner. Aus dem Concierge-Häuschen im Inneren winkte sie eine ältere Frau mit orangefarbenen Haaren heran.

»Ich bin auf der Suche nach Thierry Bonnet«, erklärte Emilia.

»Gehören Sie zur Familie?«, wollte die Concierge wissen. Sie schob die kleine Glasscheibe vor sich auf, duckte sich und warf Emilia einen prüfenden Blick zu.

Emilia schüttelte den Kopf.

»Dann tut es mir leid. Ich bin nicht befugt, Ihnen Auskunft zu geben.«

»Ist etwas passiert?«, fragte Emilia erschrocken. »Ich war mit Thierry Bonnet verabredet. Privat. Es ist sehr wichtig.«

»Monsieur Bonnet ist heute Morgen ins Krankenhaus gebracht worden«, erklärte die Concierge und tippte mit ihren lackierten Nägeln auf ein vor ihr aufgeklapptes Buch. »Ein Sturz. Ich habe ihn hier auf der Treppe gefunden. Glücklicherweise ist es hier passiert. Nicht auszudenken, wenn der arme Mann in seiner Wohnung gestürzt wäre. Mutterseelenallein.«

»Etwas Ernstes?«

Die Concierge zuckte die Achseln. »Das kann ich Ihnen

beim besten Willen nicht sagen. Aber die Sanitäter haben etwas von einem Knochenbruch gemurmelt. Handgelenk.«

Wenn das stimmte, überlegte Emilia, bedeutete das eine Operation. Sie kannte das bereits von Pauline. In einer Routineoperation wurde das Handgelenk mit einer Platte fixiert. Ein kleiner, harmloser Eingriff. Auch in Bonnets Alter?

»Bitte, Madame! Wo haben sie ihn hingebracht?«

»Von hier aus geht es meistens ins *Hôpital Hôtel-Dieu*. Nicht weit von hier. Auf der *Île de la Cité*. Am besten Sie fragen dort nach ihm. Er kommt bestimmt wieder auf die Beine. Aber von mir haben Sie es nicht.«

Emilia bedankte sich und verließ das Haus in Richtung der belebten Fressmeile des *Marais*. Je weiter sie sich von Monsieur Bonnets Wohnsitz entfernte, desto klarer wurde ihr: Sie konnte unmöglich ins Krankenhaus fahren. Das wäre indiskret. Etwas traurig, aber auch beunruhigt lief sie zur *Rue de Rosiers* im Herzen des *Marais* und bestellte bei *Chez Hanna* ein Auberginen-Curry zum Mitnehmen und Wasser. Ein verführerischer Duft nach Knoblauch und exotischen Gewürzen strömte aus dem beliebten Schnellimbiss. Im Inneren waren die wenigen Sitzplätze belegt, und Emilia beschloss, auf einer Bank unter einem Eichenbaum ihr Essen einzunehmen.

Die Dämmerung hatte eingesetzt. In den engen Gassen waren die Lichter angegangen. Immer noch flanierten Menschen durch das Viertel. Touristen. Pariser. In kleinen Parkanlagen spielten Kinder. Das *Marais* beherbergte wieder junge Familien. Männer mit Kippas diskutierten auf den Plätzen vor den Cafés.

Ein Außenstehender, der nicht wusste, wie sehr gerade dieses Viertel vor über einem Jahr noch erschüttert worden war, konnte das alles für Normalität halten. Die Menschen bewegten sich frei in dem einst jüdischsten aller Viertel von Paris. Aber bei genauem Hinsehen bemerkte man überall Polizei und Militär, die sich dezent an zentralen Stellen platziert hatten.

Als Emilia aufstehen wollte, klingelte ihr Handy.

»Mama?«, fragte sie, als sie Paulines Handynummer sah.

»Ach, hallo Emilia. Gut, dass du anrufst.«

»Du hast mich angerufen«, korrigierte Emilia. »Ist etwas nicht in Ordnung?«

»Ich bin müde«, erklärte ihre Mutter. »Die Kur ist anstrengend.«

»Kur?«, fragte Emilia alarmiert. »Welche Kur?«

»Na das, was sie hier mit mir machen. Sie haben mich verkabelt. Ich trage ein piepsendes Gerät um den Körper. Wie eine Bombe.« Sie kicherte. »Mischa hat mich heute besucht. Er hat mir Bücher mitgebracht.«

Erleichtert atmete Emilia durch. »Hat er dir nicht erklärt, dass das ein Langzeit-EKG ist, um deinen Herzschlag zu überwachen?« Immerhin wusste ihre Mutter auf Anhieb den Namen ihres Enkels.

Pause. Pauline schien zu überlegen. »Mischa ist doch viel zu klein«, sagte sie dann.

Emilia stutzte. »Mischa studiert. Ich bin gerade in Paris«, sagte sie im aufgesetzten Plauderton. »Dein Enkel Mischa lebt in einer Wohngemeinschaft in Stuttgart.«

»In Paris ist doch Schreckliches passiert. Ein Bombenattentat. Bist du in Ordnung?«

»Das ist eine Weile her. Aber ja, das stimmt. In jüngster Zeit gab es zwei grausame Attentate. Ich habe darüber eine Reportage geschrieben.«

»Du solltest bei deinen Kindern sein«, sagte Pauline streng. »Sie sind noch klein. Was, wenn dir etwas passiert?«

»Sie sind erwachsen«, stöhnte Emilia und fuhr sich durch ihr Haar. »Mir passiert nichts. Du müsstest das Militäraufgebot hier sehen.«

»Militär? Der kleine Mischa muss zur Schule.«

»Universität«, korrigierte Emilia. »Mischa studiert.«

»Dreh mir das Wort nicht im Mund herum! Er braucht seine Mutter. Wann kommst du zurück? Holst du mich hier raus, wenn die Kur zu Ende ist?«

»Ich hoffe ja, Mama. Sobald es dir besser geht.«

Sie verabschiedeten sich, und Emilia legte mit einer Mischung aus Beunruhigung und Ratlosigkeit ihr Handy zurück in ihre Tasche. Wie konnte es sein, dass Pauline Ereignisse wie das Attentat von Paris präzise formulierte und in der Familiengeschichte ihre Zeit stehen geblieben war?

Emilia entsorgte den Pappkarton mit dem Plastikbesteck und machte sich auf den Weg in ihre Pension. Morgen Früh um elf Uhr würde ihr Zug nach Avignon fahren. Sie wollte bald zu Bett gehen, ausschlafen und morgen entscheiden, ob sie Bonnet noch einmal kontaktierte. In ihrem kleinen Pensionszimmer nahm sie ein Bad und legte sich dann schlafen.

Am nächsten Morgen wurde sie vom Klingeln ihres Handys geweckt. Als sie auf die Uhr sah, war es kurz nach neun. Sie hatte über zwölf Stunden geschlafen.

»Es tut mir leid, Madame«, meldete sich eine Stimme,

die etwas heiser klang. Thierry Bonnet. »Es gab leider einen kleinen Zwischenfall.«

»Monsieur Bonnet«, sagte Emilia erfreut. Blitzschnell war sie wach, setzte sich auf und sah zum Fenster. Durch einen Spalt der geöffneten Vorhänge zeigte sich ein strahlend blauer Herbsthimmel. »Wie schön, Ihre Stimme zu hören. Ich habe mir Sorgen gemacht. Wie geht es Ihnen?«

Ein Knistern in der Leitung.

»Gut. Ganz gut. Ich bin im Krankenhaus. Die haben mich gleich gestern Abend operiert. Keine große Sache. Mein Handgelenk ist gebrochen. Das wird wieder. Ich bleibe noch eine Nacht. Die Ärzte wollten sichergehen. Sagen Sie, Madame, wollen Sie mich nicht besuchen? Ich hätte Sie schon sehr gerne gesprochen, bevor Sie wieder abreisen. Wann geht es denn zurück nach Deutschland?«

Erneut warf Emilia einen Blick auf ihre Uhr. Sie hatte die Rückfahrt mit dem *TGV* bereits gebucht. »Sehr gerne, Monsieur Bonnet. Ich hätte mich nicht getraut, Sie darum zu bitten. Mein Zug geht um elf Uhr. Nach Avignon.«

»Sie bleiben in Frankreich?«

»Vorerst ja. Ich habe ein Häuschen in der Provence.«

»Also, dann *müssen* wir uns sehen. Wann?«

»Das kommt darauf an, wo Sie sind.«

Er nannte ihr die Adresse, die Station und seine Zimmernummer. Tatsächlich hatte man Thierry Bonnet ins *Hôpital Hôtel-Dieu* auf der *Île de la Cité* gebracht.

»Bis gleich, Monsieur Bonnet«, sagte Emilia. »Ich bin in einer knappen Stunde bei Ihnen. Ich freue mich.« Sie schlug die Bettdecke zurück, sprang auf, eilte ins Bad und drückte die Zahnpasta auf die Bürste.

Vierzig Minuten später machte sich Emilia mitsamt ihrem Reisegepäck auf den Weg, kaufte in einer Boulangerie ein Mitbringsel und einen Kaffee im Pappbecher. Als sie das Krankenhaus erreichte, hatte sie noch etwas mehr als eine Stunde bis zur Abfahrt des Zuges, einen lauwarmen *coffee-to-go* und eine kleine *tarte d'abricot* für Monsieur Bonnet.

Thierry Bonnet lag blass in seinem Krankenhausbett. Auf dem Nachttisch thronte ein knallroter Radiowecker mit großen Digitalziffern. Das Zimmer machte einen komfortablen Eindruck. Als Bonnet Emilia bemerkte, setzte er sich auf und legte sein Mobiltelefon zur Seite. Über sein Gesicht huschte ein Lächeln.

»Da sind Sie ja. Haben Sie es gleich gefunden?« Er winkte Emilia zu sich. »Ich habe gerade unsere Concierge instruiert, sie möge sich heute Abend um meine armen Katzen kümmern. Niemand tut das sonst.«

»Ich habe Ihre Schützlinge gestern gesehen, Monsieur Bonnet. Sie sahen noch ziemlich gesund und wohlgenährt aus«, sagte Emilia. »Sie sollten die Tiere nicht mästen, Monsieur.« Sie trat an Bonnets Kopfende, stellte die Tarte neben dem Radiowecker ab und reichte Bonnet die Hand, die er mit seiner unverletzten drückte.

»Sie sind ein bisschen dick«, sagte Bonnet und rollte die Augen. »Aber sie sind alles, was ich habe, Madame. Vielen Dank für die Tarte. Ich liebe Aprikosenkuchen. Trinken Sie Ihren amerikanischen Kaffee, und setzen Sie sich zu mir.« Er schüttelte sich. Emilia grinste, trank den Rest aus ihrem Becher und warf ihn in einen bereitstehenden Papierkorb. »Kommen Sie, Madame. Ich liege nicht im Sterben. Nehmen Sie sich den Schemel dort drüben.« Er zeigte auf einen Hocker, winkte Emilia an sein Kopfende und wartete, bis sie sich gesetzt hatte. In seinen dunklen Knopfaugen entdeckte Emilia jene wache Intelligenz, die sie bereits im Elsass gesehen hatte. »Nun, was kann ich für Sie tun, mein Kind?«

»Hatten Sie Zeit, Ihren Wecker mitzunehmen?«, fragte Emilia augenzwinkernd und deutete auf das knallrote Prachtstück auf dem Nachttisch.

»Hat mein Vorgänger zurückgelassen. Er hat diesen Ort im Übrigen lebend verlassen«, erwiderte Bonnet mit einem Grinsen. »Also, was führt Sie zu mir?«

Die digitale Anzeige stand auf 10:05 Uhr.

»Ich war vorgestern in der *Rue Jacob*«, erklärte Emilia. »Bei Monsieur Sage, dem Täubchen.« Abwartend sah sie in Bonnets Gesicht, um darin lesen zu können, aber er verzog keine Miene.

»Sage, das Täubchen«, wiederholte er nach einer Pause. »Was wollten Sie von ihm wissen?«

»Monsieur Bonnet«, sagte Emilia mit gespieltem Vorwurf. »Indirekt haben Sie mich ja dort hingeschickt!«

Bonnet lächelte amüsiert. »Trotzdem weiß ich nicht, was Sie dort wollten, chère Madame. Ich kann es nur ahnen.«

»Ahnen?«

»Dass es mit dem Kauf des Bildes im Elsass zu tun hat.«

»Hat es. Ich wollte wissen, ob Sophie Langenberg einmal in der *Rue Jacob* gelebt hat.«

»Sophie Langenberg?«

»Diejenige auf dem Porträt *Frau im Schatten*. Sophie

Langenberg war meine Großmutter und womöglich die frühere Geliebte von Fugin.«

Als der Name Fugin fiel, weiteten sich Bonnets Augen interessiert. Er hievte sich nach oben, bis er fast aufrecht saß. »Fugin hatte eine Geliebte? Ist ja nicht zu fassen. Er hatte doch immer nur Augen für sich und seine Kunst. Und Sie wären dann also die Enkelin? Das wäre allerdings eine völlig neue Entwicklung.«

Emilia konnte förmlich sehen, wie es hinter Bonnets Stirn arbeitete.

10:08 Uhr. In spätestens zwanzig Minuten würde sie hier aufbrechen müssen. Der Bahnhof war nicht weit entfernt, aber die Halle war riesig.

»Fugin – mein Großvater? Ich kann das bisher nur vermuten, Monsieur. Ich tappe noch ziemlich im Dunkeln. Von welcher Entwicklung sprechen Sie?«

»Wenn Fugin eben doch Erben hätte …«

»Hatte Paul-Raymond Fugin denn keine Kinder?«

Bonnet schüttelte den Kopf. »Seine Ehe mit Chloé blieb kinderlos. Wie war er – Sage?« fragte er kritisch. War er nett zu Ihnen? Hat er versucht, Sie auszufragen?«

»So leicht geht das nicht«, lachte Emilia. »Eigentlich war er sehr höflich. Aber viel habe ich nicht erfahren.«

»Haben Sie sich zu erkennen gegeben?«

Emilia nickte.

»Wunderbar! Sie könnten ihm das Erbe streitig machen. Wenn Sie Fugins Enkelin sind, würde das ein völlig neues Kartenblatt ergeben. Ahnen Sie die Zusammenhänge?«

Emilia schüttelte den Kopf. An ein Erbe hatte sie noch keinen einzigen Gedanken verschwendet. »Es gibt also keine gesetzlichen Erben«, sagte sie kleinlaut. »Erbt Sage denn von den Fugins? Dieses marode Château? Wer möchte das denn haben? Das ist ja wie eine insolvente Fluggesellschaft.« Sie unterdrückte ein Lachen.

»Sage ist einer der Testamentsvollstrecker der Fugins.«

»Und der andere?«

Bonnet tippte mit der Gipsschiene auf seine Brust. »Bin ich.«

»Sie sind ganz schön ausgefuchst, Monsieur Bonnet.«

»Sind Sie sicher, dass Fugin Ihr Großvater war?«

»Keineswegs. Wie könnte ich? Meine Mutter kennt ihren Vater ja nicht einmal.«

Erneut wurde Emilia die unerträgliche Situation für Pauline bewusst.

»Monsieur Bonnet, was verbindet Sie mit Monsieur Sage? Und warum spüre ich eine gewisse«, sie suchte nach dem passenden Wort, »eine gewisse Genugtuung in Ihren Worten?«

»Wir waren lange Geschäftspartner. In der *Rue Jacob* haben wir einst unser Büro geteilt, nachdem Fugin sein Atelier aufgab und ins Elsass zog. Kunsthandel. Sage und ich kannten Fugin bereits aus dessen Pariser Zeit. Früher war der Kunsthandel ein einträgliches Geschäft, müssen Sie wissen. Die Reichen haben in Kunst investiert, wenn auch nicht in dem Ausmaß, wie das in den Dreißigerjahren der Fall war. Sage und ich hatten getrennte Bereiche, jeder kümmerte sich um sein Spezialgebiet. Eines Tages hat Sage angefangen, in Immobilien zu investieren, Appartements in der Innenstadt zu verkaufen. Da habe ich gemerkt, dass mir dieser Kerl meine Kunden abwirbt. Beweisen konnte ich es ihm allerdings nie. Ich habe so lange auf diesen Tag gewartet.«

»Auf welchen Tag?«

»Dass er für seine Machenschaften bezahlen muss.«

»Welche Machenschaften?«

»Er hat versucht, Madame Fugins letzten Willen zu umgehen.«

»Versucht?«

»Ja. Sie starb erst viele Jahre nach ihrem Mann. Es existiert ein gemeinsames Testament, dem Madame Fugin nach dem Tod ihres Gatten ein privates hinzugesetzt hat. Das war ihr gutes Recht. Das Château kam schließlich von ihrer Seite. Die Eltern von Madame Fugin waren vermögend, nicht die Fugins. Erst fünfzehn Jahre nach Chloé Fugins Ableben durfte das Interieur veräußert werden.«

»Und die Versteigerung im Elsass markierte den Ablauf der Frist?«

»Ganz genau. Es gibt zwei große zu veräußernde Werte. Das Interieur mit seinen Kunstgegenständen und das Château selbst. Für Ersteres war ich zuständig, die Sache mit dem Château fällt in Sages Aufgabenbereich. Nach dem Willen Madame Fugins muss Sage es einer gemeinnützigen Stiftung bereitstellen. Für einen symbolischen Geldbetrag von einem Euro, wenn ich nicht irre. Die durch die Auktion erzielten Gewinne fließen in die Renovierung. Anschließend soll das Gebäude eine Bildungs- und Stipendiumsstätte für angehende Künstler werden.«

»Und Sage hält sich nicht daran.«

»Schlaues Kind! Er hatte einen Investor aufgetrieben, der viel Geld hinlegen wollte, um das Château in eine hochpreisige Seniorenresidenz umzuwandeln. Ich aber wache über das Geschehen mit Argusaugen. Dazu hat mich Madame Fugin beauftragt. Sie hat ihm auch nicht getraut.«

»Sie und Sage überwachen sich sozusagen gegenseitig. Die beiden Täubchen.«

Bonnet lächelte verschmitzt. »Schicker Name für eine Galerie, nicht wahr?«

»Man könnte meinen, die beiden Inhaber würden einander mögen.«

Bonnet wischte mit der Hand durch die Luft. »Könnte man! Chloé Fugin war raffiniert. Hat zwei Erzfeinde mit diesen Aufgaben betraut. Gemeinsam könnten Sage und ich den Letzten Willen mit einigen Tricks aushebeln. Aber das kommt niemals infrage. Und sei die Verlockung noch so groß.«

Er atmete tief durch und blinzelte. Immer wieder fielen Thierry Bonnet die Augen zu. Langsam rutschte er aus seiner Sitzposition wieder in die Vertikale.

»Kann ich irgendetwas für Sie tun, Monsieur Bonnet? Jemanden benachrichtigen?«

Inzwischen zeigte die Uhr 10:27 Uhr. Noch drei Minuten. Dann musste sie wirklich los.

»Meine Tochter weiß schon Bescheid. Ich danke Ihnen. Sie ist von Lille auf dem Weg hierher. Aber das ist gar nicht nötig. Zwei Tage und ich bin wieder fit. Möge dieser Kerl in der Hölle schmoren. Möge Ihrer Großmutter Gerechtigkeit widerfahren.«

»Sie sind ein guter Mensch, Monsieur Bonnet. Ich danke Ihnen. Aber mit dem Château von Madame Fugin hat meine Familie nichts zu tun. Und das soll auch so bleiben. Sie müssen also Ihren Feldzug gegen Sage ohne meine Hilfe führen.«

Emilia machte Anstalten sich zu erheben und reichte Bonnet zum Abschied die Hand. Sie warf einen Blick auf seine operierte Hand. »Werden Sie schnell wieder gesund.«

»Mein Feldzug läuft bereits auf Hochtouren.« Bonnet grinste. »Sie haben recht, Madame, was das Château angeht. Aber das Interieur? Es sind immense Summen zusammengekommen. Sie könnten das Testament anfechten.« Mit müden Augen zwinkerte er Emilia zu.

Emilia schüttelte den Kopf und hob abwehrend die Hände. »Ich möchte damit nichts zu tun haben. Das ist nicht der Grund meiner Recherche. *Au revoir*, Monsieur Bonnet.«

Emilia drehte sich um und ging zur Tür.

»Da wäre noch etwas, Madame«, sagte Bonnet, als Emilia bereits die Klinke in der Hand hatte. Sie blickte zurück, und er winkte sie zu sich. »Etwas, das mir auf der Seele brennt. Treten Sie noch einmal näher. Bitte.«

Auf einmal war ihm seine Erschöpfung deutlich anzusehen. Er konnte kaum noch die Augen offen halten und kippte immer wieder für Sekunden den Kopf zur Seite. Lautlos bewegte er die Lippen.

»Wir könnten morgen telefonieren, Monsieur Bonnet.«

Sie starrte auf den knallroten Wecker. 10:33 Uhr – eigentlich wollte sie schon unterwegs sein.

»Das Porträt *Frau im Schatten*«, hauchte Bonnet.

Emilia horchte auf. Die Anzeige sprang auf 10:34 Uhr. Sie würde zur *Gare de Lyon* rennen müssen.

»Es hat eine sonderbare Reise hinter sich. Als es in den Achtzigerjahren im Château eintraf, war es nicht signiert.«

»Nicht signiert? Was bedeutet das?«

»Dass Fugin nicht der Maler sein kann. Ganz einfach. Ich habe damals die Kunstwerke, die angeschafft wurden, katalogisiert. Es war nicht signiert. Dafür lege ich meine Hand ins Feuer.«

»Wer war dann der Maler?«, fragte Emilia verdattert. »Das ist ja ein ungeheurer Verdacht, den Sie da aussprechen, Monsieur.«

Mit seiner freien Hand strich Bonnet über die Bettdecke. »Darüber bin ich mir im Klaren, Madame Lukin. Kunstdiebstahl. Eine bewusste Vortäuschung falscher Tatsachen.«

»Monsieur Sage sagte mir, dass Sie das Interieur vor der Auktion katalogisiert hatten. Er meinte, Sie seien einer der besten Kunstschätzer überhaupt. Hätten Sie dann nicht Klarheit schaffen müssen?«

»Vielleicht hätte ich das. Aber Fugin war ein wichtiger Kunde von mir«, sagte Bonnet und hob vielsagend die Brauen. »Und dann sind Sie aufgetaucht. Leider gibt es keinen Zeugen für meinen Verdacht. Und jetzt sind alle tot. Es sei denn …« Er öffnete die Augen und rieb sich die Schläfe. »Das Porträt *Frau im Schatten* wurde persönlich angeliefert. Von jemandem, der den Fugins nahestand. Ein Verwandter. Er könnte noch leben.«

»Und wer war das?«

Bonnet tippte mit den einzelnen Fingern seiner linken Hand auf seine Bettdecke, als spiele er Klavier. »Warum sollte er auch nicht leben?«, sprach er wie zu sich selbst und starrte zur Decke. »Er war ein paar Jahre älter als ich. Wie hieß er bloß?«

»Von wem sprechen Sie?«, fragte Emilia ungeduldig.

»Von dem Kerl, der das Bild damals abgegeben hat.«

»Sie kannten ihn? Haben Sie ihn denn persönlich gesehen?«

Er schüttelte den Kopf. »Er kam in meiner Mittagspause. Das Hausmädchen hat mir davon berichtet. Er hat unterschrieben. Das war so üblich. Jeder Eingang wurde protokolliert.«

»Mit welchem Namen hat er unterschrieben?«

10:37 Uhr. Emilia würde unterwegs ein Taxi anhalten.

»Genau diesen suche ich ja«, rief Bonnet verzweifelt. »Seit Sie mich angerufen haben, Madame, zermürbe ich mir den Kopf darüber. Die Schwiegereltern von Fugin hatten einen Ziehsohn. Chloés Stiefbruder.«

»Chloé Fugin hatte einen Bruder, der noch lebt?«

Emilias Herz schlug bis zum Hals.

Bonnet nickte zerstreut. »Kein richtiger Bruder, ein angenommener. Er wurde meines Wissens nach nicht adoptiert, ist also kein infrage kommender Erbe. Der hat damals unterschrieben. *Ihn* sollten Sie unbedingt kontaktieren. Wie hieß er noch?«

»Und das Protokoll von damals? Gibt es das noch?«

Bonnet schüttelte den Kopf. Seine Wangen hatten sich rosig verfärbt, die Blässe aus seinem Gesicht war gewichen. Unaufhörlich klopfte er mit seinen freien Fingern auf die Bettdecke.

»Hatte er etwas mit Kunst zu tun?«, versuchte Emilia Monsieur Bonnet auf die Sprünge zu helfen.

Noch knapp zwanzig Minuten bis zur Abfahrt des Zuges. Die *Gare du Lyon* war bestimmt auch in zehn Minuten zu erreichen. Alles, was Emilia brauchte, war ein Taxi.

»Nein. In der Pariser Kunstszene ist er mir nie begegnet. Und Sie dürfen mir glauben: Ich kannte alles, was Rang und Namen hatte. Er verschwand so klanglos, wie er einst gekommen war. Ich erinnere mich dunkel an ihn aus Kindertagen. Damals im Château las ich die Unterschrift und war mir sicher: Das ist er gewesen. Warum weiß ich diesen Namen jetzt auf einmal nicht mehr?« Hilflos sah er Emilia an. »Bin ich senil?«

»Das ist Jahrzehnte her, Monsieur Bonnet«, versuchte Emilia ihn zu beruhigen. »Aber warum sollte er gegen die Fugins aussagen?«

»Chloé Fugin und ihr Ziehbruder waren sich spinnefeind.«

»Wo könnte er leben? Hier in Paris?«

Bonnet zuckte die Achseln. »Warum nicht? Im Paris meiner Kindheit ist er mir zum ersten Mal begegnet. Die Nachbarn haben damals geredet. Dies und das. Ich selbst war noch ein Kind. Sie ahnen nicht, was vor dem Krieg in Paris los war. Man hörte das Gras wachsen, bevor die Deutschen kamen. Und dann der Aufbruch. Die Deutschen fanden eine leere Metropole vor. Zwei Drittel der Bevölkerung war vor den Deutschen geflohen.«

»Sie kannten ihn also schon als Kind«, drängte Emilia, um zu verhindern, dass Bonnet abschweifte. Sie brauchte jetzt keine Geschichtsstunde, sondern Informationen, die sie weiterbrachten. Wer war der ominöse Bruder von Chloé Fugin, und in welcher Beziehung stand er zu ihrer

Großmutter? »Persönlich? Wo könnte er sein? Er *muss* meine Großmutter gekannt haben. Sie hat bei den Bihels gearbeitet!«

Emilia hatte das Gefühl, ganz dicht vor einem Durchbruch zu stehen. Als könnte sie einen schmalen Lichtstrahl am Ende des Tunnels sehen.

»Wirklich?«, fragte Bonnet.

Emilia nickte und starrte auf die Minutenangabe von Bonnets Wecker. 10:42 Uhr.

»Und ich kenne ihren Namen nicht?«

»Sie kannten ihn also als Kind, sagten Sie«, drängte Emilia.

»Was man als Kind so zu kennen glaubt. Im Krieg haben wir mit selbst gebastelten Fußbällen in irgendwelchen Hinterhöfen Fußball gespielt. Können Sie sich das vorstellen?«

Mit müden Augen sah er Emilia an, die resigniert den Kopf schüttelte. »Denken Sie bitte nach, Monsieur Bonnet. Sein Name!«

»Ich weiß nur noch, dass er eines Tages wie vom Erdboden verschwunden war. Weg. Er war einfach nicht mehr da. Wie viele andere. Dieser schreckliche Krieg. Ich habe mich erst wieder an ihn erinnert, als ich vierzig Jahre später den Namen mit der Unterschrift sah.«

Er seufzte. In achtzehn Minuten würde Emilias TGV abfahren.

»Womöglich hieß er doch Bihel mit Nachnamen?«

Bonnet schüttelte den Kopf. »Die Bihels haben ihn nicht adoptiert, obwohl er ihnen nahestand, als sei er ihr eigenes Kind. Madame Bihel muss den Jungen abgöttisch geliebt haben. Das hat mir Madame Fugin einmal anvertraut. Ich glaube, dass sie eifersüchtig auf ihn war. Zwischen ihm und Chloé muss es ein regelrechtes Zerwürfnis gegeben haben. Wie hieß er noch?« Bonnet machte eine lange Pause, schloss die Augen und öffnete sie wieder. »Er besaß einen ganz seltsamen Namen. Liegt mir auf der Zunge. Kein französischer Klang. Das weiß ich noch. Für meine Ohren hörte sich der Name sehr fremd an. Mehrsilbig. Es tut mir leid«, seufzte er dann und sah Emilia traurig an. Er hob seinen gesunden Arm in die Höhe und ließ ihn auf die Gipsschiene fallen. »Ich komme beim besten Willen nicht drauf.«

»Denken Sie bitte nach, Monsieur Bonnet. Es ist wichtig«, insistierte Emilia ein letztes Mal. »Wenn ich ein bestimmtes Wort suche, gehe ich immer das Alphabet durch, um den Anfangsbuchstaben des Wortes zu finden.«

Eine unendlich lange Pause entstand, während Bonnet die Lippen lautlos bewegte.

Die Uhr sprang auf 10:44 Uhr.

»I.J.K.L.M. Ach, ich bin ganz wirr, als sei in meinem Kopf alles durcheinandergeraten«, sagte er jetzt vorwurfsvoll. »Das kommt von dieser Narkose. Einkaufszettel. Katzenfutter. Habe ich den Herd ausgeschaltet? Die Telefonrechnung bezahlt? Aber machen wir uns nichts vor. Mein Gedächtnis lässt nach. Früher hat es hervorragend funktioniert. Heute notiere ich mir, dass mittwochs eine Putzfrau kommt und wie sie heißt. Die wechseln aber auch ständig in diesen Zeiten. Es ist ein Jammer! Wie soll man sich all die Namen merken? Jede Woche ein neues Gesicht. Ein anderer Akzent. Das hält doch kein Mensch aus. Sie müssten meine Wohnung sehen – überall hängen Zettel herum! Wieso komme ich nicht auf diesen verdammten Namen? Die Narkose ist schuld. Es heißt, dabei sterben unzählige Gehirnzellen ab. Ich werde verblöden, Madame Lukin. Ja, so ist es. P. R. S. Y. Z.«

Erschöpft tippte Thierry Bonnet mit den Fingern auf die Bettdecke, öffnete die Augen, strich dann mit der flachen Hand über die Decke, hin und her, bis die Bewegung weniger und weniger wurde.

»Das werden Sie nicht, Monsieur Bonnet«, flüsterte Emilia, nahm seine gesunde Hand und streichelte sie. »Ganz ruhig. Es ist alles gut. Sie müssen das jetzt nicht herausfinden. Ich bin sicher, es liegt an der Narkose. Das Absterben von Gehirnzellen ist ein Ammenmärchen, habe ich gelesen. Machen Sie sich keine Sorgen, Monsieur. Meine Mutter war danach auch ganz durcheinander. Sie brauchen nur Ruhe. Versuchen Sie ein wenig zu schlafen. Das Wichtigste ist, dass sie gesund werden. Sie haben mir schon so sehr geholfen. Dafür danke ich Ihnen von Herzen. Es ist alles gut.«

Thierry Bonnet atmete tief durch, erwiderte den Druck ihrer Hand und schloss mit einem Seufzer die Augen. Emilia blieb, bis sie das Gefühl hatte, Bonnet sei eingeschlafen. Langsam hob und senkte sich seine Brust, und ein leises Schnarchen war zu hören.

»Vielen Dank«, flüsterte Emilia, legte ihre Visitenkarte auf den Nachttisch und ging anschließend auf Zehenspitzen in Richtung Tür. »Werden Sie gesund, Monsieur Bonnet.«

Sie zog den breiten Träger ihrer Reisetasche über die Schulter und eilte zum Aufzug. Unten angekommen, rannte sie über den *Pont Notre-Dame* zur *Rue Rivoli*. Weit und breit kein Taxi in Sicht. Sie nahm die *Métro* in Richtung *Gare de Lyon* und erreichte die Bahnhofshalle genau sechzig Sekunden vor Abfahrt ihres Zuges. Verzweifelt suchte sie das Gleis, bis sie sich an die Logistik der Pariser Bahnhöfe erinnerte. Etwa zwanzig Minuten vor Abfahrt der Züge wurde auf einer großen Anzeigentafel das entsprechende Gleis bekannt gegeben.

Mit letzter Kraft lief sie dorthin, wo eine Menschentraube verharrte, den Blick kollektiv auf jene große Anzeigetafel gerichtet. Rings um sie Geplapper von mit ihrem Smartphone telefonierenden Menschen. Die ganze Welt schien zu wissen, was es zu sagen gab. Niemand hier suchte nach den Anfangsbuchstaben eines vergessenen Namens, hetzte der Biografie einer Unbekannten hinterher oder bemühte sich Fälschern das Handwerk zu legen. Die *Gare de Lyon* schien ein rätselloser Ort zu sein.

Erschöpft ließ sie die schwere Reisetasche zu Boden gleiten. Der Tragegürtel hatte an ihrer Schulter eingeschnitten und schmerzte. Obwohl sie bereits wusste, dass sie ihren Zug nicht mehr erreichen würde, suchte sie mit den Augen das Gleis ihres TGV. Sie massierte ihre schmerzende Schulter, neigte ihren Kopf zu den Seiten und wischte sich mit dem Handrücken über die feuchte Stirn. In diesem Moment blinkten die roten Leuchtbuchstaben *TGV Paris–Avignon* auf.

Es war zu spät.

»Achtung auf Gleis 106 C. Der TGV Paris–Avignon ist abfahrbereit«, ertönte die weibliche Lautsprecherstimme, weich und verständnisvoll wie die einer Seelsorgerin. »Bitte zurücktreten. Die Türen schließen selbsttätig. Wir wünschen unseren Reisenden eine angenehme Fahrt.«

Mit einem Seufzer nahm Emilia ihr Gepäck, hievte den Tragegürtel auf die andere Schulterseite, drehte sich um und taumelte gegen den Menschenstrom durch die Bahnhofshalle zum nächsten Informationsschalter, während die sonore Frauenstimme die Reisenden vor Taschendieben warnte.

Wie aus der Ferne hörte Emilia die Warnung ein weiteres Mal in englischer, deutscher und japanischer Sprache. Der Gedanke, sich gleich hier auf eine Bank zu legen und einfach zu schlafen, streifte sie. Plötzlich fühlte sie sich ausgelaugt und kaputt, als habe sie ein fünfstündiges Interview geführt.

Als sie drei Stunden später im nächsten TGV nach Avignon saß, hatte sie sich dank einer Wasserflasche und einem heißen Kaffee aus der Bordküche ein wenig erholt. Sie ließ die Gespräche von gestern und heute Revue passieren und bedauerte es, Monsieur Bonnet so zugesetzt zu haben.

Auf der Höhe von Dijon rief sie in der *Rue Jacob* an.

»Ich habe Monsieur Bonnet getroffen«, erklärte sie einem begriffsstutzigen Richard Sage. »Monsieur Thierry Bonnet«, präzisierte sie. »Ihren ehemaligen Kompagnon. Das andere Täubchen. Er hat Wind bekommen von der Sache mit dem Château. Ziehen Sie zurück, Monsieur Sage! Noch ist Zeit dafür. Monsieur Bonnet ist im Krankenhaus. Sie sollten ihn besuchen und Frieden mit ihm schließen. Er ist ein guter Mensch.«

Was redete sie da bloß?

»Ist es etwas Ernstes?«, wollte Sage wissen, und einen Moment lang wusste Emilia nicht, ob er nach ihrem Zustand oder nach dem von Bonnet fragte.

»Nein. Es geht ihm gut. Ich wollte mich bei Ihnen bedanken, Monsieur Sage. Es war nett, dass Sie mich empfangen haben. Bitte entschuldigen Sie, wenn ich Ihnen gegenüber unhöflich war.«

»Nicht der Rede wert.«

Als Emilia sich verabschieden wollte, unterbrach sie Sage. »Mir ist da noch etwas eingefallen, Madame. Wegen dieses anonymen Auftraggebers.«

Alarmiert richtete sich Emilia auf. Der Zug beschleunigte sich. Durch die Fensterscheibe sah sie Sträucher und Bäume vorbeirauschen.

»Es war seine Art. Sein unglaublich höfliches Benehmen.«

»Wie bitte?«

»Dieser Fremde mit dem Auftrag.«

»Wissen Sie noch, wie er aussah?«

»Groß, schlank. Etwas längere, sehr gepflegte Haare. Franzose. Bildungsbürger mit vollendeten Manieren. Ich kenne diese arroganten Typen! Mit diesem Hochfranzösisch, das nur Absolventen von Eliteschulen, der *grandes écoles*, sprechen. Er hat sich teilweise etwas geschwollen ausgedrückt. Das war es, was ich Ihnen noch sagen wollte. Vielleicht können Sie etwas damit anfangen.«

Der TGV raste in einen Tunnel. Automatisch ging das Licht im Waggon an. Emilia blickte in ihr Spiegelbild. Ihre Haare hingen leblos an ihr herunter. Ihr Gesicht wirkte schmal. Sie sah schrecklich aus.

»Dieser Hinweis ist sogar Gold wert«, sagte sie mit einem leichten Zittern in ihrer Stimme und strich sich eine Strähne aus der Stirn.

Vollendete Manieren. Er hat sich geschwollen ausgedrückt.

In ihr manifestierte sich ein Verdacht. War das wirklich möglich? Jean-Pierre Roche? Sprach Richard Sage tatsächlich vom Geliebten ihrer Großmutter? Emilias Hände zitterten. Sie musste Klarheit haben. Jetzt. Sofort.

»Hatte er eine Gehbehinderung?«

Keine Antwort. Die Verbindung war unterbrochen. Nervös wartete Emilia das Ende des Tunnels ab und drückte dann auf Wahlwiederholung. »Monsieur Sage?«

»Wo sind Sie denn?«, fragte er. »Plötzlich waren Sie weg.«

»Wir wurden unterbrochen. Ich bin im Zug. Wir haben gerade einen Tunnel passiert. Sagen Sie, bitte, Monsieur Sage, hatte der Mann eine Gehbehinderung?«

Ein Krachen in der Leitung. Dann von Weitem Sages Stimme. »Ja«, erwiderte er erfreut. »Tatsächlich. Ich erinnere mich daran – er ging mit einem Stock. Sie kennen den Mann?«

Jean-Pierre Roche. Der große Poet, der im Hintergrund die Fäden spann. War er derjenige, der Sage zu Sophie geschickt hatte, um Bilder von ihr zu kaufen? Aber warum? Er hätte sie der geliebten Frau doch selbst abkaufen können. Warum hatte er einen Zwischenhändler gebraucht? Hatte er sich an Sophies Kunst bereichert?

Wut stieg in Emilia auf, und sie fühlte sich schamlos manipuliert. Einen Zustand, den sie hasste wie den Geruch von frisch gebratenem Fleisch. Sie lehnte ihren Kopf gegen das Nackenpolster.

Was für ein Spiel spielte dieser Poet?

Sie hatte gute Lust, Jean-Pierre Roche zur Rede zu stellen. Ihr war, als reise sie mit einem großen Unbekannten und einem ungeklärten Motiv in einer Gleichung nach

La Lumière. Sie war mit großen Fragezeichen nach Paris gefahren und kehrte mit neuen größeren Fragezeichen zurück in den *Lubéron*.

Wer war der Mann, der das Porträt ins Elsass geschafft hatte? Und wer war der Maler des Porträts? Warum hatte es Fugin signiert, wenn er nicht der Schöpfer war? War Fugin am Ende kriminell gewesen?

Warum hatte Jean-Pierre einen Kunsthändler zu Sophie geschickt und, was viel wichtiger war, warum wollte er unerkannt bleiben?

»Ich danke Ihnen, Monsieur Sage«, sagte Emilia geistesabwesend, drückte das Gespräch weg, ließ ihr Handy in den Schoß fallen und starrte auf die digitale Anzeigetafel am Kopf des Waggons.

Sie zeigte 278 Stundenkilometer. Als sich der Hochgeschwindigkeitszug der Marke 300 näherte, wurde es im gesamten Abteil mucksmäuschenstill.

JEAN-PIERRE

Paris, 23. November 1982

Der blaue Aquamarin

Am Haupteingang des ältesten Friedhofs von Paris spannte Jean-Pierre seinen Regenschirm auf und flüchtete unter das Vordach des Wärterhäuschens. Regen prasselte auf die gewölbten Pflastersteine. Aus den Gassen des *Père Lachaise*, der auf einer kleinen Erhöhung in einem Park mit altem Baumbestand lag, strömte das Regenwasser hinab zur *Rue du Repos*.

Es war eine kurze Beerdigung mit nur wenigen Trauergästen gewesen, und als der Sarg in der Familiengruft bestattet worden war, hatte sich für einen winzigen Augenblick sogar die Sonne sehen lassen. Sie hatte durch die letzten verbliebenen Blätter geblinzelt, als wolle sie sich von einer großen Frau verabschieden. Margot Bihel hatte ihre letzten Lebensjahre in einem vornehmen Altersheim im Herzen von Paris verbracht, war über dreiundneunzig Jahre alt geworden und hatte ihren Ehemann um fünfzehn Jahre überlebt.

Jean-Pierre beobachtete, wie Chloé in einem Pelzmantel

den Weg heruntereilte. Ihr folgten in einigem Abstand zwei Männer. Einer von ihnen saß im Rollstuhl. Der andere schob das Gefährt.

»*Bonjour*, Jean-Pierre. Gut, dass du kommen konntest. Ich muss dich unbedingt sprechen«, sagte Chloé außer Atem. Ihre Begrüßung klang, als hätten sie sich erst vor wenigen Tagen gesehen, dabei lagen zwischen der heutigen und ihrer letzten Begegnung drei Jahrzehnte. Sie trat zu Jean-Pierre, wischte sich den Regen vom Kragen und hauchte zwei Wangenküsse in die Luft. »Unter vier Augen.« Sie duftete nach Eichenmoos, Zimtrinde und einem Hauch von Moschus – die Basisnote eines alten Pariser Parfüms. Keine Frau, der Jean-Pierre jemals begegnet war, trug diesen fast maskulinen Duft mit so viel Würde und Stil.

»Du trägst immer noch Chanel N°5.«

»Manchen Dingen bleibt man ein Leben lang treu.« Chloé lächelte wehmütig.

»Mein aufrichtiges Beileid zum Verlust deiner Mutter«, erwiderte Jean-Pierre tonlos.

»Jetzt bin nur noch ich übrig. Und Fugin. Meine Familie ist praktisch ausgelöscht.«

Hinter Chloés tiefschwarzem Pagenschnitt stach ihr heller Teint hervor. Auf ihrem langen Hals wirkte ihr Kopf immer noch wie der eines Vogels. Es schien, als breche sie unter der Last des schweren Persianers beinahe zusammen. Der schmale Bogen ihrer Augenbrauen verlieh ihrem Gesicht ein puppenhaftes Aussehen, als sei sie in diesem Moment aus dem Pariser Nachtleben der Zwanzigerjahre in den Alltag der Achtziger katapultiert worden. Um die Schulter hatte sie einen Chanel-Klassiker gehängt, eine gesteppte, schwarze Handtasche mit Goldkette. Das Alter hatte Chloé noch schmaler und zerbrechlicher werden lassen. Aber in jener zierlichen Person steckte eine Menge Energie und ein starker Wille.

Jean-Pierre beobachtete, wie der Rollstuhl und dessen Führer sich näherten. Erst jetzt erkannte er, dass es sich bei dem Rollstuhlfahrer um Fugin handelte. Unter seinem Regencape wirkte er wie eine Statue auf Rädern. Wie alt war er jetzt? In Windeseile überschlug Jean-Pierre die Daten, die er im Kopf hatte, und kam auf Ende sechzig, Anfang siebzig. Als Fugin das Wächterhäuschen erreichte, nickten sich die beiden Männer distanziert zu. Fugins in der Zwischenzeit ergraute Haare waren streng zurückgekämmt. Sein hageres Gesicht wirkte aristokratisch, und seine graublauen Augen erinnerten Jean-Pierre an Eiskristalle. Nur ein kurzes Zucken seiner Mundwinkel verriet, wie aufgewühlt Fugin war. Jean-Pierre vermochte nicht zu sagen, wovon die Unruhe herrührte. Unausgesprochene Fragen nach Sophie schwebten wie eine Nebelwand zwischen ihnen. Als wäre sie hier mitten unter ihnen.

Chloé beugte sich hinab zu ihrem Gatten, küsste ihn, band seinen Schal zusammen und strich ihm dann über die Wange. »Ich möchte nicht, dass du dich erkältest. Wir sehen uns später im Hotel, *chéri*.«

»Bis gleich, Chloé«, murmelte Fugin und gab seinem Begleiter ein Zeichen weiterzufahren. »*Au revoir*, Jean-Pierre.«

»*Au revoir*, Fugin«, erwiderte Jean-Pierre.

Mit einem Kopfnicken verabschiedete sich der Fahrer und lenkte den Rollstuhl auf der *Rue du Repos* zu einem bereitstehenden Taxi.

»Seit wann sitzt er im Rollstuhl?«, fragte Jean-Pierre und sah den beiden dunklen Gestalten mit starrem Blick hinterher.

»Das ist jetzt fast auf den Tag ein Jahr her«, erwiderte sie. Wenige Meter entfernt hievte ein Taxifahrer den zusammengeklappten Rollstuhl in den Kofferraum, während Fugins Begleiter ihn wie ein Kind auf seinen Armen trug und einen bewegungslosen Körper auf dem Rücksitz absetzte. »Querschnittslähmung. Ein schwerer Autounfall. Wir hatten Glück, dass er überlebt hat. Aber er malt wieder«, sagte sie dann lebhaft. »Besser denn je. Das ist das Allerwichtigste. Es geht ihm gut. Er ist zufrieden.« Chloé sah Jean-Pierre eindringlich an. »Sie darf es niemals erfahren, Jean-Pierre. Hörst du? Niemals.«

Jean-Pierre begriff, dass allein die Möglichkeit, Fugin und Sophie könnten wieder zusammenfinden, die Gefahr der Erschütterung eines fragilen Gleichgewichts barg.

Langsam entfernte sich das Taxi.

»Es trifft sich gut, dass du mich sprechen möchtest. Ich hätte dich sowieso um ein Gespräch gebeten«, sagte Jean-Pierre, um einen sachlichen Ton bemüht.

»Wollen wir in ein Café?«

Er schüttelte den Kopf. Alles in ihm sträubte sich dagegen, diesem Treffen einen vertrauten Rahmen zu geben. »Lass es uns hier erledigen. Am besten sofort.« Er zeigte auf seinen Aktenkoffer, den er neben sich auf den Boden gestellt hatte.

Chloé griff in ihre Manteltasche und zog einen mit einem Seidentuch umwickelten Gegenstand von der Größe einer Streichholzschachtel hervor. Der Friedhofswächter warf einen neugierigen Blick aus seinem Häuschen.

»Es war Mamans Wunsch, dass du ihn bekommst, Jean-Pierre.«

Chloé reichte ihm das Geschenk. Jean-Pierre nahm es und wickelte das Taschentuch auf. Zum Vorschein kam ein hellblauer tropfenförmiger Stein in einer filigranen Silberfassung. Nicht sehr wertvoll, aber für einen Aquamarin von intensivem Blau – ein Unikat.

»Ich erinnere mich. Danke«, sagte er tonlos.

»Es war, wie gesagt, Mamans Wunsch«, wiederholte Chloé.

Jean-Pierre räusperte sich. »Chloé. Ich möchte ohne große Umschweife zum Punkt kommen. Wie viel möchtest du für das Haus in der *Rue de la Lune*?«

Chloé erstarrte.

»Nenne mir deinen Preis, Chloé«, hakte er nach.

»Es ist unverkäuflich.«

»Ist es nicht. Wie viel?«

»Was möchtest du damit?«

»Das ist nicht relevant. Ich möchte es kaufen. Komm schon, Chloé. Du wirst den Boden von *La Lumière* niemals betreten. Es bedeutet dir nichts. Und Sophie wird dir nichts mehr anhaben. Lass uns klare Verhältnisse schaffen. Fugin weiß längst, wo sie ist. Es ist vorbei.«

»Fugin weiß es?«, stammelte sie und kniff die Augen zusammen.

»Komm schon, Chloé. Dein Mann wird dir nicht mehr davonlaufen. Es ist vorbei. Das Haus hat dich nie interessiert. Ich aber liebe es.«

»Wie viel bietest du für eine Liebe?« Chloés Augen blitzten. Ein altes Feuer loderte in ihnen. »Auch deine Diskretion?«

Angestrengt dachte Jean-Pierre nach. Diskretion klang besser als unterdrückte Wahrheit, besser als Lüge. Diskretion war etwas Gutes.

»Das Häuschen ist keine zwanzigtausend Franc wert. Reichen dir sechs Goldbarren? Irgendwann wirst du investieren müssen, Chloé. Kabelfernsehen. Neue Wasserleitungen. Das Dach ist undicht. Du hast bereits ein marodes Château am Hals. Komm schon! Ich biete dir einen Gegenwert von mehr als einhundertzwanzigtausend Franc.«

»Würdest du auch schweigen?«, fragte sie noch einmal. »Ihr niemals von Fugins Zustand erzählen? Es käme auch dir zugute. Sie bliebe für immer bei dir.«

Blitzartig schossen Jean-Pierre einzelne Szenarien durch den Kopf. Für und Wider. Was sollte er tun? Zu lügen war ihm so zuwider wie Fleisch zu essen. Andererseits wollte er reinen Tisch machen, die letzten Verbindungen zu den Fugins kappen.

»Du haderst? So sehr liebst du sie, Jean-Pierre?«

Jetzt konnte er Erstaunen in Chloés dunklen Augen lesen und einen Hauch von Mitgefühl.

»Mehr, als du es ermessen kannst. Mehr, als ich mit Gold aufwiegen könnte.«

»Mehr, als sie verdient hat.«

»Mehr, als *ich* verdient habe«, konterte Jean-Pierre.

»Wie geht es ihr?«

»Sehr gut. Sie lebt jetzt seit mehr als dreißig Jahren im *Lubéron*. Sie malt. Sie fotografiert. Ihre Werke verkaufen sich gut.«

Fast unmerklich zuckte Chloé zusammen.

»Es ist ein ruhiges, stilles Leben, das wir führen. Ein gutes Leben. Das alles liegt so viele Jahre zurück.«

»Lebt ihr zusammen?«

Jean-Pierre hob die Brauen und runzelte die Stirn, als verstünde er die Frage nicht.

»Und wem verdankt sie das?«

»Chloé! Hast du deine *ehrenhaften* Motive vergessen? Du hast schon lange aufgehört, etwas für andere zu tun. Im guten Sinne.«

»Ich habe nicht alles vergessen, Jean-Pierre.«

Für einen winzigen Augenblick erwog Jean-Pierre eine Aussprache mit seiner Stiefschwester. Auch sie war damals gekränkt worden, als Sophie eine stillschweigende Übereinkunft zwischen Fugin, Chloé und ihr durch ihre Schwangerschaft verletzt hatte. Chloé hatte einfach ein Leben lang um den Mann gekämpft, den sie liebte. Schmälerte das ihre Schuld? Ihr Vergehen an Sophie?

»Es geht um unser aller Seelenheil, nicht um Abrechnung. Lass uns reinen Tisch machen. Auch *du* wärest dann frei, Chloé. Du kannst das Geld ins Elsass tragen. Es wäre ein sauberer Schnitt.«

»Ein sauberer Schnitt?«

»Sophie soll von niemandem abhängig sein.«

»Und in deine Abhängigkeit geraten?«

»Ich denke und handle nicht in deinen Kategorien«, sagte er ruhig.

»Und wer garantiert mir, dass das kein Nachspiel hat?«

»Welches Nachspiel sollte Sophies Freiheit denn haben?«

»Du sprichst, als hätte ich sie eingesperrt.«

»Du hast sie vertrieben. Ihre Verzweiflung schamlos ausgenutzt. Damals.«

»Damals. Damals. Damals. Sie tut Fugin nicht gut.« Ihre Stimme klang plötzlich verbittert und trotzig.

»Das entscheidest nicht du, wer wem guttut.«

»Ich möchte dein Ehrenwort.«

»Ach, Chloé, wie könnte ich dir mein Ehrenwort für die unterdrückten Gefühle zwischen zwei Menschen geben? Was sie tun oder nicht tun? Ich könnte diesbezüglich nicht einmal für mich selbst garantieren. Das ist einer deiner großen Denkfehler, die du gemacht hast. Du magst eine großartige Mäzenin für die Kunstwerke deines Mannes sein, aber du kannst die Gefühle anderer nicht lenken. Es ist vorbei. Sieh dir dein Leben an. Was hältst du noch in den Händen, außer den Griffen eines Rollstuhls?«

»Und du?«, fragte sie spitz zurück. »Was hältst du in deinen Händen, Jean-Pierre? Hast du bekommen, was du wolltest? Die Geborgenheit einer Familie? Kinder?«

»Ich fühle auch nicht in diesen Kategorien, Chloé. Du kannst jemandem, der einst alles verloren hat, nicht wehtun.«

»Du wolltest immer ganz hoch hinaus, mein kleiner Jean-Pierre. Bist du oben angekommen? Mit einer Seifenfabrik?«

Ein Triumph spiegelte sich in ihren Augen. Aber Jean-Pierre schmunzelte und sah zu ihr hinab. Er war mindestens einen Kopf größer als sie.

»Du bist der beste Beweis dafür, wie tief man nach einem Höhenflug sinken kann. Manchmal ist gehen besser als fliegen. Auch zu Fuß erreicht man sein Ziel. Mit etwas Glück sogar unversehrt.«

»Du hast von meiner Familie profitiert«, zischte sie.

»Ich habe die Gastfreundschaft und Güte deiner Eltern genießen dürfen«, gab er freundlich zurück. »Es gab Zeiten, da zählte ich zu deiner Familie. Und die Seifenfabrik deines Großvaters habe ich übernommen, weil sie niemand haben wollte. Ich habe jeden Sous bezahlt. Und ich bezahle mehr für deine Erbschaft in der *Rue de la Lune*, als sie wert ist. Schlag ein, Chloé.«

»Wie man hört, bist du ein guter Kaufmann geworden. Wer hätte das von unserem Philosophen gedacht?«

»Was ist mit dem Haus, Chloé?«

»Meine Antwort lautet: Nein.«

Mit einem Ruck drehte sie sich weg und ging.

»Mein Angebot gilt, Chloé. Ich bin noch eine Woche im *Hôtel de Varenne* in der *Rue de Bourgogne*. Denk darüber nach«, rief er ihr hinterher.

Jean-Pierre nahm seinen Aktenkoffer und verließ den *Père Lachaise* in die andere Richtung. Aus nostalgischen Gründen nahm er die Métro in die *Rue de Rivoli*, genoss ein vorzügliches Abendessen mit erlesenen Weinen und wartete. Geduld war eine seiner stärksten Disziplinen. Die Sache mit dem Rollstuhl erschien ihm wie ein Wink des Schicksals. Er kannte seine Stiefschwester Chloé gut. Die Gefahr einer Zusammenkunft zwischen Sophie und ihrem früheren Geliebten war dank Fugins Handicap erheblich geschrumpft. Und wenn Jean-Pierre schwieg, gab es keinen Grund mehr für Chloé, an einem wertlosen Häuschen im *Lubéron* festzuhalten.

In der Wartezeit nahm Jean-Pierre einen wichtigen Termin mit dem Inhaber einer Kunstgalerie in der *Rue Jacob* wahr. Er sah sich das Paris seiner Kindheit an, das ein anderes geworden war. Er stellte fest, dass ihn nur noch Erinnerungen mit der Stadt der Lichter verbanden. In einem Hinterhof des *Marais*, im *Jardin du Luxembourg* und selbst auf dem *Pont Saint-Michel* wurde ihm bewusst, wie er unmerklich im Süden Wurzeln geschlagen hatte. Der immer wiederkehrende Kreislauf der Blüte der Olivenbäume und der Lavendelfelder, der würzige Duft der Kräuter und der eigensinnige Rhythmus des Mistrals waren sein Zuhause geworden. Er wusste, dass er dies den Bihels verdankte und verneigte sich in Gedanken vor jenen gütigen Menschen, die ihm zweimal im Leben das Geschenk einer Heimat gemacht hatten.

Plötzlich begriff er, wie genügsam das Glück war. Das allerwenigste, was er vom Leben bekommen hatte, fiel in seine Verantwortung. Ein neuer Blickwinkel, eine Stadt, die nicht mehr schmerzte, und eine dankbare Sicht auf das, was das Leben ihm geschenkt hatte. Alles, was man tun konnte, war, den Boden bereithalten, wenn das Glück darauf fiel, damit es gedeihen konnte. Er gehörte dorthin, wo Sophie war.

Am frühen Abend betrat er eine Telefonzelle auf der *Place de la Concorde* und rief in *La Lumière* an, um der Geliebten zu sagen, was er fühlte.

»Aber das weiß ich doch längst«, erwiderte Sophie zärtlich. »Und ich könnte nirgendwo sein, wo du nicht bist. Komm bald zurück. Wie lange bist du noch in Paris beschäftigt?«

Das Glück war ein Telefonat an einem kühlen Herbsttag in Paris.

»Es dauert nicht mehr lange«, versprach er.

Er warf einen Blick aus dem Telefonhäuschen. Der Feierabendverkehr hatte eingesetzt. Hupend fuhren Autos um den Obelisken in der Mitte des Platzes.

»Was machen deine Schmerzen?«

»Ich hatte heute einen guten Tag. Der *Père Lachaise* ist wunderschön im Herbst. Du musst mir von ihm erzählen, wenn du zurück bist. Ich habe diese Ruhestätte schon immer geliebt.«

»Es wird bereits winterlich. In Paris hat es geregnet. Und zu Hause?«

»Ein strahlend blauer Horizont. Gestern Abend habe ich zum ersten Mal den Kamin angezündet.«

»Hast du gemalt?«

»Das habe ich.«

»Hast du Sehnsucht nach Paris?«

»Ich habe nie darüber nachgedacht, Jean-Pierre.«

»Du hast einmal gesagt, dass du nur in Paris deine Wurzeln spürst.«

»Mein Wurzeln sind da, wo du bist.«

Das Glück war eine vertraute Stimme inmitten des Feierabendverkehrs von Paris. Das Glück war eine unverhoffte Liebeserklärung.

»Hast du ihn gesehen?«

»Ja.«

»Wie geht es ihm?«

»Es geht ihm gut.«

»Das ist schön. Sehr schön.«

Lautlos bewegte er die Lippen. Nicht hier am Telefon. Er würde sprechen, wenn er zurück sein würde. Was hieß es schon, bei Chloé im Wort zu stehen? Aber was würde die Wahrheit ändern, außer Sophie zu betrüben? Hatte sie nicht genug Leid erlitten?

»Bis bald, *mon cher*.«

Ehe er etwas sagen konnte, hatte Sophie aufgelegt.

Drei Tage später erhielt er einen Anruf von der Rezeption. Eine Dame erwarte ihn in einer knappen Stunde auf der Hauptempore der *Place du Trocadéro*.

Über den Dächern von Paris, bei der Skulptur der Lebensfreude – *la joie de vivre* – trafen Chloé und Jean-Pierre, die einst eine Familie teilten, an einem kalten Novembermorgen aufeinander. Dort, wo in Stein gemeißelte Figuren Geige spielten, lachten, tanzten und einander umarmten, fand eine kurze, emotionslose Übergabe statt.

Auf jenem geschichtsträchtigen Platz, wo Paris dem Betrachter zu Füßen liegt, wo eine große Treppe hinunter zum Eiffelturm führt, wo das Leben winzig klein erscheint und nur die Gebäude der Vergänglichkeit trotzen, erhielt Jean-Pierre die gewünschte Urkunde.

»Du kannst dein Gold behalten«, sagte Chloé, als er ihr die Barren geben wollte. Sie nahm die zwanzigtausend Franc und reichte ihm die Hand. »Sophie darf es niemals erfahren. Dein Wort darauf.«

Herausfordernd sah sie Jean-Pierre an, und er schlug ein. Chloé hatte es geschafft, ihn zutiefst zu beschämen, seine Werte mit Füßen zu treten. Lieber hätte er zehnmal so viel bezahlt.

Fortan würde zwischen Sophie und ihm eine Lüge stehen. Keine große, weltbewegende, aber eine Lüge, die ihm, wenn er ehrlich zu sich selbst war, ein bisschen gelegen kam, und er redete sich, ganz gegen seine Gewohnheiten, ein, für Sophies Seelenheil zu schweigen.

Für etwas Geld und ein Versprechen, das in seiner Welt einem Meineid gleichkam, kappte er die letzte Verbindung zu den Fugins.

Verspürte er deshalb ein Gefühl von Freiheit wie selten zuvor? Ihm war, als sprengte das Dokument seine Fesseln, nicht die von Sophie.

Aber es blieb etwas in ihm zurück. Unaufhörlich nagte es an seiner Seele, an seinem Selbstwert, an seinem Rechtsempfinden. Und irgendwann wusste er: Die Wahrheit bahnt sich ihren Weg. Es war nur eine Frage der Zeit.

Chloé aber lief in ihrem beschwingten Gang die Treppen am *Trocadéro* hinunter. Wie ein junges Mädchen mit erhobenem Kopf. Sie tänzelte fast. Wie keine andere Frau, der Jean-Pierre jemals begegnet war, vermochte sie es, das Vergangene hinter sich zu lassen. Den Schmerz. Die Leiden, besonders jene, die sie anderen in ihrem Leben zugefügt hatte. Was nicht mehr zu ihr gehörte, streifte sie wie ein ausgedientes Kleidungsstück ab.

Sie hatte gewonnen.

Jean-Pierre sah ihrer Gestalt nach, die an der *Fontaine de Varsovie* vorbeihuschte und hinab in Richtung der *Trocadéro*-Gärten verschwand. Er stellte sich vor, wie sie durch die Eisenbögen des Eiffelturms entschwand und von der Menge verschluckt wurde. Er wusste nicht, ob er Chloés Kühnheit bewundern oder bedauern sollte.

Es war das letzte Mal, dass Jean-Pierre und Chloé einander begegneten. Sie, die einst im Widerstand ihr Leben aufs Spiel gesetzt hatte, um Leben zu retten, war eine ver-

lorene Frau geworden mit dem Gesicht einer Jahrmarkt-
puppe. Eine, die nur noch um sich selbst kämpfte. Um
Fugin musste sie nicht mehr kämpfen.

Nur manchmal, wenn sie durch die ausladenden Flure
ihres Châteaus wandelte und dabei in einem unbedachten
Moment von ihrem eigenen Spiegelbild überrascht wurde,
erinnerte sie sich an ihr früheres Ich. Eines, um dessentwil-
len sie einst geliebt worden war.

Von Fugin. Von Jean-Pierre. Und von Sophie.

EMILIA

13

Mit klopfendem Herzen stand Emilia vor Jean-Pierre Roches Haustür im *Chemin du Cheval blanc*. Ihre Uhr zeigte kurz vor 21 Uhr. Eigentlich hätte sie sich anmelden müssen, aber es war ihr gleichgültig. Die ganze Fahrt über hatte sich ihre Wut aufgestaut, und sie musste loswerden, was sie ihm zu sagen hatte. Der anfänglichen Verwunderung über Jean-Pierres Verhalten waren Zorn und bittere Enttäuschung gefolgt.

Nach wenigen Augenblicken konnte sie hören, wie sich im Haus Schritte von innen näherten. »Monsieur Roche, ich bin es. Emilia Lukin.«

Die Tür öffnete sich, und Jean-Pierre Roche stand mit unbeweglicher Miene vor ihr. »Das dachte ich mir schon. Niemand sonst läutet an meiner Tür mitten in der Nacht.«

»Es ist kurz nach neun«, erklärte Emilia.

»Was wollen Sie?« Er klang reserviert.

»Warum haben Sie einen Vermittler auf die Gemälde meiner Großmutter angesetzt? Warum haben Sie mir das nicht gesagt? Was verschweigen Sie mir noch alles? Was für ein Spiel spielen Sie? Warum, verdammt noch mal, tun Sie so geheimnisvoll? Weil Sie etwas zu verbergen haben?«

Jean-Pierres Gesicht wirkte auf einen Schlag wie eingefroren. Dann, nach einer Weile, hob er verwundert die Brauen. »Ich glaube kaum, dass ich mich Ihnen gegenüber rechtfertigen muss«, erklärte er kühl. Die Arroganz war in seine Züge zurückgekehrt. Er trat einen Schritt zurück.

»Sei gewiss, ich finde dich!«, platzte es aus Emilia heraus. Das Zitat aus dem Liebesbrief auf dem Kaminsims. »So groß kann die Welt unmöglich sein, als dass du dich vor mir verstecken könntest! Ich! Ich! Ich! Kennen Sie auch ein Du? Ein Wir? Wissen Sie, was Verantwortung bedeutet? Verantwortung denjenigen gegenüber, die uns vertrauen, die uns lieben?«

Sie hörte das Zittern in ihrer Stimme und spürte, dass sie kurz vor einem Weinkrampf stand. Abrupt schloss sie den Mund. Dieser Mann hier, dem sie ihre Frustration an den Kopf knallte, war ein Fremder. Einer, dem sie gerade angefangen hatte zu vertrauen. Genau das war das Problem.

Jean-Pierre sah sie fragend an, und für einen winzigen Moment wirkte es, als verlöre er seine Fassung. Dann aber änderte sich sein Gesichtsausdruck. »Gehen Sie nach Hause und beruhigen Sie sich. Das Gespräch ist für mich beendet. Gute Nacht.«

Leise fiel die Tür ins Schloss.

»Das war überhaupt kein Gespräch«, rief Emilia gegen die geschlossene Tür. »Sie führen keine Gespräche! Sie

monologisieren und verfremden alles. Bis zur Unkennt-
lichkeit. Ich habe keine Ahnung, wer Sie sind!«

Nach einer Weile wurde ihr bewusst, dass ihre Vorwürfe
am Mauerwerk von Jean-Pierres Haus abprallten. Resigniert drehte sie um, setzte sich in den Wagen, startete den
Motor und fuhr hinunter zur *Rue de la Lune*.

Sie war so müde und erschöpft. Alles, wonach sie sich
sehnte, war ein heißes Bad, eine Tasse Melissentee und ein
weiches Bett.

Schon von Weitem konnte Emilia einen Wagen auf ihrer
Hofeinfahrt sehen. Sie sah genauer hin. Je näher sie kam,
desto deutlicher erkannte sie: Es handelte sich um Vladis
Auto, das da im matten Licht der Straßenlaterne stand. Sie
parkte dahinter, stieg aus und fand Vladi und Leo auf der
Bank vor der Küche in der Dunkelheit sitzend. Sie hatten
ein Teelicht entzündet, das flackerte.

»Was macht ihr denn hier?«, fragte sie verwirrt und
kramte in der Handtasche nach ihrem Hausschlüssel.

»Hast du unsere Nachricht auf der Mailbox nicht abgehört?«, wollte Vladi wissen, stand von seinem Platz auf
und küsste Emilia rechts und links auf die Wange. Mit seiner Berührung übertrug sich seine Anspannung unmittelbar auf ihren Körper. Sie registrierte den gepflegten Duft
seiner Haut, der ihr so vertraut war.

»Wir haben doch gesagt, dass wir in Lyon sind und anschließend hierherkommen, um bei dir zu übernachten.
Auf deine Mailbox«, erklärte Leo unbekümmert und umarmte seine Mutter. »Gleich morgen nach dem Frühstück
sind wir wieder weg. Das ist ja hübsch hier, richtig schön.«

Emilia ging zur Haustür. Leo folgte ihr. An der Klinke hing ein großer Zettel, den sie abnahm. Vladi lief zum Auto, um das Gepäck zu holen.

»Lyon?«, fragte Emilia zerstreut. Mit fahrigen Händen zog sie ihr Handy aus der Tasche und schaltete es ein. Keine Nachricht auf ihrer Mailbox. Aber fünfzehn entgangene Anrufe. »Seit wann seid ihr hier?« Sie erinnerte sich daran, gestern Abend ihre Mailbox geleert zu haben.

»Seit zwei Stunden«, antwortete Vladi. »Wir waren essen. Und haben angerufen. Mehrmals.«

Mit einer Kopfbewegung deutete er auf den Zettel in Emilias Hand.

»Ich hab gewusst, dass du noch kommst«, triumphierte Leo.

»Ich war mir nicht sicher«, sagte Vladi tonlos. »Wo bist du denn gewesen?«

Sie schloss die Tür auf, ließ Vladi und Leo eintreten, schaltete das Licht an und las den Zettel.

Hallo, Emilia. Wir sind essen gegangen. Oben im Ort im Café du Siècle. Vielleicht kommst du ja rechtzeitig und leistest uns Gesellschaft. Leo

Sie stopfte den Zettel in ihre Handtasche und starrte auf Vladis Rücken. Er trug einen hellblauen Kaschmirpullover. »Ich war in Paris und habe meine Mailbox aus Versehen gelöscht. Tut mir leid. Hat es geschmeckt?«

»Paris«, wiederholte Vladi ungläubig, als sei dies am anderen Ende der Welt. Er wandte sich ihr zu. »Ja, danke, das hat es. Sehr gute Küche.« Er warf einen Blick in den Raum. »Genau wie ich es mir vorgestellt habe. Sehr hübsch.«

Emilia ging zum Kamin, bückte sich und legte Anzünder und einige bereitliegende Holzscheite darauf. Dann entzündete sie alles mit einem Streichholz. Sie spürte Vladis Blick im Rücken.

»Bastian wollte eine Reportage. Deswegen Paris. Ich bin mit dem TGV gefahren«, erklärte sie. »Drei Stunden und zehn Minuten.« Klang das nach Rechtfertigung? Warum hatte sie Vladi keine einzige WhatsApp aus Paris geschickt? »Und ich habe mich in Sophies alter Heimat ein wenig umgesehen. Bitte, setzt euch. Was möchtet ihr trinken? Wein? Bier?« Als sie das letzte Wort ausgesprochen hatte, fiel ihr ein, dass sie überhaupt kein Bier im Haus hatte. Glücklicherweise wollten Leo und Vladi nur Wasser und ein Glas Rosé. Im Kamin knisterte das Feuer.

Emilia nahm eine Karaffe, befüllte sie mit Rosé, holte Gläser aus dem Schrank und stellte alles zusammen mit einer großen Wasserkaraffe auf den Tisch.

»Das ist wirklich schön hier«, sagte Leo, der gerade seine Reisetasche im Wohnzimmer abstellte und dann wie selbstverständlich den Vorhang aufzog. »Richtig kuschelig.«

»Und, was erzählt Sophies Paris?«, fragte Vladi.

»Ich war in der *Rue Jacob*.«

»Der Maler des Porträts hat dort gelebt«, erklärte Vladi an Leo gewandt, der die Augen rollte und sich neben seinen Vater setzte. »Deine Mutter jagt einem Phantom hinterher.«

Emilia ignorierte Vladis Bemerkung. Sie nahm sich einen Stuhl und erzählte von ihren Eindrücken der Metropole, von Monsieur Sage und Monsieur Bonnet, denen sie in Paris wiederbegegnet war. Alle drei saßen so, dass sie ins Feuer sehen konnten.

»So viel zu deiner Bemerkung, ich jagte ein Phantom«, schloss Emilia lächelnd. »Wie geht es Pauline? Hast du sie gesehen in letzter Zeit?«

Sie berichtete von dem Telefonat, das sie heute Morgen mit ihr geführt hatte. »Sie trägt eine Bombe«, schloss sie mit einem verzweifelten Lächeln.

Leo und Vladi sahen Emilia fragend an.

»Es handelt sich um ein Langzeit-EKG.«

Leo lachte.

»Mischa meinte, sie sei völlig normal«, erklärte Vladi ernst. »Sie hat sich mit ihm über ein neues Buch unterhalten. Und sich über die leblosen Dialoge beschwert.«

Jetzt lachte Emilia. »Einmal Lektorin. Immer Lektorin.«

»Über Pauline wollte ich unter anderem mit dir sprechen, Emilia. Ich fürchte, die vielen Medikamente sind krankheitsauslösend, so grotesk das klingt. In letzter Zeit habe ich mich eingehend mit der Verabreichung von Psychopharmaka beschäftigt. Im Gehirn gibt es hochkomplexe biochemische Vorgänge. Ein winziger Stoff kann das sensible Gleichgewicht stören und eine Kettenreaktion auslösen.«

»Paulines Medikamente könnten schuld sein? Eine Medikation, die jahrzehntelang funktioniert hat, tut dies auf einmal nicht mehr?«

»Gut möglich.« Vladi nickte. »Sollte meine Diagnose stimmen, tut sich damit allerdings ein neues Problem auf. Um welchen Stoff handelt es sich, und was verändert sich im Zusammenhang mit den anderen? Die Ursache zu finden bedeutet immer auch eine Fahndung. Paulines Gehirn ist der Tatort.«

Emilia nickte nachdenklich. »Es hört sich sehr plausibel an, was du sagst.« Dann wandte sie sich an Leo. »Wie war es in Lyon? Das soll ja eine wunderschöne Stadt sein.«

Leo berichtete begeistert von der Ausstellung *Der Pariser Zirkel der Zwanzigerjahre um Picasso* und seinen Eindrücken von Lyon. Aber je später der Abend wurde, desto ruhiger wurde Leo. Kritisch ging sein Blick zwischen Emilia und Vladi hin und her, während seine Eltern höflich miteinander umgingen und jedes Wort sorgfältig abwägten, als berge auch nur ein falsches Wort oder ein dissonanter Ton eine ganze Ladung Dynamit.

Gegen Mitternacht überzog Emilia zwei Garnituren Bettwäsche und zog die Vorhänge neben dem Bett zu. Gähnend verschwand Leo mit einem Waschbeutel im Bad. Vladi sah sich unschlüssig im Raum um. Im Kamin glomm noch etwas Glut.

»Wie wollen wir das mit dem Übernachten machen?«, fragte er achselzuckend und räusperte sich. »Gibt es nur *ein* Bett hier?« Er nahm den letzten Schluck Wein aus seinem Glas.

Emilia schüttelte den Kopf. »Die Couch neben dem Kamin lässt sich ausziehen. Ich könnte drüben im Atelier übernachten. Dort ist noch eine Schlafmöglichkeit«, fügte sie vorsichtig hinzu.

»Ich möchte dich nicht vertreiben, Emilia.«

»Das tust du nicht, Vladi. Ich habe mich selbst ins Abseits gestellt. Das ist mir heute klar geworden.«

»Du siehst sehr müde aus.«

»Du auch.«

»Hast du dich verrannt?«

277

Er starrte auf die Asche im Kamin.

»Ich muss es zu Ende bringen«, erwiderte sie, nahm ihre Bettdecke und anschließend den Atelierschlüssel vom Haken. Sie sah auf Vladis Rücken, ging einen Schritt auf ihn zu und legte ihre Hand auf seine Schulter. Einem Impuls folgend strich sie ihm über den Kopf.

»Es tut mir leid, Vladi«, flüsterte sie. »Ich wünschte … Schlaf gut.«

»Du auch. Gute Nacht.«

Er berührte kurz ihre Hand.

Die ganze Nacht wälzte sie sich von einer Seite zur anderen und fand keinen Schlaf. Die vielen Eindrücke der letzten Stunden gingen ihr durch den Kopf. Der Streit mit Jean-Pierre Roche. Der Überraschungsbesuch. Sie hatte nicht einmal eine Chance gehabt, sich auf Vladi und Leo einzustellen. Aber das war am Ende ihre eigene Schuld.

Im Atelier, das in der Dunkelheit etwas Unheimliches hatte, fühlte sie sich verloren. Das Bett war hart und fremd. Durch die gebrochene Fensterscheibe, die Emilia schon vor Wochen provisorisch mit Karton abgedeckt und verklebt hatte, pfiff der Wind, und Kälte strömte herein. In der gespenstischen Atmosphäre wirkten die Gemälde auf den Staffeleien wie die Umrisse von menschlichen Gestalten. Emilia sehnte den nächsten Morgen herbei und war froh, als endlich die Sonne aufging.

Als Emilia ihr Nachtlager wegräumte, stand plötzlich Leo mit zwei dampfenden Tassen Kaffee in der Tür.

»Darf ich?« Emilia nickte. Er reichte ihr eine der Tassen und setzte sich dann an den Holztisch in der Mitte des

Raums. »Mit heißer aufgeschäumter Milch. Genau wie du ihn magst.«

»Du bist ein Schatz. Danke. Und Papa?« Sie setzte sich aufs Bett.

»Der duscht gerade und flucht, dass alles so eng ist drüben.«

Emilia lachte auf. »Das ist es, weiß Gott.«

»Und dies hier war also Sophies Atelier?«

Mit großen Augen sah er sich um. »Es geht mich zwar nichts an, Emilia«, fing Leo zögerlich an und stellte seine Tasse auf den Tisch. »Aber, was ist los mit euch? Werdet ihr euch trennen?«

Emilia erschrak über Leos Direktheit. »Nein«, wehrte sie ab. »Natürlich nicht. Hat Papa etwas in diese Richtung gesagt?«

Leo schüttelte den Kopf. »Er ist genauso diskret wie du. Aber ich bin ja nicht blind. Das war dir gestern alles zu viel. Wir haben dich überfallen.«

»Nein«, wehrte Emilia ab. »Daran bin ich selber schuld, wenn ich meine Mailbox lösche und nicht vorher ab-höre.«

»Das sind ganz schön viele Neins. Papa hat sich auf den Besuch gefreut.«

Emilia spürte, wie ihr schlechtes Gewissen sämtliche diffusen Gefühle überlagerte. »Es tut mir wirklich leid.«

War es möglich, dass sie jetzt auch ihrem Sohn gegen-über in Rechtfertigungsdruck geriet?

»Wie lange bist du schon weg von zu Hause? Wie lange schlaft ihr schon getrennt?«

Vorsichtig nippte Emilia an ihrer Tasse. Der Kaffee war

stark und schmeckte mit der aufgeschäumten Milch vorzüglich.

»Separate Schlafzimmer sind kein Indiz für eine Trennung, Leo. Manchmal braucht man einfach Abstand. Ich bin gerade einmal ein paar Wochen von zu Hause weg.«

»Neun Wochen, Emilia, neun Wochen. Bitte sprich nicht mit mir, als sei ich ein Kleinkind. Zu Hause herrschte in den letzten Monaten eine seltsame Stimmung zwischen euch. Ihr schleicht umeinander herum wie zwei angeschossene Rehe. Seid superhöflich zueinander. *Hättest du gerne …? Würdest du vielleicht? Bitte entschuldige* – diese ganzen Phrasen sind wirklich auffällig. Du schläfst hier in diesem Atelier. Ihr habt euch seit Ewigkeiten nicht gesehen, und du tust, als sei dir alles zu viel. Ich habe das Gefühl, das hat Papa sehr verletzt, dass du heute Nacht ausgewandert bist.«

»Dein Vater und ich haben das gestern gemeinsam so entschieden. Hier gibt es zu wenig Schlafplätze«, verteidigte sich Emilia.

Was immer sie sagte – es klang wie eine Rechtfertigung. Was war mit ihren Verletzungen?

»Du hättest auch mich hier schlafen lassen können.«

Dass Leo für seinen Vater Partei ergriff, war nicht ungewöhnlich. Das war schon immer so gewesen. Leo – der Vatersohn. Sie schüttelte den Kopf. Nein. Sie würde ihre Eheprobleme nicht mit ihrem Kind besprechen. Auch wenn es erwachsen war. Ausgeschlossen. Es gab Grenzen.

»Dein Vater und ich werden miteinander sprechen, Leo, wenn wir so weit sind«, sagte sie bestimmt. »Wir sind über zwei Jahrzehnte verheiratet. Wir sind ein erfahrenes Krisenteam.«

Leo lächelte, stand auf und schritt langsam mit seiner Tasse durchs Atelier.

»Kannst du mir etwas über die Bilder sagen?«, fragte Emilia nach einer längeren Pause, und zum ersten Mal, seit sie aus Paris zurück war, fiel etwas von ihrer Anspannung ab.

»Weißt du, weshalb die Nordfenster größer sind als die auf der Südseite?«, fragte Leo zurück, nahm einen großen Schluck Kaffee und ging hinüber zur Fensterfront.

»Keine Ahnung. Sag du es mir.«

»Maler lieben das Nordlicht, weil es unbestechlich ist. Hart. Kalt. Man sieht die feinsten Nuancen. Jede noch so winzige Schattierung.«

»Verstehe«, sagte Emilia und beobachtete, wie Leo den Raum durchschritt, als sei er hier zu Hause. Seine dunklen, vom Duschen noch feuchten Locken glänzten in der Morgensonne.

Vor dem Gemälde mit dem blutenden Baum blieb er stehen und fuhr mit den Fingerspitzen vorsichtig über die Linien der Äste. »Siehst du die weichen, bogenförmigen Linien hier?«

Emilia nickte.

»Diese düsteren Farben? Die ganze Farbkomposition. Dieses geheimnisvolle Zwielicht?«

»Gefällt es dir, oder möchtest du mir noch etwas durch die Blume sagen?«

»Durch die Blume ist weniger meine Art, Emilia«, konterte Leo. »Ich finde das Werk sehr gelungen. Intensiv. Und

das Erste, was ich dachte, als ich es gesehen habe, war ...
Ich bin mir nicht ganz sicher, ob...« Er unterbrach sich. »In
seiner düsteren Darstellung und der Pinselführung erinnert es mich sehr an das Porträt, das bei uns in Baden-
Baden hängt.«

In Emilias Kopf überschlugen sich die Gedanken. »Was
willst du damit sagen?«

»Ich könnte wetten, dass jenes Porträt *Frau im Schatten*
ein Selbstbildnis ist. Es stammt aus einer Handschrift. Jede
Wette.«

»Und wenn beide Bilder von Fugin sind?«

Leo schüttelte entschieden den Kopf. »Das hier ist von
einer Frau. Ich schwöre.«

»Meine Großmutter hat sich selbst gemalt?«

Leo nahm sein Handy aus der Hosentasche, strich mehrfach über das Display, ging zu Emilia und zeigte ihr das
Foto von Sophies Porträt.

»Typisch für ein Selbstbild sind die großen, fragen-
den Augen, siehst du das?« Er vergrößerte mit Daumen
und Zeigefinger den Bereich um die Augen. »Dieser for-
schende, fragende Blick, der zum Betrachter Kontakt auf-
nimmt. Fremdporträts sind meist auch, wie soll ich
sagen ...?« Er suchte nach dem passenden Wort. »Irgendwie verfremdet. Distanzierter. Denk nur an Picassos Frau-
enporträts. Das von der *weinenden Frau*. Dora Maar.«

»Lässt sich das vergleichen? Picasso hat kubistisch, abstrakt gemalt.«

»Und sich auf *ein* unverkennbares Merkmal beschränkt.«

»Du weißt, dass sie hier gelebt hat, Picassos Ex-Geliebte
Dora Maar?«, wollte Emilia wissen.

»Ich habe ihr Haus gesehen. In *Ménerbes*. Wir sind dort vorbeigefahren. Papa und ich. Dort oben am Berg muss man ja verrückt werden.«

Wieso hatte Emilia nur das Gefühl, dass sie in Leos *Wir* keinen Platz hatte? Als bildeten Vater und Sohn eine verschwörerische Front gegen sie. Vorher, als das Wort Baden-Baden gefallen war, hatte sie sich zum ersten Mal nicht in ihrem Zuhause gesehen. Nur Vladi und die Kinder. Wo war sie geblieben?

»Dora Maar war in ihren letzten Lebensjahren sehr einsam und eine bigotte Kirchgängerin«, sagte Emilia. »Aber verrückt? Das glaube ich nicht.«

»Die Eigenschaften des Selbstporträts«, unterbrach Leo seine Mutter, »sind leicht zu bestimmen. Es gibt Übereinstimmungen mit der Realität. Gesichtszüge, Gesichtsausdruck, Frisur und Kopfform oder die typische Körperhaltung.«

»Was wir allerdings nicht überprüfen können.«

»Wir haben *dich* als Vorlage«, erklärte Leo lächelnd, nahm Emilias Arm und zog sie vorsichtig vor den Spiegel neben dem Ofen. Sie genoss die Nähe, die plötzlich und völlig unerwartet von ihrem Sohn ausging, seinen vertrauten Duft. »Das ist deine Kopfform, siehst du? Und diese Augen sind gleichfalls deine. Der mandelförmige Schnitt.«

Emilia sah ihr Spiegelbild und verglich es mit dem Foto auf Leos Smartphone. »Es liegen dreißig Lebensjahre zwischen diesem hier«, sie zeigte auf ihre Stirnfalten und denen um ihren Mund, »und dieser jungen Dame auf deinem Smartphone.«

»Trotzdem ist die Ähnlichkeit frappierend. Ich bin davon überzeugt: Ein Fremder hätte Sophie anders gemalt. Distanzierter. Fremder. Anders. Ich kann es nur schwer erklären. Reine Intuition.«

»Es könnte einen Beweis für deine Theorie geben.« Leise berichtete Emilia von Bonnets Hinweis und ihrem Verdacht, den sie seit ihrem Paris-Aufenthalt hegte. »Das Porträt wurde in den Achtzigern unsigniert im Château im Elsass angeliefert.«

»Ein Selbstporträt! Wie ich sagte«, verkündigte Leo lebhaft. »Siehst du! Ich habe recht. Der Typ hat sich durch seine Signatur zum Schöpfer des Bildes gemacht. Das ist Diebstahl.« Leo warf die Arme in die Höhe und ging im Atelier auf und ab. »Diese Bilder zeugen von *einer* malerischen Handschrift und zwar von einer weiblichen. Jede Wette! Deine Großmutter hat sich selbst gemalt. Ich brauche nur noch einen Abgleich mit einem Gemälde von Fugin. Dann wissen wir es hundertprozentig.«

»Hättest du vielleicht lieber Kunstgutachter werden sollen?«

»Auch die Medizin ist eine Kunst.«

»Und was ist mit dem Schatten auf dem Porträt?«

Leo schnaubte. »Ein typisches surrealistisches Merkmal. Sophie Langenberg hat damit gespielt. Ein Selbstbild im Dunstkreis jener Epoche. Wahrscheinlich arbeitete sie mit einem Foto als Vorlage. Als sie jung war, dominierte noch der Surrealismus, auch wenn er seine Hoch-Zeit in den Zwanzigern feierte. Damit wollte sie vermutlich sagen: *Das sind meine Einflüsse. Davon wurde ich geprägt. Ich bin ein Kind meiner Zeit.* Oder so ähnlich.«

»Du hast sehr kluge, einfühlsame Gedanken«, sagte Emilia anerkennend. »Und du klingst wie ein Kunsthistoriker.«

»Wenn ich Zeit habe, besuche ich hin und wieder Vorlesungen bei den Kunstwissenschaftlern«, sagte Leo. Ein Hauch von Röte legte sich auf seine Wangen.

»Du bist vielseitig«, erklärte Emilia und sah wieder auf Leos Smartphone. »Was, wenn der Schatten ihren Gemütszustand verdeutlicht?«

»Du denkst an Sigmund Freud? Ein Alter Ego?«

Fragend sah Leo seine Mutter an, die nachdenklich nickte.

»Genau. Das andere Ich. Licht und Schatten, Leo. Zwei Seiten einer Persönlichkeit. Das Leben, das aus Höhen und Tiefen besteht. Womöglich besaß Sophie eine depressive Veranlagung.«

»Sie hatte auch eine Neigung zur Schwermut?«

Emilia nickte. »Bestimmt. Sieh dir die Bilder an. Du denkst an deine Großmutter Pauline?«

Leo bejahte. »Und du bist ja gerade auch kein Ausbund an unbeschwerter Fröhlichkeit. Keiner ist das in unserer Familie. Und Papa besitzt eine melancholische russische Seele. Ich bin in eine Moll-Familie hineingeboren. Der einzige Dur-Mensch, den ich kenne, ist mein Bruder.«

»Das stimmt! Besser kann man Mischa nicht charakterisieren«, lachte Emilia und wurde sofort wieder nachdenklich. »Ich weiß noch so wenig über Sophie«, sagte sie kleinlaut und warf einen Blick zum Fenster. Draußen konnte sie sehen, wie Vladi den Wagen belud. »Dennoch glaube ich sie zu kennen. Das ist seltsam. Findest du nicht auch, dass man ihre Präsenz hier in diesen Räumen spürt? Auf eine gewisse Weise lebt sie weiter.«

Leo zuckte die Achseln und trat hinüber zum Regal, wo die Kinderzeichnung *Die Sonne versteckt sich hinter dem Mond* stand. Er nahm sie, betrachtete sie und stellte sie zurück. »Hätte von mir sein können«, sagte Leo und schenkte ihr ein Lächeln. »Baum. Blume. Sonne. Mond. Teehaus.«

Emilia horchte auf. »Du hast recht. Das soll ein Teehaus darstellen. Ich habe mich schon gefragt, was das Gebilde bedeutet. In der Langenberg-Villa gab es ein Teehaus.«

»Solches Zeug habe ich andauernd für dich gemalt als Kind. Mit Untertiteln. Irgendwie hatte ich immer das Gefühl, ich muss meine Werke kommentieren. Damit ich ja nicht missverstanden werde.«

Emilia lächelte zurück. »Ja, das stimmt. Zu Hause habe ich in einer Mappe noch ganze Sammlungen davon.«

»Was mir fehlt ist – wie soll ich es sagen? Für mich ist Sophie eine Fremde. Das Einzige, was mich womöglich mit ihr verbindet, ist meine Affinität zur Kunst. Das berührt mich zugegebenermaßen. Aber ich müsste erst einmal in Ruhe darüber nachdenken.« Leo faltete die Hände.

»So warst du schon immer, Leo. Du hast schon immer sehr gründlich gefühlt. Ganz sicher hast du Sophies Mal- und Zeichentalent geerbt. Es hat nur zwei Generationen übersprungen.«

Leo senkte die Augen. »Vielleicht«, sagte er tonlos und starrte auf das Gemälde mit dem blutenden Baum. »Gründlich fühlen hört sich gut an. *Du* bist so. Und Papa auch. Wir fühlen alle sehr gründlich.«

Sie schluckte. »Ist irgendetwas? Du wirkst bedrückt, Leo.«

Er schüttelte den Kopf. »Ich frage mich nur, warum du dich so sehr mit deiner Großmutter identifizierst. Und die nächste Frage ist: Was bringt jemanden zur Wahl solcher Motive? Der Baum wirkt wie ein alter Mann.«

»Genau das habe ich auch gedacht«, entgegnete Emilia. »Ein alter Mann. Ich identifiziere mich nicht, Leo. Ich möchte herausfinden, was mit meiner Großmutter war. Das ist ein Unterschied.« Sie starrte auf das Bild. »Ein alter gebrochener Mann. Eine Seite von Sophie? Oder ein Mensch, der eine Rolle in ihrem Leben gespielt hat?«

Automatisch fiel ihr Jean-Pierre ein. Ihre Wut war ein wenig verpufft, und sie schämte sich, gestern so viel von sich preisgegeben zu haben. Sie, die sonst überlegt und bedacht handelte, hätte am liebsten gegen seine Tür getrommelt. Wozu brachte sie dieser Mann?

War es möglich, dass der Baum Jean-Pierre darstellte? Nein. Er war kein gebeugter Mann. Trotz seines fortgeschrittenen Alters bewegte er sich erhobenen Hauptes durch die Welt. Dennoch schien es hinter seiner Fassade etwas Verletzliches zu geben, etwas, das er sorgfältig verbarg. Als halte er einen Teil seiner Persönlichkeit vor der Welt verschlossen.

»Bilde deine Augen, indem du sie schließt«, sagte Leo und deutete auf die Inschrift des gegenüberliegenden Bilderrahmens. Er trat noch einmal zu dem Bild mit dem blutenden Baum und stellte sich dicht davor. Dann ging er einen Schritt zurück, den Blick auf das Gemälde gerichtet. »Siehst du dieses strahlende Weiß?« Er zeigte auf eine

Wolkenformation am Horizont, die vorwiegend grau, nahezu schwarz anmutete. An einer Stelle gab es aber einen Bereich von reinstem Weiß. Leo deutete darauf.

»Ja«, entgegnete Emilia mit fragendem Unterton. »Was meinst du damit?«

»Titanweiß«, erklärte Leo. »Ich frage mich gerade, ob das auch auf dem Porträt *Frau im Schatten* zu sehen ist.« Erneut nahm er sein Smartphone zur Hand und strich mit dem Daumen über das Display.

»Was spielt das für eine Rolle?«

»Dann wäre es in der Expertise völlig falsch datiert.«

»Es gibt keine Expertise von dem Porträt«, erklärte Emilia. »Nur eine Art Urkunde mit dem Namen des Künstlers und einer groben Datierung. Habe ich sie dir nicht fotografiert?«

Leo schüttelte den Kopf und fixierte sein Handy. »Du sagtest, im Katalog stünde Dreißigerjahre.«

»Genau. Mit dem Zusatz: *vermutlich*. Und du meinst, es wäre dann nicht aus den Dreißigerjahren, wie diese Urkunde behauptet?«

»Dieses strahlende Weiß wurde erst nach dem Zweiten Weltkrieg produziert. Das Vorkriegs-Titanweiß hatte eine andere chemische Zusammensetzung. Es neigte im Lauf der Jahre zu Verfärbungen. Experten haben, wenn die Fingerabdrücke unbrauchbar waren, anhand der verwendeten Weißtöne Fälschungen von Max-Ernst-Gemälden aus den Zwanzigern aufgedeckt. Das moderne Titanweiß verfärbt sich nicht.«

»Das ist ja interessant«, sagte Emilia staunend. »Und das hier ist modernes Titanweiß?« Sie deutete mit einer Kopfbewegung auf den blutenden Baum.

Leo nickte. »Für mein Auge, ja. Und schau mal. Hier.«

Er reichte ihr sein Handy und vergrößerte den Ausschnitt von Sophies Porträt. Dort, wo die Bluse der Porträtierten keine Falten warf, leuchtete sie an einigen Stellen schneeweiß.

»Das bedeutet, beide Gemälde sind nach 1946 entstanden«, flüsterte Emilia verblüfft. »Und beide stammen von Sophie.«

»Ich würde sogar vermuten, sie sind noch jünger. Man könnte das prüfen lassen.«

»Warum noch jünger?«

Leo zuckte die Achseln. »Nur so ein Gefühl. Reine Intuition. Da hat jemand mit dem Genre *Surrealismus* gespielt. Die Merkmale einer Epoche gezielt eingesetzt.«

Plötzlich klopfte es an der Tür. Auf der Schwelle blieb Vladi unschlüssig stehen. Erst jetzt bemerkte Emilia, wie blass er war. Der Gewichtsverlust der letzten Wochen war ihm in seiner beigefarbenen Hose, die immer eng gesessen hatte, jetzt deutlich anzusehen. Sie saß locker um die Hüfte. Sein Gesicht war schmal geworden.

»Komm rein«, sagte sie freundlich.

»Ich wäre dann so weit«, erwiderte Vladi mit beherrschter Stimme und trat vorsichtig näher.

»Aber ich wollte euch ein Frühstück …«, sagte Emilia.

»Lässt du uns bitte einen Augenblick allein, Leo?«, unterbrach sie Vladi.

Leo warf seiner Mutter einen aufmunternden Blick zu. »Ich muss sowieso noch packen«, murmelte er im Hinausgehen.

»Du hast abgenommen«, sagte Emilia.

»Du auch«, erwiderte Vladi.

Schweigen. War es so weit, dass sie einander nicht mehr guttaten? Wurden die schiefen Zwischentöne ihres Zusammenlebens achthundert Kilometer entfernt von zu Hause hier in dieser stillen Landschaft verlautbar?

Beide atmeten gleichzeitig tief durch.

»Emilia. Wie lange gedenkst du, noch hierzubleiben? Wie lange möchtest du diesen Schwebezustand aufrechterhalten?«

Emilia wusste: Schon längst bestimmte nicht mehr *sie* das Ausmaß ihres Rückzugs. Ratlos zuckte sie die Achseln. Sie öffnete den Mund, um etwas zu sagen, aber kein Wort kam über ihre Lippen. Die Tatsache, nicht einmal den Versuch unternommen zu haben, etwas Klarheit zwischen ihnen zu schaffen, lastete auf ihr wie Blei.

»Ich sehe, dass es dir nicht gut geht, Vladi«, sagte sie und senkte den Blick. »Das tut mir leid. Aber ich brauche noch Zeit. Seit das passiert ist, bin ich sprachlos. Vielleicht gerade deswegen, weil ich es nie für möglich gehalten habe. Wie wäre es dir umgekehrt gegangen?«

Sie brach ab. Vladi sah sie ernst an. »Das habe ich mich oft gefragt, Emilia. Ich bin anders als du. Ich hätte das Gespräch mit dir gesucht. Und für mich wäre es von Bedeutung, wenn du dich *nach* einem solchen Vorfall für deine Ehe entscheidest. Das zählt.«

»Gib mir noch ein paar Wochen«, bat sie. Es klang eher nach einer Frage.

»Ich habe gedacht, wenn ich hierherkomme, könnten wir reden. Ins Gespräch kommen. Deshalb kam mir Leos Wunsch, diese Ausstellung in Lyon zu besuchen, sehr entgegen. Was für ein bitterer Zufall, dass du die Mailbox nicht abgehört und dann auch noch die Nachrichten gelöscht hast«, schnaubte er.

»Ich hatte mein Handy ausgeschaltet. Du weißt, dass ich nicht Tag und Nacht online bin«, verteidigte sie sich. »Was soll das jetzt? So kurz vor eurer Abfahrt? Du setzt mich unter Druck, Vladi.«

»Wir haben es mehrfach probiert. Wann würdest du denn Zeit für ein Gespräch finden?« Ironisch rümpfte er die Nase.

»Wir hatten das geklärt. Ich bin früh schlafen gegangen. In Paris war alles so anstrengend. Du hast ja keine Ahnung.«

»Wie sollte ich die auch haben, wenn du nicht mit mir sprichst?«

Emilia sah zu Boden.

»Ach, Emilia, ich habe so viele Anläufe genommen. Versucht, es dir zu erleichtern. Aber du ziehst dich nur zurück, bist völlig verschlossen. Es fehlt nicht mehr viel, und aus der Kluft zwischen uns wird ein unüberbrückbarer Krater. Ich halte sehr viel aus. Das weißt du. Aber wenn ich dir nicht nahe sein darf, ist eine Ehe ziemlich sinnlos, findest du nicht auch?«

Erschrocken sah Emilia auf. Zum ersten Mal seit Vladis Affäre stand das Wort *Trennung* unausgesprochen im Raum. Bald würde es kein Durch-die-Blume-Reden mehr geben. Keine Metaebene. Sie spürte ihre Sprachlosigkeit wie eine Sperre auf ihren Stimmbändern.

Wenn ich dir nicht mehr nah sein darf …

»Emilia, die emotionale Nähe zwischen uns bildete für mich immer die unumstößliche Qualität unserer Ehe.

Jetzt ist alles fremd. Kalt. Als wärest du irgendwo. Du bist mir fremd geworden. Genau wie diese Gemälde hier.«

Er deutete auf den blutenden Baum.

»Und was möchtest du damit sagen? Dass du alles tust, um *mich* ins Unrecht zu setzen?«

Emilia fing an zu begreifen, dass sie Sophies Leben über ihre Probleme gestülpt hatte. Davon waren sie aber nicht verschwunden. Sie trugen nur ein anderes Gewand. Wie Motten hatten sie angefangen, sich in ihre Ehe zu fressen.

»Dafür sorgst du ganz allein.« Mit einem Ruck drehte sich Vladi weg. An der Tür hielt er inne und ließ den Kopf hängen. »Wir sollten eine Trennung erwägen, Emilia.« Jetzt klang seine Stimme wie ein frisch gewetztes Messer. »Auf jeden Fall sollten wir beide die Zeit, da wir in getrennten Wohnungen und Ländern leben, zum Nachdenken nutzen und jeder für sich eine Entscheidung treffen. Ich ertrage das nicht länger.«

In getrennten Wohnungen und Ländern.

Vladi hatte das magische Wort ausgesprochen, und Emilia vermochte dem nur ein stummes Nicken zu erwidern.

»Was soll ich nur tun?«, flüsterte Emilia kurze Zeit später zu sich selbst. Ihre Augen folgten Vladi, der auf den Hof hinaustrat und Leos Reisetasche in den Kofferraum hievte. Durch den Zaun warf die kühle Morgensonne einen Schatten auf seinen Rücken wie ein tanzendes Gitter. Gegen gründliches Fühlen gab es kein Rezept. Sie wischte sich eine Träne aus dem Augenwinkel. Mit versteinertem Blick trat Vladi zu ihr, legte seine Hände auf ihre Schultern und küsste sie rechts und links auf die Wange. Der Duft seiner gepflegten Haut streifte sie.

»Du solltest mehr essen«, presste er hervor und strich ihr eine Strähne aus der Stirn. »Ich habe dir so oft gesagt, wie leid es mir tut, was ich getan habe. Aber ich habe meinen Vorrat an Demut aufgebraucht.«

Er lief um den Wagen herum, setzte sich hinters Steuer und zog die Fahrertür zu.

»Mama, ich wünschte, ich könnte dir helfen«, hörte sie Leos Stimme an ihrem Ohr. »Das Schlimmste ist, die Dinge in der Schwebe zu lassen. Entscheide dich, und dann zieh es durch.«

Wann hatte Leo sie zuletzt *Mama* genannt? Sie fühlte sich schwach. Sprachlos sah sie Leos sich entfernender Gestalt hinterher. Sie zuckte zusammen, als die Beifahrertür ins Schloss fiel. Wie in Zeitlupe hob sie die Hand zum Abschiedsgruß.

Mit ernster Miene ließ Vladi die Scheibe herunter, streckte seine Hand hinaus und korrigierte die Position des Seitenspiegels, in dem sich für einen Moment ihre Blicke trafen. Sie wollte die Hand nach seiner ausstrecken, aber sie war wie gelähmt.

»Pass auf dich auf«, war das Letzte, was sie von Vladi hörte.

Dann startete er den Motor.

Regungslos sah Emilia dem Wagen nach, der im Hof eine große Staubwolke hinterließ, die sich langsam auf dem Boden absetzte. Auf der Landstraße entfernte sich das Auto in Richtung Norden, bis nur noch die winzigen Rücklichter zu sehen waren.

Was hatte Vladi gestern über komplexe biochemische Prozesse im Gehirn gesagt? *Ein einziger Stoff konnte das*

hochsensible Gleichgewicht zum Kippen bringen und eine Ket-
tenreaktion auslösen.

War das auch auf ihre angeschlagene Ehe übertragbar?

Emilia begriff: Sie war zu weit gegangen, indem sie nichts
getan hatte.

JEAN-PIERRE

La Lumière, April 2016

Die Wahrheit bahnt sich ihren Weg

Am frühen Morgen erwachte Jean-Pierre mit Rücken-schmerzen. Ein stechender Schmerz strahlte vom Brust-bein bis in den linken Arm. Mit zitternden Händen nahm er die stets griffbereiten Notfalltropfen seiner Herzmedika-mente und anschließend ein Spray gegen Angina Pectoris. Besonnen rief er einen Notarzt und telefonierte anschlie-ßend mit seinem treuen Henri. Schon seit vielen Jahren besaß dieser einen Schlüssel zum Haus. Nach wenigen Minuten war Henri da.

»Bleiben Sie bitte liegen, Monsieur, bis der Krankenwa-gen kommt«, sagte Henri und brachte ihm ein Glas Was-ser. Jean-Pierre konnte ihm die Sorge am Gesicht ablesen.

Er bat Henri, den Sekretär im Wohnzimmer zu öffnen und ihm einen Stapel von Unterlagen zu bringen. Jean-Pierre setzte seine Brille auf, überflog die Blätter und über-reichte Henri anschließend eine Mappe mit kurzen Instruk-tionen.

»Für den Ernstfall, Henri. Ich hätte das längst tun sollen.

Wir brauchen einen Notartermin in Avignon. Bei Maître Lambaire. Wenn Sie das bitte veranlassen würden. Am besten gleich morgen Früh.«

Von Weitem waren Sirenen zu hören, die sich näherten. Der Krankenwagen.

»Ich verspreche, mich darum zu kümmern. Es wird so geschehen, wie Sie es wünschen. Aber gleich morgen Früh? Wollen Sie nicht warten, was die Ärzte sagen?«

Es läutete an der Tür, und Henri öffnete den Sanitätern. Im Krankenhaus von *Apt* diagnostizierte man einen Hinterwandinfarkt. Eine Bypassoperation war nach Ansicht der Ärzte unumgänglich, wenngleich angesichts Jean-Pierres hohem Alter riskant.

»Was raten Sie mir?«, fragte Jean-Pierre nach Abschluss der Untersuchungen. Er glaubte, eine gewisse Ratlosigkeit in den Gesichtern der Experten zu lesen.

»Es wäre fahrlässig, nichts zu tun«, sagte der Chef-Kardiologe mit ernster Miene.

»Wann?«, fragte Jean-Pierre.

»Am liebsten würden wir gleich morgen Früh operieren.«

Der Arzt verschränkte die Arme vor der Brust.

»Und wenn ich mich dagegen entscheide?«

»Die Blutzufuhr zu Ihrem Herzen war blockiert, Monsieur Roche, beziehungsweise stark eingeschränkt. Einen zweiten Infarkt werden Sie nicht überleben. Ich gebe zu bedenken, dass Sie nicht einmal zwölf Stunden überstanden haben. Wir müssen etwas tun. Hier bei uns werden Sie von Monitoren überwacht. Unserer Meinung nach haben Sie keine andere Wahl als diese Operation.«

Mein altes Herz, dachte Jean-Pierre. Wie oft hat es geschlagen in sechsundachtzig Jahren? Unzählige Male mussten es sein.

Jean-Pierre blieb noch eine Nacht in der Obhut eines Monitors, erbat sich zwei Tage Bedenkzeit und ließ sich gegen den Rat der Ärzte am nächsten Morgen entlassen. Er versprach wiederzukommen und trotzte dem Schicksal zwei Werktage ab, in denen er seine Angelegenheiten regeln konnte, um diese Welt zu verlassen oder sie in der von ihm gewünschten Ordnung vorzufinden.

Zusammen mit Henri, den wichtigsten Unterlagen und zwei Medikamentenboxen fuhr er nach Avignon zu Maître Lambaire, einem Mann, dem er vertraute. Zwei Stunden später war alles geregelt. Henri unterschrieb einen Vertrag, in dem ihm ein Teil von Jean-Pierres Vermögen zugesichert wurde. Henri musste nur im Falle von Jean-Pierres Tod eine Kleinigkeit dafür tun.

»Glauben Sie, dass die Tochter von Madame Langenberg überhaupt noch lebt?«, fragte Henri auf dem Rückweg.

»Das weiß ich zufällig sehr genau«, erklärte Jean-Pierre. »Und Sie kümmern sich darum, Henri, wenn es nötig sein sollte? Ich habe Ihr Ehrenwort?«

»Mein Ehrenwort, Monsieur.«

Jean-Pierre verschwieg die Vorgeschichte seines Schweigens: seine Feigheit. Immer wieder hatte er in den letzten Jahren eine Telefonnummer in Baden-Baden gewählt. Jedes Mal aber hatte ihn der Mut verlassen, und er hatte unverrichteter Dinge wieder aufgelegt.

»Ich hoffe, Sie werden hundert Jahre alt«, sagte Henri

aufmunternd. »Niemand möchte von Ihrem Tod profitieren. Ich am allerwenigsten. Und ganz sicher auch niemand in Deutschland.«

»Das weiß ich, Henri. Sie haben Enkel. Für mich brauche ich nicht mehr viel. Das Haus in der *Rue de la Lune* liegt mir am Herzen. Es gehört endlich in die richtigen Hände«, sagte Jean-Pierre nachdenklich. »Sollten die deutschen Erben nicht hierherkommen, dann müssen Sie, mein Freund, zu ihnen. Die Adresse liegt bei den Unterlagen. Das ist alles, was ich in meinem Todesfall verlange. Wenn ich lebe, kümmere ich mich selbst darum.«

Henri sah Jean-Pierre verständnislos an, vermied es aber, unangemessene Fragen zu stellen.

Mit einem Anflug von Wehmut dachte Jean-Pierre an den Streit zurück, den Sophie und er des Hauses wegen gehabt hatten, als er ihr in den Achtzigerjahren den Besitz überschreiben wollte. Mit der Begründung, sie wolle keine Almosen, hatte sie abgelehnt.

»Aber es ist kein Almosen. Was soll ich denn mit zwei Häusern im Lubéron anfangen? Ich bin, wie du weißt, einigermaßen vermögend. Wären wir verheiratet …«

»Wir haben immer gesagt, dass wir diese Konvention nicht brauchen. Du und ich. Du bist zehn Jahre jünger als ich. Du wirst mich ohnehin überleben. Es wird also irgendwann dein Problem sein. Mach es nicht zu meinem.«

»Sophie! Du *hast* aber eine Erbin. Ich nicht.«

Es hatte mehrere Anläufe gedauert, bis sie endlich einsichtig geworden war und einen Vertrag akzeptierte, der ihr das Haus in der *Rue de la Lune* im Falle seines Todes zusicherte und sie zeitlebens zur Miteigentümerin machte.

Damit war der Weg, den Jean-Pierre vorausschauend erblickte, geebnet.

»Das Haus ist in gutem Zustand, Monsieur. Wer immer es eines Tages übernimmt, kann sich glücklich schätzen.« Henri riss Jean-Pierre aus seinen Gedanken. »Dank Ihnen. Sie haben sich all die Jahre darum gekümmert, Monsieur Roche.«

Jean-Pierre nickte betrübt. »Ja, ich habe das Haus einer Toten am Leben erhalten. Das ist paradox, und es ist die einzige Nostalgie, die ich mir in meinem Leben geleistet habe. Aber ich hätte es indiskret gefunden, wenn ich Madames persönliche Dinge weggeräumt hätte. Ich wäre in ihren Bereich eingedrungen, verstehen Sie? Das sollen eines Tages die Nachkommen tun.«

Am Tag vor der Operation betrat Jean-Pierre ein letztes Mal Sophies Haus und schritt mit seinem Stock durch die Räumlichkeiten. Henri wartete draußen im Wagen. Es begann zu regnen. Jean-Pierre hörte die Tropfen gegen die geschlossenen Läden prasseln.

Wie glücklich waren sie hier gewesen? Sophie und er hatten nie zusammengelebt. Hatte genau diese Tatsache ihre Liebe immer wieder neu befruchtet? Hier im Haus schmerzte wahrhaft jedes Detail, und eine Erkenntnis festigte sich in ihm, eine, die im Angesicht des Todes gereift war.

Die *Rue de la Lune* hatte über drei Jahrzehnte einen Geist beherbergt. Immer wieder war er hierher zurückgekehrt, hatte Abende am Kamin verbracht und sogar hier gekocht. Er hatte nie in ihrem Bett geschlafen.

Jetzt war es Zeit, die letzten nostalgischen Brücken abzureißen. Jean-Pierre hatte all die Jahre Sophies Haus konserviert, als lebte sie noch, um einer Illusion Raum zu geben. Als sei sie nie von ihm gegangen. Im Grunde genommen war er im tiefsten Herzen ein Kind geblieben, eines, das nicht loslassen konnte. Er hatte zu viel in seinem Leben verloren. Hier in diesem menschenleeren Haus, das so viele Erinnerungen barg, spürte er Sophies Abwesenheit wie einen Phantomschmerz am eigenen Leib. Sein Unvermögen, sie gehen zu lassen.

Würde er bald bei ihr sein?

Der Besitz musste *jetzt* in die Hände von Sophies Kind und Kindeskindern übergehen. Er hatte nicht das Recht, Sophies Haus und die Erinnerungen, die es beherbergte, mit ins Grab zu nehmen.

»Alles in Ordnung?«, fragte Henri besorgt, der plötzlich mit einem aufgespannten Regenschirm an der Haustür stand. Gemeinsam gingen sie die wenigen Meter zum Wagen. Als sich Jean-Pierre auf den Rücksitz seines Autos setzte, atmete er schwer. Schon die geringsten Bewegungen erschienen ihm wie ein Marathonlauf. Es regnete immer noch. Jean-Pierre verfolgte mit den Augen, wie das Wasser sich auf der Straße sammelte und in einer kleinen Rinne hinab in die Senke lief. Es bahnte sich seinen Weg.

»Sind Sie bereit, Monsieur?«, fragte Henri.

»Nur noch eine Kleinigkeit. Bringen Sie mich bitte nach Hause.«

Dort angekommen, setzte sich Jean-Pierre mit dem Telefon an den Küchentisch, wartete, bis sich seine Atmung normalisiert hatte, und wählte eine ihm bekannte Telefonnummer in Deutschland. Nach dem vierten Klingeln meldete sich eine weibliche Stimme.

»Sie kennen mich nicht, Madame. Ich habe nie den Mut gefunden, mit Ihnen zu sprechen, aber die Situation hat sich geändert. Mein Name ist Jean-Pierre Roche, und ich war ein guter Freund Ihrer Mutter.«

Er selbst hörte, wie sein rudimentäres Deutsch eingerostet, der französische Akzent nicht zu überhören war. Eine unendlich lange Pause entstand. »Madame?«, fragte Jean-Pierre.

Am anderen Ende der Leitung räusperte sich Pauline. »Ich verstehe nicht. Sie kannten meine Mutter? Meine leibliche Mutter? Woher?«

Er glaubte, ein Vibrieren in ihrer Stimme zu hören.

»So ist es«, bestätigte Jean-Pierre. »Ich bin sozusagen der letzte Zeitzeuge des Lebens Ihrer Mutter.«

Im selben Augenblick kamen ihm Zweifel an diesem Telefonat. Hatte er das Recht, eine Frau, die ihre Mutter längst begraben hatte, mit einer schmerzhaften Lücke zu konfrontieren? Nur weil er sein Gewissen beruhigen wollte?

Das Ende vor Augen sprach er weiter. »Sie glauben gar nicht, wie oft ich schon den Telefonhörer in der Hand hatte, um Sie zu kontaktieren. Unzählige Male. All die Jahre.«

»Und warum jetzt?« Ihm war, als hörte er eine Mischung aus Verunsicherung und Verletzung in Paulines Stimme.

»Ich dachte, ich schulde Ihnen die Wahrheit«, sagte er kleinlaut.

»Welche Wahrheit?«, stammelte Pauline. »Was wollen Sie damit sagen, Monsieur?«

Jean-Pierre schluckte. Er, der jeden Schritt in seinem langen Leben geplant, Unwägbarkeiten beseitigt und Ketten gesprengt hatte, hatte nicht bedacht, was dieses Gespräch in Pauline aufzuwühlen vermochte. Nach dieser langen Zeit des Schweigens.

»Entschuldigen Sie, Madame. Ich wollte Sie nicht beunruhigen. Es ist nur so, dass ich übrig geblieben bin. Aus diesem Grund werde ich Ihnen zukommen lassen, was Ihnen von Rechts wegen gehört«, sagte er schließlich. »Ihre Mutter wollte es so.«

»Ich verstehe nicht …«

»Es geht um ein verspätetes Erbe Ihrer Mutter. Ich selbst bin bald neunzig. Man kann nie wissen.«

»Meiner Mutter? Sophie Langenberg?« Jetzt hörte Jean-Pierre Entsetzen in Paulines Stimme. Und die pure Verzweiflung. »Nach so vielen Jahren ein Erbe? Ich verstehe nicht …«

Die Wahrheit bahnt sich ihren Weg.

»Ja, ein Erbe, das Ihnen zusteht. Die Unterlagen werden Sie in den nächsten Tagen erreichen.«

»Aber warum?« Paulines Stimme überschlug sich. »Warum jetzt?«

Warum jetzt? Die simple Frage beschämte ihn. »Ich werde morgen operiert und wollte die Eigentumsverhältnisse vorher klären. Es tut mir leid, Sie belästigt zu haben.«

Klärung war etwas Gutes. Sie hatte mit Wahrheit zu tun. Im Inneren wiederholte er die Worte wie ein Mantra. *Eigentumsverhältnisse klären.* Bedrückt beendete er das

Gespräch und packte seinen Koffer. Wie in Trance schrieb er am Küchentisch Pauline ein paar Zeilen. Den Rest sollte Henri richten.

Es war der Wunsch Ihrer Mutter, dass ihr Besitz nach meinem Ableben in die Hände ihres Kindes gelangt. Dafür trage ich nun Sorge. Nennen Sie es Vorsorge, denn noch lebe ich ja. Ihre Mutter hat Sie, Pauline, ein Leben lang in ihrem Herzen getragen. Wir sprachen unzählige Male von Ihnen. Es waren Momente voller Wehmut, Traurigkeit, aber auch Zufriedenheit. Zufriedenheit darüber, dass Ihnen ein Leben geboten worden war, wie Sophie es Ihnen niemals hätte ermöglichen können. Traurigkeit über das Versäumte, das ungelebte Leben mit ihrer Tochter. Sophie und ich teilten eine Grundhaltung zum Leben, ein Gestimmt-Sein, wenn Sie mir erlauben, die Musik als Metapher zu bemühen. Sophies Wesen war von tiefem Ernst geprägt, vom Wissen um die Zerbrechlichkeit des Lebens und von einer unstillbaren Sehnsucht nach ihrem Kind. Sie hat nie aufgehört, ihr Kind zu lieben. Ich wünsche mir, dass Sie, liebe Pauline, durch meine Zeugenschaft ein wenig Trost erfahren angesichts des frühen Verlusts Ihrer Mutter. Sie war eine wunderbare Frau.

Ihr Jean-Pierre Roche

Er legte die Zeilen der Hausurkunde bei, steckte alles in einen adressierten Umschlag und übergab ihn Henri mit der Bitte, ihn zu versenden, bevor er es sich anders überlegen würde. »Dies ist mein Vermächtnis und mein wichtigster Auftrag an Sie, Henri.«

Wie das Regenwasser, das sich sammelt und in einer Rinne den Weg hinunterläuft, hatte er etwas in Bewegung gebracht, gelenkt. Nach seinem Tod würde das Haus seine eigene Geschichte erzählen, auch ohne sein Dazutun, ohne seine Zeugenschaft. Das, was er getan hatte, war ein Anstoß zur Wahrheit. So glaubte er.

Die Wahrheit bahnt sich ihren Weg, war das Mantra, das ihn auf der Bahre in den Operationssaal begleitete. *Die Wahrheit bahnt sich ihren Weg.* Er sagte sich den Satz in Gedanken so oft, so eindringlich vor, bis er ihn glaubte.

Jean-Pierre erlebte die erste Narkose seines Lebens. Sein Bewusstsein wurde mitsamt dem Mantra einfach weggedrückt, und willenlos schlief er ein.

Im Operationssaal vier wurden Jean-Pierres Rippen mit einer Säge durchtrennt und eine Herz-Lungen-Maschine übernahm die lebenswichtigen Funktionen. Aus den Venen seiner Unterschenkel konstruierte ein routiniertes Ärzteteam neue Blutkanäle zu seinem geschwächten Herzen.

Als er auf der Intensivstation langsam zu sich kam, blickte er auf ein Gewirr von Kabeln, die an seinem Oberkörper befestigt waren. Geräte gaben piepsende Geräusche von sich. Ihm war, als befände er sich in einem Raumschiff auf einem atemberaubenden Flug durch den Orbit. Aber das war nur das Morphin. Dass er jedoch Sophie nicht begegnet war, befremdete ihn. Was nutzte das Sterben, wenn er die Liebe seines Lebens nicht wiedersehen würde?

Der erste Besucher an seinem Bett war der treue Henri. Als Jean-Pierre den langen Weggefährten seiner *Lubéron*-Jahre wie durch einen Schleier sah, kam langsam die Erinnerung der letzten Stunden, Tage und Wochen zurück. Er erkannte, dass er, den Tod vor Augen, einen schwerwiegenden Fehler gemacht hatte.

Er wusste nichts von Paulines Leben. Gar nichts. Wie konnte er sich nur anmaßen, Schicksal zu spielen? Sophies Erbe war eine Sache. Sich als völlig Unbekannter und Sophies Vertrauter in einem Brief an die Tochter seiner großen Liebe zu wenden, eine andere. Mit einem Mal glaubte er, die unberechenbaren Eventualitäten zu erfassen. Auf einmal wurde ihm klar, was sein Vermächtnis anrichten konnte. Das Telefonat ließ sich nicht rückgängig machen. Aber er musste Henri darum bitten, die Unterlagen nicht zu verschicken. Nicht so. Pauline durfte unter keinen Umständen sein larmoyantes Schreiben erhalten. Er musste einen anderen Weg finden.

Er bewegte die Lippen und bat Henri, näher heranzutreten. Dieser beugte sich ihm entgegen. Der Brief durfte nicht nach Deutschland. Nicht so. Einen anderen Weg.

»Der Umschlag. Sophies Tochter. Ich ...«

»Es ist alles in Ordnung, Monsieur Roche. Machen Sie sich keine Gedanken. Alles ist so geschehen, wie Sie es wünschten. Nun müssen Sie nur noch gesund werden.«

Die Wahrheit bahnt sich ihren Weg.

EMILIA

14

Wie jeden Abend sah Emilia von ihrem Haus aus im *Chemin du Cheval blanc* Licht brennen. Sie verwarf den Gedanken, Jean-Pierre anzurufen, und ging früh schlafen. Zwischen Vladi und ihr herrschte seit seinem Überraschungsbesuch Funkstille, und es schien, als gäbe es selbst für harmlose WhatsApp-Floskeln keinen Raum mehr. Leo hingegen schrieb sporadisch E-Mails. Mischa rief hin und wieder an. Bei Pauline meldete sich Emilia nach wie vor regelmäßig. Vladi hatte über Leo ausrichten lassen, dass er in der kommenden Woche zu einem Arztgespräch in die Ortenau eingeladen worden sei.

Am Morgen wurde Emilia vom Klingeln ihres Handys geweckt.

»Was hältst du von einer Serie im kommenden Sommer über verwunschene Orte in der *Provence*?«, kam Bastian direkt zur Sache. Emilia setzte sich im Bett auf und rieb sich die Augen.

»Ich will nicht das herkömmliche Zeug. *Lacoste. Grasse. Ménerbes.* Wie heißt der Ort noch mal, wo du gerade bist? *Lumière?* Genau das Richtige. Das Unentdeckte, Ursprüngliche wollen unsere Leser haben. Die Orte, wo noch kein Mensch war.«

Seit Emilias Paris-Reportage befand sich Bastian offensichtlich im Frankreich-Fieber.

»Ich weiß nicht so recht«, stotterte Emilia. Blieben verwunschene Orte nicht gerade deshalb unentdeckt, weil niemand darüber berichtete? Allein die Vorstellung von Touristenströmen in *La Lumière* bereitete ihr Unbehagen.

»Ich liebe deine Paris-Doku, Emilia«, schwärmte er unbekümmert. »Die ganze Redaktion war begeistert. Die Fotos sind phänomenal. Hast du gesehen, dass wir die Enten fütternde Frau an der Seine mit dem schwer bewaffneten Soldaten im Hintergrund als Titelbild nehmen? Dein Spiel mit Schärfe und Unschärfe ist hinreißend.«

»Danke.«

»Und?«

»Schön.«

»Ist das alles?«

»Vorläufig ja. Du hast mich geweckt.«

»Sorry«, sagte er kleinlaut. »Ruf mich einfach zurück, wenn du Zeit hast. Es eilt ja nicht.«

Seufzend ging Emilia in die Küche, brühte sich einen Kaffee und trat zum Fenster. Der Novemberhimmel zeigte sich tiefblau, und ein eisiger Wind wischte die Wolken vom Himmel.

Von der Straße hörte sie den Motor eines Autos, das sich näherte. Langsam tuckerte Jean-Pierres Citroën auf ihre Hofeinfahrt. Emilia lief ins Bad, zog sich rasch Jeans und Pulli an und wartete in der Küche, bis es klopfte.

»Sie, hier?«, fragte sie kühl, als sie die Tür öffnete. Jean-Pierre trug einen Anzug, eine Trenchcoat-Jacke und einen Burberry-Schal. Mit versteinerter Miene bat sie ihn herein.

Jean-Pierre riskierte einen kurzen Blick ins Innere des Hauses und schüttelte dann den Kopf. »Haben Sie Zeit, mich zu begleiten? Ich würde Ihnen gerne etwas zeigen. Bitte«, setzte er hinzu, als er Emilias starre Haltung wahrnahm.

»Möchten Sie nicht eintreten?«

»Bitte«, wiederholte er und schüttelte dann den Kopf. »Sagen Sie einfach Ja. Ich würde es vorziehen, draußen zu warten.«

Schweigend ging Emilia ins Bad, putzte ihre Zähne und legte anschließend ein dezentes Make-up auf. Ihre Haare waren stumpf, und der Gewichtsverlust der letzten Zeit war ihr deutlich im Gesicht anzusehen. Mit einem warmen Anorak und einer Umhängetasche trat sie hinaus in den Hof. Jean-Pierre saß auf dem Beifahrersitz seines geöffneten Citroëns. Er warf ihr seine Autoschlüssel zu.

»Sie fahren«, bestimmte er und schloss seine Tür.

Emilia stieg ein, stellte sich Fahrersitz und Rückspiegel ein, startete den Motor und sah Jean-Pierre fragend an. »Wohin fahren wir?«

»In die *Drôme*. Zunächst Richtung Montélimar. Fahren Sie über Orange. Das geht am schnellsten.«

Er lehnte sich zurück und ließ den Kopf zur Seite sinken.

»Wir haben uns eine Ewigkeit nicht gesehen. Sie hätten mich wenigstens um meine Begleitung bitten können,

Monsieur Roche. Woher wussten Sie, dass ich noch hier bin?«

»Von meinem Haus aus sehe ich jeden Abend Licht bei Ihnen brennen. Genau wie früher. Ich habe mir vorgenommen, heute auszupacken. Also seien Sie nett zu mir.« Er machte eine theatralische Pause. »Bitte!«

Emilia unterdrückte ein Lächeln und sah konzentriert auf die Straße. »Ich habe auch jeden Abend nach oben gelinst, ob bei Ihnen Licht brennt.«

Nach einer knappen halben Stunde Fahrtzeit richtete sich Jean-Pierre auf. »Das mit den Bildern von Sophie war folgendermaßen …« Er räusperte sich. »Ich habe Richard Sage damals beauftragt, die Bilder zu kaufen. Sie haben das völlig korrekt rekonstruiert. Aber Sie können mich nicht einfach mit schwerwiegenden Vorwürfen bombardieren. Ich hatte meine Gründe.«

»Davon gehe ich aus«, entgegnete Emilia trocken. »Genau diese wüsste ich ja gerne.«

Sie setzte den Blinker und überholte einen Lastwagen.

»Sophie brauchte dringend Geld. Ich hatte genug davon. Mehr, als ich ausgeben konnte. Aber sie war viel zu stolz, um von mir etwas anzunehmen. Sie können sich das nicht vorstellen – es war eine nicht enden wollende Diskussion in unserer Beziehung. Deshalb griff ich zu dieser List und habe Richard Sage beauftragt. Ich wusste, dass sie einige Bilder verkaufen wollte, aber keine Ahnung hatte, wie sie es anstellen sollte. Sophie war nicht sehr geschäftstüchtig, müssen Sie wissen. In den Pariser Künstlerkreisen der Dreißigerjahre war der Kunsthandel sehr verbreitet. Man hat sich gegenseitig unterstützt und einander Bilder abgekauft. Und wenn man Geld brauchte, hat man sie verkauft. Deshalb habe ich diesen Händler geschickt. Mir war klar: Ihm würde sie vertrauen. Am Ende hat sie drei Gemälde und einige Fotografien hergegeben.«

»Und wo sind die Bilder und Fotografien jetzt?«

»An den Wänden meines Schlafzimmers. Und den *Blutenden Baum* habe ich ihr geschenkt. Behauptet, ich hätte ihn auf einer Auktion erstanden.« Er grinste. »Was hätte sie tun sollen? Ein Geschenk musste sie annehmen.« Genüsslich schloss er die Augen.

»*Blutender Baum* – sie hat das Gemälde wirklich so genannt?«

»Ja.«

»Ich auch«, sagte Emilia kleinlaut. »Ich habe es im Atelier gefunden.«

»Ein sehr ausdrucksvolles Bild, nicht wahr?«

Emilia bejahte. An einer roten Ampel hinter Montélimar beobachtete sie Jean-Pierre verstohlen. Trotz abwesendem Blick schien er sehr präsent, hellwach.

»Hier müssen Sie abbiegen«, sagte er plötzlich, blinzelte und zeigte mit dem Finger auf den Wegweiser *Dieulefit*.

»*Dieulefit*«, sagte Emilia nachdenklich. »Was für ein schöner Ortsname. Ich habe nie davon gehört. *Gott hat es gemacht*. Warum heißt der Ort so? Wissen Sie etwas darüber? Kommen Sie von hier?«

»Er heißt von Alters her so, und er fühlte sich von jeher der Tradition verpflichtet, Verfolgten Asyl zu gewähren. Die Hugenotten haben hier einst Zuflucht bekommen.«

Langsam fuhr Emilia durch einige Ortschaften, bis sie

nach einer halben Stunde *Dieulefit* erreichten. Am Ortseingang befand sich ein Kreisel, in dessen welkem Gras unzählige bunte Tonscherben steckten.

»*Dieulefit* ist unter anderem für seine Töpfertradition bekannt«, erklärte Jean-Pierre und deutete auf den Scherbenhaufen.

»Kommen Sie von hier, Monsieur Roche?«

»Nein, aber ich habe hier einmal gelebt. Ein paar Jahre. Im Krieg.«

»Ich dachte, Sie hätten den Krieg in Paris verbracht.«

»Eine gewisse Zeit, ja.«

»Und in Paris haben Sie Sophie kennengelernt, nicht wahr?«

In langsamem Tempo passierten sie den Ort, der sich von einer kleinen Anhöhe bis hinab ins Tal zog. Jean-Pierre lotste Emilia durch enge Gassen ins Zentrum.

»Die Geschichte unserer ersten Begegnung ist eine wahrhaft sonderbare Geschichte«, erzählte er bereitwillig und deutete auf das Schild *Parkplatz*. »Ich kannte die Bihels, jene Familie, bei der Ihre Großmutter in Paris eine Stelle als Gesellschafterin hatte. Ein einziges Mal habe ich Sophie zu Gesicht bekommen, als ich eine Nachspeise zu Mémé Bihel bringen musste und Sophie mir die Tür öffnete. Ich glaube, ich bin knallrot geworden und habe wirres Zeug gestottert. Ich war ja noch grün hinter den Ohren, wenn Sie wissen, was ich meine. Ein junger Kerl und sie war schon eine Dame. Neun Jahre Altersunterschied sind in diesem Alter eine gefühlte Generation, die einen voneinander trennt. Sie war eine Schönheit. Sie duftete so wunderbar!«

In Windeseile rechnete Emilia zurück. Sophie war knapp zwanzig, als sie Pauline zur Welt brachte. Damals war Jean-Pierre noch ein Knabe? Er konnte folglich unmöglich ihr Großvater sein. Sie ertappte sich dabei, dass sie das bedauerte.

»Also keine Romanze?«

»Keine Romanze. Richtig kennengelernt haben wir uns erst im *Lubéron*. Dort begegneten wir uns auf Augenhöhe. Wir waren erwachsen. Was für ein Glück, dass uns das Schicksal beide dorthin verschlagen hat. Ein Umstand, den wir auch den Bihels verdankten.«

»Inwiefern?«

»Chloé Bihel hatte ein Haus geerbt, das sie Sophie überließ, und ich habe die Seifenfabrik von Madame Bihels verstorbenem Vater gekauft.«

»Chloé Bihel war eine enge Freundin von meiner Großmutter?«

Er nickte. »Bis es zum Bruch kam, ja.«

»Wegen Fugin? Weil er Chloé geheiratet hat?«

»Na ja«, sagte er ausweichend. »Eine ganze Zeit ging das Dreiergespann gut. Fugin mit zwei Frauen. Aber irgendwann ...«

Emilia überlegte angestrengt. »Haus gegen Ehemann? Chloé hat Sophie abgeschoben? Wie Picasso Dora Maar?«

»So könnte man sagen«, erwiderte Jean-Pierre leise. »Auch wenn weitaus mehr dahintersteckte.«

»Und vorher gab es eine stille Übereinkunft?«

»Dreiecksbeziehungen waren in Künstlerkreisen nichts Ungewöhnliches«, sagte Jean-Pierre gelassen. »Denken Sie an das prominente Beispiel Max Ernst, Paul Éluard und Gala. Sie haben sich zwar psychisch zerfleischt, aber na ja.«

»Und? Hat sich Sophie an das Dessert erinnert?«, schwenkte Emilia um. Die Themen Dreiecksbeziehungen und Ehebruch bereiteten ihr Unbehagen. »An den jungen Mann, der rot geworden war?«

Bereitwillig machte Jean-Pierre ihren Gedankensprung mit. »Der junge Mann war damals noch ein halbes Kind, auch wenn er sich schrecklich erwachsen fühlte«, erwiderte er lachend. »Aber sie war großartig und hat mich bis ans Ende ihrer Tage in dieser Angelegenheit hartnäckig angelogen. Sie erinnere sich gut, hat sie immer gesagt. *Ich erinnere mich daran, als sei es gestern gewesen. Du trugst eine Baskenmütze.* Aber ich schwöre Ihnen, Emilia: Sie hatte keine Ahnung. Wir sind am Ziel«, sagte er erfreut und zeigte auf den großen Parkplatz am Fuße von *Dieulefit.* »Ich war nie im Besitz einer Baskenmütze.«

Emilia parkte den Wagen unter einer Kastanie. Sie zog den Schlüssel. Der fast leere Parkplatz lag idyllisch an einem Bach, an dem entlang malerische Häuser den Weg säumten. Sie waren pastellfarben gestrichen. In Gelb, Rosé und zartem Grün.

»Wussten Sie, dass Ihre Großmutter einen Großteil des Kriegs im Schwarzwald verbracht hat und sich dort zur Fotografin ausbilden ließ?«, fragte Jean-Pierre und schnallte sich ab.

Emilia nahm die Hände vom Lenkrad. Der Liebesbrief. Die Anspielung auf den tiefsten Schwarzwald. »Ja, das ist mir bekannt. Das mit der Ausbildung wusste ich allerdings nicht.«

»Gehen wir los«, erwiderte er unternehmungslustig, drückte die Tür auf und zog sich geschickt aus dem Wagen. »Ich habe heute Morgen Schmerzmittel genommen.« Er klopfte auf sein krankes Bein.

Langsam schritten sie über die kleine Brücke. Auf einer Anhöhe vor ihnen säumten Steinhäuser dunkle Gassen, die sich bis hinauf ins Zentrum zogen. In einigen winzigen Lücken führten steile Treppen, nicht breiter als einen Meter, zu verwinkelten Innenhöfen. In der Mitte des Orts thronten zwei Kirchtürme.

»Es wirkt, als bestünde eine Gasse aus einem einzigen Haus«, sagte Emilia begeistert. Von der Erosion waren die Häuser im Laufe der Jahrhunderte an einigen Stellen fast schwarz geworden. Ihre blau oder grün gestrichenen Fensterläden wirkten freundlich, einladend und dennoch verschlossen. »Als könnten sich die gegenüberliegenden Wohnungen einander in die Zimmer spucken.«

Schweigend steuerte Jean-Pierre eine bestimmte Gasse an.

»Warum führen Sie mich eigentlich hierher?«

Plötzlich blieb er stehen und zeigte auf eine Gasse, die eine weitläufige Kurve machte. Hier hatten sich die Häuser in ihrer Bauweise der Rundung angepasst. »Das ist die *Rue de Basse*. Ich habe diese seltsame Anordnung immer mit siamesischen Zwillingen verglichen.« Er fuhr mit seinem Stock einen Bogen durch die Luft. »Mir kommt es noch heute so vor, als teilten sich mehrere Häuser ein Herz und eine Seele.«

»Ein schöner Gedanke. Eine gemeinsame Seele.«

»Ist dies ein Ort der Diskretion oder wird hier geredet?«

Mit einem Ruck stellte er seinen Stock auf das Kopfsteinpflaster und sah Emilia fragend an.

Emilia runzelte die Stirn. »Ich verstehe nicht, was Sie meinen«, erwiderte sie hilflos und folgte mit den Augen dem Lauf der Häuser. Trotz ihrer Ähnlichkeit wirkte jedes individuell, und es war, als stützten sie einander gegenseitig.

»Nun, ein Ort wie dieser, wo die Nähe auf den ersten Blick dominiert«, erklärte er. »Wo sich der Freiraum auf die eigenen vier Wände begrenzt. Es gibt hier keine großen Gartenanlagen. Keine Zäune, die den Nachbarn ausgrenzen. Fördert das die Diskretion oder umgekehrt? Ich habe mich das oft gefragt, wissen Sie.«

Emilia zuckte die Achseln. »Ich vermute, dass man mehr Rücksicht nimmt. Diese Gebäude sind Hunderte von Jahren alt. Die Bewohner werden gelernt haben, mit dieser Nähe zu leben. Sagen Sie es mir! Sie müssten es doch wissen, wenn Sie hier gelebt haben.«

»Ich sprach vorher von einer Tradition der Zuflucht. Im Zweiten Weltkrieg wurden hier Menschen versteckt.«

Unwillkürlich öffnete Emilia den Mund. Jean-Pierre drehte ihr den Rücken zu und ging weiter.

»Versteckt?« Sie beeilte sich, ihm zu folgen.

»Sie haben hier gelebt wie die anderen. Mit gefälschten Papieren und in diesen Häusern bei Menschen, die sie aufnahmen. In fast jeder verwinkelten Gasse lauert ein Menschenschicksal. Eine Zuflucht. Eine Rettung.«

»Zweiter Weltkrieg? Und die Vichy-Regierung?«

»Der Bürgermeister war von der Vichy-Regierung eingesetzt. Aber es gab eine Reihe von Menschen, die wussten, was das Richtige war. Dass es gut war zu lügen. Oder sie haben einfach geschwiegen. Schweigen ist ein Geschenk, Emilia.«

Nachdenklich folgte Emilia Jean-Pierre, der zögernd vor einem Haus in der *Rue de Basse* stehen blieb und die Klingel betrachtete. Er atmete tief durch, als sei er am Ziel, und läutete schließlich. Gebannt wartete Emilia in gebührendem Abstand.

Nach wenigen Sekunden hörte man Geräusche von innen. Jemand kam die Treppen herunter und öffnete die Haustür. Es war eine Frau in Emilias Alter.

»Ja, bitte?«, fragte sie. »Was kann ich für Sie tun?«

»Mein Name ist Jean-Pierre Roche. Ich kenne dieses Haus von früher. Und die Besitzer. Sie müssten längst tot sein, aber deren Kinder könnten noch …« Er unterbrach sich. »Wissen Sie zufällig, ob Charles und Angélique Porte noch leben? Sie müssten heute um die achtzig sein. Und wenn ja, wo?«

»Das tut mir sehr leid, Monsieur.« Die Frau wischte sich die Hände an ihrer Schürze ab. Unruhig gingen ihre Augen von Emilia zu Jean-Pierre und wieder zurück. »Meine Eltern haben dieses Haus in den Sechzigerjahren gekauft. Ich kenne die Vorbesitzer nicht, komme selbst aus Grenoble. Meine Familie und ich verbringen seit Jahren die Ferien und Wochenenden hier. Woher kennen Sie dieses Haus, wenn ich fragen darf?«

»Eine Zeit lang habe ich hier gelebt«, sagte Jean-Pierre leise. »Bei Madame und Monsieur Porte. Charles und Angélique waren ihre Kinder.«

»Ich verstehe«, sagte die Frau, trat einen Schritt zurück

und machte eine einladende Geste hinein. »Wollen Sie nicht hereinkommen? Vielleicht möchten Sie sich umsehen? Es ist sicherlich recht unverändert. Sehr solide Bauweise, die die Jahre überdauert hat. Ich bin übrigens Gabrielle Marchal.« Sie lächelte Emilia an, die jetzt näher trat.

»Ich bin Emilia Lukin«, erwiderte Emilia freundlich und folgte Jean-Pierre ins Haus.

Drinnen war es dämmrig und angenehm warm. Der kleine Flur mündete in ein Wohnzimmer, das aus einer gemütlichen Sitzecke und unzähligen Bücherregalen bestand. In einem offenen Kamin knisterte ein Feuer. Eine schmale Holztreppe führte nach oben. In der unteren Etage erreichte man über zwei Stufen das Esszimmer, von dem die Küche abging. Das Haus hatte nur zwei Fensterfronten – eine am Eingang und die gegenüberliegende, die in einen kleinen Garten zeigte. Die einzelnen Bereiche waren durch schwere, dunkle Holzbalken optisch voneinander getrennt. Emilia mochte das Haus auf Anhieb. Es ähnelte dem in der *Rue de la Lune*.

»Darf ich Ihnen einen Kaffee anbieten? Einen Verveine-Tee? Wasser?«, fragte Gabrielle.

»Sehr gerne einen Verveine-Tee, wenn es Ihnen keine Umstände macht«, sagte Emilia, dankbar über die unverhoffte Einladung und den freundlichen Empfang.

Jean-Pierre schüttelte sich, als sei er aus einem Traum erwacht. »Danke. Sehr gerne. Auch für mich Tee, bitte«, sagte er zerstreut.

Emilia setzte sich an den Esstisch. Jean-Pierre blieb wie angewurzelt stehen und fixierte den Treppenaufgang.

»Möchten Sie sich oben umsehen, Monsieur?«, rief

Gabrielle aus der Küche heraus. »Es ist nicht besonders aufgeräumt. Aber gehen Sie nur.«

»Das ist so lange her«, murmelte Jean-Pierre und ging langsamen Schritts die Stufen hinauf. In der Mitte blieb er stehen und sah zu Emilia hinab. Emilia überlegte kurz, ob sie ihm folgen sollte, aber mit einem einzigen Blick hielt er sie auf Abstand. Er ging weiter und verschwand in der oberen Etage.

»Ihr Großvater?«, fragte Gabrielle und stellte Wasser, Gläser und Tassen auf den Tisch.

Emilia schüttelte den Kopf. »Ein Freund meiner Groß-mutter.«

»Woher sind Sie, Madame?«

»Wir kommen aus der *Provence*. Ich bin Deutsche und lebe in Baden-Baden.«

Über ihnen hörten sie Jean-Pierres Schritte auf dem knarrenden Holzboden. Eine quietschende Tür. Schritte. Dann nichts. Vollkommene Stille.

»Er ist in der Wäschekammer«, flüsterte Gabrielle. »Der kleinste Raum hier mit einem winzigen Dachfenster. Knappe sechs Quadratmeter.«

Nach einer Weile tauchte Jean-Pierre an der Treppe auf. Er hielt sich am Geländer fest und nahm mit Bedacht jede einzelne Stufe nach unten. »Ich habe tatsächlich mein al-tes Zimmer gefunden. Das schräge Fenster zum Garten hinaus gibt es immer noch. Es ist alles noch wie damals. Man hört den Bach rauschen. Als sei die Zeit hier stehen geblieben.«

»Wir haben es immer als Wäschekammer genutzt«, er-klärte Gabrielle verlegen und schenkte Tee in die Tassen.

»Wie gesagt, wir haben hier unsere Ferien verbracht. Ganz Grenoble flüchtet im kalten Winter in die Drôme.«

Schweigend tranken sie ihren Tee. Keine der beiden Frauen wagte es, Fragen zu stellen, als spürten sie Jean-Pierres Verbundenheit mit diesem Stückchen Erde, eine Intimität, die man nicht stören durfte. Aber da war noch etwas anderes, registrierte Emilia. An diesem magischen Ort schien es etwas zu geben, das Jean-Pierres sonst so perfekte Fassade erschütterte. Man konnte sie förmlich bröckeln sehen.

»Dies ist ein sehr besonderer Ort, Mesdames«, durchbrach Jean-Pierres Stimme das Schweigen. »Ein Ort der Güte und des Schweigens.«

Als er seine Tasse zurückstellte, zitterten seine Hände. Gabrielle sah ihn verwirrt an. Emilia atmete tief durch. Nicht jeder verstand Jean-Pierres metaphorische Ausdrucksweise.

»Vielleicht wollen Sie uns das etwas genauer erläutern«, sagte Emilia vorsichtig.

»Im Krieg haben die Bewohner hier inmitten des von Deutschen besetzten Frankreichs Flüchtlinge aufgenommen. Widerstandskämpfer. Juden. Verfolgte. Das große Geheimnis war die Diskretion. Aber warum haben sie das getan? Seit Jahrzehnten stelle ich mir diese Frage, als ob es eine Begründung für Anstand geben müsste. So sehr haben wir uns schon an das Gegenteil gewöhnt.« Er zuckte die Achseln. »Ich vermag es nicht zu erklären. Nur dass die Menschen hier anständiger waren als woanders. Und die Humanität als eine Pflicht ansahen. Nach dem Krieg wollte man einige Bewohner von *Dieulefit* auszeichnen.

Dieses ganze staatliche Brimborium. Aber sie hatten kein Interesse daran. Es war völlig normal, was wir getan haben, haben sie gesagt. Ist das zu glauben? Erst vor einigen Jahren wurde eine Gedenktafel angebracht, die an einige Mildtäter erinnert.«

Gabrielle nickte. »Ja, das stimmt. Meine Eltern haben oft davon erzählt.«

»Haben Ihre Eltern während des Kriegs hier gelebt?«, fragte Jean-Pierre interessiert.

Gabrielle schüttelte den Kopf. »Nein. Sie kamen erst später nach *Dieulefit*. Als mein Vater in Pension ging.«

»In Wahrheit aber gab es viele Mildtäter«, fuhr Jean-Pierre fort. »Der Bäcker, der gefälschte Lebensmittelkarten akzeptierte. Der Werkstattmeister, der hinter einem Schrank eine Kammer als Versteck zur Verfügung stellte. Unzählige Helfer. Und wissen Sie, was geschah?«

Emilia und Gabrielle schüttelten synchron den Kopf.

»Nichts. Gar nichts. Niemand hat irgendjemanden verraten. Hier gab es keine Denunziation. Nicht hier. Ist das nicht faszinierend?«

»Dass die Menschen sich weigerten, irgendwelche Auszeichnungen entgegenzunehmen, hat mein Vater immer richtig gefunden«, sagte Gabrielle und stellte eine Schüssel mit Salzgebäck auf den Tisch.

»*Dieulefit* zählte Ende der Dreißigerjahre knapp tausendfünfhundert Bewohner. Nach dem Krieg waren es dreitausend«, sagte Jean-Pierre feierlich. »Der Ort hat sich verdoppelt. Verfolgte. Juden. Menschen, die in Not waren. Vor allem Kinder haben hier ein Zuhause gefunden.«

»Die zur Sonntagsschule des hiesigen Pastors gehen

mussten«, erklärte Gabrielle. »Das gehörte zum Pflicht-
programm. Protestanten. Juden. Katholiken. Das war völlig gleichgültig. Alle Flüchtlingskinder mussten dorthin.
Heute noch stehen in *Dieulefit* die katholische und pro-
testantische Kirche friedlich in einer Straße fast nebeneinander.«

Emilia erinnerte sich an die beiden Kirchtürme, die sie
gesehen hatte. Jean-Pierre nahm einen Schluck Tee und
stellte seine Tasse zurück. »Sie haben für die Flüchtlinge
Ausweise gefälscht. Ihnen neue Namen gegeben. Alle haben überlebt.«

Ganz langsam fing Emilia an zu begreifen, was hier gerade geschah. Jean-Pierres Geschichtsstunde hatte einen
tieferen Sinn. Er sprach von sich selbst. Er selbst war einst
ein Verfolgter, womöglich ein Kind von Widerstands-
kämpfern.

»Und wissen Sie, wie sie das gemacht haben?«, sprach er
unbekümmert weiter. »Das Archiv des Standesamts von
Saint-Nazaire war abgebrannt. Plötzlich stammten alle
Flüchtlingskinder hier in *Dieulefit* aus Saint-Nazaire. So
wurden sie zu Bretonen.« Er grinste.

»Jeanne Barnier«, sagte Gabrielle tonlos.

Fragend sah Emilia auf. Jean-Pierre nickte und deutete
mit einer Kopfbewegung in Richtung Parkplatz.

»Unten am Bach. Das pastellfarbene gelbe Haus an der
Ecke gegenüber vom Parkplatz. Dort hat sie gewohnt. Die
Sekretärin des Bürgermeisters. Sie hat über tausend Aus-
weise gefälscht.«

»Es gibt an ihrem Haus eine Gedenktafel, die an sie erinnert«, sagte Gabrielle.

Jean-Pierre faltete seine Hände. »Und sie ist eine der neun Helfer aus *Dieulefit*, die von der Gedenkstätte Yad Vashem den Titel *Gerechte unter den Völkern* verliehen bekommen haben. Eine Auszeichnung, die sie verdient hat.«

»Aber die Vichy-Regierung«, warf Emilia ein und wandte sich fragend an Jean-Pierre Roche. »Sie sagten doch, hier gab es einen Vertreter der Vichy-Regierung? Das muss ja alles hochgefährlich gewesen sein.«

»Einen Vichy-Bürgermeister, eingesetzt von Maréchal Pétain, von Hitlers Gnaden«, erklärte Jean-Pierre und wischte mit der flachen Hand durch die Luft. »Der Vorgesetzte von Jeanne Barnier. Und knapp zwanzig Kilometer von hier entfernt saßen die Deutschen. *Dieulefit* war strategisch uninteressant.«

»Und dieser Vichy-Bürgermeister?«

»Hat mitgemacht. Ganz am Anfang soll er einmal zu Jeanne Barnier gesagt haben: *Sie lügen zu schlecht. Ich werde Ihnen beibringen, wie man richtig lügt.* Einmal hat ein Junge namens Chaim *Dieulefit* verlassen. Weil er Oliven hasste. Niemals werde ich das vergessen. Er hat einfach den Hinweis missachtet und ist in Richtung Montélimar aufgebrochen auf der Suche nach etwas Essbarem. *Was willst du denn dort?*, habe ich ihm hinterhergerufen, *Bleib hier! – Du wirst sehen, ich komme mit Eiern und Butter zurück*, hat er zurückgerufen und verschwand mit seinem Rucksack in den Olivenhainen. Für ein paar Eier und Butter hat er sich in Lebensgefahr begeben. Er kam nie zurück. Er hat den Hinweis missachtet.«

»Hinweis?«, fragte Emilia. »Gab es eine Art Code?«

Gabrielle lächelte zustimmend. »Eine rote Decke. Wenn sie an der Schule aus einem Fenster hing, hieß das: Gefahr.«

Jean-Pierre nickte. »Dann gingen wir zurück in die Berge, wo wir versteckt blieben, bis die Luft wieder rein war. Ohne Chaim. Den Jungen, der keine Oliven mochte.«

Fasziniert lauschte Emilia den weiteren Berichten von Gabrielle und Jean-Pierre. Sie saugte jede Einzelheit auf, deren Essenz in die Geschichte als das Wunder von *Dieulefit* eingegangen war.

Emilia und Jean-Pierre blieben so lange, bis ihr Tee kalt geworden war. Das Salzgebäck war unberührt geblieben. Als sie sich zwei Stunden später von Gabrielle verabschiedeten, lud die Gastgeberin Jean-Pierre und Emilia ein, sich unbedingt bei ihr zu melden, sollten sie wieder einmal in der Gegend sein. Sie tauschten ihre Visitenkarten aus und gingen wie Freunde auseinander.

»Wollen Sie einmal mit mir zusammen Sophies Grab besuchen?«, fragte Jean-Pierre unvermittelt auf dem Weg zum Parkplatz.

Emilia blieb fast das Herz stehen. »Wo ist es denn?«

»Nirgendwo und überall. Auf dem *Mont Ventoux* habe ich ihre Asche verstreut. Genau so, wie sie es wollte.«

»Wie ist sie gestorben, Monsieur Roche?«, fragte Emilia.

»Sie ist sanft eingeschlafen. Genau so, wie sie es sich gewünscht hat.«

Als sie den Parkplatz erreichten, hob er entschuldigend die Hand, bat Emilia um ein paar Minuten und verschwand in Richtung eines Kiosks jenseits der Brücke auf der anderen Seite.

Emilia setzte sich ins Auto und wartete. Sie beobachtete Jean-Pierre, der sich mit dem Kioskverkäufer unterhielt. Was für einem Mann war sie da begegnet? Von der Faszination, die von ihm ausging, musste auch ihre Großmutter infiziert gewesen sein, und insgeheim war Emilia froh, dass die beiden einander gehabt hatten. Zum ersten Mal seit sie Jean-Pierre begegnet war, hatte er ein Fenster zu seiner Vergangenheit geöffnet und Emilia Einblick gewährt. Sie bekam eine Ahnung von dem Band, das Sophie und ihn verbunden hatte.

Emilia hörte einen Ton, der von ihrem Handy ausging. Sie nahm es aus ihrer Umhängetasche heraus. Die Warnung *niedrige Akkuleistung* leuchtete auf.

Als sie es zurücklegen wollte, sah sie einige neue E-Mails. Nur Spam, dachte sie, bis sie auf den Absender Thierry Bonnet stieß. Mit einem Anflug von Nervosität öffnete sie die Mail.

Liebe Madame Lukin. Ich hoffe, es geht Ihnen gut. Meine Hand macht mir noch zu schaffen, aber das wird schon wieder. Eigentlich wollte ich Ihnen längst geschrieben haben, dann habe ich es wieder vergessen. Sie ahnen nicht, wie viele Zettel hier in meiner Wohnung herumliegen. An einem von ihnen klebte Ihre Visitenkarte und eine Notiz von mir. Soll ich Ihnen sagen, was dort steht? Der Name! Ja, mir ist der Name schon vor Tagen eingefallen! Merken Sie sich bitte: Hans Felsenstein. So hieß der Ziehsohn der Bihels. Ich wusste, dass er mehrsilbig war und ausländisch klingt. :-) Im Telefonbuch steht er nicht, aber sollte er noch leben, dann womöglich in Paris. Als Journalistin werden Sie schon wissen, wie man da vorgeht. :-) Schreiben Sie mir bitte bei Gelegenheit, wie die Sache ausgegangen ist. Sollten Sie ihn finden, grüßen Sie ihn bitte herzlich von Thierry aus der Rue de Seine. Und, wenn ich Ihnen helfen kann – ich stehe Ihnen jederzeit zu Diensten.

Ihr Thierry Bonnet

Wie betäubt starrte sie auf die Nachricht, während der Akku ihres Handys die letzten Warntöne von sich gab und anschließend das Display schwarz wurde. Sie öffnete das Seitenfenster und stützte ihren Arm auf den Rahmen. Luft. Sie brauchte unbedingt frische Luft. Hans Felsenstein. Das klang ziemlich deutsch. Sehr deutsch sogar. Wie paralysiert sah sie hinüber zu Jean-Pierre, der mit einem Stapel Zeitungen auf sie zukam, die Beifahrertür öffnete und durch die Öffnung lugte.

»Schlechte Nachrichten? Sie sind auf einmal ganz blass«, sagte er und sah auf ihr Handy. Er stieg ein, warf die Zeitungen auf den Rücksitz und schnallte sich an. »Was ist denn passiert?«

»Mir ist ein bisschen schlecht«, erwiderte sie tonlos, startete den Motor, steckte das Mobiltelefon in ihre Tasche und fuhr los. »Keine Ahnung.«

»Wir haben doch gar nichts gegessen. Womöglich ist Ihnen übel, weil Sie Hunger haben. Sollen wir irgendwo anhalten?«

Sie schüttelte entschieden den Kopf. »Am besten gar nicht daran denken. Das habe ich meinen Kindern immer gesagt.«

Hans Felsenstein. Hans Fel-sen-stein. Sie wiederholte

die einzelnen Bauteile des Namens in Gedanken immer und immer wieder. Hans-Felsen-stein. Obwohl sie sich auf die Fahrt konzentrierte, war ihr, als sehe sie jeden einzelnen Buchstaben vor sich. Auf jedem Verkehrsschild, das sie aus dem Ort herauslotste, an jedem Supermarkt.

Toutes directions – Hans Felsenstein. *Supermarché* – Hans Felsenstein.

Kurz hinter dem Ortsschild rebellierte ihr Magen. In einer sich wiederholenden Kontraktion zog er sich zusammen, und sie begann zu würgen. Panisch hielt sie am Ausgang von *Dieulefit* an. Nach dem Kreisel, wo unzählige Porzellanscherben wie bunte, stumme Blumen aus der Erde ragten, sprang sie aus dem Wagen.

Sie schaffte es gerade noch hinter einen der Büsche und übergab sich ins trockene Gras. Ihr war, als breche alles aus ihr heraus, was sich in den letzten Wochen angestaut hatte. Wie konnte sie nur so blind gewesen sein? Wie konnte sie Jean-Pierres Geschichte so missdeutet haben? Warum hatte sie nicht genauer hingesehen?

Als sie zurück zum Wagen kam, saß Jean-Pierre hinterm Steuer, öffnete ihr die Seitentür und reichte ihr eine Wasserflasche. Sie spülte mehrfach ihren Mund aus und spuckte das Wasser in die Büsche. Dann trank sie gierig. Ihr Magen brannte.

»Geht es wieder?«, fragte er. »Ich bringe Sie jetzt nach Hause. Entspannen Sie sich.«

Sie setzte sich, schnallte sich an und legte den Kopf gegen die Nackenlehne. »Danke.«

Mehrfach versuchte Jean-Pierre den Motor zu starten, bis es ihm mit viel zu viel Gas gelang. Auf der *Route*

Nationale beschleunigte er nicht über siebzig Stundenkilometer. »Ich bin kein besonders guter Autofahrer«, sagte er lächelnd und betätigte die Gangschaltung, die sich krächzend meldete.

»Nein, das sind Sie wirklich nicht.« Erschöpft schloss sie die Augen.

Bilde deine Augen, indem du sie schließt.

»Jean-Pierre Roche«, sagte Emilia, als sie nach einer Weile das Schild *Region Drôme* passierten. »Ich habe Sie verkannt.«

»Verkannt?« Entsetzt sah er zu ihr hinüber.

»Sehen Sie nach vorn auf die Straße«, befahl Emilia.

»Haben Sie Fieber? Wie reden Sie denn?«

»So, wie Sie die ganze Zeit reden. Ich weiß, wer Sie sind.«

»Das können Sie gar nicht wissen. Niemand kann das.« Er umklammerte das Lenkrad.

»Sie sind Hans Felsenstein. *Jean* – zu Deutsch Hans. *La roche* bedeutet *der Felsen*, und *la pierre* ist *der Stein*. Ihr Name wurde eins zu eins vom Deutschen ins Französische übersetzt. Eine Glanzleistung von Jeanne Barnier.«

Schweigen. Als ein Lastwagen vor ihnen einscherte, trat Jean-Pierre auf die Bremse, legte den fünften Gang ein und beschleunigte wieder.

»Sie begreifen schnell«, entgegnete er nach einer Weile leise, und sie glaubte ein Vibrieren in seiner Stimme zu hören. »Es stimmt. Ich bin ein Geretteter, und auch mir wurde das Geschenk des Schweigens gemacht. Ich verdanke *Dieulefit* und seinen Menschen mein Leben. Sie sind mindestens so klug wie Ihre Großmutter.«

»Dieser Rückschluss auf Ihren richtigen Namen ist nicht mein Verdienst. Es gab einen Hinweis, Monsieur Roche, ohne den wäre ich niemals draufgekommen. Niemals. Wie könnte ich auch? Mit Hans Felsenstein haben Sie unterschrieben, als Sie in den Achtzigern Sophies Selbstporträt im Elsass in Fugins Château abgegeben haben. Im Auftrag meiner Großmutter?«

Jean-Pierre nickte. »Der Schuft hat seine Unterschrift daruntergesetzt«, knurrte er. »Er hat niemals akzeptiert, dass sie besser war als er. Und das war sie. In jeder Hinsicht.«

Er nahm beide Hände vom Steuer und legte sie wieder darauf.

»Warum hat Fugin das getan?«, sagte Emilia mehr zu sich selbst.

»Aus seiner Sicht hat Sophie zu ihm gehört. Ich glaube, er betrachtete sie als seinen Besitz. Er hat nie respektiert, dass sie ein eigenes Leben zu führen gelernt hatte. Eines ohne ihn.«

»Sein Ego war verletzt worden.«

»Sein unermesslich großes Ego.«

»Womöglich erkannte er, dass sie künstlerisch viel begabter war, als er jemals sein würde.«

»Mit bloßem Auge«, lachte Jean-Pierre. »Aber leider war sie nicht so erfolgreich. *Sie* hätte Gründe gehabt, missgünstig zu sein. Aber ihr war das gleichgültig.«

»Sie hätten mir all das sagen können, Monsieur Roche.«

»Dann hätte ich Sie um viele abenteuerliche Begegnungen gebracht, denken Sie nicht auch?«, sagte er mit einem schelmischen Lächeln. »Und, was viel wichtiger ist, um das emotionale Erleben von Erfahrung. Es ist etwas völlig anderes, wenn Sie selbst dahinterkommen. Nur das bringt Ihnen Ihre Großmutter näher. Lippenbekenntnisse von mir tun das nicht.«

Emilia legte den Kopf gegen die Seitenscheibe. »Sie sind nicht nur ein Poet, sondern auch ein schrecklicher Lehrmeister, Jean-Pierre Roche.«

Er lachte auf. »Allerdings finde ich, dass Madame Barnier beim Fälschen meines Namens nicht sehr einfallsreich war. Ihn wörtlich zu übersetzen ist keine große Kunst.«

In seiner Stimme klang eine gewisse Leichtigkeit und Koketterie, als habe er etwas von seinem Seelengepäck in *Dieulefit* zurückgelassen und sich frischen Wind von dort mitgenommen.

»Jeanne Barnier muss eine sehr kluge, einfühlsame Frau gewesen sein. Sie hat Ihnen Ihre Identität gelassen«, entgegnete Emilia ernst. »Sie muss gewusst haben, wie genau Sie es mit Sprache nehmen.«

Jean-Pierre schwieg betroffen. »So habe ich das noch nie gesehen. Ich glaube, das stimmt.«

»Nach *Dieulefit* zu kommen und diese kostbare Erinnerung mit mir zu teilen muss Sie unendlich viel Überwindung gekostet haben. Das rechne ich Ihnen hoch an, und ich danke Ihnen für Ihr Vertrauen. Wusste denn meine Großmutter all das?«

»Es gab Dinge, die wusste sie einfach, ohne dass man sie ihr hätte sagen müssen. Sie haben Ihre Gabe der Intuition geerbt.«

Verlegen sah er weg, als Emilia ihm einen kritischen Seitenblick zuwarf.

»Intuition ist keine Gabe, sondern eine Art Notwehr«, widersprach sie mit fester Stimme. »Manchmal muss man seinem Gegenüber voraus sein. Vorausdenken, vorausfühlen, damit man richtig reagieren kann. Intuition ist ein Frühwarnsystem. Bei Tieren leistet das der Instinkt.«

Rechts und links von ihnen erstreckte sich die Drôme-Landschaft. Sie war noch wilder und ursprünglicher als der Lubéron, weniger sanft. Auf den Straßen gab es fast keinen Verkehr. Schweigend fuhren sie an Olivenhainen und Lavendelfeldern vorbei.

»Ach, Emilia, Sie erinnern mich an Sophie. Sie hatte immer ihren eigenen Standpunkt. Und den vertrat sie auch. Wissen Sie, ich werde alt. Nein, ich *bin* alt.« Er setzte den Blinker und verließ die Route Nationale in Richtung Roussillon. »Meine Erinnerungen verlieren sich im Dickicht der Zeit. Ich konnte mein Leben an Landschaften und Düften festmachen. Sie stimulieren mein Gedächtnis. In *Dieulefit* liegt eine unverkennbare Mischung in der Luft. Nach Oliven. Kräutern. Verveine. Ein Hauch Lavendel. Haben Sie in den Straßen den Geruch von gehärtetem Ton aus den Brennöfen bemerkt? Den von poliertem Porzellan? Er vermischt sich mit der morgendlichen Frische des Mistrals. Diese Komposition nenne ich die ewige Basisnote der Freundschaft.«

Emilia nahm einen tiefen Atemzug. »Wissen Sie, welcher Satz im Atelier von Sophie hängt?«

Er schüttelte den Kopf.

»Bilde deine Augen, indem du sie schließt.«

»Ich erinnere mich«, sagte er leise. »Hätte von mir sein können.« Er wischte sich eine Träne aus dem Augenwinkel.

»Ja, das hätte es«, erwiderte Emilia weich.

JEAN-PIERRE

Paris, 16. Juli 1942

Der Junge aus der Rue de Pavée

Hans blinzelte durch einen Spalt des geschlossenen Hoftors hinaus auf die Straße. Es war ein heißer Nachmittag in Paris, einer jener Sommertage, die man nach der Schule mit Freunden an der Seine verbrachte. Oder im Jardin du Luxembourg. Nur nicht hier im Hof einer koscheren Fleischerei in unmittelbarer Nachbarschaft von gestürmten Häusern.

Das, was sich in den letzten Minuten vor seinen Augen im *Marais* abgespielt hatte, glich einem Albtraum. Insgeheim hoffte er immer noch, er würde gleich aufwachen und die hässlichen Bilder abschütteln.

Ein Traum. Ein böser Traum.

Dunkel erinnerte er sich an Deutschland, an die Angst in den Augen seines Vaters, die Tränen in denen seiner Mutter. Seit die Deutschen Paris eingenommen hatten, hatte die Gefahr eine neue Dimension erlangt.

Auf dem Weg zu seinem Freund Léon war es geschehen. Plötzlich hatten sich die Straßen des *Marais* mit Frauen,

Männern und Kindern gefüllt. Mit Koffern und Proviant ausgestattet, waren die Bewohner aus ihren Häusern gekommen, gefolgt von französischer Polizei, die sie wie Vieh in eine Richtung zu bereitstehenden Bussen getrieben hatte.

Ehe sich Hans versah, war er inmitten des Gerangels gewesen. Um ihn herum trugen die Menschen Judensterne. Er hatte noch nie einen getragen. Sein Instinkt sagte ihm: Würde er weiter mit dem Strom gehen, wäre der schmerzhafte Abschied von zu Hause, die geschenkte Zeit einer zweiten Kindheit in Paris – alles – vergeblich gewesen.

Nie würde er die Stimmen vergessen, die durch die Schreie, das Weinen und Klagen drangen.

»Wohin bringen sie uns?«

»Was hat das zu bedeuten?«

Und immer wieder beschwichtigende Sätze:

»Mach dir keine Sorgen. Wir sind zu viele. Sie werden uns nichts tun.«

Als sich die Menschentraube an Léons Adresse vorbeiwälzte, hatte sich Hans unbemerkt abgesetzt und war in den Hinterhof geschlüpft.

Mit klopfendem Herzen sah er immer noch hinaus auf die *Rue du Foin*. Ein Großteil der Bewohner war bereits außer Sichtweite. Durch die weit geöffnete Pforte der *École Maternelle* traten Kinder hinaus ins Freie, wo ein Lastwagen mit aufgeklappter Plane wartete. Binnen weniger Minuten füllte sich der Transporter. Kinder, die sich in Zweiergruppen an den Händen hielten, stiegen ein. Scheinbar ohne jede Furcht, denn auf der Ladefläche verteilten Männer und Frauen Kondensmilch. Freundlich halfen sie

333

den Kleinen hinauf, lockten mit gefüllten Bechern süßer Milch.

»Es ist genug da. Für alle«, beruhigte ein Mann die nervösen Kinder.

Hans versuchte zu verstehen, was da draußen geschah. *Wir sind zu viele. Sie werden uns nichts tun.*

Mit einer Mischung aus Angst und Scham beobachtete er, wie der Laster schließlich wegfuhr. Wohin brachten sie die Kinder? Wohin mit den vielen, vielen Menschen?

Draußen war es gespenstisch still geworden. Ein Geräusch riss ihn aus seinen Gedanken. Eine Tür neben dem Tor, hinter dem er stand, öffnete sich. Hans sprang zur Seite, drückte seinen Rücken gegen die von der Sonne aufgeheizte Wand und wagte kaum zu atmen. Er hörte Schritte, die sich näherten, sah den Rücken eines Polizisten, nicht weit von ihm entfernt.

Eine Geschichte. Hans brauchte eine Geschichte. Am besten nahe an der Wahrheit.

»Ist da noch ein Jude?«, rief jemand von draußen.

Langsam drehte sich der Beamte und blieb stehen, als er Hans bemerkte. Der Polizist legte einen Finger auf die Lippen.

»Nein. Alles sauber hier«, rief er zurück, während er Hans ein Zeichen gab, sich zu ducken. »Versteck dich«, flüsterte er im Weggehen. »Raus aus dem *Marais*, Junge! Sie werden wiederkommen. Warte nicht zu lange.«

Der Mann rückte ab.

Gab es ein sicheres Versteck? In der Ecke Mülltonnen. Fahrräder. Wäscheleinen. In unmittelbarer Nähe einer Hintertür zum Kartoffelkeller befand sich ein angebauter fensterloser Raum, in dem Léons Vater das Schächten der Tiere vornahm. Léon hatte von dem ehrenhaften Beruf seines Vaters erzählt, detailliert beschrieben, wie ein Rabbi der Zeremonie beiwohnte, die Tiere segnete, bevor sie mit einem sauberen Schnitt durch die Kehle getötet wurden.

Wo war Léon jetzt? Wie lange war *zu lange*?

Beherzt lief Hans zu dem Raum, ging hinein, zog die Tür hinter sich zu und kauerte sich in eine Ecke. Ein Geruch von Eisen oder Kupfer lag in der Luft. Blut. An der Decke hing eine Transportschiene, an der Fleischerhaken befestigt waren.

Hans stellte sich vor, wie viele Lämmer hier den Tod gefunden haben mochten und glaubte den Geruch von frischem Fleisch in der Nase zu haben. Er tröstete sich mit der Erinnerung an den Duft der Lavendelseife Madame Bihels und dem Parfüm Chloés, das noch Stunden nach ihrem Besuch die Wohnung erfüllte. Wie ihr schwingender Rock im Vorbeigehen ein Bouquet von Jasmin und Veilchen entfaltete.

Über eine Stunde verharrte Hans in der Dunkelheit. Bewegungslos. Er wagte kaum zu atmen. Aber sein Kopf arbeitete auf Hochtouren.

Er brauchte eine Geschichte. Eine plausible Geschichte. Die Vorstellung von Lavendel, Jasmin und Veilchen war nur eine Übung.

Vorsichtig öffnete er die Tür einen Spalt. Er blinzelte und lauschte. Nichts. Er schlich hinaus, hinüber zum Abfall.

Wie lange war *zu lange*?

Im Schutz der Mülltonnen wartete er bis die Dämmerung einsetzte. Sein Herz schlug ihm bis zum Hals, als er endlich über den Hof ging und durch das angelehnte Tor einen Blick hinauswagte.

Er trat auf eine menschenleere Straße, über die *Place des Vosges*, durch die Bögen der Arkaden. Einige Koffer, Decken und Körbe lagen wie nach einer Plünderung herum. In der Seitengasse machten sich ein paar Leute in Zivil am Gepäck zu schaffen. Sie beachteten Hans nicht einmal. Streunende Katzen. Hunde, die Reste von Proviant von den Straßen leckten. Ansonsten lag eine merkwürdige Stille über dem sonst so umtriebigen Viertel.

Er bemühte sich unauffällig zu gehen. Ab der *Rue de Turenne* beschleunigte er seinen Gang. Querte die *Rue du Malheur* zur *Rue de Pavée*. Er registrierte die Silhouette der *Église Saint-Gervais*. Jetzt über die *Rue de Lobau* am *Quai de Corse* entlang.

Nur ein Gedanke trieb ihn an. Nach Hause!

»Endlich ist das Pack weg«, rief eine Frau aus einem Fenster des zweiten Stocks in der *Rue de Rivoli*.

Die erste Etappe war beinahe geschafft. Das *Hôtel de Ville* in greifbarer Nähe.

»Halt deinen Mund, Frau«, erwiderte eine männliche Stimme und schloss mit einem lauten Knall das Fenster.

Das waren die letzten Stimmen, die Hans im jüdischen Viertel hörte. Sätze, die sich für immer in sein Gedächtnis einbrennen würden.

Endlich sah er die Seine. Die Lichter der *Île de la Cité*. Weiter hinten den *Pont Saint-Michel*. Auf der anderen

Seite des Flusses lag das rettende *Quartier Latin*. Er hätte sein Viertel umarmen wollen.

Zu Hause würden sie sich Sorgen machen. Bestimmt hatten sie ihm seit Stunden das Abendessen warm gehalten. Umgekehrt über seinen gefüllten Teller einen zweiten gestülpt, mit einem Geschirrtuch umwickelt und ins Bett unter die Decke geschoben. Er glaubte, den Duft von gekochten Kartoffeln und gesäuerter Milch in der Nase zu haben.

Als er seinen Fuß auf den *Pont Saint-Michel* setzte, fühlte er einen Hauch Erleichterung.

Nur noch die Seine überqueren an den Landungsplätzen entlang bis dorthin, wo die *Rue de Saints-Pères* die *Rue de Lille* quert.

Die durchgetretenen Holzstufen zum ersten Stock hinauf. Klopfen. Hinein. Drinnen den winzigen, flachen Metallknopf am Ende der Türkette in die Schiene schieben.

Das alles schien nur einen Steinwurf entfernt, obwohl noch etwa zwei Kilometer vor ihm lagen. Im Laufen blickte er hinter sich, blieb kurz stehen, sah nach rechts, links und rannte dann über die Brücke. Unter ihm das schwarzgraue Wasser des Flusses.

In den Straßen des *Quartier Latin* leuchteten bereits die Laternen.

Jetzt galt es, die Kräfte einzuteilen. Durchatmen. Gleichmäßig laufen. Geschwindigkeit drosseln. Durchhalten. Die zweite Etappe.

Noch zwei Kilometer auf der rechten Seine-Seite. Dampfende Kartoffeln. Vielleicht ein Glas Milch. Das Abendgebet.

Herr! Wir danken dir für deine Gaben.

Vom *Quai Voltaire* bog er in die *Rue des Saints-Pères* ein. Da vorne im Haus seiner Zieheltern brannte einladend Licht in der vierten Etage. Keine zweihundert Schritte mehr.

»*Arrêtez-vous!* Halt, junger Mann. Stehen bleiben!«

Eine metallische Stimme seitlich hinter ihm. Ein harter, deutscher Akzent. Hans erstarrte und hielt abrupt an.

Eine Geschichte. Er brauchte eine Geschichte. Glaubhaft. Plausibel. Stimmig. Jetzt.

»Umdrehen, junger Mann.«

Langsam tat Hans, was man ihm befohlen hatte, den Kopf gesenkt. Er sah auf die gewienerten Stiefel zweier Uniformierter vor einer Litfaßsäule. Die Uniform erkannte er sofort. Deutsche Wehrmacht.

Hatte ihn sein Instinkt im *Marais* gerettet, um jenseits des jüdischen Viertels auf der anderen Seine-Seite seinem Henker in die Arme zu laufen? Unmittelbar vor dem Ziel?

Nein! Eine Geschichte. Glaubhaft. Plausibel. Stimmig.

»Sieh mich an, Junge!«

Hans hob den Kopf und blickte in kalte Augen. Neben dem Uniformierten ein zweiter kleinerer Mann mit einem dicken Bauch. Wie in Zeitlupe verschränkte der größere von beiden seine Arme vor dem Körper und wartete mit ausdruckslosen Augen. Er musterte Hans von oben bis unten, als verriete ihm sein Äußeres dessen Herkunft.

»Wo kommst du her?«, fragte der Dicke.

Der andere beobachtete ihn immer noch regungslos. Instinktiv begriff Hans: *Ihn* musste er überzeugen, nicht den Dicken.

Eine stimmige Geschichte.

»Von der anderen Seine-Seite, Monsieur le Sergent.«

»Von der anderen Seine-Seite. Von wo genau?«

Eine schlüssige Geschichte. Nahe an der Wahrheit.

»Von der *Place des Vosges*.«

»Aha. Und was hast du auf der *Place des Vosges* gemacht? An einem Tag wie diesem?«

»Gespielt«, erwiderte Hans leise.

»Wie bitte?«

»Gespielt«, wiederholte Hans mit fester Stimme.

»Allein?«

Hans schüttelte den Kopf.

»Mit wem?«

»Mit …«

»Was? Sag schon. Warst du mit einem Juden dort?«

»Mit …«

»Sprich!«

»Er ist nicht gekommen.«

Die Männer warfen sich einen Blick zu.

»Ist dir denn entgangen, was heute passiert ist, Junge?«, fragte der Große und rückte dabei etwas von seinem Kameraden ab.

»Ich …«, stotterte Hans. Er spürte, wie seine Wangen anfingen zu glühen.

Der Lastwagen. Die Kinder. Ihm war, als schnüre sich ein Seil um sein Herz. *Ist dir denn entgangen, was passiert ist?*

»Ich habe gewartet, Monsieur le Sergent«, sagte Hans.

»Wo?«

»In einem Hinterhof, Monsieur le Sergent.«

»War wohl verhindert, dein Freund, ha!« Jetzt lachte der kleine Dicke aus vollem Hals. Der andere stimmte mit ein, setzte dann aber sofort wieder ein ernstes Gesicht auf.

»Und wie heißt dein Freund?«

Hans schluckte und presste die Lippen zusammen.

»Der Name des Jungen! Oder sind es mehrere?«

Hans schüttelte den Kopf. »Nein, Monsieur le Sergent. Nur einer.«

»Sein Name.«

Was dann mit Hans geschah, glich einem Wunder. Er trat aus sich heraus, genau wie bei der Theateraufführung in der Schule, als er den Engel aus der Weihnachtsgeschichte gespielt hatte.

Fürchtet euch nicht! Siehe, ich verkündige euch große Freude, die allem Volk widerfahren wird.

Er fokussierte seine ganze Konzentration auf die Art, wie er sprach. Kontrollierte jede seiner Bewegungen, die Gestik, die Aussprache. Als sei er ein anderer. Ein Fremder. Ein zweites Ich rezitierte sauber und klar. Sein Französisch unterschied sich mittlerweile nicht von dem eines Muttersprachlers.

Hier war seine Bühne. An einer Litfaßsäule in der *Rue des Saints-Pères*. Hans straffte die Schultern und blickte direkt in die Augen des Gegners.

»Sein Name, Junge. Sprich!«

»Arthur Katz.« Hans hörte sich selbst sprechen. Deutlich und klar. Nur glaubte er, seine Stimme nicht wiederzuerkennen, so fremd klang sie.

Der kleine Dicke zog einen Notizblock aus der Innentasche seiner Uniform und schrieb. »Adresse?«

»*Rue de Pavée, Nr. 10.*«

»Und die anderen?«

»Keine anderen. Es gibt keine anderen. Nur Arthur und ich, Monsieur le Sergent.«

»Und was habt ihr genau gemacht?«, fragte der Große. Skeptisch runzelte er die Zornesfalte zwischen den Brauen.

»Wie gesagt, Monsieur le Sergent, es kam ja nicht zu dem Treffen.«

»Und was *wolltet* ihr spielen?«

»Ein Theaterstück einstudieren.«

Einen winzigen Moment dachte Hans über die Unverfrorenheit seiner Lüge nach. Er hätte es sogar fertiggebracht, sich als gestandenen Katholiken auszugeben. Durch seine Ziehfamilie kannte er das Vater Unser und das Ave Maria auswendig.

Vater Unser, der du bist …

»Welches?«, fragte der Große skeptisch.

»Der eingebildete Kranke von Molière, Monsieur le Sergent.« Seine Antwort kam weder zu schnell noch zu langsam. Genau im richtigen Tempo.

»Theaterstücke wird er dort, wo er jetzt ist, genug haben.« Der Dicke lachte und schlug sich mit der flachen Hand auf die Schenkel. »Du solltest dich nicht mit Juden herumtreiben. Hat dir das deine Mutter nicht gesagt?«

Erneut stieg Hans die Röte ins Gesicht. Er holte zaghaft Luft.

Und vergib uns unsere Schuld …

»Dein Freund ist doch Jude, oder?«

Jean-Pierre schwieg und nickte dann schuldbewusst.

»Weißt du, Junge, ich erkenne einen Drecksjuden auf Anhieb. Habe einen Riecher dafür. Das ist sozusagen meine Spezialität.«

Wie auch wir vergeben unseren Schuldigern ...

Hans schloss die Augen. Sein Herz schlug gegen seinen Brustkorb.

Und führe uns nicht in Versuchung ...

»Das war wirklich alles, Monsieur le Sergent«, erklärte er noch einmal mit ruhiger Stimme. »Wir waren auf der *Place des Vosges* verabredet.«

Der Große trat auf Hans zu, stellte sich vor ihm auf, nahm sein Kinn in die Hand und drehte grob seinen Kopf ins Profil. »Stillhalten«, raunte er.

Hans spürte, wie seine Beine zitterten. Ihm war, als schwanke der Boden unter ihm. Er zwang sich, regelmäßig zu atmen und hielt die Augen geschlossen.

Sondern erlöse uns von dem Bösen ...

»Sieh nur«, sagte der Große zu dem Dicken in hartem Deutsch. »Das nenne ich ein arisches Profil. Ein arisches Profil wie aus dem Lehrbuch. Und das bei einem Franzosen.«

Hans bemühte sich, seine Erleichterung nicht zu zeigen, und öffnete die Augen, als der Soldat seine Hand von ihm nahm. »Ich verstehe nicht, Monsieur le Sergent. Pardon?«, fragte er mit verständnisloser Miene.

»Geh jetzt nach Hause, mein Junge. Deine Mutter wird sich schon Sorgen machen. Und meide künftig das *Marais*. Du kannst mit Kindern aus deinem Viertel Theater spielen. Ab mit dir! Heil Hitler!«

Hans deutete eine Verbeugung an und ging mit beherrschtem Schritt weiter die *Rue des Saints-Pères* hinunter. Erst außerhalb des Blickfelds der Soldaten rannte er. Von der anderen Straßenseite rief der kleine Thierry: »Wollen wir morgen Fußball spielen, *mon ami?*« Aber Hans schüttelte nur den Kopf und stieß die Haustür auf.

Als er die vierte Etage der *Rue de Lille 18* erreichte, weinte Madame Bihel vor Freude. Sie nahm ihren Schützling an die Hand, brachte ihn in die Küche und setzte ihn auf einen Stuhl. Gierig trank er fast einen halben Liter Wasser direkt aus der Karaffe. Madame Bihel verließ den Raum, kam mit einem Teller zurück, auf dem ein anderer gestülpt war, und stellte sein Nachtmahl auf den Tisch. Als sie den Deckel hob, kamen Kartoffeln und Steckrüben zum Vorschein. Madame Bihel brach etwas Baguette und sprach das Tischgebet. Hans faltete die Hände, wie er es hier in Paris gelernt hatte.

»Amen«, sagte Hans und nahm die Gabel. Er konnte sich nicht daran erinnern, jemals etwas Besseres gegessen zu haben.

Madame Bihel setzte sich auf einen Schemel und ließ sich haargenau das Vorgefallene schildern.

»Die Menschenfänger von Paris«, sagte sie schließlich traurig. »Die Deutschen haben heute eine Razzia im *Marais* vorgenommen. Man spricht von zehntausend Festnahmen. Das ganze *Marais* war auf den Beinen. Du warst Zeuge einer der schrecklichsten Schandtaten in dieser Stadt. Wir hatten schon Schlimmstes befürchtet.«

»Die Deutschen?«

Madame Bihel nickte.

»Es waren die Franzosen, Madame. Die französische Polizei. Ich habe es mit eigenen Augen gesehen. Aber warum tun sie das? Wohin haben sie die Leute gebracht? Etwa nach *Drancy*?«

Schon seit längerer Zeit war das Sammellager in *Drancy* ein gefürchteter Ort. Von dort, vor den Toren von Paris, so hieß es, ging es weiter in Richtung Osten.

Überrascht riss Madame Bihel die Augen auf. Dann verfinsterte sich ihr Blick, und sie schüttelte den Kopf. »Ins *Velodrome d'Hiver*. Anscheinend alle Juden, die nicht in Frankreich geboren wurden. Es war die französische Polizei? Bist du sicher?«

Hans nickte und stippte mit dem Brot den Rübensaft von seinem Teller.

»Einer von ihnen hat mich sogar gesehen und mir gesagt, dass ich mich verstecken soll.«

Hans wagte weder nach dem Verbleib der französischen Juden noch nach dem, was dem *Vel d'Hiv* folgen würde, zu fragen. Er wagte nicht einmal zu fragen: *Was wird nun aus mir, Madame?*

»Mit wem warst du verabredet, Hans? Sag es mir bitte. Konnte er sich retten?«

Tränen liefen über seine Wangen, tropften in den leeren Teller. Dann presste er trotzig die Lippen zusammen und rieb sich die Augen.

»Wer war es, Hans? Hast du deinen Freund verraten?«
Madame Bihels Stimme klang weich, voller Mitgefühl.
»Arthur.«
»Ich verstehe nicht«, sagte Madame Bihel stockend.
»Arthur Katz.«

»Arthur Katz, der arme Junge. Gott hab ihn selig.« Madame Bihel tat einen tiefen Seufzer, bekreuzigte sich und schluchzte auf. »Du wirst überleben. Das verspreche ich dir. Wie hast du das nur durchgestanden, Kind?«

»Ich habe das Vater Unser im Stillen gesprochen«, flüsterte Hans. »Und mir vorgestellt, ich stünde auf einer Bühne. Erinnern Sie sich an den Engel in der Weihnachtsgeschichte?«

Zärtlich strich ihm Madame Bihel über das Haar, wischte ihm die Tränen von der Wange und küsste ihn anschließend auf die Stirn.

»Aus dir ist ein richtiger Katholik geworden.«

Sie nahm den leeren Teller und stellte ihn in die Spüle.

Hans schüttelte den Kopf. »Ich war ein anderer. Ich habe einen Toten verraten. Das ist keine Sünde, Madame, nicht wahr?«

Arthur Katz – der zehnjährige Patient von seinem Ziehvater war erst kürzlich an Diphtherie gestorben. Sein Tod hatte innerhalb der Familie Bihel großes Aufsehen erregt, weil Monsieur Katz sein todkrankes Kind in die Praxis von Monsieur Bihel getragen hatte, wo es Tage später an den Folgen der schon fortgeschrittenen Krankheit verstarb.

Es war bereits zu spät gewesen. Drei Tage und zwei Nächte hatte Monsieur Bihel um das Leben Arthurs gekämpft und vor seiner Nachtwache zu Tisch beim Abendessen über dessen Zustand berichtet.

Hans hatte Arthur Katz nie kennengelernt.

»Du hast alles richtig gemacht.« Madame Bihel trat zur Tür und drehte sich noch einmal um. »Und die Adresse? Welche Adresse hast du angegeben?«

Zum ersten Mal an diesem schicksalhaften Tag lächelte Hans, und es war, als erhelle sich die düstere Küche. »*Rue de Pavée 10.*«

»*Rue de Pavée?*«

»Die Synagoge.«

»Dann gilt es, schnell zu handeln. Sie werden dahinterkommen. Was ist mit deinem Namen? Hast du denen unsere Adresse gesagt?«

»Sie haben nicht danach gefragt«, sagte Hans überrascht.

»Weil du ein kleiner Franzose geworden bist. Ein katholischer Franzose. Das verschafft uns Zeit.« Jetzt grinste Madame Bihel.

Hans aber begriff, dass es seiner Geschichte an Perfektion gemangelt hatte. Er hätte, nach seinem Namen und Standort befragt, einfach den der Bihels genannt.

»Hat dich sonst noch jemand gesehen, Hans?«

»Nur der kleine Junge aus der *Rue de Seine*. Hier vor Ihrem Haus, Madame.«

Madame Bihel lächelte.

»Was genau ist ein arisches Profil, Madame?«, fragte Hans.

Sie drehte sich um und sah ihn traurig an. »Es wird Zeit, ins Bett zu gehen, mein Kind«, sagte sie im Weggehen.

Sonst sagte sie immer: »Pack deine Schulsachen. Dann ab ins Bett.«

Lange lagen die Bihels in der Nacht wach. Das Ehepaar starrte zur Decke, wo das Licht der Straßenlaterne Schatten warf. Sie gedachten des armen Arthur Katz und fingen an, Madames Versprechen einzulösen. Selbst Monsieur Bihel, sonst unerschrocken und kühn, flüsterte, als müsse er sein Vorhaben vor sich selbst und der Welt verbergen. Minutiös planten sie die Flucht des Jungen aus Paris in die freie Zone.

Seit einiger Zeit munkelte man hinter vorgehaltener Hand von einem Ort in der *Drôme*, wo sie Juden versteckten. Ihre Tochter Chloé hatte etwas Derartiges angedeutet. Madame und Monsieur Bihel hatten nie darüber gesprochen, aber sie wussten: Chloé war im Widerstand tätig. Irgendwann musste dieser schreckliche Krieg doch vorbei sein.

Hans indessen fing an, in seinem Bett sitzend, zu schreiben. Noch etwas kindlich, aber detailgetreu und um Wahrheit bemüht, schrieb er auf, was sich Unsagbares ereignet hatte. Er zeichnete seine Fluchtroute auf ein Blatt, schrieb darüber *Der Junge aus der Rue de Pavée* und legte es in eine Mappe. Dann löschte er das Licht. Er schlief sofort ein.

Seine Passion zu schreiben würde ihn ein langes Leben begleiten. Wie auch sein Talent, bei seinem Gegenüber Gestik, Sprache und deren Widersprüche blitzschnell auszuwerten. Hans war wider Willen an einem einzigen Tag erwachsen geworden.

In *Dieulefit*, wo die Olivenbäume bereits das zweite Mal blühten, fragte niemand nach den Gründen für Hans' Fleischverzicht.

Von Alters her bedeutete Dieulefit: *Gott hat es getan*, als habe der liebe Gott diesen Ort von Anbeginn zur Unantastbarkeit bestimmt.

Bei den Menschen, die Hans aufgenommen hatten, erhielt er vegetarische Kost und einen neuen Namen.

Aus Hans Felsenstein wurde in der wohlklingenden französischen Übersetzung Jean-Pierre Roche.

Für immer. Bis auf eine einzige Ausnahme würde er seinen Geburtsnamen nie mehr verwenden. Seinen französischen trug er fortan mit Stolz und großer Dankbarkeit.

»Sprechen Sie eigentlich noch Deutsch, Monsieur Roche?«, fragte Emilia, als sie das Ortsschild *La Lumière* erblickten.

Jean-Pierre zuckte zusammen. »Eigentlich nicht mehr. Nur ein einziges Mal war ich praktisch dazu gezwungen. Aber das ist eine andere Geschichte. Ich habe die Menschen, die nach dem Krieg nach Deutschland zurückgekehrt sind, schon immer sehr bewundert.«

»Wo war Ihre ursprüngliche Heimat?«

»Ich bin in Hamburg geboren. Aufgewachsen in Frankfurt.«

Emilia wagte nicht, nach dem Verbleib von Jean-Pierres Familie zu fragen.

»Einer meiner Söhne studiert in Frankfurt«, sagte Emilia stattdessen leise.

»Meine Eltern haben mich vorausschauend an einem kalten Novembertag im Jahr 1936 in den Zug gesetzt«, fing er bereitwillig zu erzählen an. »Ich habe damals schon gewusst, dass ich sie nie wiedersehen würde. Kinder spüren die Zusammenhänge. Man muss ihnen nicht viel erklären. Ich war ihr einziges Kind. Mit einem Koffer und Gold für meine Ausbildung erreichte ich Paris. Dort lebte ich bei den engsten Freunden meiner Eltern, der Familie Bihel. So kreuzten sich unsere Wege.«

»Sophies erste Arbeitsstelle in Paris. Die verpasste Romanze.«

Er lächelte. »Die Bihels waren gute Menschen, die mich wie ihr eigenes Kind aufgenommen haben. Mutig, großherzig und unerschrocken. Und am Ende erhielt ich aus ihren Händen ein Stück Heimat. Den *Lubéron*. Mitsamt dem Mistral. Hier habe ich auch Sophie gefunden. Das Leben war gar nicht so schlecht zu mir, oder?«

»Heimat aus den Händen der Bihels?«

»Der Vater von Madame hinterließ eine Seifenfabrik in *Apt*. Eine kleine Klitsche. Niemand aus der Familie wollte sie. Ich hatte schon immer eine gute Nase.« Er grinste zufrieden. »Aber das sagte ich ja bereits.«

»Das hört sich irgendwie versöhnlich an«, sagte Emilia. »Als sei eine Wunde verheilt.«

»Es gibt keine Heilung. Nur Linderung«, entgegnete er leise. Es klang nicht resigniert.

Als sie am Abend den Ortskern erreichten, schlugen die Kirchturmglocken sechs. Verstohlen beobachtete Emilia Jean-Pierre. Er wirkte tatsächlich wie ein Philosoph, einer, der den Sinn des Lebens wie ein großes Geheimnis in sich trug. Emilia fragte sich, ob er und Sophie vor allem durch ihre Ausgrenzung verbunden gewesen waren.

»Wie geht es Ihrem Magen?«, unterbrach er auf der Höhe des *Café du Siècle* ihre Gedanken. »Etwas Käse? Brot? Wein? Darf ich Sie zu mir nach Hause einladen? Wir haben den ganzen Tag fast nichts gegessen.«

»Das ist eine wunderbare Idee, Jean-Pierre. Diese vielen Eindrücke und Emotionen! Ich bin richtig aufgewühlt und weiß gar nicht, wohin mit mir. Entschuldigen Sie«, sagte sie dann beschämt. »Wie mag es Ihnen erst ergehen? Sie haben den Boden von *Dieulefit* nach Jahrzehnten wieder betreten.«

»Ja«, erwiderte er lächelnd. »Ich kenne das, wenn man nicht weiß, wohin mit sich selbst. Ein gutes Glas Wein, Oliven und Käse wirken da Wunder.«

Er parkte den Wagen vor seinem Haus, schaltete den Motor aus und lächelte ihr zu. Mit einem Ruck öffnete er die Autotür, nahm seinen Stock und lief auf einem schmalen, von Rosenstöcken gesäumten Weg zur Eingangstür. An der Hauswand stand einladend eine Sitzbank.

Emilia folgte ihm. »Erlauben Sie mir noch eine Frage, Jean-Pierre?«

Wie auf Kommando blieb er stehen. »Fragen Sie, Nervensäge. Heute bin ich in Plauderlaune. Bald werden Sie mir sämtliche Geheimnisse abgerungen haben. Dank Ihnen wird auf meinem Grabstein stehen: *Er hat all sein Wissen preisgegeben.*«

»Sie kokettieren«, sagte Emilia. »Wie wir beide wissen, haben Sie immer noch jede Menge Geheimnisse, Jean-Pierre. Was ich mich frage, ist: Sie und Sophie waren Verstoßene. Hat sie das verbunden? Konnten Sie sich gegenseitig Halt im Leben geben?«

Ein Hauch von Wehmut legte sich auf seine Gesichtszüge. »Sophie und ich haben uns niemals, zu keiner Minute in unserem Leben, als Opfer verstanden. Diese Lebenseinstellung haben wir geteilt. Wir haben den Niederlagen Triumphe abgetrotzt und waren auf geheimnisvolle Weise in der Welt geborgen. Hier im *Lubéron* haben wir Wurzeln geschlagen. Tiefe Wurzeln, die über die Jahre zusammengewachsen sind. Anders kann ich es nicht sagen.«

Sie traten ins Haus und fanden sich direkt in der Küche wieder. Der Kühlschrank surrte, und es duftete nach Verveine und Lavendel. Jean-Pierre ging nach nebenan ins Esszimmer, wo er die Flügeltür zum Wohnzimmer weit öffnete. Eine Fensterfront zeigte in den Garten und hinab ins Tal. Unten konnte Emilia Sophies Haus sehen.

»Fühlen Sie sich ganz wie zu Hause«, sagte er freundlich. »Sie können sich ruhig umsehen.«

»Sie müssen mich einmal in Deutschland besuchen kommen, Monsieur Roche«, rief Emilia in die Küche.

»Das wird nicht möglich sein«, erwiderte er und lugte durch die geöffnete Wohnzimmertür. »Ich betrete nämlich keinen deutschen Boden. Seit achtundsiebzig Jahren. Niemals mehr. Ausgeschlossen.«

»Ich verstehe«, sagte Emilia beschämt und ging ins Wohnzimmer. Abendlicht strömte ins Haus. Die spärliche Einrichtung gefiel ihr auf Anhieb. Ein schlichter Holztisch, Stühle und eine Vitrine mit hübschem Geschirr. Der ganze Wohnbereich glich eher einer Bibliothek. Fast alle Wände waren mit Bücherregalen bestückt. Direkt vor dem Fenster stand ein Schreibtisch mit einer altmodischen Reiseschreibmaschine, in der ein beschriebenes Blatt eingespannt war. Daneben lag ein Stapel Papier. Auf dem obersten befanden sich einige handbeschriebene Notizen.

»Darf ich?«, fragte Emilia in Jean-Pierres Richtung.

»Bitte«, erwiderte er und ging zurück zur Küche.

Die Pferdekutschen aus der Rue des Quatre-Vents. Das Phantom in der Rue de Lille. Der verwundbare Turm. Der Junge aus der Rue de Pavée. Herbststürme. Die Wächterin von Notre-Dame.

»Rot? Weiß? Rosé?«, rief Jean-Pierre aus der Küche.

»Für mich bitte einen heißen Tee, wenn es Ihnen nichts ausmacht«, gab sie zurück. »Mein Magen«, fügte sie entschuldigend hinzu. Sie studierte die Handschrift der Notizen. Sie war gleichmäßig, fast feminin, präzise mit wenigen ausladenden Schwüngen bei den Großbuchstaben. Akkurat mit eingebundenen Oberzeichen zwischen *i* und *t*.

»Eine *infusion*, ein Kräutertee, Verveine-menthe?«, klang es aus der Küche.

»Sehr gerne«, rief Emilia. »Ich habe einmal einen Grafologen interviewt.«

»Ja, wirklich?«, sagte Jean-Pierre amüsiert und lehnte sich im Esszimmer an den Türrahmen. »Und, was verrät meine Handschrift über mich?«

»Intelligenz. Absolute Zuverlässigkeit. Sie sind geradlinig, großzügig und haben viel Fantasie. Allerdings auch einen gewissen Hang zur Melancholie. Und Sie lieben Ordnung.«

»Sie bluffen«, sagte Jean-Pierre augenzwinkernd.

»Na ja, die Melancholie habe ich intuitiv hinzugefügt. Das andere aber lässt sich wirklich herauslesen. Was hat es mit den *Pferdekutschen in der Rue des Quatre-Vents* auf sich, Jean-Pierre? *Rue de Lille. Rue de Pavée. Notre-Dame.* Alles Orte in Paris. Sind Sie der *Junge aus der Rue de Pavée*?

Ich muss zugeben, Sie verstehen es, meine Neugierde zu wecken.«

Er lächelte geheimnisvoll und zuckte dann die Achseln.

»Was verbirgt sich hinter einem verwundbaren Turm? Kommen Sie, Jean-Pierre! Einen winzigen Hinweis.«

»Ein simples Schachgesetz«, erwiderte er gelassen.

»Und die Pferdekutschen in der *Rue des Quatre-Vents* – beziehen sie sich auf ein Foto, das Sophie gemacht hat? Ich habe ein solches bei ihr gesehen.«

Er grinste amüsiert. »Ein Foto ist immer nur ein Ausschnitt. Dahinter steckt eine Geschichte. Meistens.«

»Was hat es mit der *Wächterin von Notre-Dame* auf sich? Was für ein Titel!«

Er lächelte und legte seinen Zeigefinger auf die geschlossenen Lippen.

»Sie schreiben über Sophies Leben.«

Er schüttelte den Kopf. »Nein. Es handelt sich um *mein* Leben, Emilia.«

»Und was haben Sie da getippt?«

»Sie meinen das Blatt, das in der Schreibmaschine liegt? Ach, das – ist nur ein kleiner Essay. Lesen Sie! Ich schreibe schon sehr lange. Wenn möglich, jeden Tag eine halbe Seite. Es ist wie bei einem Instrument. Man muss in Übung bleiben.«

Er drehte sich weg und verschwand wieder in der Küche. Vorsichtig zog Emilia das eingespannte Blatt aus der mechanischen Schreibmaschine und begann zu lesen.

Alle fürchten ihn. Sein Name ist Herrscher der Winde. Er rüttelt an den zitternden Fensterläden, dringt durch die Ritzen des Gemäuers und jault dabei wie ein hungriger Wolf.

Er kommt ohne Ankündigung.

Mit der Kälte des Nordens stürzt er durch das Rhônetal und presst sich durch die Talenge zwischen den Alpen und Cevennen. Wenige Stunden später erreicht der aufgeblasene Riese mit einer Geschwindigkeit von hundert Stundenkilometern das kleine Dorf am Rande des Lubéron, das seinen Namen der Sonne verdankt, die es in ein besonderes Licht taucht. Wolken, die wie gestapelte Untertassen aus Zuckerwatte am Himmel hängen, verwischt er mit nur einem seiner Atemzüge.

Er reißt die Holztür des schutzlosen Häuschens am Dorfrand auf. Ächzend schlägt sie gegen die Wand. Ein Stockwerk weiter oben dringt der Mistral durch eine geöffnete Luke in die kleine Dachkammer ein, fährt mit lautem Krachen durch das alte Gebälk, streift Wände, wirft eine leere Staffelei um, wirbelt einen Stapel Papier auf und peitscht die losen Blätter durch den Raum. Für einen Augenblick flattern sie wie Vögelchen vor ihren ersten Flugversuchen und gleiten zu Boden. Bedruckte Seiten, Buchstaben, in Papier gestanzte Sätze, verlieren ihren Zusammenhang und Bezug. Ein paar Blätter haften aneinander, als verbinde sie ein unsichtbares Band. Eines verkeilt sich in der Ecke.

Auf ihm steht geschrieben: Es wird leichter, wenn man das Unausweichliche akzeptiert. Auf einem anderen: Es gibt keine Heilung. Nur Linderung.

Unten stemmt sich jemand mit aller Kraft von innen gegen die Tür, bis es ihm gelingt, sie zu schließen. Er schiebt den Riegel vor.

Draußen zerrt der ausgesperrte Wind an dem Gebäude, als wolle er es abreißen und hinauf zum schwarzen Himmel tragen.

Im Auge des Orkans herrscht vollkommene Ruhe. Manchmal ist man in größter Gefahr am sichersten.

Dann ist es vorbei. Stille legt sich auf die Landschaft. Der Himmel ist so klar, so nah, als könnte man seine Hand nach ihm ausstrecken und ihn berühren.

Im Haus entfacht jemand Feuer im Kamin. Der Rauch zieht durch den Schornstein über die erschreckten Bäume.

Die Lavendelfelder verschwinden im Schutz des Nebels.

Nachdenklich ging Emilia in die Küche und nahm Jean-Pierre ein Tablett ab.

»Das klingt sehr poetisch, Jean-Pierre. Mysteriös und geheimnisvoll. Ich bin wirklich beeindruckt. Sie mögen den Mistral, nicht wahr? Sind Sie Schriftsteller?«

Sie warf einen Blick auf die Bücherregale und stellte das Tablett auf den Tisch.

Er schüttelte den Kopf. »Nun, der Mistral hat mich fast mein ganzes Leben begleitet. Nicht jeder kann ihn aushalten. Ich habe das über die Jahre gelernt. Wenn man ihn akzeptiert, dann kann er sehr heilsam sein.«

»Und – ist das eine Art Prolog?«

Sie zeigte auf die Schreibmaschine.

»Sagen wir, es handelt sich um einen Auftakt zu ein paar Episoden«, erwiderte er gelassen und deckte den Tisch. »Eine Zeit lang dachte ich daran, einen Roman zu schreiben. Es ist nur so: Meine Geschichten sind nicht für alle Augen bestimmt, verstehen Sie?«

Emilia nickte. »Ich verstehe Sie sogar sehr gut. Ich frage mich, was nach dem Auftakt folgt. Was genau wirbelt der Mistral auf? Welche Inhalte werden aus dem Zusammenhang gerissen? Wo sind die Blätter, die in Ihrer Geschichte durch den Raum fliegen? Sind sie hier? In diesem Haus? Gibt es einen Dachboden?«

Fragend schaute sie sich um.

»Sie sind klug, Emilia«, sagte er anerkennend und grinste. Er setzte sich. »Und so gar nicht subtil, *ma chère*. Sie können sich einfach nicht verstellen. Ich mag das sehr. Es ist fast meine Lieblingseigenschaft an Ihnen. Die Inhalte sind in meinem Kopf.« Er tippte sich mit dem Zeigefinger gegen die Schläfe. »Kein Kommentar dazu. Das letzte Kapitel ist noch nicht geschrieben. Sie werden sich noch ein bisschen gedulden müssen. Es ist zu früh. Vor nicht einmal zehn Stunden habe ich Sie an einen Abgrund meiner Biografie geführt. Ich habe Ihnen meine Welt gezeigt. Meine zerrissene, zusammengeflickte Welt.«

»Ihre Welt kommt mir nicht zerrissen vor. Sie wirkt echt, erfüllt, authentisch. Von welchem Abgrund sprechen Sie?«

»Was mich nach *Dieulefit* führte. Ich war zwölf Jahre alt und stand auf einem winzigen Stück Erde mitten in Paris. Wenn man in Gefahr ist, wird alles um einen herum winzig klein. Die Seine war ein Rinnsal, der Louvre ein Puppenhaus. Verstehen Sie? Rechts, links, hinter mir – das Ende der Welt. Da habe ich beschlossen, nach vorn zu flüchten. Es hat glücklicherweise funktioniert.« Er schüttelte sich und sah dann Emilia direkt in die Augen. »Welcher Satz gefällt Ihnen am besten?«

»Manchmal ist man in größter Gefahr am sichersten«, sagte sie leise.

»Sehen Sie, genau das habe ich gerade gesagt. Manchmal birgt die größte Not eine Chance. Nicht immer. Und nicht für jeden.«

Jean-Pierre schenkte sich Wein ein und schob Emilia eine dampfende Tasse Tee zu. Emilia sah aus dem Fenster. Dunkelheit hatte sich wie ein Schleier auf die Landschaft des *Lubéron* gelegt.

»Ich habe viel über Ihren Satz nachgedacht, Schweigen sei ein Geschenk. Durch *Dieulefit* erfährt er eine neue Dimension. Das Schweigen war das Wunder. Nicht die Hilfsbereitschaft.«

»Ganz genau. Sie haben alles verstanden.«

Emilia fixierte Jean-Pierres Weinglas, das in Himbeertönen schimmerte, und strich mit den Fingerkuppen über ihr unberührtes, leeres Glas. Jean-Pierre und sie nahmen sich Brot und Käse und begannen zu essen.

»Erzähl mir von dir, Emilia«, sagte Jean-Pierre nach einer langen Pause. Er wirkte, als konzentriere er sich jetzt ganz und gar auf sie. »Von deinem Zuhause. Deinem Elternhaus. Es gibt etwas, das dich bedrückt.« Seine Augen wanderten über ihr Gesicht, als lese er darin. Das Du, das er plötzlich verwendete, schien ihr passend und hörte sich vertraut an. »Heute habe ich ein paarmal gedacht, die Sache mit Sophie kommt dir sehr gelegen.«

Erschrocken blickte Emilia auf. »Gelegen?«

Jean-Pierre nickte. »Du deckst etwas damit zu.« Er hob sein Glas, wartete, bis sie ihre Tasse nahm, und sie tranken beide einen Schluck.

»Etwas Ähnliches hat mein Mann Vladi auch gesagt, bevor ich abgereist bin. Ich würde meine wahren Beweggründe nicht kennen.«

»Was sind deine Gründe, Emilia?«

»Du glaubst das also auch?«

Jean-Pierre nickte. »Ich glaube, du möchtest Sophie rehabilitieren. Aber die Leidenschaft, mit der du das tust, spricht dafür, dass du dich, vorsichtig formuliert, zumindest stark identifizierst. Warum tut sie das, habe ich mich gefragt.«

»Und zu welchem Ergebnis bist du gekommen?«

»Zu der naheliegenden Vermutung, dass es um *dich* geht. Du nutzt die Biografie deiner Großmutter als eine Art Spiegelgeschichte deiner Seele, verstehst du? Bist du eine Stellvertreterin, Emilia?«

Emilia zuckte hilflos die Achseln.

»Vielleicht bist *du* die Verstoßene. Diejenige, der Unrecht widerfahren ist. Worum geht es? Um deinen Mann? Deine Mutter? Deinen Vater? Wo liegt dein wunder Punkt, Emilia?«

»Ich«, stammelte sie und schluckte ihre Tränen herunter, weil ihr mit einem Schlag die Zusammenhänge dämmerten. Plötzlich kam es ihr vor, als verbände ein unsichtbares, starkes Band Sophie, Pauline und sie. »Ich habe viele wunde Punkte, Jean-Pierre. Aber das ist eine komplizierte Geschichte.«

»Ich *liebe* komplizierte Geschichten.« Er drehte seinen Stuhl in Richtung Fenster, lehnte sich zurück, schob die Schüssel mit den Oliven in die Mitte des Tischs und nahm sich eine davon. »Erzähl es mir. Ich bin nicht nur ein guter Geschichtenerzähler, sondern auch ein hervorragender Geschichtenzuhörer.«

»Und Schöpfer neuer Worte«, gab Emilia lächelnd zurück.

»Manchmal brauchen wir eine neue Sprache, weil die alte abgenutzt ist.«

Emilia begann zu erzählen. Erst zögerlich, die richtigen Worte suchend, mit stockender Rede. Sie sprach bedächtig, rief sich in Erinnerung, wie alles angefangen hatte. Der Streit. Das Zerwürfnis. Sie korrigierte sich, fing von vorn an und kehrte zur ursprünglichen Version zurück. Zu ihrem eigenen Erstaunen formulierte sie die Kränkungen, die unter Jean-Pierres sanftem Druck aufgebrochen waren.

»Vladi hat so oft gesagt, dass es ihm leidtut. Ich kann ihm zwar verzeihen, aber ich vermag nicht, mit ihm darüber zu sprechen. Und eigentlich ist das alles, was er verlangt. Zu Recht. Was geschehen ist, hat mich aus der Balance gebracht.«

»Es geht nicht um Recht und Unrecht. Nicht in der Liebe. Vielleicht liegt deine Sprachlosigkeit viel tiefer begraben?«, räumte er vorsichtig ein. »Wie bist du aufgewachsen, Emilia?«

»Die depressiven Episoden meiner Mutter haben meine Kindheit begleitet. Das waren *meine* Monster. Keine Gespenster, die nur in der Fantasie eines Kindes existieren. Mit einer traurigen Mutter groß zu werden ist sehr real.«

Jean-Pierre nickte verständnisvoll. Wenn Emilia schwieg, teilte er ihr Schweigen. Sie kämpfte mit den Tränen oder ließ ihnen einfach freien Lauf. Sie schloss die Augen, hinter denen eine Fülle verschütteter Bilder auftauchten. Eine entzweite Familie. Verrat. Verschleierung. Sophie. Pauline. Die gebrochene Identität ihrer Mutter, deren seelische Qualen. Ein abwesender Vater. Lücken, die Emilias Kindheit begleitet hatten.

Sie redeten und redeten. Während die Nacht ihren

Schatten auf die Landschaft des Lubéron legte, erzählte Emilia von ihrer Kindheit und wie sie aufgewachsen war. Wie sie früh angefangen hatte, Verantwortung für ihre Mutter zu übernehmen. Ihre enge Bindung über all die Jahre, ihre Distanz, ihr Kampf um Vertrauen. Sie berichtete von ihren Ängsten und den Dämonen, die ihre Kindheit begleitet hatten. Jean-Pierre hörte zu, den Blick starr zum Fenster gerichtet.

Nur ihre brennendsten Fragen hielt Emilia zurück. »Ich habe früh gelernt, das Gras wachsen zu hören.«

»Ja, das hast du«, kommentierte er kurz.

»Eigentlich dachte ich, ich fahre hierher, um meiner Mutter die Wurzeln zurückzugeben. Ich glaubte, Pauline sei eine Stellvertreterin. Dass sie die Strafe fortgesetzt hat. Sie hat sich um Stabilität bemüht. Ein Kind in die Welt gesetzt. Geheiratet. Ihre Ehe ist gescheitert. Erst wird sie von der Mutter verlassen. Dann von ihrem Ehemann. Sie blieb mit ihrem Kind allein zurück und hat es irgendwie großgezogen.«

»Dann hat auch sie versucht, eine Niederlage in einen Triumph zu wandeln«, warf er vorsichtig ein.

Emilia lachte auf. »Ein bitterer Triumph ist das, oder? Die Stadtvilla inmitten eines Parks gegen eine Dreizimmerwohnung der Baugenossenschaft einzutauschen.«

Jean-Pierre senkte die Augen. »Das Leben ist nicht immer fair. Was geschah mit Paulines Erbe? Paulines Großeltern waren sehr vermögend.«

Emilia schnaubte verächtlich. »Der arme Arno, das Lieblingskind meines Urgroßvaters und Ziehvater meiner Mutter, hat das gesamte Langenberg-Vermögen durchgebracht. Er hatte einfach kein Händchen für Geld. Nach dem Tod meines Urgroßvaters hat er das Unternehmen veräußert. Niemand weiß, wie viel Geld damals geflossen ist. In den Neunzigerjahren folgten Geschäfte mit zwielichtigen Leuten. Alles weg. Die Villa. Das Geld. Bis zu ihrem Lebensende mussten Hanne und er irgendwo auf dem Land leben. Hanne kam von dort. Inzwischen weiß fast niemand mehr in Baden-Baden vom Aufstieg und Fall der Langenbergs.«

»Arno und Hanne«, wiederholte Jean-Pierre nachdenklich. »Ja, ich kenne diese Namen aus Erzählungen von Sophie. Sie waren deiner Mutter gute Eltern.«

»Das waren sie. Meine Großmutter hat dir alles erzählt.«

»Wir hatten fast ein ganzes Leben Zeit«, unterbrach er sie lächelnd.

»Trotzdem hat meine Mutter diese Lücke, die durch den Fortgang von Sophie entstanden ist, niemals verkraftet.«

»Hast *du* sie denn verkraftet?«

Jean-Pierres Frage traf Emilia wie ein Pfeil.

»Sophie habe ich nie kennengelernt. Ich war gerade einmal zehn Jahre alt, als mein Vater ging. Für mich war das eine neue Erfahrung, für meine Mutter wiederholte sich ein Muster. Es war, als habe sie das Verlassenwerden angezogen wie ein Magnet. Ich glaube, sie hat sich ins Vergessen geflüchtet. Aus einer Kämpferin ist eine Frau geworden, die das Leben hinnimmt wie einen Wintereinbruch im Hochsommer. Was ihre Seele nicht aushält, was ihr Schmerzen verursacht, spaltet sie ab.«

»Ist Pauline wahnsinnig, im pathologischen Sinn?«

Emilia horchte auf. »Wir haben sie vor einigen Monaten

in eine Wohngemeinschaft für psychisch Kranke gebracht«, entgegnete sie unsicher. »Warum fragst du?«

»Hat sie versucht, sich das Leben zu nehmen?«

Emilia zuckte unmerklich zusammen und richtete sich dann alarmiert auf. »Wie bitte? Wie kommst du denn darauf?«

Sie nahm einen Schluck von ihrem mittlerweile kalten Tee und bemerkte, wie ihre Hand dabei zitterte. »Es war gefährlich, sie allein zu Hause zu lassen. Überall lauern im Alltag Gefahren, wenn Menschen vergesslich sind. Der Herd. Der Wasserkocher. Der Heimweg.«

Was sie auch sagte, es klang nach Rechtfertigung. »Pauline hat lichte Momente. Dann wieder erinnert sie sich nicht. Diesmal ist es besonders schlimm.«

»Wann genau hat es angefangen?«

»Zwei, drei Monate bevor ich hierherkam«, erklärte Emilia. »Warum möchtest du das eigentlich so genau wissen?«

Sie richtete sich auf und sah ihm in die Augen. Er erwiderte ihren Blick. Seine Lippen schienen zu beben. Er presste sie zusammen.

»Irgendetwas stimmt hier nicht«, sagte Emilia.

EMILIA

16

Emilia sah Jean-Pierre in die Augen, und sie glaubte einen ganzen Roman darin lesen zu können. Diesmal war er es, der ihrem Blick nicht standhielt.

»Du musst dich jetzt um *dich* kümmern«, sagte er nach einer langen Pause. »Nur dann kannst du Pauline helfen, Emilia. Sprich mit deinem Mann! Lass nicht zu viel Zeit verstreichen. Lass nicht zu, dass dein Schmerz dein Glück blockiert. Zerschlage die Kette des Schweigens, der Lüge, des Rückzugs. Solange Vladi nicht weiß, was dich bewegt, wird er dich nicht verstehen können. Erlaube ihm nicht, wegzusehen.«

Jean-Pierres Tonfall verriet, dass das Thema Pauline und Sophie für ihn abgeschlossen war.

»Vladi sieht nicht weg«, sagte sie zerstreut. Was geschah hier gerade? Worüber sprachen sie? Wovon lenkte Jean-Pierre ab? »*Ich* bin die Betrogene.«

»Wir wachsen nur dann über uns hinaus, wenn wir an eine Grenze gehen, wo es wehtut, Emilia. Manchmal ist es zu spät dazu, und man bereut es dann bitter. Ich weiß, wovon ich spreche.«

Irgendetwas in seiner Stimme, seiner Aussage alarmierte sie. Wovon sprach Jean-Pierre? Warum war er ausgewichen, als Emilia ihre brennendste Frage auf der Zunge lag?

Warum hat sich Sophie von Pauline abgewandt? Ein Leben lang? Warum?

Emilia beobachtete jede einzelne Bewegung Jean-Pierres. Wie er sein Glas auf dem Tisch ruckartig drehte, wie er mit seinem überschlagenen Bein wippte. Sie registrierte ein kurzes Zucken seiner Mundwinkel.

»Warum hat sich Sophie niemals bemüht, mit ihrem Kind Kontakt aufzunehmen? Warum?«

Die Frage kippte aus ihrem Mund. Augenblicklich nahm Jean-Pierre seine Hand vom Glas, als habe er sich die Finger verbrannt. Emilia spürte, wie sie innerlich zitterte, und wartete angespannt. Jetzt war sie am Ziel ihrer Reise.

»Das ist eine sehr schwierige Frage.«

»Ist sie nicht!«

»Es ist nicht so einfach, wie du denkst.«

»Wie denke ich denn?«, fragte sie aufgebracht. »Ich denke schlicht. Den kürzesten Weg. Eine Mutter, die ihr Kind in die Obhut ihrer Familie gegeben hat, wird, nachdem sie gesundheitlich einigermaßen hergestellt ist, ihr Kind zu sich nehmen.«

»Das ist wahrhaftig schlicht. Hast du denn eine Ahnung von den damaligen gesellschaftlichen Zwängen? Ein uneheliches Kind in den Vierzigerjahren? Du hast ja keine Ahnung!« Seine Stimme klang auf einmal schneidend. Nur sein wippendes Bein verriet seine Nervosität.

»Dann erkläre es mir! Was hat sie daran gehindert, ihr Kind zu sich zu holen?«

»Verurteile sie nicht, Emilia! Du weißt noch längst nicht alles.«

»Dann sag es mir! Sag mir alles!« Ihre Stimme überschlug sich.

»Es ist genug für heute. Es war ein intensiver und anstrengender Tag.«

»Ich möchte es aber wissen. Ich habe ein Recht darauf!«

»Du hast kein Recht auf *mein* Wissen«, erwiderte er streng und hob mahnend seine rechte Hand. »Hast du ein einziges Mal daran gedacht, dass man es Sophie in Baden-Baden unmöglich gemacht hat zurückzukehren? Pauline befand sich seit ihrer Geburt in der Obhut von Arno und Hanne. Glaubst du denn, Sophie hätte einfach zurückkommen können und sagen: *Gebt mir mein Kind zurück?* Wie naiv bist du eigentlich?«

Seine sonore Stimme bebte.

»Willst du damit sagen, sie hätten ihr Pauline weggenommen?«

»Ich sage gar nichts. Nur dass es genug für heute ist. Wenn wir diese letzte Kiste öffnen, fliegt uns alles um die Ohren.«

Metaphern. Bilder. Floskeln. Emilia stellte konkrete Fragen und bekam Andeutungen zur Antwort, die sie noch mehr verunsicherten. Wut stieg in ihr auf. Sie schnaubte. Diesmal nicht. Diesmal würde sie ihm sein Ausweichen nicht durchgehen lassen.

»Gegen Sophies Willen? Wie sollte denn das funktionieren? Wie ich das sehe, hat sie Pauline zur Adoption freigegeben und ging dann zurück nach Paris. Sie wollte zu ihrem Geliebten. Zu Fugin!«

Emilias Herzschlag beschleunigte sich. Ihr Atem ging schnell.

»Du wagst es, Sophie zu unterstellen, sie hätte nur an sich gedacht?« Seine Stimme klang, als lade er eine Pistole und richte sie jetzt auf Emilia. »Was erlaubst du dir?«

»Ich formuliere die logische Schlussfolgerung *deiner* Aussagen.«

»Hör auf«, rief er aufgebracht, hob mit der rechten Hand aus und ließ sie mit einem Knall auf den Tisch fallen. Emilia zuckte zusammen. »Du formulierst nicht, du interpretierst! Hör auf, deine Großmutter zu verurteilen. Du weißt nichts über sie. Nichts!«

»Dann kläre mich auf. Sag mir, wer sie war. Du weißt doch alles. Erkläre mir, warum eine Frau beinahe ihr ganzes Leben hier inmitten von Reben und Kräuterfeldern verbringt und nicht ein einziges Mal versucht, ihre Tochter zu kontaktieren! Es ist, als hätten wir sie verpasst wie einen davonfahrenden Zug. Jahrelang sind wir am selben Bahnsteig gestanden und haben jedes Mal den Zug verpasst. Wir hatten keine Chance! Sophie sehr wohl! Begreifst du das nicht?«

Sie spürte, wie sich die Tränen in ihrem Hals sammelten.

Schweigend stand Jean-Pierre auf und schenkte sich mit zitternden Händen Wein nach. Dann nahm er die Flasche, steckte den Korken in den Flaschenhals und ging in Richtung Küche. An der Tür drehte er sich um.

»Ich möchte, dass du gehst. Geh jetzt.« Seine Augen waren kalt auf Emilia gerichtet. »Es ist mein Ernst.«

»Meiner auch! Ihr verheimlicht mir etwas. Ihr alle«, flüsterte Emilia und stand auf. Plötzlich stiegen ihr Tränen in die Augen. Sie schluckte sie herunter und folgte Jean-Pierre zur Haustür.

»Heute in *Dieulefit* bei Gabrielle, da habe ich mir gewünscht, du wärest mein Großvater. Jetzt nicht mehr.«

»Gute Nacht«, sagte er tonlos, senkte den Kopf und wartete, bis Emilia an ihm vorbei hinausging.

»Du bist nicht besser als die Langenbergs«, flüsterte sie im Weggehen.

Lauthals hörte sie die Tür ins Schloss fallen. Sie lief den Weg nach unten zu Sophies Haus in weniger als fünfzehn Minuten. Die Luft war kühl. Der Wind blies durch die Gassen.

»Wie soll man nur diesen Wind aushalten?«, schimpfte Emilia. »Hier kann man doch nicht leben! Dieser Wind macht mich wahnsinnig.«

Als sie in der *Rue de la Lune* ankam, fand sie sich wie einen Fremdkörper in ihrer Küche wieder. Das Interieur wirkte fremd und kalt. Ratlos sah sie sich um. Was suchte sie eigentlich? Ihr war, als hätte sie eben noch gewusst, was zu tun war, und nun vergessen. Sie war hellwach. Ihr Magen schmerzte.

Wenn sie die Augen schloss, rasten wirre Gedanken durch ihren Kopf, und sie hatte das Gefühl, die Bilder der letzten Stunden, Tage, Wochen und Monate würden ihr Innerstes überschwemmen. Sie hatte gerade angefangen, Jean-Pierre zu vertrauen.

Wie in Trance schloss sie ihr totes Handy ans Netz und entdeckte zehn entgangene Anrufe. Alle von Vladi.

Pauline war ihr erster Gedanke, *Trennung* ihr zweiter. Sie warf einen Blick auf die Uhr – kurz vor elf. Mit zitternden

Fingern wählte sie Vladis Handynummer. Keine Antwort. Sie rief auf dem Festnetz zu Hause an, anschließend in seinem Büro in Heidelberg. Niemand nahm ab.

Ein Gedanke an den Ooswinkel streifte sie. Das Haus. Der Garten. Der idyllische Fluss. Die Linde. Ihre Familie. Bilder blitzten wie Sequenzen vor ihrem inneren Auge auf. Wie ein zerschnittener Film mit falschen, verzerrten Tönen unterlegt. Plötzlich drängte sich eine fremde Frau zwischen ihre Söhne. Brünett, mit langen Haaren. Eine Fremde, lachend mit Mischa und Leo draußen in ihrem Garten. Vladi, der nach einem langen Arbeitstag zu seiner neuen Familie hinaustrat. An einen Tisch mit überladenen Platten voller Köstlichkeiten.

Wo war Emilia geblieben?

Sie, die traumwandlerisch sicher ihrer Intuition folgen konnte, hatte damals im Vorfeld nichts von Vladis Fehltritt bemerkt. Jedes Signal übersehen, überhört und weggesehen. Anstelle einer Eingebung hatte ein Zufall dazu geführt, dass sie Vladi auf die Schliche gekommen war. Ein lächerlicher Zufall.

Emilia war an einem Sommertag in Karlsruhe für eine Kollegin, die sich den Fuß verknackst hatte, bei einer Pressekonferenz eingesprungen. Die Straßenbahn, die sie zum Bahnhof bringen sollte, war wegen technischen Versagens für mehrere Stunden ausgefallen, und Emilia war durch die Innenstadt zum nächsten Taxistand geschlendert. Gab es Zufälle? Oder war ihr etwas zugefallen, das einfach fällig gewesen war in ihrer Beziehung?

Plötzlich hatte sie Vladis Gestalt in einem Straßencafé gesehen. Von der Seite. Sie hatte schon auf ihn zulaufen wollen mit naiven Fragen auf den Lippen: »Was machst du denn hier in Karlsruhe um diese Zeit? Müsstest du nicht an der Uni sein? Was für ein witziger Zufall! Wollen wir einen Kaffee trinken?«

Erst beim Nähertreten hatte sie registriert, dass Vladi nicht allein war. Was tat er da? Mit seinen Lippen berührte er etwas und lächelte dabei. Wie hypnotisiert hatte Emilia hingesehen, die Augen zusammengekniffen, bis die Synapsen in ihrem Gehirn endlich ein schräges Bild zusammensetzten: Ihr Ehemann küsste eine fremde Hand. Emilias Augen hatten zu der ausgestreckten Hand an Vladis Lippen das dazugehörige Objekt gesucht. Da war eine brünette Frau. In Emilias Alter. Die Frau war nicht besonders schön oder auffällig. Lange gepflegte Haare, sportlich-elegante Kleidung. Jene vertraute Geste von außen zu sehen hatte auf Emilia so fremd gewirkt wie eine Filmszene, in der zufällig ihr Ehemann mitspielte.

Dann schob die Frau ihre zweite Hand über den Tisch in Vladis Richtung. Alles ging schnell. Während er die ihm angebotene Hand ergriff und lächelte, blickte er verträumt in die Menge. Ein Blitz durchfuhr Emilia, als sich ihre Blicke trafen. Sein Lächeln fror ein. Das pure Entsetzen war in seinen Augen zu sehen. Plötzlich drehte die Frau ihren Kopf in Emilias Richtung, die bereits den Taxistand einige Hundert Meter von ihr entfernt fokussierte.

Dann rannte Emilia los. Aus der Ferne hatte sie noch Vladi ihren Namen rufen hören. Emilia aber lief so schnell sie konnte, und wenige Minuten später fand sie sich auf einem von der Sonne aufgeheizten Rücksitz eines Taxis wieder.

»Wohin?«, hatte der Fahrer kurz angebunden mit einem Blick in den Rückspiegel gefragt.

In die Hölle, hatte Emilia sagen wollen und stattdessen geflüstert: »Zum Hauptbahnhof.«

Der Schmerz erreichte sie erst später, dafür umso nachhaltiger. Zu Hause hatte Vladi beteuert, er würde die Sache umgehend beenden, aber was geschehen war, nagte seitdem unaufhörlich an ihr. Etwas war zerbrochen.

Die Folge der Ereignisse, die in Karlsruhe begonnen und zu Hause in Baden-Baden geendet hatten, ging Emilia jetzt durch den Kopf, und jeder Gedanke, der sie quälte, war ein Impuls für weitere Katastrophen, die sie noch ersinnen konnte. Es gab genug Vorrat. Sie musste nur weit genug in der Zeit zurückgehen. Es war, als hängte man einen Mantel an eine völlig überfüllte Garderobe, die durch ihre Last gerade einmal die Balance hielt. Nur noch ein Kleidungsstück an den Haken gehängt und alles würde zusammenbrechen.

Wie hypnotisiert starrte Emilia auf den Kaminsims und lauschte. Sophies Haus schwieg. Eine Erinnerung an ihre erste nächtliche Inspektion streifte sie. Die Schatulle mit dem Liebesbrief! Emilia spürte ihren Herzschlag, während sie zum Kamin ging, öffnete den Deckel und nahm den zweiten Brief heraus. Die Zeit der Grenzen war vorbei. Ihre Leben, das von Sophie und Pauline, selbst das von Jean-Pierre und Vladi, verschwammen zu einem explosiven Gemisch.

Mit dem Rücken an der Wand rutschte sie in einer Ecke neben dem Kamin zu Boden und begann zu lesen.

Meine geliebte, ewig geliebte Sophie …

Mit einer Mischung aus Entsetzen und Unverständnis las sie den Brief, den sie aufgrund der Handschrift sofort Fugin zuordnen konnte. Sein Inhalt löste eine Kettenreaktion in Emilias fragilem Seelenhaushalt aus.

Was hatte Jean-Pierre gesagt? *Wenn wir diese letzte Kiste öffnen, fliegt uns alles um die Ohren.*

Das Feuerwerk fing an, und Emilia saß mittendrin.

Meine geliebte, ewig geliebte Sophie,
ich habe Dein schönes Bild bekommen. Soll ich Dir sagen,
wie stolz ich auf Dich bin? Du bist gereift, beherrschst
die Technik viel besser als früher, und ich werde meine junge
Sophie mit Freuden hier im Schloss aufhängen. Diese feinen
Linien. Dein geheimnisvolles Lächeln. Nie wieder bin ich
einer Frau mit diesem Lächeln begegnet. Ja, meine Liebe,
das bist Du mit zwanzig. Ich sehe Dich vor mir und verliebe
mich erneut in Dich. Was für eine wunderschöne Zeit
hatten wir doch in Paris. Wir waren frei, ungebunden.
Uns gehörte die Welt. Heute gehört uns nur noch die
Erinnerung daran.

Wie habe ich gekämpft um Dich. Und doch bin ich ein
Verlierer. Ich habe die Schlacht verloren. Was mir bleibt,
ist ein Bild von Dir. Ach, Sophie!

Ich habe lange darüber nachgedacht und bin zu dem
Entschluss gekommen, mein Wissen mit Dir zu teilen. Du
musst wissen, mit wem du jetzt Dein Leben teilst, wissen,
was sich hinter Deinem Rücken abgespielt hat (und auch
hinter meinem). Wie konntet Ihr alle denken, dass ich nicht
dahinterkomme? Wie lange geht das schon mit Euch im
Lubéron? Ich mag im Rollstuhl sitzen, aber ich erreiche

Schubladen von Sekretären. Ich muss es Dir sagen, Sophie,
für Dein Seelenheil, auch wenn es ein Schock für Dich
sein mag.

Jean-Pierre hat Dich freigekauft. Ja, freigekauft. Für ein
paar Tausend Franc. Er hat dafür bezahlt, dass Du für
immer im Lubéron bleibst. Ich hätte es mir denken können,
dass er nichts Gutes im Schild führt, als ich ihn bei der
Beerdigung meiner Schwiegermutter gesehen habe. Hättest
Du klüger, besonnener gehandelt, Du, meine einzige große
Liebe, so wären wir heute verheiratet. Wie habe ich Dich
geliebt, ach, ich tue es immer noch. Ich habe nie damit
aufgehört!

Ich fühle mich wie der gehörnte Ehemann. Du hast mich
mit ihm betrogen. Ich kann es Dir nicht einmal verübeln. Es
war der größte Fehler meines Lebens, Dich gehen zu lassen.

Lass uns miteinander reden. Schnell. Bevor mich die Eifer-
sucht zerfrisst. Noch ist es ja nicht zu spät. Wo können wir
uns sehen? Ich werde wahnsinnig. Chloé hüllt sich in Schwei-
gen. Bist Du die Ehe mit ihm eingegangen?

Ach, könnte es doch wieder sein wie damals in Paris.
Weißt Du noch, wie glücklich wir zu dritt waren? Was waren
wir doch für ein glückliches Gespann.

Ewig der Deine, Fugin

Postscriptum: Und was meine Ehe mit Chloé angeht. Chérie!
Wie oft habe ich Dir erklärt, dass eine Ehe in unseren
Kreisen nichts zu bedeuten hat. Rein gar nichts. Sie ist eine
gesellschaftliche Fessel und gilt nicht fürs Herz. Meines
gehört allein Dir.

EMILIA

17

Als Emilia das Blatt auf ihrem Schoß ablegte, spürte sie, wie sie innerlich bebte. Es gab nur eine einzige Passage, die sie interessierte. Freikauf! Jean-Pierre hatte Sophie freigekauft? Er hatte Geld dafür bezahlt, dass ihre Großmutter für immer im *Lubéron* blieb?

Emilia fixierte die Zeilen starr vor Entsetzen. Der Raum um sie wurde eng. Sie spürte ihre Kleidung am Körper haften wie eine lästige zweite Haut. Sie stand auf, riss sich die Bluse vom Leib und schlüpfte in einen weiten Pulli.

Im Flur warf sie ihren Anorak über, stopfte den Brief in die Jackentasche und trat hinaus. Aber wohin? Draußen war es dunkel. Der schwache Lichtstrahl der Laternen schimmerte auf den Weg. Am Himmel war der Mond als Sichel sichtbar. Emilia querte die verlassene Landstraße am Ortsende und ging in Richtung Friedhof den Berg hinauf. Dort angekommen, irrte sie durch die Grabreihen. Hier war es stockfinster. Langsam gewöhnten sich ihre Augen an die Dunkelheit. Sie lief an den Gräbern vorbei, ohne zu wissen, wohin, was sie hier eigentlich wollte. Auf einigen flackerten Grablichter.

Freigekauft? Was hatte Jean-Pierre getan? Emilia stellte sich die schlimmsten Szenarien vor. Hatte er Fugin Geld angeboten, damit dieser von Sophie abrückte? War Sophies Liebe erkauft gewesen? War Jean-Pierre für den Bruch mit Fugin verantwortlich?

Und warum hatte er heute Abend nachgehakt, gefragt, ob Pauline wahnsinnig, gar selbstmordgefährdet sei? Was wusste dieser Mann? Welche Schuld trug er? Fragen über Fragen wirbelten unkontrolliert durch Emilias Kopf.

Pauline. Wie kam Jean-Pierre im Zusammenhang mit Pauline auf Selbstmord? Auf einmal landeten Emilias Gedanken in der Gegenwart. Jetzt, da die oberste Schicht von ihrem Schutzmantel abgekratzt war, drückte das Darunterliegende in ihr Bewusstsein. War etwas mit ihrer Mutter passiert? Warum hatte Vladi so oft angerufen?

Verdrängtes ist nicht verschwunden. Es kehrt zurück, wenn wir es am wenigsten brauchen können.

Oder wie genau lautete das Zitat an der Wand über ihrem Schreibtisch? Verdrängte Ängste stürzten unkontrolliert über sie herein, und die Dämonen ihrer Kindheit wüteten durch ihre Erinnerungen.

Ihre Schulzeit. Wie sie sich am sichersten gefühlt hatte, wenn Pauline im Büro ihres Verlags arbeitete. Die heiklen, freien Tage ihrer Mutter oder wenn diese zu Hause lektorierte. Jene Tage, da Pauline sich in ihrem Schlafzimmer, eingedeckt mit Manuskripten, zurückzog. Wenn sie manisch Tag und Nacht las. Eine hinter Manuskriptseiten verbarrikadierte, unansprechbare Mutter.

Ab einem bestimmten unvergesslichen Tag bedeutete für Emilia jedes Aufschließen der Haustür einen Kraftakt, begleitet von Unruhe und nackter Angst. Sie war zwölf Jahre alt gewesen und danach stets auf das Schlimmste gefasst.

Es war jener Tag, als Emilias Mutter leblos auf dem Boden ihres Schlafzimmers lag. Auf Paulines Bett eine Buchstabendecke, ein Meer von Manuskriptseiten, mit roten Korrekturzeichen versehen. Paulines schwacher Atem, die schweißnasse Stirn, das Erbrochene auf dem Teppich. Emilia hatte sofort gewusst, was das bedeutete, und den Notarzt gerufen, der sie beim Abtransport zu beruhigen versuchte.

»Du bist ein tolles Mädchen und hast deiner Mutter das Leben gerettet. Deine Mutter wird nicht sterben. Wo ist dein Vater?«

»Der kommt gleich«, hatte Emilia geschwindelt, um weitere Diskussionen zu vermeiden.

Dann war Emilia allein mit sich und ihren Ängsten gewesen. Sie hatte die Wohnung aufgeräumt, gesaugt, Staub gewischt und sogar die Fenster geputzt. Aber was sie auch tat, die Angst um die Mutter blieb und wurde ab jenem schicksalhaften Tag zu ihrem ständigen Begleiter. Als Pauline schließlich Wochen später von einer Kur zurückkehrte, hatten sich die Rollen vertauscht.

Im Laufe der Jahre hatte Emilia gelernt, ihre Angst mit Fürsorge zu bedecken, bis sich in der Spätpubertät Wut daruntermischte. Hatte sie kein Recht auf ein eigenes Leben? Sie war so sehr mit Paulines Zustand beschäftigt, dass ihre eigenen Bedürfnisse dabei zurücktraten, immer kleiner wurden, bis sie allmählich verschwanden. Erst das Studium im weit entfernten Hamburg war ihre Rettung gewesen.

Nach jenem traumatischen Erlebnis hatte Emilia angefangen, Pauline beim Vornamen zu nennen, denn ein bisschen war ihre Mutter zu ihrem Kind geworden. Ein Kind, das man stets im Blick haben musste, denn überall lauerte die Verlockung des Freitods.

Emilia verließ den Friedhof und irrte durch die Nacht von *La Lumière*. Der Wind hatte nachgelassen. Der Mond versteckte sich hinter den Wolken. Oben im *Chemin du Cheval blanc* registrierte sie Licht in Jean-Pierres Haus. Er war wach! Wie in Trance ging sie dorthin und klopfte an seine Tür. Sie würde ihn fragen. *Warum behauptet Fugin, du hättest Sophie freigekauft?* Eine einfache Frage. Heute Nacht würde sie nicht lockerlassen.

Niemand öffnete. Sie trommelte mit beiden Fäusten gegen die Tür. »Aufmachen. Aufmachen. Bitte!«

Dann hörte sie Schritte von drinnen.

Jean-Pierre öffnete. Sein kühler Blick traf sie wie ein Pfeil. »Hast du etwas vergessen?«

»Ja«, platzte sie heraus. »Deine Antworten. Und das hier.« Sie zerrte den Brief aus ihrer Jackentasche, hielt das Papier mit zitternden Händen in die Luft und wedelte damit herum. »Du hast Sophie freigekauft?« Dann zerknüllte sie mit beiden Händen das Blatt und warf es ihm vor die Füße. »Da steht es drin.« Sie zeigte mit dem Finger auf den Boden wie ein kleines Kind. »Schwarz auf weiß. Du hast meine Großmutter freigekauft. Was hast du ihr angetan?«

Jean-Pierre zuckte nicht einmal, blickte zu Boden, wo Fugins Brief wie ein armseliger Knäuel lag, und holte tief Luft.

»Ich habe einen großen Fehler gemacht.« Seine Stimme

klang beherrscht, als eröffne er einen Vortrag und als wählte er seinen Tonfall so, dass ein ganzes Publikum augenblicklich verstummte. Emilia horchte auf. Würde Jean-Pierre tatsächlich einen Fehler eingestehen?

»Es war ein großer Fehler«, wiederholte er deutlich. »Ich habe deine Intelligenz und deine Fähigkeit zur Empathie überschätzt.«

Er trat einen Schritt zurück und schloss wortlos die Tür.

Aufgebracht rannte Emilia zurück in die *Rue de la Lune*, wo sie schnaubend vor Wut ankam. Immer wieder versuchte sie Vladi zu erreichen. Auf Paulines Mobiltelefon meldete sich die Mailbox. Es war jetzt kurz nach Mitternacht. Noch einmal wählte sie die Festnetznummer von zu Hause. Nichts.

Emilia kauerte sich in die Ecke beim Kamin. Ihr Magen schmerzte. Vor Müdigkeit fielen ihre Augen immer wieder zu. Aber sie war viel zu aufgewühlt, um zu schlafen.

Nach einer Ewigkeit, sie wusste nicht, wie lange sie in der Ecke mit angezogenen Beinen gesessen und die Wände angestarrt hatte, stand sie auf. Wie eine Traumwandlerin nahm sie die Stange für die Dachbodentür aus dem Besenschrank, führte den Haken in die Öse und zog die Klappe nach unten. Krächzend öffnete sich die Luke. Emilia rüttelte an der zusammengeklappten Treppe, bis deren Verankerung aus den Schienen sprang und die Treppe sich ausfahren ließ. Staub fiel dabei auf ihren Kopf, ihre Kleidung, den Küchenboden. Sie klopfte sich den Schmutz vom Leib und griff nach der Taschenlampe auf dem Büfett.

Langsam stieg sie die steilen Stufen hinauf. Die trockene Luft roch nach Mottenkugeln. Emilia leuchtete den Dachboden aus und näherte sich einem Schrank. Unter ihren Füßen knirschte es. Sie leuchtete auf den Boden.

»Haselmäuse«, sprach sie vor sich hin und kickte die Kügelchen weg. »Rattengift.«

Mit der Taschenlampe drehte sie sich einmal um die eigene Achse. Eine völlig verstaubte Stehlampe. Eine Staffelei. Leere Weinkisten. Ein Regal mit Einmachgläsern. Emilia öffnete den Schrank. Er war voller Kleider, von Motten zerfressen. An einem Bügel hing ein völlig durchlöcherter petrolfarbener Wintermantel.

Inmitten der Kleidung entdeckte sie auf dem Boden einen beschrifteten Karton: *Briefe, Fotos*, hatte jemand mit Druckschrift vermerkt. Sie klappte den Karton auf und wühlte sich durch schätzungsweise hundert Schwarz-Weiß-Fotos, ähnlich denen, die sie im Atelier gefunden hatte. Menschen und Motive aus einem Paris der Dreißigerjahre, darunter Fotos jüngeren Datums, was man an den Automodellen sehen konnte.

Dann tastete ihre Hand ein Bündel eingebundener Briefe. Emilia löste die Schleife und erkannte die Handschrift auf Anhieb. Fugin. Im Tanz des Lichtstrahls der Lampe überflog sie die Anfangszeilen.

»*Meine geliebte Sophie, ich schreibe Dir heute …*« Sie warf den Brief achtlos zurück in die Kiste und nahm sich den nächsten vor: »*Geliebte Sophie, ma chère, ich bin wieder wohlauf …*« Den nächsten: »*Sophie, Geliebte! Ich schreibe Dir wieder und wieder. Warum? … Komm zurück zu mir! … Ohne Dich bin ich ein Wrack … Ich kann nicht mehr malen … Ich bin nur noch ein Schatten meiner selbst … Sophie! Geliebte! Ich brauche Dich …*«

Emilia ließ die Briefe sinken. Die verstaubte Schleife glitt aus ihrer Hand. Was sie auch fand – dieser Mann hatte immer wieder dasselbe geschrieben, seine Liebesbekundungen drehten sich um niemand anderen, als um ihn selbst. Ich. Ich. Ich. Das also waren die großen Lieben ihrer Großmutter? Einer, der nur von sich selbst redete, und einer, der sie mit Geld freigekauft hatte?

Den Karton unter den Arm geklemmt, ging Emilia die Stufen der Bühnentreppe hinunter. In der Küche ließ sie die Kiste einfach zu Boden fallen, schob sie mit dem Fuß in eine Ecke und setzte sich wieder an den Tisch. Ihren Kopf in die Hand gestützt, drückte sie auf die Wahlwiederholung ihres Mobiltelefons. Keine Antwort. Sie wiederholte den Vorgang, bis ihr die Augen zufielen. Nach etlichen Versuchen stand Emilia auf, steuerte zum Bett und schlüpfte angezogen unter die Bettdecke. Sie würde ein wenig ruhen und dann erneut zu Hause anrufen. In der *Ortenau* mit dem Personal sprechen. Würde diese Nacht jemals zu Ende gehen?

Ein Geräusch riss sie aus dem Schlaf. Sie sah auf die Uhr – kurz nach drei Uhr morgens. Draußen auf ihrer Einfahrt hörte sie Schritte im Dreitakt. Ein schleppender Gang. Ein Stock. Emilia hielt den Atem an. Langsam setzte sie sich auf, schob geräuschlos die Decke zur Seite und blickte gebannt hinaus.

Durchs Küchenfenster sah sie hinter dem Vorhang die Umrisse einer Gestalt, die kurz darauf verschwand. Jean-Pierre! Mit klopfendem Herzen fixierte Emilia die Eingangstür. Bestimmt stand er jetzt direkt dahinter. Besaß er noch einen Schlüssel zu Sophies Haus? Emilia hielt den Atem an.

Ein metallisches Geräusch durchbrach die Stille, und Emilia zuckte unwillkürlich zusammen. Der Deckel ihres Briefkastens schnappte zu. Der Schatten tauchte wieder vor dem Küchenfenster auf. Dann entfernte er sich, untermalt vom Dreitaktgeräusch von Jean-Pierres unverkennbarem Gang. Von der Straße aus vernahm Emilia, wie ein Auto zaghaft gestartet wurde. Der Motor soff ab. Noch einmal der krächzende Laut eines Startversuchs. Dann tuckerte der Wagen von dannen.

Erst als es ganz still war, lief Emilia zur Eingangstür und öffnete den Briefkasten, in dem ein großer Umschlag steckte. Sie sah sich verstohlen um und dann hinauf in den Ort. Oben im *Chemin du Cheval blanc* war es dunkel.

Sie nahm den Umschlag, zog im Hineingehen den Inhalt heraus und drückte mit dem Rücken die Tür zu. Im grellen Licht der Tischlampe überflog sie den mit einer Reiseschreibmaschine geschriebenen Inhalt. Sie erkannte die Überschriften, die sie gestern Abend als handgeschriebene Notizen bei Jean-Pierre gesehen hatte. *Die Pferdekutschen in der Rue des Quatre-Vents. Das Phantom in der Rue de Lille. Herbststürme. Die Vögel verlassen die Stadt. Der Junge aus der Rue de Pavée.*

Emilia blätterte über die beschrifteten Seiten hinweg zum letzten Blatt. Auf ihm stand nur eine Überschrift mit Datum – *Die Sonne versteckt sich hinter dem Mond. Baden-Baden, 19. September 1947. Sophie.*

Das war alles. Die Seite war leer.

Die Zeichnung im Atelier! Stammte sie etwa von Sophie?

Mit klopfendem Herzen ging Emilia hinüber. Schwer atmend stand sie vor dem Regal mit der Kinderzeichnung, die mit *Die Sonne versteckt sich hinter dem Mond* überschrieben war. Aber je länger Emilia das Bild betrachtete, desto deutlicher offenbarte sich ein simpler Inhalt. Teehaus. Park. Villa. Hatte Sophie als Kind so ihr Zuhause wahrgenommen? Warum widmete Jean-Pierre einer Kinderzeichnung eine Episode? Welche Geschichte steckte dahinter? Emilia riss den Rahmen aus dem Regal, öffnete ihn umständlich und sah auf die Rückseite des Zeichenpapiers. Nichts. Kein Hinweis. Wie hypnotisiert starrte sie auf die Zeichnung, als lüfte sie ihr Geheimnis, wenn sie nur lange genug hinsah.

»Du hast das gemalt, kleine Sophie, nicht wahr?«, fragte sie flüsternd. »*Die Sonne versteckt sich hinter dem Mond* – war deine Kindheit so dunkel? Was möchtest du mir sagen?«

Aufgewühlt ging Emilia zurück ins Haus und setzte sich an den Tisch, wo der Stapel Papier lag.

Die ersten Episoden berichteten von Jean-Pierres Manipulationen und von Sophies euphorischen Anfängen in Paris. Emilia war, als sei sie in der *Rue de Lille* bei Mémé Bihel, als rieche sie den Rauch im *Café de Flore*, den Wind der Freiheit auf der Empore von *Notre-Dame*. Ihr war, als träfe *sie* die Lieblosigkeit eines Elternhauses, das mit den Nazis sympathisiert hatte. Bildete Sophies große Liebe zu Fugin deren Rettung aus der Enge? War ihre Großmutter aus einer Abhängigkeit heraus wider Willen in eine Dreiecksbeziehung geschlittert? Ein fragiles Konstrukt, das durch Sophies Schwangerschaft jäh zusammengebrochen sein musste. Wie verzweifelt musste Sophie gewesen sein, als sie gedemütigt nach Deutschland zurückkehrte? Ihr vorprogrammierter seelischer Zusammenbruch.

Nach der Episode *Die Vögel verlassen die Stadt* unterbrach Emilia die Lektüre. Wie in Trance ließ sie den Computer hochfahren und sah fassungslos auf die Schwarz-Weiß-Fotos, die Fugin zeigten. Sie suchte nach Ähnlichkeiten, Übereinstimmungen mit Pauline, aber ein fremder Mann blickte am Betrachter vorbei. Auf keinem einzigen Foto nahm er Kontakt zur Kamera auf.

Als Emilia die *Herbststürme* las, glaubte sie, der Inhalt zerreiße ihr das Herz. Was hatte ihre Großmutter aushalten müssen? Zu den seelischen Qualen waren unerträgliche körperliche Schmerzen hinzugekommen. Tränen liefen ihr über die Wangen, und sie schluchzte auf. Ein Brief Sophies an ihren Geliebten zeugte von einer großen Liebe zwischen ihr und Jean-Pierre – was auch immer Fugin behauptet hatte.

Noch einmal brachen die Erlebnisse eines langen Tages über Emilia herein. *Bist du eine Stellvertreterin?* Jean-Pierres eindringliche Frage lief wie eine Endlosschleife durch Emilias Gedanken. Ihr Puls raste, ihre Atmung beschleunigte sich. Sie wusste: Sie war an einem Punkt angelangt, wo sie willenlos von ihrem Gedankenstrudel in die Tiefe gerissen wurde.

Ein Kribbeln in ihren Händen, auf den Lippen, an den Schläfen. Sie begann zu hecheln. Das hier ist die Hölle, dachte sie, griff nach ihrem Handy und drückte auf Wahlwiederholung. Sie schnappte nach Luft. Ein immenser Druck über ihrem Solarplexus. War das ein Herzinfarkt?

Die Hölle kommt nicht nach dem Tod. Sie trifft dich inmitten des Lebens.

Sei zu Hause, flehte sie innerlich. Nimm den Hörer ab!

Dumpf erklang das Freizeichen.

»Bist du das, Emilia? Sag doch etwas«, hörte sie Vladis Stimme am Ohr. Aber es war zu spät. Ihre Lippen zitterten. *Herbststürme*, wollte sie sagen, aber alles, was sie herausbrachte, war ein gehauchtes »h«. Sie umklammerte ihr Handy. Dann kam der Schwindel. Ihr wurde schummrig vor den Augen. Sie öffnete den Mund, aber sie konnte keine Worte bilden.

JEAN-PIERRE

La Lumière, 14. Oktober 1984

Herbststürme

Die ersten Herbststürme fegten über den *Lubéron* und ließen die ruppigen Sträucher erzittern. Jean-Pierre betrat Sophies Haus in der *Rue de la Lune.* Ein Gefühl der Unruhe hatte ihn hierhergetrieben und ganz gegen seine Gewohnheiten seinen eigenen Schlüssel, den er sonst nur für Notfälle einsetzte, benutzen lassen. Notfälle waren Sturm, Regenfälle oder der Sicherungskasten in der Küche.

Oder war das nur der Wind? Hatte er sich getäuscht?

Aber schon nachdem die Tür hinter ihm ins Schloss fiel, wusste er, dass etwas nicht stimmte. Die Stille war eine andere. Leise tickte die Uhr auf dem Kaminsims. Ein säuerlicher Geruch lag in der Luft. Er knipste die Lampe in der Küche an. Ein schmaler Lichtkegel fiel ins Wohnzimmer und beleuchtete Sophies Bett. Auf dem Weg dorthin registrierte Jean-Pierre zwei Briefumschläge auf dem Esstisch und ein loses beschriftetes Stück Papier.

Er wusste sofort Bescheid. Er betätigte die Stehlampe in der Ecke und bewegte sich auf Zehenspitzen, als gelte es,

Sophie nicht zu wecken. Sie lag auf dem Bett, als schliefe sie, als habe sie sich gerade eben hingelegt, um ein wenig zu ruhen. Er starrte auf ihren bewegungslosen Brustkorb, während er einen Hocker ans Kopfende zog. Ohne den Blick von ihr abzuwenden, setzte er sich, griff nach ihrer noch warmen Hand und streichelte sie. Seine Augen wanderten über ihr schönes Gesicht. Ihre entspannten Züge vermochten es nicht, ihn zu trösten. Benommen zog er ihre Fingerspitzen an seine Lippen. Er beugte sich über ihr Gesicht, küsste ihre Stirn und strich ihr eine Haarsträhne von der Wange.

Die letzten Minuten, die er mit ihr allein verbrachte, erlebte er in großer Sprachlosigkeit. Es war, als existierte er in einem lautlosen Vakuum. Jenseits der Zeit. Jenseits des Tages und der Nacht. Sein Empfinden war gedämpft und verzögert, als beobachte er seine Gestalt mit einer großen Distanz von außen. In der Leere blitzte Vergangenes und Gegenwärtiges auf, vermischte sich zu einem surrealen Gebilde. Der Beginn ihrer Liebe. Ein Duft von Lavendel. Zitrone und Gräser. Verveine. Ein Tisch. Eine Lampe. Der surrende Kühlschrank von nebenan. Für Sekunden war ihm, als könnte Sophie jeden Augenblick die Augen öffnen, die Decke zurückschlagen und empört fragen, warum er hier herumsitze und sie anstarre.

Draußen rüttelte der Wind an den Fensterläden. Am Horizont hatte sich ein prall gefüllter Mond platziert, als habe er sich erhängt. Die Welt hatte aufgehört sich zu drehen, die Sonne den Betrieb eingestellt. Der Wind tat, was er wollte.

Wie lange saß er hier in der Stille? Jean-Pierre sah sich

um, als rücke sein Bewusstsein aus dem Tiefschlaf ganz langsam in die Gegenwart, die einen sanften Schleier über seine Empfindungen warf.

Dann tat er, was nötig war. Er füllte das fremde Vakuum mit Handlungen, die nicht zu ihm gehörten. Mechanisch nahm Jean-Pierre die Tabletten und die Spritze vom Nachttisch und steckte sie zusammen mit den restlichen Morphium-Ampullen in eine Tüte. Ihre Kette mit dem blauen Aquamarin lag neben dem Bett, auf dem Nachttisch. Er steckte sie in seine Jackentasche. Aus irgendeinem Grund fand er das Marihuana nicht. Nur die Schmerzmittel. Auch jene, die Sophie gegen Ende das Bewusstsein getrübt und ihren Lebenswillen geschmälert hatten. Bevor er die Beweise im Kofferraum seines Wagens verstaute, warf er einen Blick hinauf in den Ort. In einigen Häusern brannte Licht. War es möglich, dass niemand in *La Lumière* das weltbewegende Ereignis zur Kenntnis nahm? Der Ort im Licht stellte sich schlafend.

Zurück im Haus rief Jean-Pierre den Arzt. Mit ruhiger Stimme bat er ihn herzukommen. »Es eilt nicht, Monsieur. Es ist bereits geschehen.«

Was war geschehen? Er vermochte es nicht auszusprechen. Tod. Endlichkeit. Der Geliebten nie mehr in die Augen blicken. Unvorstellbar.

Jean-Pierre legte den Hörer auf, öffnete die Fenster und ging zum Tisch, wo die beiden Briefumschläge und das beschriebene Blatt ruhten. Fugins Handschrift erkannte er auf Anhieb.

Meine geliebte, ewig geliebte Sophie …

Er faltete das Blatt zusammen und legte es benommen

in die Schatulle auf dem Kaminsims. Den an ihn gerichteten Brief schob er in seine Jackentasche an seiner Herzseite. Er öffnete den zweiten nicht adressierten Umschlag und las die von Sophies zittriger Handschrift geschriebene Anrede *Ach, Fugin.*

Ohne weiterzulesen, steckte Jean-Pierre ihn zurück und ließ ihn auf der anderen Seite seiner Jackentasche verschwinden. Hatte Sophie in ihrer Todesstunde noch für eine geheimnisvolle Ordnung gesorgt? Jean-Pierre warf einen Blick in den Karton und sah unzählige Fotos in Schwarz-Weiß. Ein Bündel Briefe. Sorgfältig verschloss er den Karton.

Es eilte nicht. Was er jetzt hatte, war Zeit.

Am Fenster stehend zündete er sich eine Gitane an. Der Rauch brannte in seinen Lungen. Er lächelte. Der Duft der Maisblätter würde ihn ein Leben lang an sie erinnern. Jeden Abend rauchte Sophie eine gelbe Gitane. Manchmal auch zwei oder drei. Niemals am Tag oder in der Früh. Sie *hatte* geraucht, korrigierte er in Gedanken. Er vermochte sich nicht vorzustellen, dass sie es heute Abend nicht tun würde.

Noch einmal inhalierte er Rauch, blies ihn aus und sah den grauen Wolken hinterher. Das verbarrikadierte Atelier wirkte seelenlos. Erst in diesem Sommer hatte Sophie Fenster und Türen vor sich selbst und der Welt verschlossen.

Im Licht der Laternen tanzten die Blätter. Bald würden die Herbststürme kommen. Der Umschlag mit Sophies zerbrechlichen Buchstaben *Jean-Pierre* ruhte an seinem pochenden Herzen. Geduldig wartete er, bis er von Weitem einen Wagen hörte und dann sah, wie sich flackernde Scheinwerfer der Einfahrt näherten.

Jean-Pierre drückte die Zigarette aus und öffnete die Haustür. Mit ernster Miene trat sein Hausarzt ein, ging an Sophies Bett und begann schweigend mit den nötigen Untersuchungen. Er warf einen mitfühlenden Blick zu Jean-Pierre und anschließend auf den Nachttisch, wo Sophies Schmerzmittel lagen. Er öffnete seinen Arztkoffer und entnahm ihm ein Stethoskop.

»Vermutliche Todesursache – Herzstillstand«, murmelte er, legte das geheimnisvolle Gerät, das den Strom des Lebens hörbar machte, zurück und trat zum Esstisch, wo Jean-Pierre wie erstarrt saß. Der Arzt legte seine Hand auf Jean-Pierres Schulter. »Mein aufrichtiges Beileid, Monsieur Roche. Waren Sie dabei? Können Sie mir beschreiben, was in den letzten Stunden geschehen ist? Nur der Form halber, bitte?«

Mit einem Kugelschreiber und einem Papierbogen setzte er sich Jean-Pierre gegenüber und sah ihn abwartend an. »Lassen Sie sich Zeit.«

»Ich war bis zum Schluss dabei.« Jean-Pierre presste die Lippen zusammen.

»Hat sie ihre Herzmedikamente genommen?« Er warf einen Blick auf den Nachttisch.

Jean-Pierre nickte.

»Die Schmerzmittel?«

»Ja.«

»Mehr als üblich?«

Beim Aufsehen nahm er seine Brille ab, und für einen winzigen Moment glaubte Jean-Pierre, Zweifel in den

Augen seines langjährigen Hausarztes zu lesen. Jean-Pierre schüttelte den Kopf. Der Arzt setzte seine Brille wieder auf.

»Und wie war es? Kurzatmigkeit? Schnappatmung? Gegen Ende unregelmäßige Atemzüge?«

»Ja«, bestätigte Jean-Pierre. »Es ging sehr schnell.«

In Windeseile schrieb der Mediziner etwas auf das vorgedruckte Formular. »Können Sie mir eine ungefähre Zeit nennen?«

»21 Uhr?«, fragte Jean-Pierre unsicher. »Ich habe nicht auf die Uhr gesehen.«

»Das ist gut, Monsieur. Das ist gut. Ja, 21 Uhr. Sehr gut möglich.«

Der Arzt setzte seine Unterschrift unter den Totenschein. Mit dem Versprechen, alles Nötige in die Wege zu leiten, verabschiedete er sich. »Sie sollten nicht hierbleiben, Monsieur Roche. So allein. Haben Sie jemanden, der sich um Sie kümmert?«

Jean-Pierre nickte. »Ich bleibe, bis der Leichenwagen kommt.«

Das Wort *Leichenwagen* lag kalt wie ein Eiswürfel in seinem Mund. Es klebte am Gaumen und brannte auf der Zunge.

Wie in Trance ging Jean-Pierre durch die Zeit. Stunden. Tage. Wochen. Monate – was machte das für einen Unterschied? Die Erinnerung an gemeinsame Stunden, all das Gesagte zwischen ihnen, auch das Unausgesprochene, führte ihn durch den Schmerz und die anschließende Trauer.

Er zog sich in sein Haus zurück. Als die Herbststürme ihren Höhepunkt erreichten, verstreute er Sophies Asche entsprechend ihrem Wunsch auf dem *Mont Ventoux*. Er verschloss ihr Haus, nachdem er seinen Fahrer Henri angewiesen hatte, das Interieur durch eine Putzfrau für einen langen Winterschlaf zu präparieren.

»Wir haben einen Karton mit Briefen und Fotos auf dem Küchentisch gefunden«, erklärte Henri bei der Übergabe des Schlüssels. »Ich habe ihn beschriftet und auf dem Dachboden deponiert. Ich hoffe, das ist in Ihrem Sinne, Monsieur.«

Jean-Pierre nickte zerstreut. »Ja, Madame Sophie hätte es so gewollt.«

Henri schüttelte verständnislos den Kopf und versprach, am nächsten Tag wiederzukommen.

»Das wird nicht nötig sein«, sagte Jean-Pierre.

»Das wird es«, widersprach Henri. »Wenn ich mir eine Bemerkung erlauben darf, Monsieur Roche. Gehen Sie wieder an Ihren Schreibtisch. Sie werden gebraucht in *Apt*. Ohne Sie fehlt Ihrem Betrieb das Herz. Arbeit ist Ablenkung. Ablenkung hilft.«

Wie auf Kommando schloss Henri den Mund, als habe er etwas Unangemessenes gesagt. Jean-Pierre aber lächelte geheimnisvoll. »Sie sind ein guter Mensch, Henri. Ich weiß Ihre Aufrichtigkeit sehr zu schätzen. Wenn ich so weit bin, werde ich Ihren Rat befolgen.«

Nach dem längsten Winter seines Lebens fand Jean-Pierre an einem Frühlingstag zu seiner Sprache zurück. Tagsüber zwitscherten die Vögel, und die Nächte schwiegen. Die mechanischen Bügel seiner Reiseschreibmaschine durchbrachen die Stille. Rhythmisch stanzten sie Buchstabe um Buchstabe in unberührtes Papier.

Im Tal erstreckten sich gewellte Teppiche aus tiefblauem Lavendel über die Felder. Die Blüten verströmten ihren betörenden Duft. Jean-Pierre vollendete *die Pferdekutschen in der Rue des Quatre-Vents* an einem warmen Sommertag. Darunter schrieb er *Sophie* sowie das Datum ihrer einstigen Ankunft in Paris. Er formulierte wahrheitsgetreu wie sie ihm von ihrer ersten Liebe Paris erzählt und wie er sie verstanden hatte. Leben kehrte in seine Blutbahnen zurück. Die Worte sprangen aus seinem Kopf direkt aufs Papier und fluteten sein ausgetrocknetes Herz.

Nach einem langen Arbeitstag in *Apt* öffnete er Sophies letzten an ihn gerichteten Brief. Bei einem Glas Wein und einer Gitane Maïs las Jean-Pierre in seinem Garten unter einem Obstbaum Sophies Vermächtnis.

Der Baum trug in diesem Sommer besonders viele Kirschen. Dunkelrot und prall hingen sie herab und schaukelten im Wind. Jean-Pierre las Sophies Brief immer und immer wieder, bis er ihn auswendig konnte, als hätte er geahnt, dass er ihn würde trösten können, wenn er erst einmal so weit sein würde. Nur Sophies zittrige Schrift brach ihm beinahe das Herz. Es war, als krümme sich noch postum jeder einzelne Buchstabe vor Schmerzen.

Mein geliebter Jean-Pierre,
wenn Du diesen Brief findest, ist es vorbei, und ich
weiß nicht, wie ich Dich trösten kann.
Ich bin so klar, entschieden und gehe aufrecht.
Die Schmerzen der letzten Jahre haben mich innerlich

aufgefressen. Mein mürber Körper kann nicht mehr.

Aber das alles weißt Du ja längst. Wir haben oft darüber gesprochen, dass wir einander helfen, unterstützen, wenn es einmal so weit sein sollte. Aber ich hätte Dir das niemals zumuten können. Ich werde diesen Weg allein gehen. Und Du, mon cher, Du wirst wissen, wenn Du hierherkommst, was zu tun ist.

Du, mein Geliebter, warst meine letzte große Liebe. Sie hat Jahrzehnte überdauert, mich erfüllt und stolz gemacht. Ich bin so dankbar, dass Du mich geliebt hast und mir erlaubt hast, Dich zu lieben.

Gib auf Dich acht. Ich habe das Gefühl, dass es noch sehr lange dauert, bis Du mir folgen wirst. Die Welt braucht Dich noch eine Weile. Deinen scharfen Verstand, Deine poetische Sicht der Dinge, Deine unendlich große, tiefe Einfühlung, Deine Worte aus Samt.

Ich habe oft darüber nachgedacht, dass Du ein Geretteter warst, und soll ich Dir sagen, was mich in diesen Minuten bewegt? Du hast mich gerettet, Jean-Pierre, jeden Tag aufs Neue hast Du mir in meiner Traurigkeit gezeigt, wie lebenswert das Leben ist. Dir verdanke ich meinen Blick auf die Welt, meinen versöhnlichen Rückblick auf das, was das Leben mir vorenthalten hat. Unsere Liebe war ein einziges Gespräch, ein unendlicher Austausch. Mein Herz war geflutet von Deiner Liebe.

Wie lange wirst Du brauchen, bis du diese Zeilen liest?, frage ich mich gerade. Wochen? Monate? Ein Jahr? Dein innerer Kompass wird den richtigen Zeitpunkt bestimmen und ausschlagen, wenn Du so weit sein wirst.

Meine letzte Bitte an Dich, Geliebter, gilt meiner verpassten

Familie, meiner Tochter Pauline. Ihre Anschrift findest Du in dem kleinen Büchlein meines Nachttischs. Sag es ihr nicht sofort. Warte damit, bis Du glaubst, der richtige Zeitpunkt sei gekommen. Ach, handle einfach so, wie Du es für richtig hältst. Wenn es dazu kommen sollte, dass eines Tages jemand Fragen stellt, bin ich gewiss: Du wirst die richtigen Antworten finden. Es gibt niemanden auf dieser Welt, der so viel über mich weiß, mich so tief verstanden hat, wie Du. Wie könnte ich da ängstlich sein, ich würde postum missverstanden? Bei Deinen klaren Worten, Deinem zutiefst moralischen Blick? Ich hoffe von ganzem Herzen, ich konnte Deinen Beschädigungen ein wenig Linderung entgegensetzen. So wie Du die meinen zu lindern vermocht hast. Hast Du mich am Ende nicht gelehrt: Es gibt keine Heilung, nur Linderung?

Wie hat es Éluard gesagt? »Ein Lichterkranz der Zeit. Eine nächtliche sichere Wiege.« – Du, Jean-Pierre, warst meine sichere Wiege. Du allein.

Und jetzt, mein Geliebter, trauere, aber versperre Dich dem Leben nicht. Ich flehe Dich an, tu es nicht! Denke daran, das Leben hält uns Abenteuer bereit. (Ich schlage Dich mit Deinen eigenen Worten, mon cher.) Wir müssen nicht suchen. Es ist wie mit den Pilzen im Wald. Wie oft haben wir im Herbst den Laubboden abgesucht. Fündig geworden sind wir immer in der Absichtslosigkeit. Da standen sie plötzlich vor unseren Füßen, als hätten sie sich über Nacht aus dem Boden herausgewagt. Geh mit wachen Augen durch den Wald. Du wirst finden, ohne zu suchen. Und keine Angst, mon cher, wir beide sehen einander ohnehin wieder.

Alles hat seine Zeit. Die Liebe. Der Schmerz. Die Zweifel. Die Vergebung. Der Abschied. Das Licht. Der Schatten.

Wir müssen nur darauf vertrauen, den richtigen Zeitpunkt nicht zu verpassen.

Du wirst sehen, Geliebter: Selbst der größte Schmerz ist nicht von Dauer. Wie auch das größte Glück es nicht ist. Das Leben geschieht in den winzigen Stationen zwischen dem absoluten Glück und dem unendlichen Leid. Das hast Du mich gelehrt.

Was für ein Abenteuer war es, von Dir geliebt geworden zu sein. Hör nicht auf damit, aber lebe! – In ewiger Liebe,

Deine Sophie

EMILIA

18

Emilia starrte auf die letzte Seite der *Herbststürme.*

Was für ein Abenteuer war es, von Dir geliebt geworden zu sein. Hör nicht auf damit, aber lebe!

»Emilia? Ich weiß, dass du da bist. Sag etwas.« Wie aus der Ferne hörte sie Vladis Stimme.

»Ich …«, setzte sie an.

Sie schnappte nach Luft. Ihr Herz raste. Wie sollte sie erklären, was in ihr vorging? Ihr Brustkorb hob und senkte sich. Sophie hatte sich das Leben genommen. Freitod. Emilia zwang sich, den Blick nach draußen zu richten, wo es stockfinster war. Die Uhr zeigte halb sechs.

»Hör mir jetzt zu, Emilia«, sagte Vladi deutlich, als habe er sich in Windeseile ins Bild gesetzt. »Du musst dich beruhigen. Du musst keine Angst haben. Du wirst nicht ohnmächtig, hörst du? Das wird nicht passieren. Dein Blut transportiert im Moment zu viel Sauerstoff. Du atmest zu schnell. Viel zu schnell. Wir müssen deine Atmung runterbekommen. Ich bin bei dir. Ich werde dir jetzt sagen, was zu tun ist, verstehst du?«

»Ich …«, stammelte sie.

»Erinnerst du dich an die Geburt von Leo?«

Was wollte er von ihr? Dass sie sich an eine nicht enden wollende Geburt erinnerte? An die Schmerzen, ihre Panik, die Ängste? Plötzlich fing ihre Brustmuskulatur an zu schmerzen, wie bei einem heftigen Muskelkater.

Leos Geburt war traumatisch gewesen, randvoll mit Komplikationen, und es hatte Ewigkeiten gedauert, bis die Ärzte sich endlich zu einem Kaiserschnitt durchgerungen hatten. Das grelle Licht der Operationslampe über ihr. Die besorgten Blicke der Ärzte. »Schwache Herztöne«, hatte einer von ihnen gesagt. »Weißt du noch, wie wir zusammen geatmet haben?«, unterbrach Vladi ihren Gedankenstrudel. »Genau das tun wir jetzt. Ich möchte, dass du dich daran erinnerst. Daran, dass alles gut wurde. Bist du zu Hause?«

»Ich …«

Sie sah um sich. Das Interieur war unverändert. Die Möbel, die Uhr auf dem Kaminsims. Die Schatulle. Vor ihren Augen auf dem Tisch lagen die Episoden wie stumme Zeugen, während ihr Inneres schrie: Herbststürme! Immer und immer wieder. *Herbststürme.*

»Ja«, presste sie hervor. »Ich …«

»Antworte jetzt nur mit *Ja* oder *Nein*, Emilia. Du tust jetzt ein einziges Mal im Leben genau das, was ich dir sage.« Er lachte kurz auf.

»Ich … kann … nicht.«

»Doch, du kannst. Sitzt du?«

»Ja.«

»Gut. Das ist gut. Lehn dich zurück. Spürst du die Lehne an deinem Rücken?«

»Ja.«

»Atmen, Emilia. Langsam. Langsam. Du atmest langsam ein. Und doppelt so lange atmest du mit mir aus. Einatmen auf eins. Ausatmen. Ausatmen. Stell dir vor, wie die Luft aus deiner Lunge strömt. Langsam.« Emilia zwang sich, Vladis Rhythmus zu folgen, den Hörer an ihr Ohr haltend, als hinge ihr Leben von einem Mobiltelefon ab.

Nach und nach entkrampften ihre Hände. Das Kribbeln auf den Lippen verschwand.

»Atme mit mir ein.« Vladi machte einen tiefen Atemzug. Sie tat es ihm gleich.

»Ein und langsam wieder aus. Ein- und ausatmen«, wiederholte Vladi monoton. »Einatmen. Ausatmen.«

Artig wie eine ehrgeizige Schülerin folgte sie seinen Anweisungen. Ganz allmählich merkte sie, wie sich ihre Atmung normalisierte, ihre Panik wich.

»Geht es besser?«

»Ja.«

»Stell den Lautsprecher an.«

»Was?«

»Tu es.«

Sie tat, was er ihr befohlen hatte.

»Hast du einen Schnaps im Haus?«

Sie schüttelte den Kopf. »Nein.«

»Dann geh zum Herd und befülle den Wasserkocher. Brühe dir einen Kräutertee. Und nicht vergessen: atmen. Einatmen. Ausatmen. Ganz langsam.«

Wie ferngesteuert gehorchte sie Vladis Befehlen, nahm eine Tasse aus dem Schrank und gab einen Verveine-Teebeutel hinein.

»Und jetzt setz dich wieder und erzähl mir in Ruhe, was passiert ist.«

Stockend berichtete sie von dem, was sich Unglaubliches ereignet hatte. Es waren nur wenige Stunden ihres Lebens, die in *Dieulefit* angefangen und mit einem Stapel von Sophie-und-Jean-Pierre-Geschichten geendet hatten, aber sie hatten ihre bestehende Ordnung komplett zerstört. Emilia erzählte, während sie Tee aufgoss, wie sie sich ins Unrecht gesetzt hatte und ihr Vertrauen missbraucht worden war. Sie wühlte sich durch die beschrifteten Seiten, die wie eine zerknitterte Tischdecke vor ihr lagen.

»Die Beweise«, sagte sie. Wie sollte Vladi sie sonst verstehen, aber die Worte verschwammen vor ihren Augen. »Hier sind die Beweise.«

»Leg die Blätter zur Seite«, unterbrach Vladi sie schroff.

»Ich muss es aber wissen.«

»Ja, das musst du. Aber nicht heute. Du musst diese Last nicht alleine tragen. Wir werden das Leben deiner Großmutter gemeinsam lesen. Nimm die Blätter, stecke sie in einen Umschlag und verschließe ihn. Du bringst ihn mit nach Hause. Wir lesen und reden in Ruhe gemeinsam, was meinst du?«

»Sie hat sich das Leben genommen, Vladi«, rief Emilia und wischte sich mit dem Handrücken die Tränen von der Wange. »Sophie hat sich vor Schmerzen das Leben genommen. Sie hat es nicht mehr ausgehalten. Genau wie meine Mutter.«

»Deine Mutter lebt, Emilia. Denke jetzt bitte vernünftig. Die Geschichten stammen aus der Feder eines Außenstehenden. Alles, was dort steht, ist gefiltert. Gefiltert durch

Jean-Pierres persönliche Sicht der Dinge. Du wirst dir dein eigenes Bild machen. Nicht heute. Nicht morgen. Abstand ist das Zauberwort, Emilia. Wir sprechen darüber. Ein anderes Mal.«

»Aber sie hat …«

»Emilia, du musst nicht in einer Nacht das Leben deiner Großmutter, und mag es noch so tragisch gewesen sein, verstehen. Du bist nicht Sophie, verstehst du? Lass dir Zeit.«

Es entstand eine lange Pause. »Sie hat ihm einen wunderschönen Abschiedsbrief geschrieben«, sagte Emilia tonlos. »Wie haben sich die beiden geliebt.«

»Das ist schön, sehr schön. Es ist nicht *dein* Leben, Emilia. Es ist das von Sophie. Sag es: Es ist nicht mein Leben.«

»Es ist nicht mein Leben.«

»Wie geht es dir jetzt?«, fragte Vladi leise.

Sie putzte sich die Nase und sah auf die Uhr an der Wand. Halb sieben Uhr morgens. »Bitte entschuldige, Vladi. Ich habe dich einfach geweckt. Mitten in der Nacht. Seit wann telefonieren wir?«

»Noch nicht lange genug. Es war am Morgen. Ich musste sowieso raus.«

»Wo warst du eigentlich?«

»Mit Leo unterwegs. Aber das ist eine längere Geschichte. Ich kam erst um zwei Uhr zurück und wollte dich nicht wecken.«

»Ich hatte zehn entgangene Anrufe auf meinem Handy von dir«, erinnerte sich Emilia plötzlich. »Möchtest du dich von mir trennen?«, fragte sie vorsichtig.

»Von wollen kann gar keine Rede sein. Aber ich war an

einem Punkt angekommen, an dem ich mich selbst retten musste.«

»Nun hast du mich gerettet heute Nacht«, erwiderte Emilia.

»Heute Morgen. Es sieht ganz danach aus. Du warst gestern in diesem, wie hieß der Ort noch gleich – *Dieulefit?* Was ist dort geschehen?«

Leise berichtete Emilia von einem sonderbaren Tag, dem Wunder, das sie berührt hatte wie ein warmer Sommerregen. Sie legte sich aufs Bett und schilderte die Ereignisse der letzten Wochen und ihre wachsende Zuneigung zu einem alten Mann, von dem sie sich bis vor zehn Stunden gewünscht hätte, er wäre ihr Großvater. Ihre Wut war verpufft. Sie schämte sich für das, was sie getan hatte.

Zaghaft holte Emilia aus zu dem, was Vladi und sie entzweit hatte, bemühte sich, die Gründe für ihr unheilvolles Schweigen zu erklären, ihre zurückliegenden Kränkungen. Vladi stellte kluge Zwischenfragen. Sie vermieden Schuldzuweisungen und Vorwürfe, schilderten ihre eigene Sicht, ohne dabei um sich selbst zu kreisen.

»Ich kann es nicht ungeschehen machen, Emilia. Ich wünschte, ich könnte es.«

»Ich muss mich bei dir entschuldigen, Vladi. Es tut mir unsagbar leid. Ich habe mich wie dieser Fugin die ganze Zeit um mich selbst gedreht. Aber ich war so sprachlos. Wie erstarrt.«

»Er ist dein Großvater, Emilia«, erklärte Vladi ernst. »Und du hast dich nicht um dich gedreht, sondern um Pauline und Sophie.«

»Ich habe mich, wie du richtig bemerkt hast, verbarrikadiert.«

Ganz langsam spürte Emilia, wie eine Last von ihr abfiel, eine, die auf ihre Seele gedrückt und ihr die Luft zum Atmen geraubt hatte. Es war noch nicht vorbei, und man konnte die Verletzung nicht ungeschehen machen, aber ein Gespräch war ein Anfang.

Von ihrem Bett fiel ihr Blick zum Fenster. Bald schon würde der morgendliche Mistral anfangen, die Wolken am Himmel zu vertreiben. Irgendwann hörte sie, wie Vladi die Kaffeemaschine bediente und anschließend die Läden zur Terrasse öffnete. Ein Hauch von Heimweh streifte sie. Sie glaubte, den Duft von frisch gemahlenen Kaffeebohnen zu riechen. Kakao und Schokolade. Aufgeschäumte, heiße Milch.

Es gibt keine Heilung. Nur Linderung.

»Ach, Vladi, ich wünschte, du wärest hier und wir könnten gemeinsam nach Hause fahren.«

»Wir werden es nachholen. Ganz sicher.« Er räusperte sich.

»Und warum hast du nun versucht, mich zu erreichen, Vladi? Entschuldige. Ich habe geredet wie ein Wasserfall.«

»Du hast hyperventiliert«, korrigierte Vladi. »Was du immer tust, wenn es dir zu viel wird. Nur bin ich dann normalerweise bei dir. Es geht um Pauline.«

Emilia erstarrte. »Was ist passiert?«

»Oh, nichts Tragisches, Emilia. Im Gegenteil. Verhaltener Optimismus, würde ich sagen. Es war genauso, wie ich vermutet habe. Ihr Lithiumspiegel war viel zu hoch. Die Ärzte sind dabei, Pauline neu einzustellen.«

»Und woher wusstest du das? Das klingt nach einer sehr einfachen Lösung.«

»Reine Intuition. Eigentlich dein Fachgebiet. Nennen wir es *medizinische* Intuition. Ich habe mich die letzten Wochen eingelesen. Die Verabreichung von Psychopharmaka ist zuweilen eine Zeitbombe. Geringste Änderungen der Medikation können das sensible Gleichgewicht zerstören. Die Folge können Gleichgewichts- und Sprachstörungen, Erinnerungslücken und vieles mehr sein.«

»Das beschreibt ja exakt Paulines Symptome. Das wäre ja dann heilbar«, sagte sie vorsichtig.

»Zumindest besteht die Aussicht, dass sie ihre Erinnerungen zurückbekommt. Und ihre Sprache. Im Moment sieht es ganz danach aus. Sie hat schon geschimpft, wo du die ganze Zeit bleibst.«

»Ihr Leben«, ergänzte Emilia und spürte, wie sie mit den Tränen kämpfte. »Meine Mutter bekäme ihr Leben zurück. Und wer ist für die erhöhte Dosierung verantwortlich?«

Vladi lachte. »Sie selbst. Pauline hat auf eigene Faust ihre Lithiumdosierung erhöht. Sie hat geglaubt, Lithium beseitige Depressionen.«

»Nicht zu fassen«, sagte Emilia, bemüht, das Gehörte zu verdauen. Aber dass eine Linderung für Pauline greifbar nahe schien, besänftigte Emilia für einen Augenblick.

Seufzend warf sie einen Blick auf den Tisch. Die Überschrift *Die Wahrheit bahnt sich ihren Weg* stach ihr ins Auge. Sie war so übermüdet, aber plötzlich kam es ihr vor, als führen ihre feinen Antennen aus und als begreife sie mit einem Schlag die Zusammenhänge.

Einem Impuls folgend, riss sie die Haustür auf und ging mit dem Handy am Ohr hinüber ins Atelier, betätigte den Lichtschalter und blieb vor Sophies traurigem Gemälde mit dem blutenden Baum stehen.

»Vielleicht ist bei Pauline alles zusammengekommen«, sagte Emilia leise, und ihr war, als sehe sie das Gemälde zum ersten Mal, als begreife sie dessen tieferen Sinn.

»Was meinst du damit?«

»Der Baum hat überhaupt keine Wurzeln«, stammelte sie.

»Was?«, fragte Vladi.

»Sophies Gemälde. Der blutende Baum. Das Bild im Atelier, das du nicht magst. Die Langenbergs haben Sophie entwurzelt. Irgendetwas muss passiert sein. Arno und Hanne haben nicht die Wahrheit gesagt. Wann sind die Dokumente das Haus betreffend bei Pauline angekommen?«

»Ich glaube vor etwa sechs Monaten.«

»Ging es danach rapide bergab mit Pauline?«

»Ich fürchte ja.«

»Und warum kommen die Unterlagen erst Jahrzehnte nach Sophies Tod?«

»Keine Ahnung«, erwiderte Vladi. »Ist der Mitbesitzer gestorben? Ihr Lebenspartner? Gab es ein lebenslanges Wohnrecht?«

»Ja, das dachten wir«, platzte sie heraus. »Genau das dachten wir. Aber der Mitbesitzer und Lebenspartner lebt. Und wie der lebt.«

»Worauf willst du hinaus, Emilia?«

»Darauf, dass das Eintreffen der Unterlagen den Anfang von Paulines aktueller depressiver Episode markiert. Könnte sie aufgrund der Unterlagen bei der Gemeinde in

La Lumière das genaue Todesdatum ihrer Mutter abgefragt haben?«

Die Episoden! Emilia eilte zurück ins Haus und wühlte sich durch die Blätter auf dem Tisch: *Die Wahrheit bahnt sich ihren Weg.* Jean-Pierre. Er hatte bei Pauline angerufen. Vor einem gefährlichen operativen Eingriff. Etwas angedeutet. Dann einen Rückzieher gemacht. Emilias Hände zitterten.

»Hier ist der Beweis«, sagte sie und klopfte mit dem Finger auf die entsprechenden Zeilen.

»Beweis?«

»Jean-Pierre hat es genau beschrieben in *Die Wahrheit bahnt sich ihren Weg.* Er hat bei Pauline angerufen. Irgendwann im April dieses Jahres.«

»Jetzt verstehe *ich* kein Wort.«

Emilia warf den Kopf in den Nacken und sah nach oben. Draußen wurde es hell. Der Mistral zog die Wolken wie Zuckerwatte auseinander. Die Blätter der Bäume rauschten im Wind. Emilia ging im Raum auf und ab.

»Lass dich bitte auf folgendes Gedankenspiel ein, Vladi: Was, wenn Hanne und Arno meiner Mutter irgendwann erzählt haben, ihre richtige Mutter sei tot? Wenn sie einfach gelogen haben? Stell dir vor, nahezu ihr ganzes Leben verbringt meine Mutter in diesem Glauben und entdeckt durch einen lächerlichen Zufall, dass das nicht die Wahrheit war.«

»Lächerlicher Zufall?«

»Das Haus im *Lubéron*. Jean-Pierres Anruf bei Pauline. Sie musste nur eins und eins zusammenzählen. Sie kennt sich mit lückenhaften Geschichten aus. Es war ihr Job, Romane auf ihre Plausibilität hin abzuklopfen!«

»Uns war doch klar, dass Sophie in Frankreich gelebt hat und dort starb, Emilia. Du meinst, Pauline wusste mehr als wir?«

»Ja. Die Frage ist, wie lange Sophie nach dem Krieg in Frankreich war.«

»Zehn, fünfzehn Jahre«, fragte Vladi unsicher zurück. »Ich habe mir immer vorgestellt, sie sei relativ jung mit Mitte fünfzig gestorben. Aber woher habe ich dieses vage Wissen? Hast *du* mir das erzählt? Oder Pauline? Ich bin ganz durcheinander.«

»Denk nach, Vladi. Was stand *nicht* in den Unterlagen das Haus betreffend?«

»Emilia! Ich kenne den genauen Wortlaut nicht auswendig.«

»Ein Todesdatum, Vladi. Darin stand nur notariell von einem *Maître Sowieso* aus Avignon beglaubigt, dass Sophie Langenberg Eigentümerin des Hauses war. Mehr nicht.«

»Was willst du mir eigentlich sagen?«

»Dass wir niemals eine Sterbeurkunde gesehen haben.«

»Das stimmt«, sagte Vladi leise.

»Und woher hatten wir die vagen Informationen? Von Hanne und Arno. Das einzig Konkrete war diese Hausüberschreibung, die im April 2016 rechtskräftig wurde. Kurz bevor sich Jean-Pierre einer Herzoperation unterziehen musste.«

»Herzoperation? Woher weißt du das?«

»Aus einer Episode«, sagte Emilia schnell. »Wahrscheinlich hat er 2016 auf sein lebenslanges Wohnrecht verzichtet und damit Fakten geschaffen.«

»Das würde vieles erklären«, warf Vladi leise ein.

»Was Sophies Tod anging, haben wir immer nur Rückschlüsse gezogen. In Paulines Anwesenheit war das Thema tabu. Wenn wir Pauline irgendetwas fragten, das auch nur in die Richtung der Biografie ihrer Mutter ging, schwieg sie und verbot uns sogar den Mund. Ihre Adoptiveltern haben mir eingebläut, möglichst gar nicht über Sophie zu sprechen, am besten alles auszuklammern, was an sie erinnert. Um Pauline zu schützen. Erinnerst du dich an die versteckten Andeutungen, Sophie habe als Prostituierte in Paris gearbeitet? Heute weiß ich, dass meine Großmutter diese Frauen fotografiert hat, um ihnen eine Identität zu geben. Mein Gott! Weißt du noch, Vladi, was wir immer gesagt haben? Früher *konnte* Pauline darüber sprechen und *wollte* nicht. Heute *kann* sie es nicht mehr. Es war ein geflügeltes Wort bei uns zu Hause.«

»Wie kommst du auf diese Idee? Jetzt auf einmal?«

»Durch Jean-Pierres Andeutungen und durch das, was er nicht sagt, was er ausklammert. Das Todesdatum«, stammelte sie plötzlich, ging zum Tisch und blätterte in den Episoden. »Das Todesdatum! Er hat die ganzen Episoden doch genau datiert! Sophie starb am 14.Oktober 1984. So steht es in der Überschrift der *Herbststürme*. Sie wurde vierundsechzig Jahre alt.«

»Herbststürme?«

»Auch eine der Episoden.« Jetzt begann Emilia hemmungslos zu weinen. »Gestern Abend«, schluchzte sie, »gestern hat Jean-Pierre mich ausgefragt. Wegen Pauline. Er verschweigt mir etwas.« Emilia ließ das Blatt sinken. »Vierundsechzig Jahre alt. Damals war ich knapp dreißig. Aus. Vorbei. Was wäre gewesen, wenn …«

»Beruhige dich, Emilia«, drang Vladis weiche Stimme an ihr Ohr. »Ganz ruhig. Durchatmen. Hör auf, dich zu quälen.«

Sie legte den Hörer aus der Hand, putzte sich die Nase und atmete mehrmals tief durch. »Es gibt noch eine leere Seite in dem Episodenkonvolut«, sagte sie beherrscht. »Aus dem Jahr 1947. Sie ist benannt nach einer Kinderzeichnung im Atelier – *Die Sonne versteckt sich hinter dem Mond.* Sophie hat ihr Zuhause gemeint! Es *muss* einen Zusammenhang geben zu einem Septembertag im Jahr 1947. In Baden-Baden. In der Villa.«

»Wie bitte?«

Stockend berichtete Emilia von der leeren Seite und ihren Rückschlüssen auf die Kinderzeichnung im Atelier.

»Und was soll an diesem Tag geschehen sein?«

»Genau das weiß ich noch nicht«, rief Emilia verzweifelt. »Jean-Pierre hat mir eine leere Seite dagelassen. Ich kenne ihn! Er macht nichts einfach so. Es gibt einen Zusammenhang! Oder hat er sich womöglich mit dem Langenberg-Virus infiziert?«

»Langenberg-Virus für Teilamnesie klingt großartig.« Vladi lachte laut heraus. »Bist du in Ordnung?«, fragte er dann schnell. »Atmest du noch?«

»Danke. Es geht wieder.«

Emilia hatte das dringende Bedürfnis zu gehen. Unruhig lief sie im Raum auf und ab. »Lass uns das noch einmal durchspielen, Vladi. Was, wenn meine Mutter nach Erhalt der Unterlagen Erkundigungen eingezogen hat? Ein Anruf bei der Gemeinde in *La Lumière* hätte genügt. Jean-Pierre hatte bereits mit seinem Anruf einen Stein ins Rollen gebracht. So wie es in *Die Wahrheit bahnt sich ihren Weg* geschrieben steht.«

»Das hätte er dir gesagt.«

»Hätte er nicht«, rief Emilia. »Hätte er nicht. Er hat mir so viel verschwiegen, dass ich es nicht vermag, all die Lücken aufzuzählen. Die leere Seite. Da kommt noch etwas. Ich kann es riechen!« Sie nahm das Blatt und wedelte damit in der Luft herum. »Das gestrige Gespräch war so anstrengend. Wie alles in den letzten vierundzwanzig Stunden. Wir haben uns gestritten.«

Emilia war sich jetzt ganz sicher: Paulines Welt musste vor sechs Monaten mit Eintreffen der Papiere erschüttert worden sein. Dem war das verhängnisvolle Telefonat mit Jean-Pierre vorausgegangen. Als Initialzündung. Pauline musste angefangen haben, Fragen zu stellen. Wer sie ihr beantwortet hatte, war zweitrangig.

»Ich weiß nicht«, sagte Vladi zögernd.

»Lass uns logisch denken«, erwiderte Emilia ernst. »Der Reihe nach: Mit sechzehn erhält Pauline ihren ersten Ausweis. Sie erfährt von der Adoption. Und was tun Arno und Hanne mit der Biografie ihrer richtigen Mutter? Sie erklären Sophie für tot. Vielleicht war das sogar die Idee von Sophies Vater, wer weiß? Keine weiteren Fragen. Keine unbequemen Wahrheiten.«

»Das klingt plausibel. Leider. Wenn du recht hast, Emilia, dann hätte Pauline all die Jahre die Möglichkeit zur Versöhnung mit ihrer leiblichen Mutter verpasst. Heilung. Wiedergutmachung. Glück. Was für ein Schock muss das für sie gewesen sein! Das hätte eine nahezu unvorstellbare zerstörerische Kraft.«

»Reicht diese Erkenntnis für Paulines Krise?«

»Wer tut so etwas, Emilia? Warum haben ihr die Langenbergs nicht irgendwann die Wahrheit gesagt? Spätestens, nachdem sie selbst eine Familie gründete? Oder nachdem dein Urgroßvater tot war?«

»Konfliktvermeidung, Vladi. Nur so hat Pauline keine Fragen gestellt. Irgendwann konnten sie nicht mehr zurück. Sie haben vorgebeugt, dass ihre Adoptivtochter nicht auf die Idee kommt, eines Tages ihre Mutter zu suchen. Eine Frau, von der sie sogar annahmen, sie habe sich prostituiert. Was für ein Skandal!«

»Und warum hat sich Sophie umgekehrt niemals darum bemüht, ihr Kind zu kontaktieren, Emilia?«

»Das ist die letzte noch offene Frage«, seufzte Emilia und rieb sich die Schläfe. »Und ich habe Angst vor der Antwort. Deswegen habe ich mit Jean-Pierre gestritten.«

»Irgendwie kommt die Wahrheit immer ans Licht«, sagte Vladi nachdenklich.

»Sag ich doch«, rief Emilia. »Sie bahnt sich ihren Weg. Durch alle Irrtümer, Zweifel, Unwägbarkeiten. Jetzt stößt der alte Mann an seine eigenen Dogmen und verletzt sich dabei.«

»Du bist diejenige, die verletzt wurde«, korrigierte Vladi. »Auch du hast deine Großmutter verpasst.«

Erschöpft ging Emilia zum Bett und ließ sich einfach darauf fallen. Draußen legte sich der Nebel in die Baumwipfel. Ein milchiges Morgenlicht kündigte die aufgehende Sonne an.

»Was haben sie meiner Mutter angetan«, stammelte sie und starrte zur Decke.

»Sie haben es auch *dir* angetan. Komm nach Hause, Emilia.«

Plötzlich spürte sie in ihrer Kehle das Heimweh wie eine sich ankündigende Erkältung. Nach ihren Söhnen, nach Vladi, nach Pauline.

»Am liebsten würde ich gleich losfahren. Wird mir Jean-Pierre je verzeihen?«, fragte sie gedankenverloren.

»Wenn du ihm etwas bedeutest, ja. Emilia?«

»Ja?«

»Geh jetzt schlafen. Du musst dich ein wenig ausruhen.«

»Ich habe mich schon hingelegt. Wo bist du gerade, Vladi?«

»In der Küche am Fenster.«

»Erzähl mir, was du siehst.«

»Die Linde steht mächtig und erhaben im Garten. Der Fluss rauscht. Es riecht nach Tau auf dem Gras. Eine wunderschöne Spätherbststimmung.«

»Ich liebe den Spätherbst.«

»Und bei dir? Wie sieht es jetzt aus in *La Lumière*?«

Eine Erinnerung an ihre erste nächtliche Inspektion, als Vladi sie auf dem Handy begleitet hatte, streifte sie.

»Du warst von der ersten Minute an bei mir in der *Rue de la Lune*. Wie es hier aussieht?« Durch den geöffneten Laden konnte sie über dem verwilderten Garten den Horizont sehen. »Der Mistral bläst die Wolken vom Himmel. Er hat viele Gesichter. Er kann wüten wie ein hungriger Wolf oder die Luft klären. Gerade geht die Sonne auf. Es dürfte einen strahlend blauen Herbsttag geben. Das Licht auf den Ockerfelsen wirkt golden und warm. *La Lumière*

hat seinen Namen an einem Morgen wie diesem verdient.«
Sie räusperte sich.

»Glaubst du, das Wort *lindern* kommt von Linde?«

»Aber sicher«, erwiderte er zärtlich. »Woher denn sonst?«

EMILIA

19

Wehmütig packte Emilia ihre Reisetasche und zog anschließend den Stecker des nun wieder leeren Kühlschranks. Was die Episoden anging, hatte sie Vladis Rat befolgt, das Konvolut in einem Umschlag verschlossen und in einem ihrer Koffer verstaut. Den Inhalt des Kartons vom Dachboden hingegen hatte sie in einer weiteren Nacht sorgfältig sortiert.

Dabei waren ihr Fotos von Fugin, Jean-Pierre und Chloé in die Hände gefallen. Jean-Pierre als junger Mann vor seiner Seifenfabrik in *Apt*. Jean-Pierre hatte in den Episoden alle Figuren so treffend beschrieben, dass Emilia diese auf Anhieb erkannte. Jean-Pierre mit Sophie als glückliches Paar vor der Kulisse eines Lavendelfeldes. Ihr Großvater Fugin wirkte dünnhäutig, fast zart. Ein attraktiver Mann mit streng zurückgekämmten Haar, stets gut gekleidet mit einem überheblichen Zug um den Mund. Auf einem der wenigen Farbfotos sah sie, dass Pauline seine Augen besaß. Sie waren von einem eisigen, intensiven Blau, das Emilia an den Aquamarin aus der gleichnamigen Episode erinnerte. Und dann war da Chloé – eine Vollblut-Pariserin, eine moderne selbstbewusste Frau von sinnlicher Schönheit mit einem intensiven, fast lasziven Blick und lebenshungrigen Augen. Ein Kind ihrer Zeit. Dagegen wirkte ihre Großmutter als junge Frau nahezu aristokratisch.

In den letzten zwei Tagen hatte Emilia immer wieder versucht, Jean-Pierre zu erreichen. Er schien wie vom Erdboden verschluckt. Nur gestern Abend, da hatte sie überraschenderweise Licht bei ihm oben gesehen. War er endlich zurückgekehrt? Als Emilia kurz vor elf startklar war, klingelte ihr Mobiltelefon.

»Hallo, Mila.« Paulines Stimme klang ungewöhnlich fröhlich. »Fährst du nicht heute zurück nach Deutschland?«

»Ja, Pauline. Ich bin praktisch schon auf dem Weg. Wie geht es dir heute?«, fragte sie vorsichtig.

»Danke, gut. Ich lese viel, weil ich wieder alles behalten kann. Als sei ich aus einem Albtraum erwacht. Irgendwie ist jeder Tag jetzt ein Fest. Wann wollen wir uns denn mal wieder treffen, Mila?«

»Vielleicht am Wochenende?«

»Ich möchte meine Enkel in Baden-Baden sehen, Emilia. Nicht hier im Streichelzoo.«

Emilia lachte laut heraus. »Kein Problem. Ich melde mich aus Baden-Baden. Wir könnten zusammen kochen, was meinst du?«

»Was hältst du von einer Bouillabaisse, Kind?«

Kind – wann hatte ihre Mutter sie zuletzt so genannt? »Hört sich gut an.«

»Mila?«

»Ja, bitte?«

»Es war eine sehr schwierige Zeit«, fing Pauline stockend an. »Ich war wie hinter einer Nebelwand. Zwischen mir und der Welt gab es eine Art elastische unüberbrückbare Grenze, kannst du das verstehen? Es tut mir leid, wenn ich dir Sorgen und Kummer bereitet habe. Dieses verdammte Lithium. Aus irgendeinem Grund dachte ich, mehr hilft mehr. Ich habe diese Wortfindungsstörungen mitbekommen, alles sehr wach erlebt. Nur das Durcheinander in meinen Erinnerungen habe ich überhaupt nicht begriffen. Es war, als hätte man meine Erinnerungen von Jahrzehnten in einen Topf geworfen und durchgeschüttelt. Mein Gehirn hat sich willkürlich bedient.«

»Ich glaube, ich verstehe, was du meinst, Mama«, erwiderte Emilia leise. »Es ist wunderschön, dich so reflektiert zu erleben. Als hättest du wieder die Macht über deine Gedanken. Anders kann ich es nicht sagen.«

»So ist es auch. Genauso. Da wäre noch ein Anliegen von mir, Mila. Das wollte ich allein mit dir besprechen. Deshalb rufe ich an. Hast du noch ein wenig Zeit?«

»Heraus damit!« Emilia lehnte sich zurück.

»Könntest du dir vorstellen, dass ich in eine Wohngemeinschaft ziehe?«

Emilia schluckte und lächelte verträumt vor sich hin. »Irgendwas Konkretes, Mama?«

»Anni hat mich vor einigen Tagen angerufen. Nach dem Tod ihres Mannes hat sie vor zwei Jahren eine Wohngemeinschaft gegründet, und jetzt ist ihre Mitbewohnerin Doris ausgezogen. Sie hat sich verknallt«, kicherte Pauline. »Nächstes Jahr wird Doris mit ihrem Freund zusammenziehen. Nun hat Anni mich gefragt. Das wäre ein paar

Straßen von euch entfernt, Mila. Im Ooswinkel. Die Ärzte haben angedeutet, ich könnte vielleicht wieder allein leben.«

Emilia kannte Anni – die ehemalige Studienfreundin von Pauline war witzig, unternehmungslustig, etwas chaotisch, aber liebenswert. Die Tatsache, dass sie fast um die Ecke wohnte, fand Emilia auf einmal attraktiv.

»Anni und du? Ihr wäret dann zu zweit? Möchtest du das denn?«

»Es wäre einen Versuch wert. Eine Altbauwohnung mit fünf Zimmern. Mit Garten wie bei euch. Es gibt eine Katze und sogar einen Hund. Jede von uns hätte zwei eigene Zimmer und ein Gemeinschaftszimmer. Küche. Bad. Ich liebe Tiere, wie du weißt. Die Miete wäre günstiger als meine jetzige. Ich wäre nicht mehr allein. Hier bei den Psychos bleibe ich nicht.«

»Pauline!«

»Entschuldige. Ich fühle mich hier nicht mehr zugehörig, verstehst du? Vielleicht arbeite ich wieder ein bisschen ehrenamtlich. Ich könnte Deutsch unterrichten. Die vielen Migranten. Die Stadt sucht händeringend Lehrer. Ich habe ein Staatsexamen. Struktur hilft gegen Depressionen.«

»Ich weiß«, lächelte Emilia. »Ich finde, das hört sich toll an. Wir besprechen es in Ruhe, wenn wir uns sehen, in Ordnung?«

Sie legten auf. Nachdenklich schob Emilia ihr Handy auf dem Tisch hin und her. Was für eine Wandlung! Ihre Mutter, die noch vor Wochen zu einem hilflosen Kind mutiert war, plante ein neues Leben.

Nach einer letzten Inspektion klappte Emilia die Läden zu, verriegelte Fenster und Türen des Hauses und ging hinüber, wo die Pferde weideten. Sofort trabten Fohlen und Mutter auf Emilia zu. Sie streichelte beide am Hals und sagte ihnen Lebwohl.

Mit einem mulmigen Gefühl fuhr Emilia hinauf zum *Chemin du Cheval blanc*. Das Haus wirkte unbewohnt. Die Läden waren verriegelt. Ratlos stand sie vor verschlossener Tür und fixierte die Bank vor dem Haus, die kahlen Rosenstöcke. Sollte sie Jean-Pierre eine Nachricht schreiben? Mit welchem Inhalt? Alles, was sie zu sagen hätte, konnte nicht annähernd ausdrücken, was in ihr vorging.

In der Ferne sah sie eine Gestalt den Berg hinauflaufen. Emilia hielt inne. Ein Mann mit schütterem Haar und einem dünnen Wollmantel kam näher, steuerte auf sie zu und zog einen Schlüssel aus der Manteltasche. Sie schätzte den Mann auf Ende sechzig.

»Sie müssen die Enkelin von Madame Sophie sein«, sagte er, blieb stehen und reichte Emilia die Hand. Er ließ den Schlüssel wieder verschwinden. »Ich wollte im Haus nach dem Rechten sehen.«

Verdattert legte sie ihre Hand in seine und nickte. »Emilia Lukin. Ich suche Monsieur Roche. Wissen Sie zufällig, wo er sich aufhält?«

»Mein Name ist Henri. Ich bin Monsieur Roches Fahrer«, erwiderte er und überging Emilias Frage. »Sein ehemaliger Fahrer«, korrigierte er sich. »Ich kannte Ihre Großmutter.«

Henri – Emilia erinnerte sich an einige Episoden, in

denen dieser Name vorkam. *Nur ein einziges Bild. Der verwundbare Turm. Die Wahrheit bahnt sich ihren Weg.* Das war also der dazugehörende Protagonist, einer, mit dem Jean-Pierre ein inniges freundschaftliches Verhältnis verband.

»Ich bin auf dem Weg nach Deutschland und wollte mich verabschieden«, erklärte sie.

Henri zuckte die Achseln. »Er ist nicht hier. Kommen Sie«, sagte er dann freundlich. »Setzen wir uns ein wenig hier auf die Bank. Wir haben angenehme Temperaturen heute.«

Sie nahmen Platz. Die Herbstsonne blitzte durch die Sträucher und Bäume. Emilia spürte die wärmenden Strahlen auf der Haut. In der Ferne schlugen die Kirchturmglocken.

»Eine Beerdigung«, erklärte Henri, sah auf seine Uhr, lehnte den Hinterkopf gegen die Hauswand und schloss die Augen.

»Eine Beerdigung«, wiederholte Emilia leise. »Was soll ich nur tun?«, sagte sie mehr zu sich selbst.

Henri hielt die Augen geschlossen. »Wann werden Sie denn wiederkommen, Madame?«

»Ich weiß es ehrlich gesagt noch nicht, Monsieur Henri. Im Moment muss ich nach Hause zu meiner Familie. Ich war sehr lange hier. Vielleicht zu lange.«

»Hmm.«

»Sie wohnen hier, Monsieur Henri, nicht wahr?«

»Ja. Gleich um die Ecke. Hinter dem Marktplatz in Richtung Friedhof. Woher wissen Sie das?«

»Mir ist, als würde ich Sie kennen«, sagte Emilia geheimnisvoll. »Es fällt mir schwer, so abzureisen. Wissen Sie, Monsieur Roche und ich haben uns gestritten. Das quält mich. Ich habe ihn sehr verletzt.«

»Er wird Ihnen verzeihen.«

Ruckartig drehte Emilia den Kopf in Henris Richtung. »Glauben Sie?«

Er nickte stumm.

»Wie sollte er mir jemals verzeihen? Wissen Sie, was ich ihm in meiner Wut an den Kopf geknallt habe?« Sie riskierte einen zweiten Blick zu Henri, der immer noch genüsslich die Augen geschlossen hielt. Irgendetwas schien ihn zu amüsieren.

»Dass ich froh wäre, ihn nicht als Großvater zu haben. Ich bin eine schreckliche Person. Sie sollten nicht hier mit mir sitzen und nett zu mir sein.«

Henri strich mit der Hand über das Revers seines Mantels und öffnete die Augen. »Er wird es verkraften, Madame. Er hat schon Schlimmeres in seinem Leben hören müssen. Wenn ich mir eine Bemerkung erlauben darf, Madame. Sie müssen ihm Zeit geben. Er hatte ein schweres Jahr. Die Herzoperation. Die Sache mit dem Haus in der *Rue de la Lune*. Und nicht zuletzt Ihr Auftauchen hier. Das alles hat ihn sehr mitgenommen. Er hat keine Familie. Niemanden. Mit Madame Sophie hat er alles verloren. Ich glaube, Monsieur Roche hat Sie sehr in sein Herz geschlossen.«

»Er hat Ihnen von mir erzählt?«

Henri nickte und legte den Zeigefinger auf die Lippen.

»Ich hätte seine neue Familie sein können. Mein Mann. Meine Mutter. Meine Söhne. Aber ausgerechnet ich habe

Monsieur Roche den Rest gegeben, wie man so schön sagt. Ich war so auf meine Familiengeschichte fixiert, dass ich seine Verwundbarkeit aus dem Blick verlor. Ich habe seine Liebe nicht verdient. Er hat völlig recht, mit mir zu brechen.«

»Er fängt sich wieder. Das braucht Zeit.«

»Mit sechsundachtzig zählt jeder Tag«, erwiderte Emilia.

»Es zählt immer, Madame Emilia. Jeder Tag. Jede Stunde. Jede Minute. Jedes gesagte Wort. Und manchmal jedes ungesagte umso mehr.«

»Man hört, dass Sie befreundet sind, Monsieur Henri«, erwiderte Emilia lächelnd und sah, wie sich Henri verlegen über das lichte Haar strich. »Sie sprechen genau wie er. Ich kann sehr gut verstehen, dass Monsieur Roche Sie mag.«

»Er hat Ihnen von mir erzählt?«, fragte Henri geschmeichelt. »Wirklich?«

»Oh ja. Wenn auch indirekt. Sie wissen ja, wie sehr er durch die Blume sprechen kann.«

»Das kann er wahrhaftig. Er malt mit Worten, Madame. Für lange Zeit waren sie sein einziger Schutz.«

Emilia sinnierte über Henris letzten Satz. Vermochte es die Sprache, uns zu schützen? Bildete sie nicht eine gefährliche Waffe? Auf der anderen Seite Trost? Sie war auch ein Werkzeug der Wahrheit. Plötzlich kam ihr der Gedanke, dass drei Generationen ihrer Familie den Ausdruck zu ihrem Beruf gemacht hatten. Sophie als Künstlerin. Pauline hatte mit Dramaturgie zu tun gehabt, und sie selbst hatte sich als Journalistin ein Arbeitsleben lang um sprachliche Objektivität bemüht. Genau die war ihr hier im *Lubéron* abhandengekommen, und sie hatte sich am Ende nur noch von ihren Emotionen steuern lassen. War es ein Glück, dass ihre Kinder mit ihrer Berufswahl die Kette durchbrochen hatten?

Nach einer langen Pause sah Emilia auf ihre Uhr. Kurz vor zwölf. Wenn sie jetzt losführe, wäre sie gegen acht zu Hause.

»Sie wissen nicht zufällig, wo er sich derzeit aufhält, Monsieur Henri?«

Lächelnd schüttelte Henri den Kopf. »Ich werde es Ihnen nicht sagen, Madame Emilia. Aber ich könnte dafür sorgen, dass Monsieur Roche von unserer Zusammenkunft erfährt.«

»Das wäre sehr freundlich. Ich danke Ihnen. Legen Sie ein gutes Wort für mich ein.«

Sie stand auf. Henri erhob sich ebenfalls. »Das wird nicht nötig sein, Madame, dass ich mich für Sie verwende. Wollen Sie hier einen Augenblick auf mich warten? Ich bin in wenigen Minuten zurück.«

Ehe Emilia antworten konnte, lief Henri davon. Sie ließ ihren Blick über die Ockerfelsen schweifen. Ein kühler Wind strich über ihre Haut. Unten in der *Rue de la Lune* konnte sie Sophies Haus sehen. Es wirkte völlig anders auf sie als bei ihrer Anreise. Sie fragte sich, was es war, denn von außen hatte sich nichts verändert. Dann, auf einmal, fand sie die Antwort: Sophies Haus war ihr ans Herz gewachsen, und ein wenig hatte sie eine zweite Heimat gefunden. Sie wünschte, sie könnte dieses Gefühl Pauline nahebringen. Aber bis dahin lag noch ein langer Weg vor ihr.

Nach wenigen Minuten kam Henri zurück. In der Hand hielt er einen Umschlag. »Ich habe da etwas für Sie, Madame Emilia«, sagte er, während er nach Luft schnappte. »Von Monsieur Roche. Nur müssen Sie mir in die Hand versprechen, dass Sie es erst zu Hause in Deutschland öffnen. Mein Auftrag lautete, es zu verschicken. Ich habe noch nie Monsieur Roches Anweisungen missachtet.«

Fragend hielt er mit einer Hand den Umschlag fest, die andere streckte er zum Händedruck bereit, nach Emilia aus. Verdattert legte sie ihre Hand in seine.

Die Sonne versteckt sich hinter dem Mond, schoss ihr durch den Kopf. Hatte Jean-Pierre jene Episode geschrieben, die an einem Spätsommertag 1947 spielte? Barg dieser Umschlag Sophies letztes Geheimnis?

»Ich verspreche es«, sagte sie tonlos und nahm das Papier entgegen. Der Umschlag war mit ihrer Baden-Badener Anschrift adressiert und bereits frankiert.

»Ich konnte ja nicht ahnen, Ihnen hier über den Weg zu laufen«, sagte Henri, als er Emilias verwirrten Blick einfing.

»Ich danke Ihnen sehr, Monsieur Henri.« Sie warf ihren Autoschlüssel in die Luft und fing ihn wieder auf. »Dann will ich mal los.«

»Bleibt mir nur noch, Ihnen eine gute Reise zu wünschen, Madame. Geben Sie auf sich acht. Bon voyage.« Zu ihrer Überraschung küsste sie Henri rechts und links auf die Wange.

»Würden Sie bitte Monsieur Roche sehr herzlich von mir grüßen?«

»Sollte ich ihm begegnen, ganz gewiss, Madame.«

»Sie sollten mich Emilia nennen, Monsieur Henri. Ich kenne nicht einmal Ihren Nachnamen. Bitte entschuldigen Sie.«

»Und Sie sagen bitte einfach Henri zu mir. Man weiß nie. Man begegnet sich im Leben immer ...« Er grinste. »Jedenfalls bin ich sehr froh, Sie getroffen zu haben. Es ist mir eine Ehre.«

»... mindestens zweimal«, vollendete Emilia. »Mich freut es auch außerordentlich, Henri. Ich hoffe, wir sehen uns wirklich wieder.«

»Ja, bestimmt werden wir das. Noch etwas, Emilia«, sagte er zögerlich.

»Ja, bitte?«

»Sie sehen Ihrer Großmutter außergewöhnlich ähnlich. Wirklich außergewöhnlich. Als wäre sie nach *La Lumière* zurückgekehrt. Ich kann mir sehr gut vorstellen, was Ihr Anblick in Monsieur Roche ausgelöst hat.«

»Danke schön«, sagte Emilia wehmütig und setzte sich ins Auto. Sie fuhr los. Henri winkte ihr. Sie winkte zurück, bis seine Gestalt im Rückspiegel immer kleiner wurde. Der Umschlag ruhte auf dem Beifahrersitz. Am Ortsrand hielt Emilia an, nahm ihn und verstaute ihn auf dem Rücksitz ihres Wagens. Sie nahm ihr Handy und sprach Vladi eine Nachricht auf die Mailbox, dass sie, wie abgesprochen, gegen acht Uhr zu Hause sein würde.

Als sie das Mobiltelefon ausschalten wollte, entdeckte sie eine WhatsApp von Bastian.

Hi, Emilia, was ist jetzt mit den verwunschenen Orten im Süden Frankreichs?

Lieber Basti, schrieb sie zurück. Sorry, aber diesen Auftrag muss ich leider ablehnen. Verwunschene Orte sind es deshalb, weil ihre Entdecker ein Geheimnis mit ihnen teilen. Dazu gehöre auch ich. Biete dir dafür eine Reportage über einen kleinen Ort in der *Drôme*. Zweiter Weltkrieg. Widerstand. Zuflucht für viele Verfolgte. Eine ganze Gemeinde hat ihren Mund gehalten. Titel: Das Geschenk des Schweigens. Interessiert? Deine Emilia

Sie schaltete das Handy aus und startete den Motor wieder. Rechts und links von ihr erhoben sich die Ockerfelsen des *Lubéron* mit den in die Berge gebauten Steinhäusern. *Verwunschene Orte*, sprach Emilia in Gedanken und lächelte. Der Abschied legte sich wie Blei auf ihr Gemüt. Für lange Zeit würde sie die Landschaft, die ihr wie vieles andere hier ans Herz gewachsen war, nicht wiedersehen.

Wie vorausgesagt erreichte Emilia kurz nach acht ihr Haus. Nebel hatte sich in die Baumwipfel gelegt, und ihre Straße kam ihr vertraut vor, als sei sie nie fort gewesen. Nur die Jahreszeit hatte sich sichtbar verändert. Im Haus brannte Licht. Ein wohliges Gefühl breitete sich in ihr aus. Als sie die Haustür öffnete, strömte ihr der Duft von frisch gebratenem Gemüse aus der Küche entgegen.

Vladi stand am Herd, eine Bistroschürze umgebunden, und rührte in einem Kochtopf. Emilia betrachtete seinen Rücken, ließ ihre Reisetasche zu Boden sinken und genoss das vertraute Bild für einen Augenblick. Draußen im Garten beleuchtete eine Solarlampe den kahlen Sitzplatz unter der Linde.

Erst als Emilia gegen die geöffnete Küchentür klopfte, drehte sich Vladi um, lief freudig auf sie zu und umarmte sie. Sie ließ ihre Stirn gegen seine Schulter fallen, und lange verharrten sie ganz still, während sie seine Hände auf ihrem Rücken und seine weichen Lippen an ihrem Hals spürte.

»Ich hoffe, du bist hungrig«, flüsterte er in ihr Ohr. »Es gibt Gemüselasagne. Zur Vorspeise Forellenmousse und selbst gemachtes Weißbrot. Zum Nachtisch eine Rosmarin-Aprikosen-Tarte.«

»Selbst gemachtes Weißbrot. Rosmarin-Aprikosen-Tarte. Forellenmousse«, wiederholte Emilia ehrfürchtig, als habe ihr Vladi ein Dreisternemenü angeboten. Das Leben konnte so schön sein. »Das ist genau das, was ich jetzt brauche. Ich habe seit Tagen nicht richtig gegessen – oder vielleicht seit Wochen«, sagte sie lachend.

»Dann setz dich an den Tisch und lass dich bedienen.«

Sie aßen und redeten bis in die Nacht. Beim Nachtisch, den Vladi gegen elf servierte, hörte Emilia, wie die Haustür aufging und jemand seine Schlüssel auf die Anrichte im Flur warf. Kurz darauf kam Leo auf Emilia zu, begrüßte sie mit einer langen Umarmung, setzte sich und vertilgte die restliche Lasagne.

»Weiß sie schon Bescheid?«, fragte Leo nach einem großen Schluck Wein unvermittelt seinen Vater.

Vladi schüttelte den Kopf. Verwirrt blickte Emilia zu Leo, dann wieder zu Vladi.

»Ich höre mit dem Medizinstudium auf.«

»Er hat das Physikum mit Bravour bestanden«, knurrte Vladi und stellte drei Tassen mit Verveine-Tee auf den Tisch.

»Er hat das Physikum …?«, stotterte Emilia ungläubig. Ihre Augen gingen von Vladi zu Leo und wieder zurück.

»Sieh mich nicht so an«, sagte Vladi. »Ich hatte Redeverbot. Neulich, als ich bis zwei Uhr morgens unterwegs war – das war ein Krisengespräch. Unser Sohn hat mir mitgeteilt, dass er seine Zukunft als Kunstkritiker sieht. Du kannst dir meine gebremste Euphorie vorstellen, nicht wahr? Also, Emilia, was sagst du dazu? Vielleicht bringst du ihn ja zur Vernunft.«

Zwei Augenpaare waren erwartungsvoll auf Emilia gerichtet. Schließlich zog Leo ein Papier aus seiner Jackentasche, entfaltete es und schob es wortlos seinem Vater und Emilia über den Tisch. Vladi warf einen Blick darauf. Emilia starrte Leo an.

»Die Zusage für ein Kunstgeschichtsstudium in Lyon«, sagte Leo kleinlaut. »Es tut mir leid, wenn ich euch enttäuscht habe. Bist du sauer, Mama? Sag doch bitte etwas.«

»Ich finde es großartig«, platzte Emilia heraus, beugte sich Leo entgegen und fuhr ihm mit der Hand durch seine dunklen Locken. »Ganz großartig. Du könntest die Wochenenden in *La Lumière* verbringen.«

»Was?«, sagte Vladi verständnislos. »Du bist dafür?«

»Logisch bin ich dafür. Leo besitzt Talent. Es wäre jammerschade, wenn er das nicht nutzen würde. Das ist eine großartige Sache, Lyon eine aufregende Stadt. Vladi, ich bitte dich!«

Leo strahlte über das ganze Gesicht. »Ich dachte daran, während der Ausbildung viel Zeit in *La Lumière* zu verbringen, Mama. Ich könnte das Atelier nutzen. Vielleicht nehme ich Malunterricht. Mit dem TGV ist es nicht weit. In Lyon könnte ich ins Studentenwohnheim.«

»Wunderbar«, rief Emilia. »Deine Urgroßmutter wäre stolz auf dich.«

»Dann muss ich mich wohl damit abfinden, der einzige Mediziner in der Familie zu bleiben«, seufzte Vladi und lächelte gequält.

»Das ist sehr hart«, sagte Emilia ernst und verkniff sich ein Grinsen.

»Dann müssen wir früher oder später den Dachstock in *La Lumière* ausbauen. Schließlich wollen deine Mutter und ich auch einige Wochen im Jahr dorthin. Wir brauchen eindeutig mehr Platz«, erklärte Vladi nach einer Pause, nahm einen Block und Stift und entwarf gemeinsam mit Leo amateurhafte Pläne.

Wie aus der Ferne hörte Emilia Vladis und Leos Stimmen. Sie schnappte ein paar Wortfetzen auf: Renovierung. Treppenaufgang. Fensterausbau.

Unbemerkt stand Emilia auf, während Vladi und Leo kühne architektonische Pläne entwickelten und sich gegenseitig in ihren Ideen übertrumpften. Vor dem Porträt im Flur machte sie halt, betrachtete es und zeichnete mit den Fingerspitzen die Konturen des blauen Aquamarins nach. Aus ihrer Reisetasche nahm sie Jean-Pierres Umschlag heraus und ging ins Wohnzimmer. Am Fenster hielt sie inne, das Papier in den Händen haltend. Sie öffnete das Kuvert. Die erste Seite war mit *Die Sonne versteckt sich hin-*

ter dem Mond beschriftet. Emilia steckte sie zurück, genauso wie sie es Vladi versprochen hatte. Wie benommen öffnete sie den beiliegenden Brief, entfaltete das vergilbte Papier und begann zu lesen. Eine wackelige Handschrift. Es war die Schrift ihrer Großmutter.

Aufgewühlt legte sie das Dokument nach den ersten Zeilen zurück und begann stattdessen, Jean-Pierres Brief an sie zu lesen.

Dieulefit, im November 2016

Liebe Emilia!
Ich verbringe einige Zeit hier in Dieulefit und wandle auf alten, vertrauten Pfaden. Mein Mobiltelefon habe ich zu Hause gelassen; nur für den Fall, dass Du versucht hast, mich zu erreichen. Es passt einfach nicht hierher nach Dieulefit.

Es geht mir gut. Wenn ich durch die engen Gassen gehe, ist es, als sei die Zeit hier stehen geblieben und ich empfinde eine Mischung aus Wehmut und Glück. Und seltsamerweise erinnert dieser magische Ort mich jetzt auch an Dich. Warum bin ich all die Jahre nicht hierher zurückgekehrt? Ich vermag es nicht zu sagen, nur, dass mein Herz viel Zeit braucht. Bin ich deshalb so alt geworden? Ich hoffe, Du bist wohlbehalten wieder in Deutschland gelandet. Lange habe ich überlegt, was ich mit dem Brief Sophies an Fugin mache. Ich fand ihn an jenem schicksalhaften Tag auf dem Küchentisch im Haus Deiner Großmutter. Da er nicht adressiert war, hatte ich entschieden, ihn dem Adressaten nicht zukommen zu lassen und bewahrte ihn all die Jahre auf.

Jetzt gehört er in die Hände der Erben von Sophie. Ich habe ihn selbstredend nie gelesen, und das soll auch so bleiben. Sein Inhalt geht mich nichts an.

Beste Grüße von Jean-Pierre

»Emilia?«, hörte Emilia aus der Küche Vladis Stimme. Hastig schob sie die Briefe in die Anrichte und ging mit klopfendem Herzen zurück.

SOPHIE

Die Sonne versteckt sich hinter dem Mond

An einem strahlenden Sommertag betritt Sophie die Villa der Langenbergs. Mehr als sieben Jahre sind seit der Geburt ihrer Tochter vergangen. Sophies Vater befindet sich in amerikanischer Kriegsgefangenschaft, und Irmgard verbringt den Sommer im Schwarzwald. Es heißt, der Krieg und ein lange als verschollen geltender Ehemann hätten ihrer Gesundheit zugesetzt. Aber Irmgards unaufhörliches Hüsteln und wiederkehrende Fieberschübe haben ihr Immunsystem gestärkt und ihre Zähigkeit gefördert.

»Die Gelegenheit könnte nicht günstiger sein. Arnos Mutter weilt in einem Luftkurort im Schwarzwald. Noch ist dein Vater fort. Es gibt vieles zu besprechen«, hat Hanne in einem kurzen Brief Sophie mitgeteilt und ein Foto der kleinen Pauline beigelegt. Ein hübsches Mädchen von bald sieben Jahren mit blonden Locken und einem fröhlichen Lachen. »Wie du siehst, geht es Pauline gut. Überzeuge dich selbst davon. Aber es ist wichtig, dass wir vorher einige Dinge festlegen.«

Ein Benimmprotokoll? Aber Sophie versteht. Es geht um ihre Rolle gegenüber dem Kind.

Langsam schreitet Sophie durch den Salon im ersten Stock hinüber zum Balkon. Ihr Blick schweift über die Parkanlage, die an englische Gartenarchitektur erinnert. Nichts hat sich verändert. Nur dass ein kleines Mädchen unter der Kastanie spielt. Mit einem Puppenwagen, der einst Sophie gehört hat. Tradition wird im Hause Langenberg großgeschrieben. Es trägt ein hellblaues Kleidchen. Das Mädchen schiebt das Gefährt zum Tisch des Teepavillons, nimmt das Püppchen heraus und setzt es auf einen Stuhl. Sophie versucht, dem Kind die Worte von den Lippen abzulesen. Vergeblich.

»Bleibt es dabei, Sophie? Können wir uns auf dich verlassen?«, fragt Hanne, die plötzlich neben ihr am Fenster auftaucht und mit einem schüchternen Lächeln hinuntersieht.

»Ich habe all die Jahre stillgehalten«, platzt es aus Sophie heraus. Sie greift nach dem Stein, den sie um den Hals trägt, umklammert ihn mit einer Faust. Der Topas liegt kühl in ihrer Handkuhle. Ihre Fingernägel drücken ins Fleisch des Handballens, bis es wehtut. »Irmgard hat mir jedes Mal den Zutritt verwehrt, wenn ich hierherkam.«

»Du bist hier gewesen?«, fragt Hanne und blickt ungläubig zu ihrer Schwägerin. »Das ist mir nicht bekannt.«

»All die Jahre, Hanne. Immer und immer wieder«, flüstert Sophie, den Blick starr nach unten in den Park gerichtet. »Nachdem ich gesund war. Deine Schwiegermutter hat sogar das Personal instruiert, die Polizei zu rufen, sobald ich hier auftauche. Haben dich denn meine unzähligen Briefe nicht erreicht?«

Hanne beißt sich auf die Lippe. »Briefe? Du sprichst von *vielen* Briefen? Ich habe drei Schreiben von dir. Sie liegen oben in meinem Schlafzimmer.«

Sophie schluckt. »Ich habe mindestens dreißig Briefe geschrieben.«

»Sie muss die Post abgefangen haben«, erklärt Hanne resigniert. »Grausam. Das ist unentschuldbar und wird ein Nachspiel haben. Aber jetzt ist sie jedenfalls nicht hier, Sophie. Du musst nichts fürchten.«

»Nur die Vergangenheit«, stammelt Sophie. Plötzlich huscht ein Lächeln über ihr Gesicht. »Mein alter Puppenwagen. Pauline spielt mit meinem früheren Puppenwagen. Sieh nur.«

»Wirklich? Wie schön. Du hast eine wunderbare Tochter, Sophie. Habe ich dir geschrieben, dass sie bereits lesen kann? Sie mag Geschichten.« Unmerklich zuckt Sophie zusammen.

»Welche denn zum Beispiel?«, fragt sie geistesabwesend. Wie hypnotisiert blickt sie nach unten.

»Ihr Lieblingsbuch ist der *Struwwelpeter*«, erklärt Hanne.

»Eine Sittengeschichte. Mir hat der Suppenkasper immer Angst gemacht. Er stirbt, weil er seine Suppe nicht isst.«

»Es wäre das Beste für Pauline, wenn sie nicht erfährt, wer du bist«, erwidert Hanne, ohne auf Sophies Hinweis einzugehen. »Wir sind ihr all die Jahre gute Eltern gewesen. Sie ist ein entzückendes Kind. Wir lieben Paulinchen so sehr. Bestimmt wird sie eines Tages etwas mit Literatur machen. Wir wollen, dass sie einmal studiert.«

»Sie ist noch keine sieben Jahre alt«, entfährt es Sophie. »Aber es ist gut, dass sie geliebt wird. Das ist gut.«

Sophie schlägt das Herz bis zum Hals, als sie schließlich von Hanne in den Park hinausgeführt wird, wo im japanisch anmutenden Teehaus der Mittagstee eingenommen wird. Der Tisch ist bereits gedeckt.

»Möchtest du unseren Gast begrüßen, Paulinchen? Tante Sophie ist von weit weg zu uns gekommen. Aus Frankreich.«

»Ich weiß, wo das ist«, erwidert Pauline und geht auf Sophie zu. Sie reicht ihr die Hand und macht einen kleinen Knicks. »Es freut mich, deine Bekanntschaft zu machen.«

»Guten Tag, Pauline. Ich habe schon viel von dir gehört«, presst Sophie hervor und schluckt die Tränen, die ihr in der Kehle sitzen, hinunter. Paulines Wimpernkranz berührt ihre Brauen, und ihre Augen sind von einem eisigen Blau, wie die Fugins.

»Du bist die Tante aus Paris, nicht wahr?«, fragt Pauline freundlich. »Du hast eine schöne Kette.« Sie zeigt auf den blauen Topas.

Sophie nickt. »Den habe ich von meiner Mutter.«

»Meine Mutter hat mir im Atlas gezeigt, wo du wohnst. In Paris gibt es den Eiffelturm. Meine Großmutter kommt von dort. Sie ist tot.«

Es hört sich an, als sagte das Kind: Meine Großmutter ist fröhlich. Traurig. Oder hungrig. Es begreift noch nicht die Bedeutung von Tod.

»Setzen wir uns«, sagt Hanne, und ihre Stimme überschlägt sich fast. Erst jetzt registriert Sophie deren Anspannung.

Aus dem Haus tritt Arno in einem hellen Anzug über die Veranda hinaus und geht direkt auf Sophie und seine Ehefrau zu. In der Hand hält er ein gefaltetes Papier, das er seiner Frau mit einer verlegenen Geste reicht. Wie nebenbei schiebt Hanne es unter das Tablett.

»Es freut mich, dich zu sehen, liebe Schwester.« Arno beugt sich über Sophies Hand und haucht einen Kuss darauf. »Wie ich sehe, bist du wohlauf. Zu meiner großen Freude.«

»Vater!«, ruft Pauline und streckt ihre Ärmchen Arno entgegen, der die Kleine hochnimmt und sich von ihr umarmen lässt. Auf einmal wirkt er gelöst, fast fröhlich.

»Wie geht es meiner Prinzessin?«

»Auch die Prinzessin ist wohlauf«, sagt Hanne lächelnd und wirft Arno einen strengen Blick zu. »Wir haben dich längst erwartet.«

»Leider werde ich nicht viel Zeit für euch haben«, erwidert er mit ernster Miene, setzt Pauline auf dem Boden ab, macht einen Schritt zurück und versteckt seine Hände hinter dem Rücken. »Ein wichtiges Geschäftsessen. Ihr entschuldigt mich, bitte? Wirst du morgen noch hier sein, Sophie?«

Vorwurfsvoll sieht Hanne ihren Ehemann an. »Ich habe dir doch gesagt, dass sie kommt, Arno.«

Es gibt Dinge, die ändern sich nie. Mittagstee. Tischmanieren. Contenance. Konversation. Heucheleien. Geschäftsessen. Abwesende Männer. Frauen, die Lücken füllen. Das Leben der Langenbergs verläuft wie auf Schienen. Es ist infiziert von Regeln und Vorschriften.

»Wichtige Geschäfte in Freiburg«, erklärt Hanne verlegen und sieht Arnos sich entfernenden Rücken hinterher. Er geht leicht gebeugt. »Du weißt ja selbst – etwas liegt in der Luft. Das Geld ist nichts mehr wert. Wir haben fast unsere ganzen liquiden Mittel in Sachwerte angelegt. Diamanten und Edelmetalle sind unvergänglich, hat dein Vater immer gesagt. Nun bewahrheitet es sich. Aber auch wir mussten Federn lassen – schließlich galt es zu überleben. Ich fürchte mich schon heute davor, wenn dein Vater die Bilanzen studiert. Trotzdem gilt es, einen kühlen Kopf zu bewahren und rechtzeitig neue Allianzen zu festigen. Falls die Währungsreform wirklich kommt.«

Verstohlen beobachtet Sophie, wie Pauline mit geschlossenem Mund Pflaumenkompott kaut und sich unbekümmert mit der Serviette die Milch von den Lippen wischt. Und Hanne? Ihr freundliches Wesen vermochte es einst, die dunkle Villa zu erhellen. Mit ihrer angeborenen Eleganz, die niemals aufgesetzt oder überheblich wirkt, erinnert ihre Schwägerin Sophie ein wenig an ihre verstorbene Mutter. Sie war ein Glücksfall inmitten der Konventionen. Ist sie es geblieben? Tut sie ihrem Kind wirklich gut?

»Möchtest du vielleicht in deinem Zimmer etwas für Tante Sophie malen?«, wendet sich Hanne an Pauline, die gerade ihre Serviette unter die Kuchengabel schiebt. Abrupt springt sie vom Stuhl, geht auf Sophie zu und legt ihre Hand auf deren Arm.

Sophie hält die Luft an. Pauline schenkt ihr ein unbekümmertes Lächeln und tippt ihr mit den Fingerspitzen auf den Handrücken. »Was möchtest du haben? Ich kann vieles malen.«

Sie sieht Sophie mit großen Augen erwartungsvoll an.

»Oh, mir gefällt, was dir gefällt«, erwidert Sophie und streicht Pauline vorsichtig mit zitternder Hand über die Wange.

Das Geräusch von zerbrechendem Porzellan lässt Sophie zusammenzucken. Hektisch hebt Hanne die Scherben vom Boden auf, legt sie auf dem Tablett ab. »Entschuldigt, bitte«, flüstert sie mit hochrotem Kopf. »Es ist nichts passiert.«

Pauline hüpft unbekümmert weg. Sophie atmet tief durch. »Was für ein aufgewecktes Kind. Ich danke euch für eure Fürsorge.« Dann folgt eine lange Pause. »Was ist mit Vater? Wo ist er?«

Plötzlich ist es, als lege sich ein dunkler Schatten auf die Sommerblumen, die das Teehaus säumen, und ersticke deren Duft, der noch eben zum Tisch herüberströmte.

»Er liebt seine Enkelin«, antwortet Hanne. »Das muss man ihm zugutehalten. Wir wissen nur ungefähr, wo er sich befindet. Sein letzter Brief erreichte uns aus Frankreich.«

»Vater hasst die Franzosen.«

»Die Amerikaner halten ihn in einem Lager in der Normandie fest. Bis Ende nächsten Jahres sollen alle deutschen Kriegsgefangenen freigelassen werden. Aber das weißt du ja vermutlich alles. Er will ein Telegramm schicken, sobald er freikommt.«

»Und Arno leitet jetzt den Edelmetallhandel?«, fragt Sophie, das Thema wechselnd. »Hat er eine Ahnung von dem Metier?«

Hanne nickt und schüttelt gleichzeitig den Kopf. »Was

soll ich sagen? Er tut, was er kann. In dieser Hinsicht erwarte ich sehnsüchtig deinen Vater. Arno ist zu leichtgläubig. Ich habe immer Angst um ihn. Dass er mit den falschen Leuten Geschäfte macht.«

»Und Irmgard?« Allein den Namen auszusprechen verursacht Sophie Übelkeit.

»Ich schrieb dir doch, dass sie in Hinterzarten verweilt. Sie war so appetitlos in letzter Zeit. Das ganze Haus atmet auf, wenn sie weg ist. Aber sie hat schon vor Jahren den Ostflügel bezogen. Mit eigenem Personal. Und was glaubst du? Pauline hat ihr Herz im Sturm erobert. Einmal hat deine Tochter zu mir gesagt: *Großmama ist eine traurige Frau. Seit Großvater fort ist, hat sie niemanden mehr.* Selbst Arno hat sich sehr zurückgezogen. Zum Glück. Eine zweite Frau hätte unsere Ehe auf die Dauer nicht ausgehalten.«

»Ihr täuscht euch«, lächelt Sophie. »Sie besitzt kein Herz.«

»Man darf sie nicht verurteilen. Sie hat deinen Vater durch eine schwere Zeit geführt. Als du fortgegangen bist und mit einem Kind in Erwartung zurückkehrtest – das war sehr schwer für ihn.«

»*Geführt* ist genau das richtige Wort. Auch Deutschland hatte einen Führer.«

»Sophie!«, entfährt es Hanne. »Ich bitte dich. Das kannst du doch nicht vergleichen.«

»In dieser Villa haben etliche Nazigrößen verkehrt.« Sophie deutet auf das imposante Gebäude, das von außen immer noch freundlicher als von innen wirkt. »So lange ist das gar nicht her.«

»Ich weiß«, sagt Hanne leise. »Arno musste zu unserem Schutz etliche Beweise verschwinden lassen.«

»Und jetzt pflegt ihr gute Beziehungen zu den Franzosen, wie man sieht.« Sophie deutet auf den Zucker, der auf dem Tisch steht. Eine Rarität in diesen Zeiten.

»Schließlich müssen auch wir überleben«, kontert Hanne.

»Und warum war dein Ehemann nicht an der Front?«

»Das Unternehmen, Sophie. Es war zu wichtig. Unser Unternehmen handelt wieder international mit Gold, Silber, Diamanten. Im Krieg waren wir ein unverzichtbarer Devisenbeschaffer für den Führer.« Sie korrigiert sich schnell. »Für das Reich.«

»Unverzichtbarer Devisenbeschaffer für den Führer«, wiederholt Sophie. »Das klingt hässlich. Als hättet ihr die Henker bezahlt. Womöglich mit Judengold.«

Hanne reißt die Augen auf und wischt dann mit der flachen Hand ein paar Krümel vom Tisch. »Du solltest nicht über uns richten. Arno und ich waren nie gegen die Juden. Du warst nicht hier. Es ist sicherlich schwer für dich. Für uns alle«, flüstert sie und zupft nervös an ihrer Serviette. Ihre Wangen sind rot. Auf ihrer Stirn bilden sich hektische Flecken. »Sag, wo möchtest du in Zukunft leben, Sophie? Wie erging es dir im Schwarzwald? Bist du völlig genesen? Dein letzter Brief erreichte mich aus Freiburg.«

Hanne wischt sich mit dem Handrücken über die feuchte Stirn.

»Ich gelte als geheilt, wenn du das meinst«, erklärt Sophie und umklammert dabei den Stein ihrer Kette. »Seit über einem Jahr lebe ich in Freiburg. 1944 gehörte ich zu einer Handvoll Fotografen, die eine noch nicht zerbombte

Stadt fotografiert haben. Gegen Ende des Kriegs haben wir mit einer Dokumentation für den Wiederaufbau begonnen. Ist das nicht grotesk? Man fotografiert das Bestehende vor der Vernichtung, um es anschließend wieder genauso herzustellen. Ach, ginge das auch mit Menschenschicksalen! Du siehst, ich bin völlig normal. Keinerlei nervliche Leiden mehr. Ich weine nicht mehr grundlos stundenlang. Die Albträume werden immer seltener. Sogar lächeln kann ich wieder. Sieh nur!«

Zum Beweis zieht sie die Mundwinkel nach oben. Sophie verschweigt die schmerzhaften Jahre im Schwarzwald, die Dunkelheit, durch die ihre Seele geirrt ist, nachdem sie nach Paulines Geburt jeden Halt verloren hatte. Die Freundlichkeit der Bäuerin, die wochenlang verständnislos ihr verschwitztes Nachthemd in der Nacht wechselte und sie in eine Blechwanne mit heißem Wasser und darin schwimmenden Kräutern vor den Küchenofen setzte, sie mit frischer Milch und Speck aufpäppelte.

»Du musst zu Kräften kommen, Kindele. Und auch im Winter raus in die Natur. Geh in den Wald. Schnee reinigt die Gedanken. Bäume heilen. Zieh dich warm an und geh spazieren. Den Rest besorgt der liebe Gott.«

Sophie verschweigt, dass der Mann, den sie liebt, nichts von seinem Kind weiß. Dass sie sich vor Sehnsucht nach ihm verzehrt. Wird sie ihn in Paris wiedersehen? Sie hat Mémé Bihel einen langen Brief geschrieben und hofft auf Antwort.

»Ich werde nach Paris zurückgehen und als Fotografin arbeiten.«

»Es war gut für dich, dass du nach der Geburt weggegangen bist. Eine Nervenheilanstalt hätte dein Ende bedeutet. Damals. Weißt du nicht, was sie mit den Verrückten gemacht haben? Die mit dem schlechten Erbgut?«

Hanne beißt sich auf die Lippe.

»Man hat mich weggebracht«, korrigiert Sophie. »Die Frau in eurem Ostflügel hatte maßgeblich Anteil daran. Aber es stimmt. Sie hätte mich in ihrer Bösartigkeit in eine Psychiatrie einliefern lassen können. Ich selbst konnte ja keine Entscheidungen treffen. Die Bäuerin hat meine Seele gerettet. Anstelle von Elektroschocks erhielt ich Kräuterbäder, geheimnisvolle Naturmedizin und fette Milch. Und mein Fotoapparat hat mir das Leben zurückgegeben. Eines Tages fing ich an zu fotografieren. Da hat die Bäuerin eine Lehre als Fotografin vorgeschlagen. *Damit du als Ledige auf eigenen Füßen stehst*, hat sie gesagt. Das alles liegt so lange zurück.«

»Dein Vater hat ihr Geld gegeben, all die Jahre, Sophie.«

»Er hat sein Leben lang Geld mit Liebe verwechselt«, erwidert Sophie traurig. »Ich erinnere mich nur dunkel an die Tage rund um die Geburt. Es war hier im Haus. Oben in meinem Zimmer. Die Hebamme, die auch mich zur Welt gebracht hat. Wie hinter einer Nebelwand sehe ich verschwommen ihr besorgtes Gesicht über meinem. Was hätte ich meinem Kind bieten können?«, fragt sie zerstreut.

»Du und dein Kind – ihr seid beinahe bei der Geburt gestorben«, sagt Hanne weich. »Dein Leben hing an einem dünnen Faden. Paulinchen haben wir mit einer Amme durchgebracht. Dein Vater war starr vor Schmerz. Es war letztendlich Irmgard, die unseren Hausarzt gerufen hat. Das mit dem Schwarzwaldhof war aber seine Idee.«

»Wie human von ihr«, flüstert Sophie. »Sprich ihr dafür meinen höflichsten Dank aus, wenn sie aus ihrem Luftkurort mit neuem Appetit zurückkehrt.«

Wäre alles leichter gewesen, wenn sie gestorben wäre? Wie oft hat sie sich diese Frage gestellt?

»Deinem Kind geht es gut, Sophie. Du hast überlebt. Die Erziehung liegt einzig und allein in unseren Händen. Irmgard hat nichts damit zu tun. Tröstet dich das nicht?«

Sophie schluckt. »Ja.«

Sie will schreien: *Nein! Das tut es nicht. Es macht mich krank! Ich lebe mit dem Makel, mein Kind verlassen zu haben. Und jetzt kann ich nicht zurück. Ihr alle habt mich in eine Sackgasse laufen lassen, an deren Wänden ich mir den Kopf zertrümmern sollte. Die Erleichterung meines Gewissens schadet meinem Kind.*

»Ein uneheliches Kind hat es schwer, Sophie. Denk nur an die vielen ledig geborenen Besatzungskinder«, versucht Hanne sie erneut zu trösten, als lese sie Sophies Gedanken. Sie legt ihre Hand auf die ihre. Mit der anderen Hand zieht sie das Papier unter dem Tablett hervor und entfaltet es umständlich. »Möchtest du, dass dein Kind von denen nicht zu unterscheiden ist? Denk an die vielen Kinder der Kriegswitwen. Mit uns hat Pauline richtige Eltern bekommen. Ein Zuhause. Wohlstand, Sophie. Wohlstand. Sie besucht die beste Schule. Womöglich wird sie studieren wie einst ihre Großmutter Anne-Sophie. Heiraten. Kinder bekommen. Sie wird ein völlig normales Leben führen. Verstehst du? Bald wird es wieder aufwärts gehen in Deutschland. Der Krieg ist vorbei.«

Hanne nimmt einen Füllfederhalter, schraubt ihn auf

und schiebt Papier und Schreiber zu Sophie hinüber. »Lass uns bitte auch formal Klarheit schaffen, Sophie.«

Sophie starrt auf die Adoptionsunterlagen. Im Haus klingelt das Telefon. Zerstreut erhebt sich Hanne. »Tut mir leid. Du entschuldigst mich? Das Dienstmädchen hat frei. Ich bin gleich wieder da. Lies es dir in Ruhe durch«, ruft sie im Weggehen. »Du musst nicht sofort unterschreiben.«

Hanne verschwindet in der Villa. Sophie betrachtet die Kastanie, durch deren Blätter die Sonnenstrahlen schimmern. Wie groß der Baum geworden ist. Als sie wegging, erschien er ihr viel kleiner. Das japanische Teehaus. Das lächerliche japanische Teehaus, das ihr Vater unbedingt haben wollte. Er, der fremde Kulturen verabscheut und die arische Rasse auf dem Vormarsch zur Weltherrschaft ansah, ließ Ende der Zwanziger einen Pavillon nach japanischem Vorbild bauen. Sophie muss laut auflachen.

Plötzlich steht Pauline vor ihr und überreicht ihr feierlich ein zusammengefaltetes Papier. »Das hab ich für dich gemalt. Du darfst es aber erst zu Hause ansehen. Wenn du wieder in Paris bist.«

Sophie lächelt gequält und legt das gefaltete Papier auf die Adoptionsunterlagen. »Das ist sehr lieb von dir. Ich werde es einrahmen und aufhängen. Immer wenn ich es ansehe, denke ich dann an dich. Aber wenn ich ehrlich bin, bin ich jetzt neugierig. Darf ich nicht einen kleinen Blick darauf werfen?«

Sie zieht die Nase nach oben und sieht das Kind abwartend an.

»Du musst dich beherrschen«, erwidert Pauline ernst und schüttelt den Kopf.

Beherrschung. Contenance. Der Suppenkasper. Sophie presst die Lippen zusammen. »Wo bleibt deine Mutter?« Hilflos sieht sie sich um. Das Wort *Mutter* zerfällt in ihrem Mund wie bröseliger Stein.

»Geht es dir nicht gut? Möchtest du Wasser?«, fragt das Kind verwirrt.

»Nein«, ruft Sophie und starrt auf eine einzelne, auf Paulines Wange liegende Wimper. Nur die Spitze haftet an der Haut wie ein zitternder Schmetterling. »Ich bin beeindruckt wie gut du dich ausdrücken kannst. Du bist ein solch vernünftiges Kind. Ich in deinem Alter war nicht so. Und ich liebe deine Wimpern. Sie sind wunderschön.«

Vorsichtig nimmt sie das einzelne Haar von Paulines Wange, legt es auf die Fingerspitze ihres Zeigefingers und hält es in die Luft. »Schließe deine Augen, puste und wünsche dir dabei was. Aber du darfst deinen Wunsch niemandem sagen.«

Pauline schließt die Augen und pustet. Ihr Atem duftet nach Pflaumen und süßer Milch.

»Die habe ich von meiner richtigen Mama«, erklärt Pauline stolz, zeigt auf ihr Augenpaar, und ehe sich Sophie versieht, legt das Mädchen seine Arme um Sophies Hals und flüstert ihr etwas ins Ohr. »Darf ich dir ein Geheimnis anvertrauen?«

Sophie erstarrt.

»Ich nenne sie in Gedanken *Mama*, weil ich sie liebhabe genauso wie Mutter. Abends allein in meinem Bett spreche ich mit ihr«, flüstert Pauline. Ihr warmer Atem an

Sophies Ohr. Ihr kindlicher Duft. Diese helle Stimme. Ein Schwall von Zuneigung berieselt Sophies Herz wie ein warmer Sommerregen.

»Meine richtige Mutter ist tot. Sie starb bei meiner Geburt. Jetzt ist sie im Himmel. Sie hieß genau wie du. Nur nicht *Tante*. Aber ich soll's nicht sagen. Niemandem. Nicht einmal meiner Freundin Klara. Mutter sagt, das führt nur zu dummen Fragen. Man muss sich beherrschen. Du darfst es also nicht weitersagen.«

Sophies Herz fängt wild an zu schlagen. Sie hat das Gefühl, keine Luft mehr zu bekommen. Hektisch löst sie die beiden oberen Knöpfe ihrer Bluse. Alles ist ihr zu eng. Ihre Kleidung. Das nach vier Seiten offene Teehaus wird zu einem Käfig, der zuschnappt und sie gefangen hält. Die Bäume werden zu bedrohlichen Wesen, deren Äste nach ihr greifen. Sie muss weg von hier. Sofort.

Wie in Trance beobachtet sie, wie Pauline Hanne entgegenläuft, die gerade wieder die Veranda betritt. Das Kind ruft ihr zu: »Sie soll wiederkommen, die Tante Sophie aus Frankreich. Ich mag sie! Ich habe eine Wimper weggepustet und mir dabei etwas gewünscht. Aber ich sag nicht, was, Mutter.«

Mutter. In Windeseile setzt Sophie ihren Namen unter das Dokument, faltet es schief zusammen, steht auf und stopft die Zeichnung in ihre Handtasche. Sie drückt der verdatterten Hanne ihr Einverständnis in die Hand. Um sie herum verliert die Welt ihre Grenzen. Der Park schrumpft. Das Teehaus wird zu einer Miniatur, während Hannes Blick über das Papier fliegt. Sie umarmt Sophie, die wie angewurzelt dasteht, starr vor Entsetzen.

»Glaub mir, es ist der richtige Weg. Der einzig richtige.«

»Mein Zug fährt gleich«, murmelt Sophie und stolpert in den Salon, wo ein Radiosprecher in monotonem Ton die neuesten Nachrichten verkündet.

Heute gab es eine entscheidende Wende im Nordhausen-Hauptprozess Dachau bei München. Ein Zeuge der Anklage identifizierte den ehemaligen Lagerarzt Heinrich Schmidt. Der Angeklagte hatte immer wieder seine Unschuld beteuert. Damit droht dem Kriegsverbrecher ...

Hanne eilt zum Radio und schaltet es aus. Wie betäubt verlässt Sophie die Villa, die Straße, die Stadt, und wenige Tage später das Land. Noch wochenlang hat sie das Gefühl, der Kinderduft ihrer Tochter hafte auf ihrer Haut.

Fortan wird Sophie ihr Wissen alleine tragen. Für das Seelenheil ihres Kindes leistet sie einen Schwur gegen ihr Herz.

Mit überschaubarem Gepäck steigt sie in den Zug nach Paris. In der Tasche hat sie einen Gesellenbrief, etwas Wäsche, ein paar Bücher, ihre Kodak-Retina und eine Kinderzeichnung.

Der Zug fährt durch zerstörte Orte. Nach Mulhouse zieht Sophie auf französischem Boden die Zeichnung aus ihrer Tasche, betrachtet sie genau. Zwei Planeten am Horizont, die miteinander zu verschmelzen scheinen. Sonne und Mond. Wolken. Auf einer grünen Wiese steht ein Haus. Bäume. Blumen von derselben Größe. Sträucher. Ein japanisches Teehaus. Das Bild ist menschenlos. Darüber steht in kindlicher Schrift geschrieben: *Die Sonne versteckt sich hinter dem Mond.*

Bevor sie ins *Quartier Latin* zurückkehrt, mietet sie sich

in einer kleinen Pension *La maison de Josephine* im zwanzigsten Arrondissement ein. Sie bezahlt die Miete für drei Monate im Voraus und erhält aus den Händen der Besitzerin einige Kohlekarten aus dem Vorjahr.

»Die können Sie in der *Rue du Repos* eintauschen. Sie brauchen Kohlen für den Herd. Am besten holen Sie welche, bevor es kalt wird. Aber gehen Sie sparsam damit um«, sagt Madame Josephine streng. »Der nächste Winter kommt bestimmt.«

Als Sophie einen Tag später den oberen Stock in der *Rue Jacob* betritt, sind die Türen sperrangelweit geöffnet, das Atelier verwaist. Sämtliche Bilder, Staffeleien und Möbel sind weg. Auf dem Fenstersims steht einsam eine Tasse, als habe sie jemand ausgesetzt. Sie hört das Klacken ihrer Absätze in den leeren Räumen. Der Boden knarzt.

Sie geht zur Küche, die nur noch einen verrußten Ofen beherbergt. Wie oft hat sie hier am Morgen dabei zugesehen, wie ihr Paris erwachte. Sie tritt ans Fenster, sieht hinunter auf die Straße. Das Concierge-Häuschen von Madame Tourage ist leer.

Über den Dächern des *Quartier Latin* rauchen die Schornsteine. Die Tauben gurren in den Nischen der Fenster. Ein Vogelschwarm, zum Greifen nah, rauscht am Horizont über sie hinweg.

Die Vögel sind nach Paris zurückgekehrt.

Ahnungsvoll eilt Sophie die vielen Stufen hinunter und biegt an der Ecke in die *Rue de Lille* zu Mémé Bihels Wohnung. Die schwüle Luft in den Straßen lässt ihr den Atem stocken. Eine neue Gesellschafterin öffnet die Tür und führt sie in den Salon.

»Setzen Sie sich zu mir, mein liebes Kind, und beruhigen Sie sich erst einmal«, befiehlt Mémé mit flatternden Augen. »Kommen Sie doch näher. Ich sehe fast gar nichts mehr. Kommen Sie.«

Langsam tritt Sophie an Mémé Bihels Rollstuhl heran und setzt sich auf den Stuhl direkt vor ihr. Der Kaffee steht bereit, als hätte man sie in der *Rue de Lille* längst erwartet. Neben der Milchkanne liegt einsam ein Schlüssel. Mémé Bihels Rosenkranz hängt an einem Haken an der Wand über dem Tisch neben einer Schwarz-Weiß-Fotografie. Ein Hochzeitsfoto jüngeren Datums. Sophie kneift die Augen zusammen, sieht genauer hin. Ihr stockt der Atem. Der Mann mit zurückgekämmtem hellem Haar trägt einen dunklen Anzug, eine Nelke schmückt seine Brusttasche. Die schwarzhaarige Frau neben ihm wirkt zerbrechlich. Ihr ausladendes weißes Kleid wie ein Schutzpanzer.

»Wie hübsch Sie aussehen«, sagt Mémé Bihel, deren Gesicht jetzt so dicht vor Sophies erscheint, dass sie die tiefen Furchen um ihren Mund sehen kann. »Aber Sie sind so blass, mein liebes Kind. Ach, dieser Krieg. Dieser elende Krieg«, jammert sie.

Hektisch rührt Mémé Bihel in ihrer Tasse und betätigt mit der freien Hand einen Fächer. »Mon Dieu, ma chère. Es ist so schrecklich heiß in diesem Sommer. Und das im September, wo gibt es denn so etwas? Wir alle erwarten sehnlichst den Herbst. Trinken Sie, Kind. Trinken Sie. Es gibt endlich wieder guten Bohnenkaffee. Nehmen Sie eines von den herrlich süßen *éclairs*.«

Und während Sophie an ihrer Tasse nippt und hilflos

mit einem sinnlosen Gebet auf den Lippen den Rosenkranz und wieder und wieder die Fotografie fixiert, hört sie, wie aus der Ferne Mémé Bihels Worte die schwüle Luft durchschneiden.

»Ich muss Ihnen etwas sagen.«

Anfang Dezember war Pauline bei Anni eingezogen und hatte vor Kurzem mit einer Gesprächstherapie angefangen. Der Ortswechsel und die medizinische Begleitung taten ihr gut, und sie erholte sich von Tag zu Tag mehr. Vor allem genoss Pauline den Hund in ihrem neuen Haushalt. Täglich unternahm sie stundenlange Spaziergänge mit dem lernbegierigen Pudel. Sonntags ging Pauline mit ihm in die Hundeschule.

Zwischen Jean-Pierre und Emilia war seit jener verhängnisvollen Nacht in *La Lumière* der Kontakt abgerissen. Aber Emilia gab nicht auf. Immer wieder rief sie bei ihm an oder schrieb ihm. Vor Kurzem hatte sie bei einem ihrer Anrufe Henri erreicht, der sie beruhigte.

»Alles zu seiner Zeit. Nein, Emilia. Er ist noch nicht wieder eingetroffen. Es geht ihm gut. Ja, das werde ich ihm gerne ausrichten. Au revoir.«

Zwei Wochen vor Weihnachten verpackte Emilia das Porträt *Femme dans l'ombre* und schickte es kommentarlos über eine Spedition nach *La Lumière* an Jean-Pierres Adresse.

Es dauerte lange bis Vladi und Emilia die Episoden aufgearbeitet und die Antworten auf Emilias letzte offene Fragen rekonstruiert hatten. Meistens lasen sie abends gemeinsam und sprachen stundenlang über die Intensität, die sie beide spürten und die heftigen Gefühle, die Jean-Pierres Erinnerungen vor allem in Emilia auszulösen vermochten. Nach und nach entfaltete sich dank Jean-Pierres Zeugenschaft Sophies Geschichte. Emilia begriff, was sie vorher nur diffus gefühlt hatte.

Beim *Blauen Aquamarin* dämmerte ihr Jean-Pierres grenzenlose Liebe zu Sophie, aber auch sein Vergehen, das er aus Liebe begangen hatte. Emilia konnte nachvollziehen, welche Last auf Jean-Pierres Schultern all die Jahre gedrückt hatte. Er war der einzige und letzte Zeitzeuge Sophies, und ihre Großmutter hatte es in ihrem Vermächtnis ihm überlassen, was er Pauline und deren Familie sagen würde und vor allem, wann. Gemessen an diesem Dilemma hatte Jean-Pierre klug und vorausschauend gehandelt.

Die Sonne versteckt sich hinter dem Mond, las Vladi Emilia vor. Sie saßen vor dem Kaminofen, und Emilia hatte sich in eine warme Decke eingekuschelt. Ihr war, als müsse sie jedes einzelne Wort in einem langwierigen Prozess verarbeiten. An mehreren Stellen versagte Vladi die Stimme, ehe er weitermachte.

»Mein Gott«, stammelte Emilia. Vladi ließ die Blätter sinken, den Blick in die Flammen des Ofens gerichtet, und nahm seine Brille ab.

»Du hattest, wie immer, den richtigen Riecher, Emilia.« Er nahm ihre Hand und streichelte sie.

»Von dem eigenen Kind gesagt bekommen, man sei tot«, sagte Emilia fassungslos. »Was hätte Sophie tun sollen?«

»Und dann geht sie nach Paris zurück und wird ein zweites Mal ausgegrenzt.«

»Und damit nicht genug. Von einem geliebten Menschen muss sie erfahren, dass ihr Liebhaber und Vater ihres Kindes die gemeinsame Freundin geheiratet hat. Ich weiß nicht, ob ich all das jemals Pauline zeigen kann«, sagte Emilia nach einer langen Pause.

»Sie hat ein Recht auf die Wahrheit, Emilia«, erwiderte Vladi ernst. »Wenn wir es nicht tun, sind wir nicht besser als die Langenbergs. Alles, was wir tun können, ist, sie nicht damit alleine zu lassen. Es muss nicht sofort sein. Nicht heute. Nicht morgen. Wie sagtest du so schön? Du musst nur deinem inneren Kompass vertrauen.«

»Das waren Sophies Worte, und sie hat dabei Jean-Pierres inneren Kompass gemeint. Meiner hat mich schon in sehr schwierige Situationen gebracht.«

»Ohne ihn wären sie ausweglos gewesen«, konterte Vladi. »Apropos Jean-Pierre – was ist nun eigentlich mit ihm? Hast du ihn endlich erreicht?«

»Nein«, seufzte Emilia. »Ich habe keine Ahnung, wo er ist. Meine WhatsApps haben ihn nicht erreicht. Er hat sein Handy nicht mitgenommen. Also wird er noch in *Dieulefit* sein. Aber ich habe ihm etwas geschenkt, das er unmöglich ignorieren kann.«

Sie zeigte mit dem Kopf an die kahle Stelle im Flur, wo noch vor wenigen Tagen Sophie den Betrachter angelächelt hatte.

»Ein kluger Schachzug, Emilia.«

»Der Turm besitzt große Bewegungsfreiheit. Man muss nur Geduld haben.«

Am Mittag des Heiligen Abends widmete sich Emilia in der Küche den Vorbereitungen für ein kleines Abendessen. Über Nacht hatte der Winter Einzug gehalten. Auf den Dächern lag Schnee wie ein hauchdünner Zuckerguss. Nach einem Spaziergang würden alle zu Hause bei einem Glas Wein und einer *Quiche* den Abend ausklingen lassen. Gegen Spätnachmittag sollten die Kinder und Pauline eintreffen. Die Bescherung, darauf hatten sich im Vorfeld alle Familienmitglieder geeinigt, sollte in diesem Jahr klein ausfallen. Stattdessen wollte jeder in der Familie seinen Beitrag zur Renovierung von Paulines Haus in der *Rue de la Lune* leisten. Seit einigen Tagen hingen mehrere Fotos von Paulines Haus, dem Interieur und der Landschaft des *Lubéron* am Weihnachtsbaum. Vladi hatte dem verwilderten Garten ein Gartenhaus spendiert, in dem auch Übernachtungsgäste Platz finden würden. Leo und Mischa hatten Duzende von Arbeitsstunden als Gutscheine aufgehängt. Unter dem Baum lag ein selbst gebasteltes Reisetagebuch mit Fotos aus dem *Lubéron* für Pauline mit dem Titel *L'essence du Midi* – die Essenz des Südens.

Emilia stand am Tresen in der Küche und mischte Mehl, Salz und Wasser für die *Quiche*. Vladi war vor einer Stunde überraschend noch einmal in die Stadt aufgebrochen, weil er irgendetwas vergessen hatte. Auf Emilias Nachfragen hatte er nicht sagen wollen, was.

Als es an der Tür läutete, stutzte Emilia und sah auf die Uhr. Halb vier.

»Er hat seinen Schlüssel vergessen«, plapperte sie vor sich hin, rieb ihre teigverklebten Finger mit Mehl ab und ging mit erhobenen Händen zur Tür.

Es läutete ein zweites Mal.

»Bin unterwegs«, rief sie, klemmte mit dem Ellbogen die Klinke herunter und öffnete umständlich die Tür. Es dauerte eine Weile, bis sie begriff, wer da vor ihr stand.

»Jean-Pierre! Ich. Aber ... Du ... Ich ...«, stotterte sie und starrte den Überraschungsbesuch an. »Wie kommst du denn hierher?«

»Mit dem Auto«, erklärte er stolz. Er trug einen Wintermantel mit einem knallroten Schal, darunter einen wollweißen Rollkragenpulli. Seine Gesichtshaut war leicht gebräunt.

»Du bist doch hoffentlich nicht selber gefahren«, entfuhr es ihr. »Diese lange Strecke wäre ja lebensgefährlich.«

Als sie den Mund schloss, dachte sie: Vladi hat noch nie etwas vergessen.

»Charmant wie eh und je, liebe Emilia. Nein, ich habe den Zug genommen und wurde mit dem Auto abgeholt. Möchtest du mich nicht hereinlassen?«

»Aber sicher.« Sie trat einen Schritt zurück und linste hinaus um die Ecke zur Garage, wo Vladi gerade das Tor schloss. Verblüfft sah Emilia Jean-Pierre dabei zu, wie er seinen Mantel auszog, den Schal, die Handschuhe. Stumm deutete sie auf die Garderobe, wo er seinen Mantel an einen Bügel hängte.

Mit einiger Verzögerung erfasste Emilia ein ungeheures Glücksgefühl. Sie vergaß ihre Teighände, das Mehl auf der Schürze und ihr ungeschminktes Gesicht. Erleichtert fiel sie Jean-Pierre um den Hals. »Dass du hier bist, Jean-Pierre. Hast du mir denn verziehen?«

Ihre Augen füllten sich mit Tränen.

»Ich hätte es auch nicht geglaubt, bis vor Kurzem«, sagte Jean-Pierre, während er Emilia an sich drückte. »Ich hoffe, *du* hast mir verziehen.«

Von außen stieß Vladi die angelehnte Tür auf und stellte sich grinsend neben Jean-Pierre. Fassungslos gingen Emilias Augen von einem zum anderen und wieder zurück. »Du Schuft«, sagte sie zärtlich an Vladi gerichtet und wischte sich mit dem Handrücken die Tränen aus den Augenwinkeln.

»Wir haben bereits eine kleine Stadtbesichtigung hinter uns«, erklärte Vladi in holprigem Französisch. »Nicht wahr, Monsieur Roche?«

»So ist es, Vladi. Sie sollten mich Jean-Pierre nennen«, sagte dieser an Vladi gerichtet und wandte sich dann an Emilia. »Das Konzerthaus. Der Stadtpark. Das Burda-Museum.«

Emilia bat Jean-Pierre in die Küche. Vladi verschwand mit einer Entschuldigung in die obere Etage.

Noch einmal lagen sich Jean-Pierre und Emilia in den Armen. »Bitte setz dich zu mir. Ich muss noch …« Demonstrativ hielt sie ihre mehligen Hände in die Höhe und lachte.

Jean-Pierre folgte ihr in die Küche und nahm Platz. Emilia wusch ihre Finger, stellte den Teig in den Kühlschrank und schaltete den Kaffeeautomaten ein. »Kaffee?«

»Gerne«, sagte er.

»Geht es dir gut?«, fragte sie, nachdem sie sich die Nase geputzt hatte.

»Ich bin zufrieden.«

Emilia servierte Kaffee und Weihnachtsgebäck, schloss die Flügeltür zum Wohnzimmer und setzte sich anschließend zu Jean-Pierre. Stockend berichtete er von seinen Wochen in *Dieulefit*. »Einmal war ich bei Gabrielle zum Essen eingeladen. Sie lässt dich herzlich grüßen.«

»Danke.« Emilia erzählte von Leos Entscheidung, im nächsten Jahr in Lyon zu studieren, und von Paulines Umzug in eine Zweierwohngemeinschaft.

»Alles hat sich irgendwie zum Guten gefügt«, schloss sie ihren Bericht. »Aber dass du hier bist – bei mir. Jean-Pierre! Das ist das allerschönste Weihnachtsgeschenk. Das zweitschönste ist Paulines Präsenz im wörtlichen Sinn.«

Jean-Pierre nickte ernst. »Es geht deiner Mutter besser?«

»Viel besser.«

Jean-Pierre zeigte Bilder aus *Dieulefit*, von Gabrielle und einem reich gedeckten Tisch in der *Rue de Basse*. Emilia holte aus ihrem Arbeitszimmer das Magazin mit ihrem Artikel *Das Geschenk des Schweigens*.

»Passend zur Weihnachtszeit, meinte der Chefredakteur«, sagte sie leise.

Jean-Pierre setzte seine Brille auf und las die drei Seiten bedächtig. Emilia wagte es nicht zu fragen, ob die deutsche Sprache ihm Probleme bereitete.

Irgendwann ging Emilia nach nebenan ins Wohnzimmer, wo ihr Mobiltelefon lag, und tippte auf eine Telefonnummer in Paris. Sie registrierte, wie Vladi im Flur in seinen Mantel schlüpfte, die Autoschlüssel von der Anrichte nahm und ihr zuflüsterte: »Ich fahre los. Die anderen abholen.«

Mit einem Lächeln signalisierte Emilia, dass sie verstanden hatte. Mehrmals ertönte das Klingelzeichen, bis sich endlich eine ihr vertraute Stimme meldete.

»*Joyeux Noël*, Monsieur Bonnet. Hier spricht Emilia Lukin«, flüsterte sie. »Wie geht es Ihnen?«

»Ihnen auch frohe Weihnachten«, erwiderte Bonnet erfreut. »Wie geht es Ihnen, Madame? Ich freue mich, Ihre Stimme zu hören.«

»Was macht Ihre Hand, Monsieur?«

»Sie wollen die Platte drinlassen, diese Chirurgen«, erwiderte Bonnet erregt. »In meinem Alter, sagen sie, lässt man das Metall drin. Ich bin dagegen, wenn Sie mich fragen.«

»Haben Sie noch Schmerzen?«

»Nein. Aber einen Fremdkörper in meinem Handgelenk.«

»Und, was macht das andere Täubchen?«

»Sie sprechen von Sage? Im Januar erfolgt die treuhänderische Übergabe des Châteaus. Wir machen das gemeinsam. Aus irgendeinem Grund hat er sich besonnen. Ich habe ihm natürlich großherzig verziehen.«

»Wie schön«, lachte Emilia. »Sie sind ein wahrer Gentleman. Und? Lassen Sie die Platte in Ihrem Handgelenk noch entfernen?«

»Würden Sie mich denn wieder im Krankenhaus besuchen und mir eine leckere Tarte mitbringen?«, fragte er kokett.

»Ja, das würde ich tun, Monsieur Bonnet.«

»Eine Operation würde eine weitere Narkose bedeuten. Sie wissen ja: mein Gedächtnis.«

»Apropos, Gedächtnis, Monsieur Bonnet. Ich habe eine Überraschung für Sie«, sagte Emilia und lief mit dem Telefon hinüber in die Küche. »Das ist der eigentliche Grund meines Anrufs bei Ihnen. Ich möchte Ihnen eine Freude machen. Mein Weihnachtsgeschenk an Sie.«

Das Mobiltelefon am Ohr, setzte sie sich neben Jean-Pierre. Er legte den Artikel zur Seite und sah Emilia fragend an.

»Erinnern Sie sich an Jean-Pierre Roche alias Hans Felsenstein, Monsieur Bonnet?«, fragte sie, während sie Jean-Pierres Blick erwiderte. Plötzlich leuchteten seine Augen. »Er sitzt hier bei mir. Leibhaftig. Ich mache jetzt den Lautsprecher an.«

Sie drückte die Lautsprechertaste und legte das Mobiltelefon auf den Tisch.

»Hans? Du bist es tatsächlich?«, klang Bonnets Stimme nach einer langen Pause ungläubig im Raum. »Sag etwas, sonst glaube ich es nicht.«

»Der kleine Thierry mit der Nickelbrille«, erwiderte Jean-Pierre lächelnd. »Ja, ich bin es. Jean-Pierre Roche. Das ist mein Name. Es ist schön, deine Stimme zu hören, Thierry. Frohe Weihnachten!«

»Dir auch frohe Weihnachten.« Plötzlich stutzte Bonnet. »Du sagtest: Jean-Pierre Roche?«

»Ja.«

»Den Namen kenne ich doch irgendwoher. Lass mich nachdenken.«

»Ich …«

»Nein. Sag nichts«, unterbrach Bonnet ihn schroff. »Gleich hab ich's.« Es entstand eine längere Pause. »Irgendwo habe ich … Kannst du mir einen Tipp geben? Einen winzigen Hinweis. Vielleicht den ersten Buchstaben?«

»*V* wie Vorgebot«, sagte Jean-Pierre knapp.

»Du hast ein Vorgebot abgegeben für das Porträt. Du hattest mich angeschrieben. Mein Gedächtnis ist genial. Nahezu.«

»Ganz genau«, erwiderte Jean-Pierre. »Wie geht es dir?«

»Prächtig, es geht mir sehr gut. Nur mein Kurzzeitgedächtnis. Meine Wohnung ist ein Sammelsurium von selbst klebenden Notizblättern. Irgendwann werde ich einen Zettel mit meiner Schrift mit dem Hinweis *Mach dir eine Notiz!* finden.«

»Aber bei meinem Namen hat es gleich geklingelt«, räumte Jean-Pierre ein.

»An dich erinnere ich mich, als wäre es gestern gewesen. Ich sehe dich praktisch vor mir. In der *Rue de Lille*. Weißt du noch, die selbst gebastelten Fußbälle?«

»Ich war nie ein besonders guter Fußballer«, lachte Jean-Pierre und strich mit der flachen Hand über Emilias Artikel.

»Nein, das warst du nicht. Die einzige Sache, in der ich dir überlegen war. Dafür hast du auswendig Molière zitiert.«

Jean-Pierre lachte. »Du weißt nicht, wie schlecht ich Auto fahre.«

»Das allerdings kann ich bestätigen«, schaltete sich Emilia ein.

»Wo lebst du denn, Hans – Jean-Pierre?«, korrigierte Bonnet hastig.

»Im *Lubéron*.«

»Ja, das passt zu deiner Künstlerseele. Und – bist du nun Philosoph geworden?«

»Fast«, erklärte Jean-Pierre mit einem Schmunzeln. »Ich wurde Seifenfabrikant.«

Bonnet stutzte. »Aber … Ich hätte wetten können, dass du Philosoph oder Romanautor wirst. Meinetwegen Professor. Aber Seifenfabrikant? Interessant! Sag, bist du hin und wieder in Paris? Ich wohne in der Nähe von der *Place des Vosges*. Wir hätten uns sicher jede Menge zu erzählen.«

»Oh, ich war seit Jahrzehnten nicht mehr in Paris. Deine Anwesenheit wäre allerdings eine Reise wert. Nur bin ich nicht besonders gut zu Fuß.«

»Ich dafür umso besser. Jeden Abend gehe ich auf die *Place des Vosges* und füttere die Katzen.«

Emilia nickte lächelnd. »Sie sind rund und fett«, flüsterte sie in Jean-Pierres Richtung.

»Was haben Sie gesagt, Madame?«, fragte Bonnet spitz.

»Ihren Katzen geht es gut. Sehr gut.«

»Das will ich meinen.«

»Die *Place des Vosges*«, wiederholte Jean-Pierre nachdenklich, und ein Hauch von Wehmut legte sich auf seine Gesichtszüge. »Das *Marais*. Das schönste Viertel von Paris.«

»Ja, das ist es. Wie es aussieht, funktioniert dein Gedächtnis hervorragend. Ich verliere in letzter Zeit nur allzu leicht die Orientierung. Wenn wir uns zusammentun, könnte es funktionieren. Wir stützen uns gegenseitig. Wo verbringst du Weihnachten, Jean-Pierre? Meine Tochter reist morgen mit den Enkelkindern an.«

»Bei meiner Familie in Baden-Baden«, erwiderte Jean-Pierre und warf Emilia einen warmen Blick zu.

»Wie schön! Ich wusste gar nicht, dass du noch Familie in Deutschland hast.«

»Ich auch nicht.«

Mit einem nachdenklichen Lächeln beendete Jean-Pierre das Gespräch, nachdem die beiden Freunde von einst Mobiltelefonnummern und Adressen ausgetauscht hatten.

»Was für ein schöner Ausblick in den Garten«, sagte Jean-Pierre irgendwann, lehnte sich auf seinem Stuhl zurück und griff nach seinem Jackett, das über der Lehne hing. »Habe ich dir erzählt, dass ich Linden liebe?« Aus der Innentasche nahm er ein kleines Päckchen heraus und legte es vor Emilia auf den Tisch. »Das hier ist für dich.«

»Aber …«

»Mach es auf.«

Benommen öffnete Emilia das Päckchen. In einer Dose lag ein in ein Seidentuch eingewickelter daumengroßer Aquamarin. Emilia nahm ihn in die Hand und strich mit den Fingerspitzen über den glatten Stein, die filigrane Fassung. Sie erkannte ihn sofort: Es war jener Stein, den Sophie auf dem Porträt trug und der aus Mémé Bihels Nachlass in Jean-Pierres Hände übergeben worden war.

»Der blaue Aquamarin«, sagte Emilia andächtig. »Aus der Episode. Von Mémé Bihel.«

Jean-Pierre nickte. »Er gehört jetzt dir. Halte ihn in Ehren. Er ist nicht besonders wertvoll, aber das letzte Verbindungsglied zu meiner französischen Familie. Ich habe ihn damals Sophie geschenkt, weil er dem Topas ihrer Mutter Anne-Sophie sehr ähnlich war. Sie hatte die Kette beim Schwimmen im Meer verloren.«

Gerührt umarmte Emilia Jean-Pierre. »Ich erinnere mich«,

sagte sie zögerlich. »Es war das letzte Erinnerungsstück an ihre Mutter. Ein blauer Topas. So stand es in einer Episode geschrieben. Jean-Pierre?«

Er horchte auf. »Ja?«

»Was denkst du darüber, wenn du diesen blauen Aquamarin Pauline schenkst?«

»Du glaubst, sie würde sich darüber freuen?«, fragte er ungläubig.

Emilia strahlte. »Ganz bestimmt. Als ich ihr zum ersten Mal Sophies Porträt zeigte, da behauptete sie, dieser Stein gehöre ihr. Du würdest ihr eine unbeschreibliche Freude machen.«

Langsam schob Emilia das Geschenk zurück. Jean-Pierre nahm es, legte die Kette wieder in die Schachtel und verstaute sie in seiner Jackentasche.

»Ich wollte mich noch für das Porträt bedanken, Emilia.«

»Wenn es einen Ort gibt, wohin es gehört, dann ist er bei dir.«

»Ich habe einen schönen Platz dafür gefunden. In meinem Wohnzimmer. Über dem Arbeitsplatz. Wo das Licht besonders schön ist. Wenn ich an der Schreibmaschine sitze, sehe ich Sophie. Mit ihrem geheimen Lächeln.«

»Geheim?«, stutzte Emilia. »Du meinst: geheimnisvoll?«

Er schüttelte den Kopf. »Nein. Ich meine *geheim*. Geheimnisvoll trifft es nicht. Ihr Lächeln birgt ein Geheimnis, das es niemals preisgegeben hat.«

Plötzlich waren vom Flur aus Stimmen und Geraschel zu hören. Das helle Bellen eines Hundes. Emilia verdrehte die Augen. Ihre Familie war eingetroffen. Eine halbe Stunde zu früh. Das hatte es noch nie gegeben.

»Ihr geht jetzt alle nach nebenan ins Wohnzimmer«, hörte sie gedämpft Vladis Befehl hinter der geschlossenen Küchentür. »Die beiden werden sich sehen lassen, sobald sie so weit sind. Und solange betritt keiner von euch die Küche. Verstanden?«

Getuschel. Dann sich entfernende Schritte und das Schließen einer Tür. Stille.

»Sie sind im Wohnzimmer«, flüsterte Emilia und starrte auf die Flügeltür.

»Mit der *Frau im Schatten* fing alles an«, fuhr sie nach einer Pause fort. »Es war der Anstoß. Kennst du diese Mikadostäbchen? Bewegt man eines von ihnen, erzittern die umliegenden. Es war nicht mehr aufzuhalten.«

»Nein. Das war es nicht«, bestätigte Jean-Pierre. »Du hast eine ganze Menge bewegt.«

»*Du* hast eine Menge bewegt, Jean-Pierre. Und stillheimlich im Hintergrund den Boden für das bereitet, was jetzt mit uns geschieht, verstehst du?«

Sie deutete mit dem Kopf in Richtung Flügeltür und stellte sich vor, wie dahinter alle gebannt Jean-Pierre erwarteten. Mischa würde über irgendein allgemeines Thema referieren, während Paulines Augen unruhig flatterten. Nur Leo würde still dasitzen, womöglich in einer Zeitung blättern und die anderen zur Ruhe mahnen.

»Darf ich dir die Meute vorstellen?«

»Gib mir noch eine Minute«, bat Jean-Pierre leise und atmete tief durch. »Ich brauche noch etwas Zeit.«

»Nimm dir so viel Zeit, wie du brauchst.«

Emilia stand auf. Vorsichtig strich sie Jean-Pierre im Vorbeigehen über die Schulter und trat hinaus in den Flur.

Den Rücken an die Wand gelehnt, verharrte sie dort, still, mit sich allein. Aus dem Wohnzimmer drang das fröhliche Winseln von Paulines Pflegehund an ihr Ohr. Die Stimmen von Mischa und Pauline überschnitten einander. Ihre Nervosität strahlte durch das Haus.

»Ihr seid eine schrecklich ungeduldige Familie«, hörte Emilia Leo sagen. »Könnt ihr es nicht einfach abwarten?«

»Der Professor hat gesprochen«, erwiderte Mischa theatralisch.

»Möchte jemand ein Glas Champagner? Sobald der Rest der Familie hier ist?«, fragte Vladi. »Zur Feier des Tages?«

»Ja«, riefen alle im Chor.

Emilia schloss die Augen.

Bilde deine Augen, indem du sie schließt.

Aus der Küche vernahm sie das Rücken eines Stuhls. Dann Jean-Pierres typische Dreitakt-Schritte. Ein Luftzug streifte ihre Haut, als die Tür geöffnet wurde. Augenblicklich verstummten die Stimmen aus dem Wohnzimmer.

Erwartungsvoll sah Jean-Pierre Emilia an, seine Hand auf den Stock gestützt.

»Ich wünschte, du wärst mein Großvater«, flüsterte sie und legte ihre Hand auf seine.

Über sein Gesicht flog ein Lächeln. »Ich finde, wir sind ein ziemlich gutes Team, Emilia.«

»Das sind wir wirklich.«

»Lass uns hineingehen«, sagte Jean-Pierre aufmunternd. Es waren die ersten deutschen Worte, die sie aus seinem Mund hörte. Seine Aussprache offenbarte einen winzigen, charmanten Akzent. Verlegen strich er sich durch das gepflegte Haar. »Wie sehe ich aus? Kann ich so vor meine neue Familie treten? Entschuldige, mein Deutsch ist etwas eingerostet.«

»Es klingt großartig«, erwiderte Emilia und zupfte unbeholfen an dem seidenen Einstecktuch in seiner Brusttasche. »Fast als wäre es deine Muttersprache.«

Epilog

Die ersten Sonnenstrahlen wandern über die Ockerfelsen und schimmern durch die Wipfel der Bäume. Der Klatschmohn leuchtet in den Tälern wie auf einem Gemälde Monets.

Pauline öffnet die Tür zum Atelier. Ein Duft von Blüten, gemischt mit Kräutern und Gräsern, streift ihre Nase.

La Lumière erwacht.

Vom ersten Augenblick an liebte sie die Magie des Morgens hier im *Lubéron,* lange bevor sie wusste, dass es diesen verwunschenen Ort gab.

Sie schreitet durch den Raum und zählt dabei ihre Schritte – vorbei am gusseisernen Ofen, der Staffelei, der Kommode, dem Regal. Hinter hellen Leinenvorhängen schimmern neue weiß gerahmte Fenster.

Vor dem Gemälde *Der blutende Baum* bleibt sie stehen und fährt mit den Fingerspitzen die offenen Wunden nach. Das tosende Meer unter der menschenähnlichen Gestalt wirkt auf sie wie ein Sog. Würde sie mit Farben die Dunkelheit einfangen, sie hätte es ähnlich gemalt. Nach einer Weile reißt sich Pauline los, geht hinüber zu den Fenstern auf der Südseite und öffnet sie. Draußen zwitschern die Vögel. Kühle Morgenluft strömt herein. Im Haus geht das Licht an.

Sie tritt ans Regal. Vor einer gerahmten Kinderzeichnung hält sie inne. Ihr Puls beschleunigt sich, denn ihr Herz erkennt das Motiv schneller als ihr Verstand. Sequenzen einer Begegnung fluten ihre Seele, bis die Erinnerung stückweise zurückkehrt. Wie aus einem Nebel taucht vor Paulines innerem Auge die Silhouette einer schönen jungen Frau auf. Ihre Stimme, ihre angespannte Haltung, ihre flatternden Augen. Ihr plötzliches Verschwinden. Wie lange ist das her? Fast ein ganzes Leben?

Pauline nimmt die gerahmte Zeichnung aus dem Regal in beide Hände, betrachtet sie eingehend. Eine Sonne. Mond. Das Teehaus. Die Villa ihrer Kindheit. Warum ist die Zeichnung menschenleer? Sie erinnert das Pflaumenkompott, den Geschmack von Zucker und warmer Milch. Sogar ihr erstes Buch *Struwwelpeter* fällt mit jenem sonderbaren Nachmittag zusammen und verschmilzt zu einer Einheit. Die dunklen Räume im Haus, das warme Licht im Garten.

»Ich habe das Bild für sie gemalt«, flüstert Pauline, während sie nach den Zusammenhängen sucht.

Sie bemerkt nicht, dass Emilia den Raum betreten hat und zurückhaltend mit heißem Kaffee an der geöffneten Tür wartet. Pauline streichelt die beiden Planeten, berührt die Kinderschrift. Ihre Kinderschrift.

»Mama?«

Pauline sieht in die Richtung, woher die Stimme kommt, und ein Lächeln huscht über ihr Gesicht. »Mila! Siehst du dieses Bild?« Mit zitternder Hand deutet Pauline darauf. »Weißt du denn, was es damit auf sich hat?«

Werden Erinnerungen im Rückblick milde? Vermögen sie den Schmerz zu lindern, wenn Jahrzehnte später Reife das kindliche Erleben durchdringt und Reflexion das Chaos ordnet?

»Ich erkenne es wieder. Die Zeichnung stammt von mir. Sie hat sie aufbewahrt.« Mit verlorenem Blick drückt Pauline den Rahmen an ihr Herz und setzt sich damit an den Tisch. »*Die Sonne versteckt sich hinter dem Mond* – was ich mir wohl dabei gedacht habe?«

Sie legt das Bild auf den Tisch.

»Du hast konkrete Erinnerungen an jenen Tag?«

Pauline hört die Unsicherheit in der Stimme ihrer Tochter. »Du hast Kaffee gemacht, Mila.«

»Erinnerst du dich, Mama?«

»Als wäre es gestern geschehen. Aber *konkret* ist das falsche Wort. Ein warmer Sommertag in Baden-Baden. Eine Frau kam zu Besuch. Ich weiß nicht mehr, was gesprochen wurde. Vater tauchte auf und ging wieder. Mutter war sehr angespannt. Im Teehaus war der Tisch gedeckt. Ein Teller ging zu Bruch. Und da war diese Frau aus Paris. Sie trug einen blauen Stein um den Hals. Die Stimmung von damals ist mir sehr präsent. Die Erwachsenen waren nervös. Es lag etwas in der Luft. Als sei der Besuch sehr wichtig. Als hinge etwas davon ab. Der Geruch von Pflaumen und heißer Milch. Das ganze Zusammenspiel der Gefühle von einst, verstehst du? Mein Herz flog ihr zu, und ich habe ein Bild für sie gemalt. Ich wollte sie beschenken. Zwischen uns gab es eine Verbindung, wie eine Nähe auf den ersten Blick.«

»Nähe auf den ersten Blick«, wiederholt Emilia. »Das klingt wunderschön.«

»Ich bin damals meiner Mutter begegnet. Mein Herz flog ihr von Anfang an zu. Sophie umgab etwas. Eine Art Aura. Ein Leuchten. Eine solche Erinnerung ist stärker und wertvoller als hundert Therapiestunden.«

Vermag die Erinnerung auch ein Netz aus Lügen zu entwirren? Ganz langsam geht Emilia hinüber zu Pauline, nimmt sich einen Stuhl, setzt sich aber nicht, sondern stellt die Tassen ab, wartet, die Hand auf die Lehne des Stuhls gelegt.

»Wie alt bist du damals gewesen, Mama?«

»Sieben. Ich glaube, sieben.«

»Was haben sie dir gesagt? Möchtest du mir das erzählen?«

Emilia zieht den Stuhl heran und setzt sich neben ihre Mutter.

»Ich bin mit einer Lüge aufgewachsen, Emilia. Als Kind hieß es, meine Mutter sei bei meiner Geburt gestorben. Am Tag meiner Kommunion habe ich ein Gespräch zwischen Mutter, Vater und Großvater belauscht. Daraus ging hervor, dass Sophie noch lebt. Sie haben schlecht über sie gesprochen. Sehr schlecht. Nur Mutter hat sie verteidigt.«

Emilia erstarrte. »Du hast gehört, wie sie …?« Fassungslos legt Emilia ihre Hand auf die von Pauline und streichelt sie mechanisch.

»Großmutter Irmgard und Großvater haben mir später erklärt, Sophie sei verschollen. Niemand wisse, wo sie sei. Damals fielen Worte wie *leichtes Mädchen* und *Rabenmutter*. Irgendwann hieß es, Sophie sei in Frankreich verstorben. Die ganze Familie schien damals erleichtert.«

»Erleichtert? Aber warum? Das verstehe ich nicht!«

»Meine Mutter Hanne steckte in der Sackgasse eines ganzen Lügennetzes, das Irmgard und Großvater über die Jahre gestrickt hatten. Großvater hat in Sophie seine erste Frau Anne-Sophie gesehen. Eine Frau, die ihn verlassen wollte und vor Gram gestorben war. Irmgard hatte Anne-Sophie in keiner Hinsicht das Wasser reichen können. Im Hintergrund hat sie gegen Sophie, das Ebenbild ihrer leiblichen Mutter, intrigiert. Irmgard war dumm, aber Verleumdungen und Lügen streute sie recht geschickt. Eigentlich wurde Sophie das Opfer einer Verwechslung. Großvaters enttäuschte Liebe zu Anne-Sophie bildete den Keim für das, was in der Villa Langenberg geschah.«

»Und deine Mutter Hanne?«

»Sie wusste alles. Mutter hat zu meinem Schutz das Redeverbot über Sophie verhängt. Wahrscheinlich konnte sie dieses schlechte Gerede über Sophie nicht mehr ertragen.«

»Hanne hätte dir nach dem Tod der Großeltern die Wahrheit sagen müssen.«

»Sie war sehr krank. Bettlägerig. Nach einem Schlaganfall stumm wie ein Fisch. Weißt du das nicht mehr? Was hätte sie tun können?«

»Die Wahrheit sagen, Mama. Nur die Wahrheit. Und zwar solange sie noch sprechen konnte. Was muss es für eine Achterbahn der Gefühle für dich gewesen sein, als Jean-Pierre Jahrzehnte später anrief!«

Pauline nickt. »Ich glaubte, ich höre nicht richtig.«

»Und schließlich noch das Erbe. Nach so vielen Jahren des Schweigens. Es ist nahezu unvorstellbar, was du durchgemacht hast, Mama. Du hast angefangen nachzuforschen.«

»Und wie! Aber ich habe meine psychische Stabilität überschätzt. Dann das Lithium. Den Rest kennst du. Du hast die Wahrheit herausgefunden, mein couragiertes Kind«, sagt sie aufmunternd.

»Wie fühlst du dich jetzt?«

»Das Erlebnis jenes Septembertages in der Villa, als Sophie bei uns auftauchte, war die ganze Zeit in mir, nur nicht abrufbar«, erwidert Pauline und streicht noch einmal mit dem Finger über die kindliche Handschrift. »Es war die ganze Zeit in mir.«

Verdrängtes ist nicht verschwunden. Es schläft nur.

»Du meinst, du bist jetzt so weit?«

Fragend sieht Emilia ihre Mutter an.

»Das bin ich«, erwidert sie mit fester Stimme, lehnt sich zurück und legt ihre Hände in den Schoß.

Emilia verlässt das Atelier und kehrt mit einer Mappe zurück. Sie platziert sie auf dem Tisch und setzt sich neben ihre Mutter. Synchron massieren sich Tochter und Mutter den Nacken.

Alles hat seine Zeit. Der Schmerz. Das Leid. Das Glück. Das Loslassen. Das Ringen um Wahrheit. Das Aufarbeiten. Wir müssen nur auf unseren inneren Kompass vertrauen.

»Das ist Jean-Pierres Vermächtnis«, erklärt Emilia. »Eine Hommage an Sophie und ihr gemeinsames Leben. Es war sein Wunsch, dass du dieses Konvolut liest. Es handelt sich um Ausschnitte, Mama. Ausschnitte, die zwischen den Zeilen Sophies Geschichte offenbaren. Schmerzhaft. Schön. Verwirrend. Ordnend. Aufbrausend und still. Ein subjektiver Blick auf die Dinge. Nachvollziehbar, ohne belehrend zu sein.«

»Du hast mir bereits davon erzählt. Was möchtest du genau sagen, Kind?«, fragt Pauline mit einem strengen Unterton und stellt ihre Kaffeetasse zurück. »Du sprichst in Rätseln.«

»Das hier«, Emilia zeigt auf die beschrifteten Seiten. »Das hier ist die Lösung, Mama. Eine mögliche Antwort auf die Lücken und Lügen deiner Kindheit, das eisige Schweigen. Diese Seiten werden dich deiner Mutter näherbringen. Das ist alles, was ich sagen wollte. Lies es und sprich darüber. Mit mir, deinen Enkeln, Vladi und vor allem mit Jean-Pierre. Er ist der letzte noch lebende Zeitzeuge von Sophies Leben.«

»Bleibst du hier bei mir?«

»Ja.«

»Und was ist mit dem Brief?«

»Der poetische Brief, in dem sie mit Fugin abrechnet?« Pauline nickt ernst. »Mit meinem Vater. Genau der.«

»Du möchtest damit anfangen? Bist du sicher?«

»Ja, das möchte ich.«

Auch Pauline besitzt einen inneren Kompass. Emilia nimmt die Mappe und zieht zwei vergilbte Blätter mit der wackeligen Handschrift ihrer Großmutter heraus. »Möchtest du, dass ich ihn dir vorlese?«

Pauline nickt und schließt die Augen. Langsam beginnt Emilia die Zeilen zu lesen, die sie fast auswendig gelernt hat. Sie rezitiert behutsam, nimmt ihre Stimme zurück. Sophie Langenberg soll hier in ihrem Atelier noch einmal zu Wort kommen. Und es ist, als lauschten selbst die Gegenstände, die Sophie geliebt hat. Das Gemälde auf der Staffelei. Die gerahmten Fotos. Éluards Gedichtbände.

La Lumière, 20. Februar 1984

Ach Fugin, wie soll ich antworten auf Deinen Brief? Wie nur? Er liegt vor mir wie ein stummer Zeuge Deiner Blindheit. Paul, was bist Du nur für ein Dummkopf! Deine Eitelkeit macht Dich blind. Das Porträt war kein Geschenk, sondern eine Anklage. Ich habe alles hineingelegt, was Du mich gelehrt hast. Nicht im künstlerischen Sinne, sondern vom Leben, vom Schmerz, von der dunklen Seite der Liebe. Ein einziges Mal im Leben muss ich es Dir sagen. Ich war, wie die meisten anderen, die Deinem Zauber erlagen, immer zu nachsichtig mit Dir. Du hast eine Vorstellung von mir geliebt. Eine, die Dein Ego bedient. Ich bin nicht die Frau Deiner Fantasie. Vielmehr bin ich Deine größte Illusion.

Ich bin der Clochard auf der Treppe der Seine. Ich bin die Spaziergängerin im Jardin du Luxembourg. Ich bin die Prostituierte unter einer Laterne im Quartier Latin, die resigniert in die Kamera schaut. Und ich bin das Liebespaar auf einer Schiffschaukel, in einem Kuss vereint. All das bin ich, Fugin! Das müde Pferd, das seinen langen Hals in der engen Gasse an einem Morgen im Nebel schwenkt. Und ja, ich bin diese junge Frau auf dem Porträt, die in ihr Innerstes blickt und sich fragt, wo die Zeit geblieben ist. Die junge Frau, über deren Gesicht ein Schatten wandert.

Hast Du die Schatten gesehen? Nachts schleichen sie wie Geister um mein Haus. Sie vereinen sich mit dem Wind und klopfen an meine Tür. Glaube ja nicht, dass ich öffne!

Du bist mein Schatten, Fugin! Du bist mein Schatten, den ich mein Leben lang nicht abstreifen konnte.

Bilde deine Augen, indem Du sie schließt. Mein Leitsatz

wurde mir zum Verhängnis. Ich habe die Augen verschlossen vor Deinem Wesen, das so voller Selbstliebe ist. Und ich habe Menschen verletzt, um Dich zu schonen.

Verurteile nicht ihn! Nicht ihn, hörst Du? Lass ihn unberührt. Er ist meine letzte große Liebe. Kann ich ihm vorwerfen, mir aus Liebe Deinen Zustand verschwiegen zu haben? Hat er auch nur einen winzigen Augenblick geglaubt, ich würde zu Dir eilen? Ich bin froh, dass Du überlebt hast, Fugin. Zufrieden, Chloé jetzt an Deiner Seite zu wissen. Aber ich würde niemals zu Dir zurückkommen, Fugin. Niemals.

»Ich habe mich von Dir getrennt
Doch kam die Liebe mir zuvor.«

Erinnerst Du Dich an Éluards Gedicht? Wie lange ist er schon tot? Sie haben ihn auf dem Père Lachaise begraben, genau wie Madame Bihel, die Gütige. Meinen wunderbaren Éluard. Was mag er mitgemacht haben, als sich Gala anderen Männern zuwandte? Erst Max Ernst. Und dann Dalí. Was mag in ihm vorgegangen sein? Er, der die Liebe zu dritt proklamierte?

Du sprichst vom Freikauf? Du, ausgerechnet Du? Du hast mich für viel weniger verraten. Für Deine Eitelkeit, Deinen Traum von Deiner Kunst. Du hast meinen Bauch berührt und nicht einmal bemerkt, dass Leben darin entsteht. Ach, Fugin, wie grausam unmenschlich ist die Kunst, wenn sie das Leben übersieht.

Als ich nach dem Krieg nach Paris zurückkehrte, da musste mir die arme Mémé Bihel von Eurer Heirat berichten. Von Chloés Schwangerschaft. Dass sie Euer Kind verloren hat, tut mir von Herzen leid. Ich hätte Dir, Euch, gegönnt, was mir verwehrt blieb. Was hätte ich damals tun können,

außer mich zurückzuziehen? Ich, eine Verstoßene, mit einem
Kind, das man mir aus dem Herzen gerissen hatte, ich
wurde ein zweites Mal verbannt. Niemals werde ich vergessen,
wie Mémé Bihel mir die Schlüssel zu einem Käfig übergeben
hat, diesem Haus, in dem ich am Ende die schönste Zeit
meines Lebens verbrachte. Habt Dank dafür, habt Dank für
Euren grenzenlosen Egoismus! Ich habe die Gitter meines
Käfigs in einem langwierigen Kraftakt gesprengt.

Ich habe mich von Dir getrennt, Fugin.

Weißt Du die Hintergründe? Hat Dir Chloé von ihrer
Feigheit erzählt? Dass sie selbst nicht die Courage besaß,
mich zu treffen, mir in die Augen zu sehen? Mit einem Fin-
gerschnippen hat sie mich verbannt, für immer aus Eurem
Leben gerissen, mir meine Heimat Paris genommen. Hat sie
Dir berichtet, wie sie ihre Großmutter mit dieser Aufgabe
betraute, eine Frau, die mich geliebt hat, die es immer gut
mit mir meinte? Wisst Ihr eigentlich, dass Ihr zwei Herzen
gebrochen habt?

Wie armselig von Chloé, wie niedrig von Dir, wenn Du
die Dinge nicht hinterfragst und mir stattdessen larmoyante
Liebesbriefe schreibst.

Aber es ist vorbei. Hier im Süden bin ich genesen und am
Ende glücklich geworden.

Störe meine Liebe nicht – ich befehle es Dir, hörst Du?

Die meisten Deiner Briefe, Fugin, die mich hier erreichten
über all die Jahre, habe ich verbrannt, weil sie nur von Dir
selbst zeugten, von Deinem unermesslichen Ego, Deiner
Selbstliebe.

Hier im Lubéron bin ich um meinetwillen geliebt worden
und nicht für mein Spiegelbild.

*Jetzt endlich sehe ich klar. Meine unerträglichen Schmerzen
sind wie eine Rache an meiner Blindheit.*

Schreib mir nicht mehr. Es hätte keinen Sinn.

Wir lassen es einfach gut sein.

Sophie

*Postskriptum: Jetzt, da ich diesen Brief abschließe, pfeift
der Mistral um mein Haus. Er rüttelt an den Läden.
Zerschlägt die alte Ordnung und macht Platz für Neues.
Er hat mich Demut gelehrt.*

Emilia legt die Blätter auf den Tisch. Stille erfasst das Atelier. Selbst die Vögel haben aufgehört zu zwitschern. Paulines Augen sind mit Tränen gefüllt, aber ihr Blick verrät, dass sie Fragen hat. Neue und alte.

»Er hat es nicht gewusst«, sagt sie leise. »Er hat niemals von seinem Kind erfahren.«

»Wahrscheinlich war es besser so. Sein Schweigen hätte dir weitere Schmerzen bereitet.«

»Und was hat es mit dem müden Pferd, das seinen Hals schwenkt, auf sich?«

»Das ist die erste Geschichte«, erklärt Emilia. »Sie beginnt in der *Rue des Quatre-Vents*. Ich finde sie wunderschön.«

»Die Straße der vier Winde«, übersetzt Pauline gedankenverloren.

»Am besten wir fangen von vorn an.« Emilia deutet auf die Episoden, die Widmung von Jean-Pierre auf der ersten Seite.

Stirnrunzelnd beginnt Pauline mit der Lektüre. Sie betrachtet die mit akkurater Handschrift geschriebene Widmung auf dem zweiten Blatt: *Für Sophie, Pauline und Emilia nach bestem Wissen und Gewissen und von ganzem Herzen Jean-Pierre Roche. Baden-Baden, Januar 2017.*

»*Die Pferdekutschen in der Rue des Quatre-Vents*«, flüstert sie, nimmt ein Taschentuch aus der Hosentasche und putzt sich die Nase. »Ja, das sind ihre Anfänge in Paris«, fährt Pauline nach einer Weile fort und blättert um. »Was für eine aufregende Zeit muss das gewesen sein. Wir nehmen uns das in kleinen Häppchen vor, Mila. Wir hören einfach auf, wenn es zu viel wird. Es muss ja nicht alles an einem Tag sein.«

»Nein«, sagt Emilia. »Das muss es nicht. Wir haben Zeit.«

Schweigend liest Pauline weiter, während Emilia ihre Mutter nicht aus den Augen lässt.

»Petrol ist meine Lieblingsfarbe, wusstest du das?«

Emilia nickt stumm.

»Hier. Sieh nur. Sophie bekam einen Mantel in ihrer Lieblingsfarbe Petrol geschenkt. Wir mochten dieselbe Farbe. Da steht es. Schwarz auf weiß. Petrol ist keine gewöhnliche Farbe, was meinst du, Kind?«

»Nein, Mama. Ist es nicht. Keine gewöhnliche Farbe.«

Über dem Atelier zieht ein Vogelschwarm am Horizont vorbei. Das Rauschen der Flügel klingt nach. Dann liegt Stille über dem Land.

Handlung und Personen sind frei erfunden. Ein Ort namens **La Lumière** *existiert nicht im Lubéron. Das »Wunder« von* **Dieulefit** *gab es tatsächlich. Der in diesem Zusammenhang aufgegriffene Name Jeanne Barnier ist korrekt, wie auch deren couragierte Taten während des Zweiten Weltkriegs. Das Schicksal meines Protagonisten stehe stellvertretend für alle, die das Wunder von Dieulefit erlebten.*

Bettina Storks, Oktober 2017

Danksagung

Die Entstehung eines Romans ist ein Prozess, ein Abenteuer – gespickt mit Hochstimmungen und Frustrationen. In der Summe staune ich immer wieder über das unerhörte Glück des Schreibens mit all seinen Schattenseiten – von der ersten Idee bis zum Schlusslektorat.

Unentbehrlich sind Gespräche mit Freunden und auch im Internetzeitalter der fachkundige Rat von Spezialisten.

Für Antworten auf historische Fragen danke ich meinem Mann Michael und meiner Freundin Sabine. Peter Renz hat mit seinen kritischen Fragen und Anregungen dem Plot entscheidende Impulse gegeben. Feinheiten der französischen Textstellen hat Jutta Däther begleitet und bereichert. Die kunsthistorische Prüfung entsprechender Textstellen und Anregungen aus dem Bereich *bildende Kunst* verdanke ich Regine Nothacker. Das Arbeitsexposé und Textauszüge haben Renate Czech, Alf Leue und Marion Dreiseitel gelesen und kommentiert.

Von unschätzbarem Wert sind Testleser und die anschließenden Gespräche mit ihnen. Für ihre kritische Aufmerksamkeit danke ich Sabine Herrle, Magdalena Wiechert,

Jutta Däther, Martina Suhr, Melanie Metzenthin und Roman Herrle.

Ganz besonders danke ich meiner Lektorin Theresa Klingemann für ihr Vertrauen und ihre wertvolle Unterstützung.

Meine Freundin Sanny wurde durch einen tragischen Unfall im November 2017 aus dem Leben gerissen. Ihr sei dieser Roman gewidmet.

Bettina Storks

Von Freiburg nach Südfrankreich, 1965:

Über den Mut zum Widerstand und die
Rettung vieler jüdischer Kinder.

ISBN 978-3-453-36117-1
eBook 978-3-641-28103-8

Leseprobe unter **www.heyne.de**

HEYNE ‹